献给我的母亲杜文芝女士

本书为教育部人文社会科学重点研究基地重大项目"乙未割台以来'台湾回归祖国思潮'之史料整理与研究（1895—2022）"(22JJD750017) 成果之一，出版受到福建师范大学经费支持。

台湾研究系列

橙红的早星

随着

重访台湾 20 世纪 60 年代

徐秀慧　主编

赵　刚　◎著

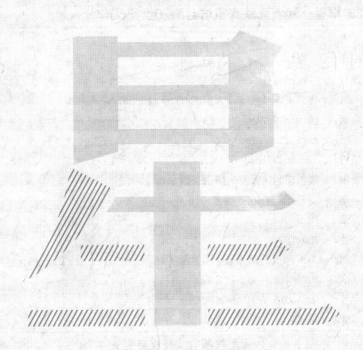

九州出版社　全国百佳图书出版单位
JIUZHOUPRESS

图书在版编目（CIP）数据

　　橙红的早星：随着陈映真重访台湾20世纪60年代 /
徐秀慧主编；赵刚著. -- 北京：九州出版社，2025.
　　1. -- ISBN 978-7-5225-3672-9
　　Ⅰ. I206.7-53
　　中国国家版本馆CIP数据核字第2025RW2331号

橙红的早星：随着陈映真重访台湾20世纪60年代

作　　者　　徐秀慧　主编　赵　刚　著
责任编辑　　邓金艳
出版发行　　九州出版社
地　　址　　北京市西城区阜外大街甲 35 号（100037）
发行电话　　(010)68992190/3/5/6
网　　址　　www.jiuzhoupress.com
电子信箱　　jiuzhou@jiuzhoupress.com
印　　刷　　鑫艺佳利（天津）印刷有限公司
开　　本　　720 毫米 ×1020 毫米　16 开
印　　张　　18.5
字　　数　　280 千字
版　　次　　2025 年 5 月第 1 版
印　　次　　2025 年 5 月第 1 次印刷
书　　号　　ISBN 978-7-5225-3672-9
定　　价　　68.00 元

目 录

放在序言位置的书评 ⋯⋯⋯⋯⋯⋯⋯⋯⋯⋯⋯⋯⋯⋯⋯⋯⋯⋯ 1

代序：为什么要读陈映真? ⋯⋯⋯⋯⋯⋯⋯⋯⋯⋯⋯⋯⋯⋯ 9

篇解

左翼、宗教与性：60 年代的"左翼男性主体" ⋯⋯⋯⋯⋯⋯ 3

面摊
——理想的心，欲望的眼 ⋯⋯⋯⋯⋯⋯⋯⋯⋯⋯⋯⋯⋯⋯ 5

苹果树
——书写是为了克服绝望 ⋯⋯⋯⋯⋯⋯⋯⋯⋯⋯⋯⋯⋯ 19

加略人犹大的故事
——超克"犹大左翼" ⋯⋯⋯⋯⋯⋯⋯⋯⋯⋯⋯⋯⋯⋯⋯ 43

凄惨的无言的嘴
——六〇年代初台湾岛屿上的精神史一页 ⋯⋯⋯⋯⋯ 59

阉割与失真：60 年代知识分子群像 ⋯⋯⋯⋯⋯⋯⋯⋯⋯⋯ 79

一绿色之候鸟
——人不好绝望，但也不可乱希望 ⋯⋯⋯⋯⋯⋯⋯⋯ 81

兀自照耀着的太阳
　　——阶级与人性状态 ·· 101

唐倩的喜剧
　　——党国、知识分子与性 ··· 123

某一个日午
　　——党国与理想主义的"官刑" ·································· 149

剪下的树枝：分离体制下的外省人 ······························· 161

第一件差事
　　——分离体制下的悲剧与"喜剧" ····························· 163

累累
　　——被遗忘的爱欲生死 ··· 179

衍义

陈映真·台北记忆与随想 ·· 193

东北纪行 ··· 214

两岸与第三世界
　　——陈映真的历史视野 ··· 237

附录 ··· 256

参考文献 ·· 259

跋 ··· 262

后记 ··· 270

放在序言位置的书评

吕正惠

在《求索》之后，赵刚即将出版他的第二本论陈映真的专著《橙红的早星》。将这两本书合读，就可以看出赵刚对陈映真研究的巨大贡献。可以毫不夸张地说，以后任何人想研究陈映真，都必须以这两本书为基础，没有细读过这两本书，就不要想进一步探讨陈映真。这是肺腑之言，不是为自己的朋友乱喝彩。

在为《求索》写序时，我是以随感的方式简略地谈谈赵刚细读陈映真所得到的某些洞见，以及他阅读陈映真的极为少见的热情。现在再加上这本书，我认为就可以谈论赵刚关于陈映真研究的具体贡献，以及可能存在的不足，以便作为将来进一步研究的参考。

首先要提出的一点是，赵刚对陈映真每一篇小说的细读功夫远远超出以前的任何一个陈映真评论者。我自认为是台湾读陈映真比较认真的人，前后也写过三篇专论，但比起赵刚来，我的细读程度就远远不如他。很多细节，经他一指出，并稍作分析，我才恍然大悟。以下举三个例子。赵刚在评论《苹果树》时，特别提到三个穿海军大衣的人，坦白地说，这篇小说我读了至少三遍，完全没有留意到这个细节。接着，他分析了穿海军大衣的人在当时的阶级成分，以及这三个人在小说中所可能蕴含的作用，这是任何评论者都不可能料想得到的。另外，他谈到《一绿色之候鸟》里的赵公，说他中风以后，别人发现他房间的墙壁上贴了许多裸体画，中间还混杂着"几张极好的字画"。墙上的裸体画这个细节我记得极清楚，但我一直看漏了"几张极好的字画"这一句，而这一句对分析赵公的人格却是极为关键的。

第三个例子涉及陈映真早期极少人注意的一篇小说《死者》。《死者》我一直读不懂，不知道陈映真为什么要写这一篇，而且小说读起来颇为枯燥。我们看赵刚如何指出一个非常有意义的细节：小说的主角林钟雄看到右边墙壁上二舅的照片是"穿着日本国防服"，旁边炭画所画的阿公却穿着儒服，而且手里还握着一本《史记》，而左边的墙壁上则挂着一幅抗战期间的蒋介石的画像，下面却是一张笑着的日本影星若尾文子的日历（见《求索》280—281 页）。这个细节实在太有趣了，它也许未必是解开这篇小说之秘密的钥匙，至少可以看到陈映真对光复初期的台湾社会所感觉到的历史的荒谬感。

以上只提到我印象最深的三个例子，如果要全部罗列，还可以举出很多。我觉得，现在如果要进行陈映真研究，最好能够先把陈映真的每一篇小说至少细读两三遍，再来看赵刚的解读，以及他在解读过程中所提出的而你却没有注意到的细节，这对解读陈映真，以及理解赵刚的陈映真诠释，恐怕都是非常重要的基础工作。

赵刚细读陈映真的第二项贡献，是企图全面地指出陈映真小说中的政治影射。由于 20 世纪 50 年代恐怖、肃杀的气氛，政治上早熟的陈映真不能直接说出他真正的看法，只好以极隐晦的方式来隐藏他的真意。譬如，在《将军族》一篇中，他以外省籍老兵和本省籍下层女子的落难、相濡以沫、最后一起自杀来暗示两边的被凌辱与被损害的无产者先天上的感情联系。小说中有这样一句话："鸽子们停在相对峙的三个屋顶上，任那个养鸽的怎么样摇撼着红旗，都不起飞了。"这是老兵在多年后与台湾少女重逢，远远望着她时所看到的空中景象。大约在 20 世纪 70 年代末或 80 年代初，大陆有个评论家指出了这篇小说的阶级色彩，并特别点出"红旗"这个意象。这篇小说台湾不知道有多少人读过，但是从未有人注意到文中的"红旗"。经大陆评论者指出后，远景版的小说集《将军族》（1975）就被台湾禁掉了。应该说，没有人想到陈映真会以这种"夹带"的方式来满足他对另一种政治理想的向往。而且，在大陆评论者之后，台湾也没有人按此方式继续追寻下去。

就我所知，到目前为止，赵刚是唯一系寻找陈映真小说中的政治暗示的人。他第一次尝试分析陈映真的小说时就注意到这一点，因为他在陈映真的第一篇小说《面摊》中就看到了几次出现的"橙红的早星"，也就是说，从第一篇小说开

始，陈映真就一直想要在他的作品中"塞进"一些政治内涵。赵刚在诠释《祖父
和伞》时，说这篇小说的"两个春天过去了，尤加里树林开始有砍伐的人。我们，
全村的人，都彼此知道自己有些难过"这几句，是暗示了 20 世纪 50 年代国民党
对台湾左翼分子的大肃清（见《求索》78—79 页），我非常赞叹，认为是天才的
发现，但似乎有人不以为然（贺照田好像就如此），但我觉得不会错，赵刚的敏
感是不会有问题的。

　　关于《永恒的大地》，赵刚认为里面的父子两人是影射蒋介石和蒋经国（见
《求索》83—97 页），我完全赞成，因为在赵刚之前我就是这样阅读这篇小说的，
不过赵刚的诠释明显比我想的还要周到而详尽（我的设想还不及赵刚的一半）。
还有，《一绿色之候鸟》里的候鸟，"这种只产于北地冰寒的候鸟，是绝不惯于像
此地这样的气候的，它之将萎枯以至于死，是定然罢。"他认为这是影射 20 世纪
60 年代台湾知识分子所向往的美国的自由主义，这个我虽然完全没想过，但经他
一指出，也觉得很有道理。我认为，凡是赵刚认为陈映真小说中有政治影射的部
分，都不能随便否定，都值得我们仔细想一想。

　　以上所提的这两点，当然都跟赵刚所关怀的大主题密切相关，即陈映真在饱
受政治压抑下的战后台湾社会经历了怎么样复杂的思想历程；这一历程涉及日本
的殖民，光复后国民党的接收，国共内战，国民党败退后一大批外省人流亡到台
湾，美国势力强力介入台湾，两岸隔绝，美国文化主导台湾，越战及越战所涉及
的第三世界问题，当然接着就是 20 世纪 70 年代以后台湾社会的巨变（国民党威
权体制解体、"台独"势力兴起、两岸恢复交流等等）。因为陈映真长期以来都必
须隐藏他的思想倾向，在小说中只能以极扭曲的方式来表达，所以赵刚这种极为
细致的，有时甚至有点"想得太多、太深"的阅读方式完全是必需的。也许有人
并不完全同意，但在衡量赵刚的解读是否有效时，一定要考虑到赵刚所勾勒出来
的陈映真思想经历的那一条大线索，要把这些不同寻常的解读放在这个大线索下
仔细检视，才能加以判断，不能只看每一篇小说或每一个局部，就马上认为赵刚
走得太偏了。

　　当然，整体地看，我们可以对赵刚所勾勒出来的陈映真的思想轨迹加以评论，

指出他的贡献，同时也可以批评他的不足或过度诠释。但是，首先我们必须承认，赵刚是充分考虑到陈映真思想的多面性的。关于这方面，我觉得至少有必要提出两点，即陈映真小说中的两性关系问题，及外省人在台湾的处境问题；赵刚对这两个问题的重视，远远超出以往的陈映真评论，绝对值得肯定。

像我们这一代在 20 世纪 60 年代后半期的大学时代就开始读陈映真的人，凭直觉都感受到小说中到处弥漫着青春期的异性问题，而且陈映真的处理方式似乎特别迷人。但是，大家在公开讨论时，不知道什么原因，总是轻轻略过。其实，不论在陈映真的思想中，还是在他的艺术中，女性，特别是女性的肉体及其诱惑力，都是关键，不处理是不行的。赵刚《求索》的第一篇长文的副标题是《左翼青年陈映真对理想主义与性／两性问题的反思》，就鲜明地表达了他对这个问题的重视，并且认为，这是陈映真的"左翼男性主体"的核心部分。我们或许不同意他的解读，但他把问题提到这个高度上，绝对是正确的。

陈映真对流落在台湾的外省人的重视，以他的台籍身份，在 20 世纪 60 年代的台湾文坛可谓异数。我以前曾经提过，陈映真是"大陆人在台湾"这一题材的开拓者，并且还怀疑白先勇有没有可能受到陈映真影响（见《小说与社会》60 页，联经，1988），但这只是简单的几句话。赵刚却始终把陈映真这种题材的作品置放于核心地位，并且从这个角度来谈论陈映真的思想深度。我怀疑，陈映真对外省人问题的深刻理解，是他特别吸引赵刚的一个重要原因，因此反过来，赵刚就能明确地指出陈映真这个面向的重要意义。从这个角度来肯定陈映真的思想，这也是赵刚的重大贡献。

赵刚对陈映真思想中的另一个比较受到重视的问题，也有他独特的看法。首先，一般比较注意陈映真为什么早在 20 世纪 60 年代中期就开始批判台湾文坛流行的现代主义。对于这个问题，赵刚的视野更为广阔，因为他发现了陈映真在很早的时候就对美式文明对台湾的影响采取一种反省与批判的态度，本书中论《一绿色之候鸟》的最后一节就是讨论这个问题。另外，在《求索》一书中的第二篇论《六月里的玫瑰花》又更集中地加以论述。如果我们结合《唐倩的喜剧》以及陈映真入狱前所写的几篇杂文，就能够把这个问题看得更清楚。

　　分析《六月里的玫瑰花》的那一篇文章之所以重要，因为它让我们看到陈映真对美式文明的警惕终于发展为对美国帝国主义的批判，与对第三世界问题的关心。这证明陈映真在入狱以前已因为越战而清楚地认识了这个问题。因此，陈映真在出狱后接着就写出了《贺大哥》及《华盛顿大楼》那一系列小说。赵刚这篇文章清楚地分析了入狱前和出狱后陈映真思想的承续性以及随后的发展。这篇文章和紧接着的论《云》的那一篇，对了解陈映真的思想发展是非常重要的。以上我就用三个问题来表明赵刚一方面注意到陈映真思想的多面性，但另一方面又始终掌握住陈映真从台湾出发所发展出来的政治关怀，并随时把这些多面性和政治关怀的主线密切联系在一起。看了赵刚这些评论，我们就会觉得以前我们把陈映真看得太简单了，至少我个人就没有很留意把陈映真的各个面向努力结合在一起，而往往只看成是他个人某种个性上的矛盾的产物（我论陈映真往往比较强调他的矛盾及艺术上的不足之处）。

　　当然，任何研究都不可能十全十美，要不然，在赵刚之后，似乎就可以不用在陈映真身上花任何工夫，只要好好研读他的文章就可以了。当然不是这样，我所以综合谈论赵刚的一些重要看法，实际上是想说一说，在赵刚之后，如何循着赵刚所开拓的路子，把一些问题探讨得更彻底。

　　首先，赵刚的陈映真研究是一篇一篇写成的，他的原始的出发点是想要逐篇分析陈映真的小说，但在过程中，自然要把许多思想上的问题比较集中地在某几篇小说的分析中加以论述，这就形成了《求索》那一本书，而似乎比较单纯的逐篇分析就构成了目前的这本书。但实际上，很多问题是纵贯两本书的。读完了赵刚这两本书，我们也许会觉得，可以循着陈映真的写作阶段和思想发展阶段把一些问题更集中的讨论。当然，这就是写另外一本或几本专论了，这种工作赵刚应该不会再考虑的，这是后来者的事。

　　如果要继续做这个工作，也许可以消除赵刚这两本书可能存在的一些问题。我觉得其中最重要的就是，如何适切地把陈映真的思想发展加以定位。我个人觉得，赵刚可能把陈映真的思想状况想象得过于完美了。譬如，在论述《一绿色之候鸟》时，他说，绿色候鸟可能影射美国式的自由、民主，这一点我是同意的。

接着在谈到当时陈映真如何面对中国传统时，他又说：

> 因为陈映真在"自由派"一心要在他乡生活，要成为他者的"希望"中，看到了绝望。反而，吊诡地，他有时反而在有文化本源的人们的身上，看到了任何未来的希望所不可或缺的基底：对主体历史构成的自尊自重，以及一种强野之气。

当时陈映真对中国传统的态度是否如此，我是有一点怀疑。我觉得陈映真虽然明显反对当时知识界的全盘西化，但对传统应该如何，他恐怕还没有认真加以考虑，与其说他已经考虑到文化本源的问题（当时他已经想得这么深了吗？）不如说他从现实社会上清楚体会到美式文明在台湾的无根性。当然我的感觉不一定正确，但赵刚在作这些判断时，"准头"是否恰到好处，我觉得是可以讨论的。

全书中关于每一个阶段陈映真思想状况的理解，我常常想跟赵刚好好讨论，主要就是很难拿捏那个"准头"。我也知道这是很艰难的工作，因为我们所能面对的陈映真的客观资料并不很丰富，而我们又没有跟陈映真同时生活在同一个圈子，很难体会当时知识界的气氛。这也不是赵刚独有的问题，现在许多论述20世纪60年代的书，在我看来，常常是讲过头了，至少我曾生活在20世纪60年代后期的大学知识圈，我的感觉就常常不是那个样子。因此，如果我们能把赵刚的工作做得更完美、更精细，而且有更多的资料可以佐证，那么，也许我们就可以为战后台湾社会的知识分子心态史奠定一个比较扎实的基础。

还有，我觉得在涉及陈映真小说中的异性问题时，赵刚可能把陈映真在小说中的描写诠释得过于理想了。这是否能完全称之为"左翼男性主体"的自我反省呢？这个问题赵刚在《求索》的第一篇中有极详尽的发挥，但我总是不能十分首肯。如果要说明我们两人看法的异同，恐怕不得不进行详尽的分析。我这里只想指出，在这个地方，赵刚也许有一点说过头了。

另外一个重大问题是，赵刚重视陈映真思想线索的解读，透过小说中的很多细节去揣测陈映真当时难以宣之于口的思想秘密，这些我大部分都很惊叹；但是，作为一个小说家，他作品中的许多独特的影射和类似寓言的情节架构，就其最后表现出来的形态来讲，在艺术上是否成功或失败，成功到什么程度、失败在什么地方，赵刚是不太加以考虑的。不过陈映真终究是个小说家，完整的陈映真研究是应该包括这一部分的。像《面摊》和《我的弟弟康雄》这些小说，不论如何表现出陈映真的思想状态，我总觉得不是成功的小说，即使赵刚敏锐地指出了《面摊》中的"橙红的早星"，但仍然不能改变我从艺术上对这篇小说的判断。

在那个禁忌重重的年代，像陈映真这样思想上处在绝对不安全的情况下，"如何写小说"对他来讲是非常重大的艺术问题，同时也是生活问题，因为不能在艺术上真诚，生活不可能不出问题。陈映真作为一个小说家的困难处境，其实是"戒严"时代台湾社会的重大问题的极端表现，因为这可以看出，这个充满敌意的社会如何严重地扼杀了艺术的发展：真诚的艺术家甚至比在夹缝中生存还困难，就像小草挣扎着要从乱石堆中生长出来一样。透过这个问题的彻底分析，我们才能真正清楚地看到战后台湾社会的严重问题。赵刚不太讨论这个问题，因为他有他的工作目标，但我仍然觉得，这个工作也很重要，应该有人借着赵刚开拓的基础好好做下去。我写过一些书评和序言，总要把好处讲多一点，也要把批评的意见尽量减少，并且尽量委婉。我这篇序不论赞美还是提意见，都毫无虚词，我想以此来表达我对赵刚的敬意。

2013 年 4 月 8 日

2013.1.24 趙恬

代序：为什么要读陈映真？

自我 2009 年初，一头栽进阅读与写作陈映真的状态中，并一发不可收拾以来，已历三寒暑。2011 年，我出了此一主题的第一本书《求索：陈映真的文学之路》。在书的《自序》里，我交代了几个相关问题，包括陈映真与我们这一代人的关系、我重读陈映真的缘由，以及以一个文学门外汉如我，在磕磕碰碰的阅读过程中关于阅读文学文本的一愚之得。在那里，我并没有好好地针对一个重要问题——"为什么要读陈映真？"做出回应。现在，我将要出我关于陈映真文学的第二本书了，我觉得应该对这一问题做出回应，于是有了这篇"代序"。至于一般性质的"序言"，也就是介绍这本书的内容以及表达感谢之言，则是表述在"后记"里。

这篇"代序"，一方面是向读者您交代我何以认为陈映真文学是重要的一个自白，但另一方面，它也是一封向公众提出的意欲强烈的阅读邀约信。但在写作之中，我也常不安地转而思之，这是否竟是那种常招人厌的"己所欲者施于人"。惶恐之余，也只有建议读者诸君不妨暂时只把现在这篇序言当作我的一个应是诚恳的自问自答，而设若您恰巧也接受了我对陈映真文学的价值的某些评断，而希望进一步接触的话，那么，您也许应该直接阅读陈映真作品，自行感受、阐释与批评。之后，如果还有时间而且也还愿意，再将这本书作为阅读参照之一，且愿意匡正我的某些读法的浅陋与不达，则是我最大的盼望。而如果我的这本对陈映真早期的小说的诠释之作，竟然替代了原始文本的直接阅读与全面阅读，则是这篇序言所不能承受的罪过。

直接切入正题。我将从历史、思想与文学，这三个维度，分别说明为何要读陈映真。

一、历史

回顾战后以来台湾的文学界，陈映真占据了一个非常重要且独特的位置。这样的一个论断，是因为那无法避免而且也不一定必然负面的偏好吗？答案是否定的。这么说好了。试问：除了陈映真，还有谁，像他一样，在这过去50年以来，意向明确且执着向前地将文学创作持续不断地置放于大的历史脉络之下，疼痛地碰撞着时代的大问题，不懈地求索文学与历史之间深刻的内在关系？

也许，有人会嘟嘟囔囔地说，这不是我要的文学；陈映真不是我的菜。很好啊！口味是强加不来的。更何况，没有哪一部文学作品是非读不可的，毕竟这世界总是这样或那样继续下去，不曾因这部或那部作品而变呀。但是，如果你给文学一点点机会、一点点重量，把它看作一种帮助我们得以同情体会各种情境下的人物的境遇心情，从而得以更具体且更丰富地理解历史中的他者，从而得以给自我理解多开几扇窗户，帮助自己评估价值、寻求意义的一种重要手段的话，那么，或许你应该注意陈映真的文学，更何况他讲的正是和你、和我那么密切相关的故事；特别是在很多很多个他说过的故事，以及故事里的人物，已经被我们这个时代所遗忘之时。当历史正在遗忘，陈映真文学的价值正是在拒绝遗忘。

拒绝遗忘，恰恰是要为当下找出走向未来的出路。因此，拒绝遗忘不是单纯地回到过去，缅怀荣耀或是舔舐伤口——那是遗老的拒绝遗忘。对陈映真而言，遗忘是历史终结这块铜钱的另一面。拒绝遗忘，正是追问构成我们今日状况的种种历史线索。这要求我们打破霸权的记忆工程，让我们重新理解我们的自我构成，看到自身是如何在历史中被各种力量所形塑。这样的自知，不待言，是理论与实践的一重要前提。理论与实践不是展开于一个前提自明的普世空白主体之上的。

因此，作为这样的一个历史的探索者，陈映真透过了他的文学里的众多主人公，向我们展现了很多现当代重要历史阶段或事件，从日本殖民统治、二战及太平洋战争、国共内战、"二二八事件"、中华人民共和国的成立、全球冷战、白色恐怖、两岸割绝、"反共亲美"右翼威权政体的巩固、资本主义的发展与深化、大众消费社会的形成、学术与思想的美国化、政治与文化的"本土化"与"去中国化"，到如今持续迷乱整个岛屿的认同撕裂扭曲……请问，在台湾当代的文学界，乃至思想界与知识界，在这半世纪多以来，持续不断地直面追问这些从不曾过去的事件或过程的人，除了陈映真，还有谁？那么，陈映真的文学难道不应该成为我们理解自身的一个重要凭借与参照吗？

上述的那些历史事件，并非无人就此或就彼进行研究或表达意见，但少有人有陈映真的器识心志，直面它们的源流交错，进而编织成一种历史关系，对我们的今日提出一种原则性的看法。放大某一个孤立事件，然后扩而大之，周而广之，形成一种单一的历史解释，并不为陈映真所取。历史过程总是条缕共织、"多元决定"的。这一对待历史的特点，我们无论是从陈映真 1960 年的《乡村的教师》或是 2001 年的《忠孝公园》，都可以看得很清楚。陈映真的文学后头站着一个思想者陈映真，但这个思想者在历史面前总是谦逊与怵惕的，他要从历史中得到某些教训，而非挟其理论斧锯，以历史为意识形态之林场。

坚定地把书写持续定位在历史与文学的界面上，陈映真让人印象最为深刻，为之掩卷，为之踟蹰再三的，就是他透过小说为那大多属于"后街"的小人物所立的传。在陈映真目前为止的 36 篇中短篇小说里，这些小人物，或忧悒，或决绝，或虚无，或坚信，或朴直，或妄诞……他们在那些虽是虚构的但却又无比真实的时空中行走着，时而历历在目，时而影影绰绰。此刻飘到我脑际的就有：安那琪少年康雄、吃过人肉的志士吴锦翔、红腰带肮脏的左翼犹大、浪漫青年艺术家林武治、"存在主义者"胖子老莫、质朴厚实的女工小文、虚空放纵的学者赵公、做着经理梦入疯的跨国公司小职员林德旺、在幻灭中求死的老妇蔡千惠、在废颓中生犹若死的美男赵南栋、本性端方的忠贞党员李清皓、前台籍日本老兵林标、伪满洲国汉奸马正涛……这些，对我而言，都是一篇篇传世的"列传"比历史还真实的历史。没有它们，可能台湾的现当代史所具有的历史记忆将更为粗疏稀薄干枯，而历史意识也将注定更同质、更空洞，因为我们只能空洞地记着一些大事件的年与一些大人物的名。因此，陈映真文学，其实竟是历史的救赎，它重新赋予那些被历史挫败、伤害并遗忘的"后街"人们以眉目声音，再现他们的虚矫与真实、脆弱与力量、绝望与希望，让读者我们庶几免于被历史终结年代的当下感、精英感与孤独感所完全绥靖，从而还得以有气有力面对今日指向未来。

陈映真的小说在认识历史上是有效且有力的。以我的教学经验为例，我曾以陈映真小说作为我所任教的大学里"台湾社会变迁"这门课的唯一阅读材料，取代了长期因循西方（美国）的"社会变迁"材料，结果学生的反应非常好。他们觉得，阅读陈映真让他们得以开始从大历史的变局与微小个人的命运交关之处，去思索台湾战后以来的历史，是一个很有启发的学习经验——"很有 FU！"。又，以我自己这几年的切身经验来说，陈映真的确是一个极重要的媒介，透过它，我找到了一些支点、一些契机，去开始提问当今的各种现状（尤其是知识现状）为何是如此？为何非得如此？它要去哪里？我自己就是透过阅读陈映真，从西方理论与方法的唯一世界中一步步走出来，开始追问学术与思想之间更具历史性的内在关联。陈映真文学让我从一种封闭的、自我再生产的西方理论话语中走出，走向历史，走向现实，走向第三世界。

二、思想

因此，在文学与历史界面中的陈映真文学，其实还有一个第三维度，也就是思想维度。陈映真说过很多次，他之所以写作，是要解决他思想上所苦恼所痛感的问题。没有思想而写，于他，是不可能的；他不曾因缪斯之牵引，而恍惚为文，或为文而文。陈映真的忘年之交，文艺理论前辈与剧作家姚一苇先生，就曾指出他所理解的陈映真是"为人生而艺术的"，"只有在他对现实有所感、有所思、有所作为时，才发而为文"。这个"文"，有时是论理文章，有时是小说，但它们其实又只是一体之两面。姚先生说："论理是他小说的延伸，小说是他理论的变形。"[1]

姚先生的这段话说得非常好。然而，我们也许要稍加注明的一点是：陈映真的文学创作从不是站在一种启蒙高位，去宣扬某些理论、意识形态或是立场。归根结底，这是因为他不是因已知而写，而是因困思而写。摆在一个对照的光谱中，陈映真是一个左派、是一个统派，这都无须争议也不必争议，但陈映真文学的意

[1] 姚一苇（1987）《姚序》。序文页 12。极少数例外，第一世界知识分子意识所及或无意识所在的是：如何保持这个霸权。

义与价值，并不在于它宣扬了左派或统派的观点与见解，好比我们所熟知的某一种社会主义现实主义文学或艺术的营为作用。陈映真文学后头的陈映真，其实更是一个上下求索的思想家，而非深池高城的理论家。但这并非因为陈映真不擅理论或论理，而是因为他并无意于为理论而理论，犹如他无意于为文学而文学。理论，一如文学，都可以是他思索的手段或方式。

诚然，你可以说，没有文学家是不思想的——卓然成家，岂能只是花拳绣腿锦心玉口？但思想也者，并非"我思故我在"，也非"敢于思"这些大箴言所能适切指涉的，那样的思想，反映的更经常是西方特定上升时期的普世理论与哲学体系的建造欲望。在第三世界，以思想为名的活动（相对于建制学术），所要召唤出的更应是一种对于霸权价值、知识与政治的否思、一种在人类大历史中的主体自觉，以及，一种对民族对区域乃至对人类的未来走向的想象承担。就此而言，第一世界没有思想。但这样说并不意味歧视，反而意味恐惧，因为——它不需要思想。除因此，一个第三世界的现代主义文学家，也许很深邃地、玄虚地、创意地思考并表达了一种人类存在处境的荒谬感。他在漆黑的个体内在与苍溟的普世人性，这两极之间姿势优雅地来回高空马戏，但他毕竟不曾思想过，而这恰恰是因为他不曾驻足于特定的历史时空之间，从而得以接收到这个时空向他所投掷而来的问题。不此之图，他反而以漂流于"同质性的空洞时间中"（本雅明语），以习得他人的忧伤，而沾沾自喜，进而、竟而、骄其妻妾。

是在一种特定于第三世界语境下的思想意义之下，文学家陈映真是一个不折不扣的思想者，而且几乎可说是战后台湾文学界的不作第二人想的思想者。但一经这么说，不就同时召唤出一个尴尬问题：战后以来乃至于今，台湾有思想界吗？但我们还是暂时让答案在风中飘吧。以我之见，陈映真是台湾战后最重要的文学家，恰恰正因为他是台湾战后最重要的思想家——虽然他不以思想为名、出名。但，除了他，还有谁，以思想之孤军，强韧且悠长地直面这百年来真实历史所提出的真实问题，其中包括：如何超克民族的分断？如何理解一种"近亲憎恨"？如何理解与评估殖民统治的遗留？如何掌握白色恐怖的历史意义？如何反抗这铺天盖地而来使一切意义为之蒸发的消费主义？一种改革的理想主义如何与一种民众视野与第三世界视野联系起来？在这个荒凉的茧硬的世界中，如何宽恕，如何惕厉，如何爱人？

这样的一种思想与文学，固然在系谱上、在现实上、在对照上、在效果上，让我们肯定它是属于左翼的。且这样的一种左翼的声音与视野，在台湾乃至于在今天的两岸暨香港，是极其珍稀的。它为一个被发展主义、新自由主义、帝国主义、虚无主义，与美式生活方式，所疫病蔓延的世界，提供了一个人道的、平等的、正义的、民众的、解放的，与第三世界的"左眼"。在这个重大价值之外，这个左翼的另一重要价值，或许是在于它更是传统左翼的一种超越。陈映真当然是生活在人间的思想者，他当然内在于这人间的左右乃至于统"独"的斗争，但陈映真总是有一种既内在于但又试图外在于这个对立的心志与情操。它来自哪里？我认为它或许是陈映真批判地承袭基督宗教的某种深刻精神底蕴的展现。从宗教与传统中汲取抵抗现代与当代的思想力量，是陈映真左翼或陈映真思想的一非常重要但却又长期被忽略的特质。这个意义，超越了一般将宗教等同于个人信仰与解救的那个层次。

于是，体现于陈映真文学中的另一特质，是一种深刻的自指性或反身性。没错，他的小说是在说这个世界的故事，但更也是在说他自己的故事。记录、理解、解释并批判这个世界时，陈映真也在深刻地、痛苦地反省着自己。这个看似矛盾的向外批判与往内反省的双重性，使得陈映真的文学从来就不具一种说教味、训斥味，一种自以为真理在握的启蒙姿态。在21世纪的今天，在世界大势的支撑下，（新）自由主义知识分子更是极为夺目地显现出这样一种真理使徒的姿态样貌。历史上，左翼，作为另一个启蒙之子，当然也有过那样的一种批判、批判再批判，一心打破旧世界、建立新世界的心志，但陈映真从很早很早，就已经展现了他对这样的一种往而不返的左翼精神状态的忧虑。于是他在《加略人犹大的故事》（1961）一篇中，塑造出犹大左翼这样的一种原型，指出他在理想与自省、恨与爱之间的失衡。我们当然也要读出，那是陈映真对自身状态的反省，更也是他透过反省自身作为一个谦逊的邀约，请大家一起来反省改革大业里的改革主体问题；改革主体也要自我改革。陈映真思想总是纠缠在一种深刻的、矛盾的二重性之中。

如果用温度来比喻陈映真思想的二重性的话，那么他的思想的特色是冰火同源。我曾在前一本书《求索》的序言里，如此描述陈映真文学，说它"总是蕴藏着一把奇异的热火与一根独特的冰针"。火，是陈映真滚烫的对世信念，而冰则是他冷悒的自我怀疑。这里，陈映真说："因为我们相信，我们希望，我们爱……"[1] 那儿，陈映真又说："革命者和颓废者，天神和魔障，圣徒与败德者，原是这么相互酷似的孪生儿啊。"对着他的亡友吴耀忠，陈映真几乎可说是哭泣地说："但愿你把一切爱你的朋友们心中的黑暗与颓废，全都揽了去……"[2] 陈映真的思想因此不只是思辨性的，更也是情感性的、道德性的，乃至宗教性的。我们体会陈映真的思想状态，不应以一种对思想家的习见冷冰理智的设想去体会。或许，我们甚至也不应该将陈映真的思想抽象地、形上地、结论式地标定在一种二元性上。那样也可能会误导。陈映真思想不是一种纯粹的状态，也不是一种结果，而是一种过程——一个人如何和自己的虚无、犬儒，与绝望斗争的过程。陈映真的文学所展现的正是这样的一个思想过程。

我们阅读陈映真，当然是想要向他学习，好让我们自己成长。在学习中，这样的一种过程性的陈映真的体会尤其重要。尤其当我们知道，在中国的知识传统中，知识分子的学习不是以经典、著作，甚或言教，为单一对象，而更是向一个作为整体的人与身的学习。缘是之故，陈映真义学的另一个深刻意义恰恰在于提示了一个重要的知识的与伦理的问题："如今，我们如何向一个人学习？"昔日，我的读书习惯是把人和作品切割，把人和时代切割，把作品和时代切割，抽象地理解思想或理论，习得其中的抽象思辨方法与概念，今日，我知道那是错的。阅读陈映真，也让我理解了如何回答上面那个问题。我们要从一个人（当然，一个值得我们学习的丰富的人）的整体去理解他，他的方向与迷失、他的力量与脆弱、他的信念与虚无，他如何在这个矛盾中惕厉、学习，克服脆弱与虚无。

因此，陈映真文学的另一个重要特质就是诚（authenticity）。他用他的诚克

---

[1] 陈映真（1985）《因为我们相信，我们希望，我们爱……》。
[2] 陈映真（1987）《鸢山——哭至友吴耀忠》。

服那处处弥漫的犬儒、虚无与绝望。他的文学袒露了他的真实，他从不虚张声势掩饰脆弱与怀疑。文学，于是只是一个与你与我一般的寻常人真诚面对自己的写作，而写作其实又只是自救与求索的足迹。陶渊明在他的《闲情赋》里所说的"坦万虑以存诚"，似乎正好为陈映真文学中的一个重要思想特质做了一个简洁的勾勒。

三、文学

　　写作至此，我这个陈映真文学的推荐者，依稀面临了一个吊诡情境：就在我一直强调陈映真文学的宝贵价值是在于它所承载的历史与思想的时候，我发现这些价值不可以也不可能作为文学的外在来谈。因此，如果我前头的书写造成了一个可能误导的印象，让读者您以为陈映真文学的价值仅仅是以其历史与思想而成立，那此后就是一个必要的澄清。说实话，这个澄清不是我的能力所能做得好的，但我努力尝试。文学是什么？——这是一个大问题。文学作为结果，是一本本的诗、小说或散文，但作为过程，文学是一个具有敏锐心灵的人，努力理解他的世界、他的民族、他的时代、他的社会，与他自己的一种努力，并透过适度讲求的文字与适当的形式，感动自己进而感动别人。己达达人，让自己让他人能够对我们所存在的环境有一个较深入较透彻的理解，从而促使我们能朝更合理更尊严的人生前进。这样的一种理解，我相信，是从阅读陈映真得来的。如若比较箴铭式地说"文学起始于苦恼，终底于智慧"，我想应不为过罢。在如此的关于文学的想象中，文字与形式是重要的。有听过流水账的小说或是陈腔滥调的诗或是套话充斥的散文吗？那还能叫小说、能叫诗、能叫散文吗？还会有人乐读吗？但是，反过来说，如果文学之为物，只剩下了优美绚烂乃至于古怪奇情的文字与形式，那还叫文学吗？对这一点，我不想在此开展争议，因为本文的主旨在推荐陈映真，而非反推荐他人。

　　对陈映真而言，文学的价值绝不在文字炼金术。陈映真不是没有这个本事。就术论术，陈映真当然是一个大炼金师。但关键在于，文字与形式的讲求并非陈映真文学的目的。不自宝其珍宝，陈映真不止一次说过，文字与形式是文学这一行当的基本功，没啥好多说的。初读他的小说，如果又听到陈映真这么说，我们也许会疑心他矫情：当真如此吗？在我们看来，你对文字是讲究的，你的文风是独特的呢。这都没错，但我们要注意一点，文字与形式的专注，是陈映真思想与信念专注的外在表现；没有言，无以展意，没有筌，无以得鱼。但当他专心一意往思想与实践的目标奔去时，这些言或筌，都会被忘掉的。这有些像早期的清教徒企业家一样，根据韦伯，他们在一心奔向信念的目的地时，他们日常所追求的那些财货，都像一件件轻轻的斗篷般，全都是随手可抛的身外之物。但对资本主义的第二代及其之后的企业家，这些如斗篷般轻飘的身外之物，都变成了无所逃于天地之间的铁笼（iron cage）。想想看，在台湾，有多少文学家在他们自己所经营的"世纪末的华丽"铁笼中困囚终生。

陈映真甚至如此说：其实不一定非要写。我们可以做很多很多的事，不一定非要写作。写作本身不必然是一个志业。我们必须先要有困扰、感动、愤怒、怜悯、痛感、喜悦、荒谬……各种真实的感情，我们才开始去写。发于中形于外，这才是文学的正路；也正是"为赋新词强说愁"的对反。长久以来，我们看到很多"强说愁"的变形，包括那些以文学作为西方摩登文化理论的脚注或操场的书写。

真诚，是长期以来陈映真文学之所以能感动那么多人的最重要缘故。这个真诚既展现在历史与传记的再现，也展现在思想的颠踬摸索，也展现在文学的一通内外。其中，必须特别感谢文学，若不是文学这一辆神奇的车，陈映真也无法如此让人深受感动地进入到他的历史与思想世界。"但为君故，沉吟至今"——我想到了好多好多陈映真的朋友，乃至敌人。陈映真不喜空车文学，也不会到达目的地之后还恋车，但没有这车，也就没有我们所知道的陈映真了，而这世界大概只有那行动者陈永善以及议论者许南村了。某种程度上分享了前辈姚一苇先生对陈映真文学的感情，我想在此重录他为《陈映真作品集》（1—15，人间出版社）所写的著名《姚序》的最后一段：

  ……他是一位真正的艺术家。因为上天赋予他一颗心灵，使他善感，能体会别人难以体会的；上天又赋予他一双眼睛，能透视事物的内在，见人之所未见；上天复赋予他一支笔，挥洒自如，化腐朽为神奇。因此我敢于预言，当时代变迁，他的其他文字有可能渐渐为人遗忘，但是他的小说将会永远留存在这个世界！这就是艺术奇妙的地方。[1]

"艺术奇妙的地方"，的确。其他文字也许会为人遗忘，也许。但是，我们也都别忘了，陈映真的文学将永远留存在这个世界，恰恰也是因为它是一列满载的火车。

火车来了。

---

[1] 姚一苇（1987）《姚序》。序文页12。极少数例外，第一世界知识分子意识所及或无意识所在的是：如何保持这个霸权。

解　篇

左翼、宗教与性：

60 年代的"左翼男性主体"

"……星星。"他说。盯着星星的眼睛，
似乎要比天上的星星还要晶亮，还要尖锐。

面摊

——理想的心，欲望的眼

这篇小说是 22 岁大学生陈映真的头一篇小说创作，发表于 1959 年的《笔汇》，是作者的一门英文课程的习作改写而成的。以我这个非文学批评专业者的极有限的所知，50 多年来，对这篇小说的解读似乎还只是停留在人道主义或是文字魅力的层次，不曾进入到它更深刻的历史与精神内里，从而没有达到深入的理解与批评。之所以如此，可能有多种原因，包括，这篇小说的青涩身世、它的表面非政治性与无思想性——特别是当我们对照于几乎同时写就的《我的弟弟康雄》，它类似催眠曲般软绵虚幻的文风，以及作者自己对它的相对冷淡[1]。著名的《姚序》，倒是对这篇小说情有独钟，但它的评论也是主流的，它说作者在他所描写的困境中，不是粗鲁的、浮面的感情，而是在那痛苦的里面，有一股温馨的、深沉的人间爱。而尤其吸引我的是他的文字；我不是说他的文字有何巧妙，如何灵活，而是有一种难以言传的魅力。[2]

姚先生的阅读感觉，我相信是能得到大家的同意的。但大概也因为这样的感觉的单一突出，使得这篇小说就像一颗青涩的小果子般，孤零零地挂在由《我的弟弟康雄》所开启的早期小说系列之前。而很多陈映真的爱好者或是评论者，应该大都是仓促翻过《面摊》那几页，就直奔到他们心中的那位孤独、虚无、忧悒，终而自戕的"现代主义角色"康雄小子了。

而的确，这篇小说的开始和结束都是在描述面摊这一家的孩子和孩子的妈妈的母子亲情，而当我们知道这个孩子还是一个会吐血的肺结核患者时，这篇小说

---

[1] 例如，陈映真 1975 年出狱后所出版的集结了作者早期创作的《将军族》(台北：远景) 就没有收录《面摊》。2007 年陈映真的《陈映真自选集》(北京：生活·读书·新知三联书店) 也没有收录此篇。两本集子都以《我的弟弟康雄》为卷首。

[2] 姚一苇 (1987)《姚序》。序文页 5。

更是让读者不自觉地拿起"世间有爱"或是"人道主义"来框架它。小说的结尾是这样子的：

> 孩子在妈妈软软的胸怀和冰凉的肌肤里睡着了。至于他是否梦见那颗橙红橙红的早星，是无从知悉了。但是你可以倾听那摊车似乎又拐了一个弯，而且渐渐远去了。
>
> 格登格登格登……（1：12）[1]

作为读者的我们，在这样的连陈映真之后的写作也的确少见的催眠曲风的文字中，似乎也容易在"格登格登"声中，滑到一种"达达的马蹄"的浪漫况味，竟而以一种稍带惆怅与疑惑（特别是针对小说中朦胧不明的关于性诱惑的描写），但大体温馨的感觉，离开了这篇小说，睡着了。这个感觉，不能说是误读，但的确是浅读的征候。

一、深读

本文尝试以另一种方式来理解这篇小说，将作品和作者的主体状态以及时代背景密切勾连起来，也就是，要知人并论世地读小说。在这个具有时空深度层次的理解下，《面摊》不是习作，不是老掉牙的人道主义故事，也不是一颗孤零零的青果子，而是左翼青年陈映真早期小说的定调之作；早期作品的众多思想甚或形式要素在此已有充分展现。因此，重读《面摊》之前，有必要掌握陈映真早期小说的特征。

我曾为陈映真小说作了一个分期。我把他从第一篇小说《面摊》（1959）到目前为止的最后一篇小说《忠孝公园》（2001），之间长达 35 年的实际创作生涯分为三个阶段 [2]。这三个阶段分别是寓言—忏悔录时期、社会批判时期，以及历史救赎时期。寓言—忏悔录时期涵盖了从《面摊》到《猎人之死》（1965）的写作；

---

[1] 本书所使用的版本是《陈映真小说集》（1—6，台北：洪范，2001）。为避免注释过量，在本书，凡引用陈映真小说时，都将直接标记于引文之后；（1：12）表示该小说集第 1 册第 12 页。

[2] 35 年这个年数没算错，因为我扣掉了因"国家"暴力而终止了 7 年的创作；陈映真于 1968 年 5 月被"警总"逮捕，并被判刑 10 年，于 1975 年 7 月因蒋介石去世"特赦"出狱。

社会批判时期是从《兀自照耀着的太阳》(1966)到《万商帝君》(1982);历史救赎时期则是从《铃铛花》(1983)到《忠孝公园》。当然,这是一个粗糙的分类,好比陈映真早期书写不同阶层的外省人流离经验的多篇小说(例如,《将军族》《文书》《累累》《第一件差事》《一绿色之候鸟》),或本省左翼分子在白色恐怖下的命运(例如,《乡村的教师》《故乡》)就可视为更接近历史时期的母题。又好比,1967年的《六月里的玫瑰花》,在母题和语言上似乎更和十年后的华盛顿大楼系列接近。又好比,1978年的《贺大哥》虽然和华盛顿大楼系列的第一篇《夜行货车》同时发表,但前者在一种自省的精神气质上似又与社会批判阶段不相侔,而直接回到寓言—忏悔录阶段的写作,虽然它同时在关于美国帝国主义的批判上又直接开启了"华盛顿大楼系列"的母题。像《贺大哥》这类跨在两期之间的小说还有《兀自照耀着的太阳》与《赵南栋》(1986),前者兼容了第一与第二阶段的特色,后者则并收了第二和第三阶段的旨趣。

做这个分期,并非为了分类学的兴趣,而是想要大致掌握陈映真小说写作中思想主题的变化。第一阶段的写作,也就是所谓的寓言—忏悔录时期,大约是作者22岁到28岁之间的青年时期写作,展现的议题非常宽广,有贫穷、家庭、资本主义消费社会的萌芽、对战争的反思、理想的沉沦、苦难者的道德状态、性、两性、禁欲主义、死亡、左翼男性、(耶稣的)爱、内战、冷战、白色恐怖、流离、精神病、省籍、阶级、乌托邦想象、人道主义、中产阶级的非人化……但要之,这些议题都是展现在一个更大的问题意识脉络之下:"在民族分断、冷战、白色恐怖,以及所有进步理想面临窒息与麻木的危机的资本主义社会中,人如何才是活着?"于今看来,不只是在荒芜的50、60年代,就算直到今日,这个问题也还是只有陈映真一个人在不悔地提着、肩着。人说陈映真的小说,特别是早期的小说,"嗜死""颓废""虚无",但凡是这些,其实不过是陈映真的那个根本问题意识的一个侧面而已。现代主义倾向的评论者比较容易只看到性、死、绝望与忧悒,过早地将陈映真定位于他们的"现代",从而无法给这个问题意识的本原与正面一个更充分的讨论。

在陈映真早期的小说里,主人公常常展现了一种火与冰的彷徨矛盾,一方面有炽热的左翼理想与愿望，但另一方面又因为这些理想的禁忌性质，根本无法想象有任何实践的可能，何止，就连和旁人说个清楚都是不可能的。但是，小说主人公的这些状态不就是青年陈映真的真实状态吗？陈映真并不是在类似现代主义者（左手或右手的）缪斯才情下，"自由地"驰骋想象，生造人物虚构情节，而是在一种颉顽的、矛盾的、自我压抑的、冰炭相激相荡的真实主体状态之中生活、思考，与写作。写作，于陈映真，是矛盾艰难苦恨但也同时是自救的，因为他不得不说他一定不能真的那么说的话。于某些现代主义者，写作或许是如泉之自流那般地适己悦人。于陈映真，写作则好似以压抑着内部火山全面爆发般的力量，让一些火焰与气体节制地宣泄；而在这个不得不的宣泄中，又必须佯装那儿并没有火山。

由于这个思考与写作的密教性质，使它必须以一种寓言的形式展现出来。所谓寓言，也就是话不能直说、人物不能白描、背景不能直铺，而必须得寄寓在另一个形式中。而这使得阅读经常要在一种"言在乎此"之中，体会到那"意在乎彼"。于是陈映真这一时期的写作不得不大量使用象征，语言也必须晦涩，时空背景也必须高度抽象以致暧昧不明，而人物的书写也必须降低其历史与社会具体性——以牺牲生活的肌理为代价。但也唯有如此，那不能说但却非要说的话，才能找到一个复杂怪异的瓶子装进去，等待识者拾起，有时一等就是几十年。

与寓言同体的另一面是忏悔录。由于作者的思想在其当代的密教性质，这个思想一定是在一种孤独的状态下，在没有实践可能的前提下，在胸臆中澎湃翻搅，而这必然让思想时刻指向自身、回弹自身。在寓言书写的另一面，这个孤独的、内指的思考，也必然使书写深深地浸染着某种自白或忏悔录的特质。作者的巨大不安，使他常常无法仅仅是把自己"忘情地"投入一个情节架构中，去写一个动人的故事之类的。他的书写总是不安地回到了自己，而自己也经常不安地跳进了书写；让自己变幻为他自己小说中的人物，时而幻形为冰、时而幻形为火，看到作者的身影在这个角色身上，又倏然看到他在那个角色身上。认真读青年陈映真寓言时期的小说，是不可能无感于作者的自我在小说中幻进幻出的，例如，《我的弟弟康雄》里，不难看到康雄有作者的一面身影，但稍微努力一点，也不难在康雄姊姊身上看到作者的可能的另一面。又好比《故乡》里的"我"以及"我"的哥哥，也都是。例子是太多的，还有《祖父和伞》《苹果树》《凄惨无言的嘴》《一绿色之候鸟》《猎人之死》《兀自照耀着的太阳》《哦！苏珊娜》，以及本文要讨论的《面摊》，都可看到作者幻进幻出的身影。又岂止幻进幻出，他竟时而躁郁地不顾小说章法，跳出来说三道四呢！例如在《死者》里，当作者找不到适当的角色来说他要说的关于如何理解贫苦人的"私通败德"时，他干脆违背叙事体例，跳出来进行一串旁白评论。小说里，这段评论没头没脑地不知谁说的（但当然是作者自己了）：

> 而且一直十分怀疑这种关系会出自纯粹淫邪的需要；许是一种陈年不可思议的风俗罢；或许是由于经济条件的结果罢；或许由于封建婚姻所带来的反抗罢。但无论如何，也看不出他们是一群好淫的族类。因为他们也劳苦，也苦楚，也是赤贫如他们的先祖。（1：75）

类似的例子不少，包括待会儿就要谈论的《面摊》以及另外一篇重要的小说《苹果树》。但此处我们也不妨留意一个事实：这样的一种作者幻入或实入的书写，在陈映真寓言—忏悔录时期之后的写作就少得很多了。这个单纯的事实，也间接支持了我对陈映真小说的三个分期，以及早期创作相对于中后期的高度自指特质。当然，我们是得避免庸俗的对号入座式的小说阅读；说康雄就是陈映真，就跟说贾宝玉就是曹雪芹一样地殊无意义。但是，我们也要避免走入另一个极端，完全将作者与作品割裂。这种做法或许在阅读某些"纯文学"的创作时还说得过去，但对阅读陈映真这样的直面历史、直面自身的作家而言，这将会是缺乏理解效果的阅读。

小说，对陈映真而言，首先是面对他自己的痛灼意识。古之学者为己，陈映真写小说首先也是为己。不是不可以这么说，从1959到1965年这个寓言—忏悔录时期的写作，是具有某种强烈"哈姆雷特感"的。这个"哈姆雷特感"想必给陈映真带来了不虞之誉，因为它想必使两三代的评论者，跳过了作者的特殊主体状态、略过了作者的社会历史背景，径直将"哈姆雷特感"抽象化、永恒化、"人性化"，以便轻松连接上了他们根深蒂固的英美"现代感"，且沾沾自喜，以为不如此便不足以为文学。缘此，青年陈映真寓言时期的写作便被以现代主义的尺度衡量，据之以赞叹、持之以批评。这一时期的《我的弟弟康雄》，就因为错误的恭维，浮出而为人们对陈映真此一时期书写的最鲜明、最代表的作品，仅仅因为它只被体会为现代主义各种内容或形式要素的强烈表现：封闭的个体性、孤独、失去意义、性、颓废、虚无与死亡——就内容而言；象征的运用、"意识流"的片段，以及叙事的去历史与去社会脉络化——就形式而言。在这样的一种被现代主义"时代的幻觉"所操持的"体会"里，《我的弟弟康雄》以及同期的很多其他作品，都无法以它们真正应该受到表扬的价值被表扬。而《面摊》则因为相同的理由，更悲哀地连这一点谬赞也得不到呢[1]。

本文即是将《面摊》定位为陈映真寓言—忏悔录时期小说的开山定调之作，来重新考察它的意义。

二、寓言

《面摊》或许是战后探讨台湾社会在资本主义发展下，阶级与城乡不平等及其衍生的罪恶的第一篇小说。它的时间背景是 20 世纪 50 年代末，经历了以土地改革与"进口替代"为发展策略的"十年生聚"，国民党当局统治下的台湾，资本主义的动能已经在缓缓转动了，人们也开始渐渐有消费能力了。陈映真的另一篇同时期的小说《死者》（1960），一开始就借由奔丧者林钟雄（一个年轻的二轮电影巡回放映者）的角度，描述了彼时已稍见端倪的消费主义社会雏形："乡下人实在渐渐地阔起来啦……他们阔起来，至少比往常更敢于花钱。"（1：59）但那说的还是乡下小镇，若论起首善之都的闹区，那资本主义都会的声色犬马似乎早就迫不及待地沸沸然了。《面摊》里是这样描写小摊车每天在华灯初上之时，都要"格登格登"而至的西门町：

---

[1]　这一节的讨论大部分取材自拙著《求索：陈映真的文学之路》。页 37—42。

也不知道在什么时候，沿着通衢的街灯，早已亮着长长的两排兴奋的灯光。首善之区的西门町，换上了另一个装束，在神秘的夜空下，逐渐地蠕动起来。（1：3）

这入夜的西门町已经是一个满胀着性的蛊惑的都市了。没有面目的消费者从这里流向那里，流来，又流去。坐在面摊的一角望出去，这些顾客"从人潮的行列里歇了下来，写写意意地享受了一番，又匆匆地投入那不知从哪里来也不知往哪里去的人群里。"（1：3）被警察驱赶的慌乱急行摊车，如恐慌逃难的群鸭一般，虽然对人潮起了点骚动，但"人潮也就真像切不断的流水一般，瞬即又恢复了他们潺潺的规律"（1：4—5）。陈映真之后从未中断过的对消费大众的茫然、惯性与麻木的批判意识，在他的这头一篇小说中就已展现。2000 年，在陈映真的《夜雾》里，故事主人公前调查员的"我"在百货公司门口让昔日的迫害对象给认了出来，慌忙逃脱。对方情急之下，在人群中绝望地嘶喊"拦住他，他是国民党特务！"。"我"恐惧慌乱到极点，但

我注意到满场鼎沸的人群中皆都若无其事，拎着满载的购物袋，笑容满面。没有一个人在意张明的凄厉的叫骂，有人看着张明窃窃私语，有人对他咧着嘴笑。……我仿佛觉得张明在声嘶力竭地向整个城市叫喊。而整个城市却报之以深渊似的沉默、冰冷的漠然、难堪的窃笑，报之以如常的嫁娶宴乐，报之以嗜欲和麻木……（6：117—118）

陈映真对富裕消费社会的批判可说是数十年如一日，但在数十年前的早期写作里，他对贫穷的认识与批判则似乎是更为紧要，而这既来自作者的身世，也来自一个左翼青年对下阶层民众的真诚关切。《面摊》与很多其他早期小说一般，其强烈关切之一就是贫穷，以及贫穷对人们的肆虐及扭曲。贫穷是罪恶吗？一这样问，可能就有机智的君子马上反问：颜回是罪人么？在资源稀少、生活简单、自给自足的农业社会里，均寡或许不会带来那么多的不安与挫折，因此传统

儒家所说的"贫而守约",也未必是个道德高调。但在资本主义的不均衡发展之下,农业与农村受工业与城市挤压,使很大的一部分农村人口被迫流向了繁华、疏离、敌意的都市,那贫困就经常拖着一道长长的罪恶黑影在那儿等候着他们了。资本主义社会必然会产生的结构性贫穷,使广大的民众困居于都市边缘的贫民区(大陆谓之"城乡交接部")中,处于物质与文化的贫穷边缘在线。但也唯有如此,方能挤压出更多的廉价劳动力,作为资本主义社会的存在前提,有黑暗后街才有那金光通衢。"后街"是陈映真的心与情的最终安顿,哪怕他所写的是伟岸风华的"华盛顿大楼"。经由《面摊》,陈映真让我们看到贫穷带给面摊一家的"罪恶":让病儿活在肺结核的绝症阴影下,让老实寡言的男人一见到警察就得堆出卑微憨蠢的笑脸,让年轻美丽的女人在贫困劳苦、不快乐的婚姻,与绝症病儿的多重重担下,时时还得抗拒那让她心跳与脸红的不可言说的也是良心所指责的遐想。

在浪漫甚至惑诱的表面文字之下,我们无法不看到这么一个事实:面摊的这样一个"核心家庭"(或生产单位?),以及由它所代表的资本主义发展过程中众多类似的贫贱之家,终将崩坏离析;劳苦的人无法卸下重担,贫困的生活也找不到希望,从而,生活难免染上绝望、沾上罪恶。这是一个在格登格登声中隐藏着阶级车轴的书写,特别是当我们将面摊一家对照于那在欲望街车与兴奋街灯下流转的红男绿女时。

1959 年,陈映真二十二岁,那时他已因禀赋、命运、机缘,与危险的自修,成为一个向往着中国社会主义革命的青年。这是何等天打雷劈的秘密!他关切弱势小民,但他从他们身上看不到希望,反而只有颓败。他寄望革命,但革命近在海峡一旁,却又似远在天边的星星,可望而不可即。那么,这些真灼的感情、希望、信念与等待,要如何表达呢?不能直说,那就只能用象征了,而陈映真用的就是"橙红橙红的早星"。这个意象,在短短的小说里竟出现过三次——这难道只是为了舞台背景吗?只是为了增加些许神秘空灵吗?应该不是的。我认为,这颗按照基本天文知识必定挂在西边的"橙红橙红的早星",我们现在几乎可以确定所指的是象征社会主义中国的那颗红星——这是作者不敢说、没法说,但又非得说，且又不得明说的秘密。指向中国的社会主义革命，是陈映真早期小说的特征之一，《面摊》不但无异于早期的其他小说，而且是首篇。

"橙红橙红的早星"第一次出现在小说刚开始。在行走中的母亲的怀里的病童往外看着，他的视线从高高的墙攀爬而上，越过那有着"黑暗的骨架"的鸽子笼，"意外地发现了鸽笼上面的天空，镶着一颗橙红橙红的早星。"

> "……星星。"他说。盯着星星的眼睛，似乎要比天上的星星还要晶亮，还要尖锐。（1：2）

黑暗的鸽笼与橙红的早星，是黑暗与光明、禁闭与自由、死亡与希望的对照。这个对照非常压抑，也非常深刻：即使是那因贫困而弥漫着黑暗、禁闭与死亡的人间一角，也还是有希望的，而希望就展现在得绝症的孩子眼睛中的那比星星还明亮的两盏灯火。

红星第二次出现是在第二节末尾；完全是一段天外飞来的话，作者知其突兀，特以括号区隔：

> （唉！如果孩子不是太小了些，他应该记得故乡初夏的傍晚，也有一颗橙红橙红的早星的。）（1：4）

这应该是作者按捺不住自己，跳出来的旁白吧！陈映真或许知道在孩子很小的时候，甚至出生之前，在这个岛屿上，特别是孩子他们一家所来自的故乡苗栗，曾有过红星的吉光片羽，但终究陨落。诚然，这是个大胆的解读，二十二岁的大学生陈映真对左翼历史与白色恐怖到底知道多少？这个问题也许永远没有一个确定的回答[1]。但如果我们对照同时期的其他写作，例如《乡村的教师》《故乡》与《祖父和伞》，其实都牵涉到白色恐怖的背景，特别是前两篇更是以白色恐怖对志

---

[1] 或许由于过去人们对陈映真早期小说的阅读缺乏这一个"左翼"视角，因此在众多对作者的访谈中并不曾触及这一问题。

士的摧毁性打击为主题，就也许会对这个"大胆解读"比较有信心。而《面摊》三十五年之后，陈映真又写了一篇以苗栗为背景的《当红星在七古林山区沉落》的报告文学[1]。那个故乡的红星虽然沉落了，但"石在，火种是不会绝的"——鲁迅曾这么说过[2]。陈映真也是唯有把希望寄托于未来，也就是下一代。因此，他盯着比星星"还要晶亮，还要尖锐"的幼童之眼。

但这个幼童却又是被绝症所诅咒着的；他的前路可能是非常艰难的。他的比"橙红橙红的早星"还要晶亮还要尖锐的眸子，或也将随着生命的夜的下落而消失罢。青年陈映真是焦虑的、困惑的，那个他所坚持的"彼岸"的理想似乎在眼见的未来是没有出路没有希望的了。这样的一种不甘绝望但还总有所期待的心情，最后还又展现在故事的结尾，也就是本文一开始所引述的那段小说文字。在那里，理想的、希望的星星是不是还会被"他"（病童）梦到，是"无从知悉"了，而同时，"你"（你、我、一般读者，兄弟姊妹们）将注定只有在希望与绝望之间等待与倾听，"格登格登格登……"。

三、忏悔录

这篇小说诚然是以一个第三人称的全知观点进行叙述。但这个隐身的"全知"最后却出柜了，以一个站出来诉"他"说"你"的"我"的姿态出现。谁是"我"呢？这个"我"当然无法不是作者，但这样说等于没说，必须进一步指出，这个"我"是左翼男性青年的作者的一种主体状态。"我"是都市里的一个暗夜游魂，既勇敢地反抗这个都市的暗夜但又同时可耻地为它所吸引，苍白地孤独地携着一缕随时会逝去的、一如黄昏早星般的希望，既窥见了这 50 年代末漂浮着性蛊惑的"首善"城市的夜里因贫困而生的种种罪恶，也反窥了自己的罪恶与孱弱。

这个暗夜游魂是一个既身处卑鄙却又企望光明，耽溺于欲望却又深深耻于己身欲望的这么一个极复杂且极矛盾的"存在"。他于是经常陷在一种"疲惫的""疲倦的""困倦的"状态中，而透过这双困倦的眼睛所看到的四周，也经常

---

[1] 陈映真（1994）《当红星在七古林山区沉落》。
[2] 鲁迅（1936）《"题未定"草之六》《且介亭杂文二集》。页435。

是泛着一层薄薄的疲倦雾霭。但恰恰由于这个疲惫是根柢于一种精神与肉体的斗争，因此疲惫者竟还不免时而为这个疲惫而有些傲然，尤其是当他看到那些完全被昂然的肉体所征服的欢快人们时。"疲倦"这个关键词，在陈映真寓言时期的小说中多次被使用，以象征那理想与欲望之间无休止争战的后果与状态。那个为理想与现实、精神与肉欲所扯裂的"细瘦而苍白的少年"康雄，就是那么"疲倦地笑着"（1：13）。而现在这篇小说里的警官，也老是疲倦地笑着。

黄昏时刻，市灯初上，茫茫人潮中，这个暗夜游魂又出来了，此时的"首善"之区的西门町已经把白日还在力撑着的一点假正经给褪脱下来，"在神秘的夜空下，逐渐地蠕动起来"。他带着难以言明的欲望与耻感，刻意避开那召唤着他的红绿喧嚣，但他毕竟又离不开繁华，他要在这个繁华中诅咒这个繁华，一如康雄姊姊聊以自安的诡计。他要在这个繁华的大街上看到"后街"，于是他有点像一个左派田野研究者一样，有点不得不地或理所当然地跟随着面摊一家，他要看看"贫困"是否是一种节操与道德——特别是在与那些令他嫌鄙的红男绿女消费动物的对照之下。

但对贫困民众的合于义的关切竟然不由自主地暗渡为对女性的注目。他的欲望的眼离不开一个年轻的妇人——也就是这个面摊的老板娘以及病童的妈妈，她有着优美的长长的颈项，胸口的纽扣常常不自觉地解开，而后半意识地扣上，而"沉思的脸在泄露暗淡的街灯下显得甚是优美"（1：11）。

这个面摊除了卖牛肉汤还卖面饼（以我对台湾夜市的有限经验，这的确是很奇特的"面摊"）。"面饼"，让我惊怵地想起那经典通奸案例的受害者——卖炊饼的武大。但更让我惊怵的是，这"年轻的妇人"竟然名叫"金莲"。而如果我们又知道陈映真由于孪生子的经验，对于名字和实人之间总感到微妙的关系，从而在"为故事中的人物取名时，总是感到盎然的兴味"时[1]，我们对这个名更加地感到惊怵。暗夜游魂一直在盯着金莲的胸口，害她不得不低头扣起良家的领扣。金莲并没有要迷惑任何人，但是她的青春、她的重压、她的不快乐、不匹配的婚姻（小说里，夫妻完全没有对话，也无情感交流），以及她的勇于表现自我——在警

---

[1] 陈映真（1976）《鞭子与提灯》。页6。

察局里，当武大嗫嗫嚅嚅地不敢回答问题时，是金莲以其女性的勇敢回答那傲慢粗暴的胖警察的……在在皆使人为之自迷。她有她的被压抑的梦想，尽管她不见得敢真正想，而这既是因为现实上没有出路，也是因为她对孩子有爱。在她心旌摇荡时，她反而更是条件反射般地意识到自己对需要她的孩子的爱与责任。在警局、在面摊，当那位"有着男人所少有的一对大大的眼睛，困倦而深情"的警官注视着她时，她"低下头，一边扣上胸口的纽扣，把孩子抱得很紧"（1：7）。这是一位令人尊敬令人心疼的女子啊。

暗夜游魂并不像世上的狰狞男子，他并没有看不起她地欲想着她，非但没有，反而是涨满了一种说不清道不明的情感，杂糅着青春期的性欲，以及对母亲的爱恋。金莲是美的、是善的，她的恶是这个世界的恶，而非她自己的恶。看那"优美的长长的颈项"啊！暗夜游魂如是惊呼。于是暗夜游魂想象自己幻形为母亲怀抱中得了重症的幼儿，依偎在母亲的"软软的胸怀和冰凉的肩项"——母亲是我的。但暗夜游魂也想象自己幻形为一个，一个什么样的人，能，能怎么说呢？"一亲芳泽"吗？啊，这太可耻了，怎能有这种念头呢！前一刻，我还在追寻着那"橙红橙红的早星"呢！我是该离开呢，还是……？但终究，软弱的暗夜游魂疲惫地屈服于他自己的欲望，幻形为一个警官。这个警官有着疲惫的笑容、有一对"大大的眼睛，困倦而深情的"，而且还是一个对弱势者怀着于他的身份职业而言必须压抑的同情的警官。但连孩子都观察到了："这个警察，不抓人呢"（1：7）。长期对心中所向往的正义无法言说，以及长期必须沐猴而冠，穿戴起体制的衣冠，挂上"正常的"面貌，是多么的疲惫啊！"大眼睛警官"在这篇小说里，是另一个暗喻，指的是身与心、现实与理想的水火矛盾；是暗夜游魂对自身状态的最刻薄的想象。

至于那个母亲与警察消失于人群中的那短暂片刻，究竟发生了什么事？恐怕是连暗夜游魂自己都不敢想象的。"天哪！"

陈映真的早期小说不乏这般从自缚的绳子里逃开，而结局或是发疯，或是自杀的角色。而女性／性在陈映真的小说创作中始终是一个最复杂、最难解、最矛盾的一个神秘核心，尤其是早期小说。难以说出来的要承受杀戮的理想，难以面对遑论解决的性这道难题，是陈映真早期小说的一个核心母题。这使得陈映真疲倦于要说但又不能说的往返挣扎与试炼，而终于说了，却说得那么的神秘、那么的美学，那么的幽乎。"现代主义"文风于是成为他寄生的壳，在那里说着只有他自己或少数一二性命结交的兄弟才懂得的"非故事"。因此，陈映真从来不是一个现代主义者，因为他要说的永远是一个特定时代下的人与历史，而其中有着被镇压与被压抑的理想与信念，也有着难以启齿的欲望和罪感。以这样的理解，我重读《面摊》，我相信它是陈映真关于战后资本主义发展下城乡不平等及其衍生的罪恶，关于对社会主义"彼岸"的梦想追寻，以及，对追寻者自身困境的真诚反思的第一篇小说。细致地、缓慢地阅读陈映真寓言时期高度自指性的小说，将会使一些粗糙的笼统论断，好比什么中国文学创作者向来不敢真诚面对自己的性，以及中国文学传统缺少忏悔录这一传统，得到重新衡量的契机。包括台湾在内的中国文学史应该要认知到这一点。

当夜莺和金丝雀唱起来的时候，
唉唉，人的幸福就完全了。

苹果树

——书写是为了克服绝望

　　若说《面摊》是陈映真大学生阶段的第一篇创作，那这一篇则是此阶段的关门之作。故事说的是一个深具颓废与幻想气质的大学生林武治，在应是 1961 年春天的某一个月夜里，在应是台北的一条他所赁居的后街里，在应是一棵青绿的半大茄冬树下，抱着他的吉他琴，面对着一群只能顾及"活着"的社会底层男女吟唱，以及之后在他身上所发生的幸福与惨淡的故事。那夜，他带着一种连他自己也莫名其妙的神经质，甚至可说是疯魔吧，莫知所以然地对环绕四周的穷苦之人诉说他青涩的爱情与耳食的幸福。丰足、正义、快乐、健康、仁慈、爱情、希望……凡此，以那在飘渺之国里结实累累的苹果树象征之。

　　弹唱者林武治虽然短暂地为后街众生"燃起了许多荒谬的，曲扭了的希望"（1：148），但人们终归只能复归他们的生活旧惯，继续卑微地但也现实地活下去。幸或不幸，唯一能调对频率接收到林武治"福音"的，竟是一个疯子——那个后来和林武治发生"畸恋"的疯女人"伊"——林武治的房东太太。惟伊在乐园福音如电光石火般瞬明之后旋即死去，只留下让那死而不僵的后街看客在翌日为之短暂兴奋的丑闻。林武治被警察带走了，而根据一位见证者："他的表情是近乎雕刻般的死板而且漠然"。

　　似乎，林武治所曾搅动过的一池春水，最终还是以绝望与死亡终局；一切回到了其真实且不堪的原点：月光下的乌托邦苹果树却还只是白日嘈杂贫民窟里的一棵青青小茄冬罢了。于是，一篇左翼小说竟然有了点《聊斋》的意思了，月夜下的迷离仙境，竟然是翌日朝阳下的一堆荒冢。

　　在陈映真的早期创作里，这篇小说荒诞跳宕，属于超级难解一族。但我以为，它的意思毕竟还是清楚的，只要我们能将文本结合到作者以及作者的时代。在前一篇文章里，我曾指出陈映真的多篇早期小说具有强烈的"寓言—忏悔录"性质。如果以这个特质来衡量，那么《苹果树》不得不是这一时期这类小说中的一个范例。陈映真透过一个言在乎此的荒诞奇诞的虚构，诉说了一个言在乎彼的真诚切身的痛感。而且，在这样的一种寓言中，作者同时反省了他自己的思想与人格状态。那么，要理解这样的一篇

"寓言—忏悔录"，我们就不得不好好理解作者以及他的存在状态，也就是让20世纪60年代初的陈映真与这篇小说互文。而一旦如此做，那我们就必须看到一个事实：早慧的、孤独的、怀着禁思的陈映真在大学生时期几乎是无人可交心共语，而唯一的例外就是他的挚友吴耀忠。2009年夏，台中美术馆安排了已故画家吴耀忠的家属捐赠展。这个展览在台中美术馆的网站里还排不上当时主要展览的讯息中；那个夏日的热门是席德进——那位当年被台北美新处力捧的画家，至今仍是岛屿人们的热爱对象。八月五日，我和家人在台风来临之前的骄阳暴日中，进入到幽雅冷冽的台中美术馆，不见有关吴耀忠的展览讯息。询问馆员，才知道是在美术馆的边陲一角；馆员说，"直直走到最后，要过了竹林喔！"在吴耀忠的小小的但仍显空荡的展室中，只有展示照片的隔间角落的长凳子上，拥着一对于环境颇敏感的老情人在私语着，男的且不时张望我，似对我的停留过久颇有不解与悻然——这似乎见证了这个展览的冷僻。其中，我特别注意到的是吴耀忠家属收藏了二十多年的纸头已泛黄、笔迹已淡去的陈映真挽联的草稿。那纸上潦潦草草边写边改的是：

耀忠阿兄千古

少时订交　共读新书　慷慨同系两千日天狱　笑谈犹惜　同乡学友心。

老来死别　独吟故牍　悲凉孤对一万里祖国　吞声仍想　兄弟同志情。

陈映真泣挽

这几年重读《苹果树》时，我总是不由自主地把"林武治君"理解为作者采撷他自己以及吴耀忠的形象而创造出来的人物，时而，他在他狭小的阁楼里忧悒地画着，时而，他拿起吉他在廊上或树下兀自唱着，时而，他锐利善感兴奋激动，时而，他嗒然若丧颓唐自弃。20 世纪 50 年代末与 60 年代初，也就是陈映真的大学生时期，能和陈映真一起闭户读左派禁书的，就是彼时就读师大美术系的吴耀忠。在白色恐怖年代里，这两个小青年因缘际会地读到了社会主义禁书，并被其中的红色理想（即，"苹果的消息"）所吸引，也应曾梦想把这个"福音"传出去，传到那最需要这些福音的底层人民吧。但他俩读的越多想的越多，就越发感受到那无法把所知与所信传达出去，并产生某种"有效感"的痛苦，从而，在压抑、恐惧、无能，与盼望的交相作用之下，产生了某种"神经质"。但在神经质的颠倒梦想之中，他们也是有反省的：如果自己连"苹果"是什么样子也不知道，更别说吃过，你又怎么能传苹果的福音呢？那么，一般人把它当作消遣，姑妄听之，打个哈欠回到蜗居才是正常的吧，反倒是只有"不正常"的疯人才可能短路跳接天雷地火，"闻道而死"。因此，这篇小说所描写的是一种在 20 世纪 60 年代初岛屿台湾上的一种绝无仅有的身心状态，是一种在绝望中犹抱存希望的惊疑、无奈与扭曲，是对陈映真与吴耀忠他俩的青涩、彷徨、反抗、迷乱、自省、欲望，与绝望的自残描述与反思。这是思想早熟，自知绝不容于环境的青年陈映真，对他与他的密友（亲密与秘密之友）的思想的长期无处诉说、不孕无果，乃至终将虚无一场，感到无边沮丧之下，所作的一篇寓言——那梦幻憧憬所寄寓的累累苹果树，其实不过是一棵注定无果的茄冬树罢了。然而，或许就像失恋的年轻人要听更悲哀的恋歌才能感到安慰一般，彼时的陈映真也许非得写出郁结沉黑如此的故事，才能稍稍安慰他们自己于万一罢。这么说来，主人公"林武治君"，不得不是以作家本人以及作家至友这两人为模特的"夫子自道"。虽然以我们现在对吴耀忠的稀薄的理解，把吴耀忠加进林武治君与否，对这篇小说的整体理解似乎并没有重要影响 [1]，但我们必须先留下这个诠释空位，为的是尊重历史，也就是作

---

[1]　在长期的忽视下，近来对画家吴耀忠有了第一波的探索，而且成绩斐然，对吴耀忠的创作与人生的重新认识与诠释工作提出了一定的成果。但关于吴耀忠的艺术与政治思想，尤其是他在 20 世纪 60 年代的思想状况，目前还是处于基本资料匮乏的状态。见，林丽云（2012）《寻画：吴耀忠的画作、朋友与左翼精神》。

者陈映真那时的真实历程与真实心情——毕竟，在那个禁忌思想世界里就只有他们俩。

如果说，这篇小说的主锋之所在是剖开了那样一种可谓之"左翼青年"在历史与社会的背景之下的身心与思想状态的话，那么，这个状态更因那些较为私人的诸因素（例如父亲、家庭，与基督教信仰）的介入而更形复杂深刻。我们或许可以这么推想，大学生阶段的陈映真由于暗接上了社会主义，那么具有典范冲击力的唯物论世界观，应会使他一定程度上疏离于他原先的基督教世界与基督教家庭，并在一定程度上反叛了，或至少精神疏远了，他的基督徒父亲。陈映真与他的原生以及继养家庭之间的关系，特别是与他的父亲之间的关系若何，我认为，是一个理解陈映真创作，特别是早期创作的关键之一。大家现在倾向于接受陈映真的自传体的散文《父亲》[1]里所定型的父子关系，以及其中的伟岸父亲形象，但是如果我们参照起陈映真早期小说创作时，我们又不免纳闷于、惊讶于父亲角色在那里的持续缺席，乃至于经常以负面形象出之，例如，《我的弟弟康雄》《家》《乡村的教师》《故乡》《死者》《祖父和伞》……还可以举更多的例子。小说作者陈映真在小说中所展现的长者认同似乎经常跳过父亲，上连到一种精神性的祖父，例如《祖父和伞》与《某一个日午》。此处不是深入探讨这个问题的适宜所在，而我所想要做的不外乎是要问题化陈映真与他的父亲、家以及基督教信仰之间的复杂且矛盾的深刻关系。而我相信这样的一种问题性事实上强烈地展现在《苹果树》这篇小说里。以基督教信仰为例吧，透过这篇小说，我们可以体会到一个人幼年时期的熏陶教养，不是一件可以随意穿脱的夹克。陈映真少年以来所蒙受的信仰经验，不得不成为他理解世界与评判自身的一种依据。在基督教与社会主义之间的挣扎游走，是陈映真创作的另一常见特质，且经常不顾他自己在理性或理论层次上的自我定位。

下面，我们来一起仔细阅读这篇感情、思想和寓意多端缠绕甚至自相矛盾的创作。这故事有几个要角：后街众生、文艺青年林武治、不知其姓氏名字的房东老婆疯女人"伊"，以及一个神隐在幕后类似传统说书人的全知报道者。以下分

---

[1] 陈映真（2000）《父亲》。页133—151。

述之。

一、后街

在一个春寒料峭的午后，大学生林武治坐着三轮车进到了"保安宫后面这一条长长的贫民街"（1：135），并在穷巷所特有的注目礼之下，搬进了他所赁居的一间逼仄小阁楼。如果我们以"白色恐怖下的寓言"来理解这篇小说，那么"保安宫后面这一条长长的贫民街"的一层可能寓意，或许竟是20世纪60年代初，在整个党政军警特的统治体制下的广大底层台湾民众。在白色恐怖下，陈映真小说写得非常之慎重，其中当然包括命名；他对"名"的象征意义的兴趣，有时几乎到了一种耽于密语的快感中，例如，"胡心保"（见《第一件差事》）与"房恭行"（见《某一个日午》）。就以这篇小说的那个背景小庙来说，它的名字——"保安"——应该也都不是随兴胡诌的。七年后，陈映真恰恰就是被"警总保安总处"逮捕。而在50年代白色恐怖时期，大肆搜捕、监禁、拷讯与杀害左翼分子的执行单位，则是另一个"保安宫"——"台湾省保安司令部"。

林武治的房东是一个做木屐的穷汉廖生财，他有个轻度精神病的老婆。小说家对这一家，以及这整条后街以及蜗居其中的穷苦之人的描述，虽无恶意，但似乎也无同情，当然更谈不上什么浪漫化。三轮车进来时，这条后街的人文景象是这般的：

> 在屋檐底下曝日的嶙峋的大老头，伸着瘦瘦的颈子望着它；脏兮兮的小子们停下游耍，把冻得红通通的手掩在身后盯着它；让婴儿吮着枯干的奶的病黄黄的小母亲，张着一个幽洞似的虚空的嘴瞧着它；正在修理着一只摊车的黑小伙儿也停下捶钉，用一对隐藏着许多危险的眼睛瞅着它。这个冬日里的破烂巷子，在它的寂静中，本有它的熙攘的，但都在这个片刻里全部安静下来了。（1：136）

明白了这个新来的小伙子不过是另一个穷小子，他全身上下就也只有那件

海军大衣还算是个行头，但就算它也是破旧得可以了，于是，这后街的看客们
又像失落绷劲儿的橡皮筋般萎回他们的日常状态——"一切又回归到熙攘的寂静
中去，回归到执着的、无可如何的生之寂静中去"（1：137）。有趣的是，虽然林
武治是个大学生，但他的长相装扮似乎还颇能嵌进这样的一条后街。众人对他的
长相的感觉大约是"一个大而且粗笨的家伙，老天，很长的头发，镶着一张极无
气味的苦命的长脸"（1：136）。对这样的一种活着但其实又何尝真正活着的后街
众生，作者的眼光是冷酷而不动情的，好像那是因为他早就挣脱了感情纠葛，进
而对何以致之有过深思明辨似的。迥异于《将军族》那篇小说对底层民众的光辉
描写，这篇小说里的这种毫不带浪漫（哪怕是左翼浪漫主义）气息的冷描写，似
乎同时旁白着一种熟悉的左翼硬道理：贫穷没啥好歌颂的，它是毒树，上头长着
丑、愚、病、恶等毒果。这是陈映真早期小说里常常出现的主题，展现在《面
摊》《我的弟弟康雄》《乡村的教师》《死者》《兀自照耀着的太阳》等多篇小说之
中。看看下面这一段作者以一种全知报道者的身份所发出的议论吧：

> 但是这也并不是说我们这里的居民是过着如何非人的生活，至少
> 他们自身并不以为是"非人"的。因为他们实在没有工夫去讲究"人
> 的"与"非人"的分别。他们只是说不清是幸还是不幸地生而为人，
> 而且又死不了，就只好一天捱过一天地活着。因此之故，生活对他们
> 既无所谓失意，也就更无所谓写意什么的了。这就仿佛我们常见的猫
> 狗之属，因为它们是活着的缘故，就得跑遍大街小巷找寻些可以吞吃
> 的东西以苟活一般。……哀乐等等，对他们是不成意义的。（1：139）

的确，麻木是后街众生的一面。但鲁迅早就告诉过我们，麻木的另一面是看
客，以及看客的起哄与嗜血。在后街众人终于知道新来乍到的这小子不过是"另
外一个穷人加进他们的生活里，如此而已"的时候，他们马上感到怅然，因为
"今天又似乎没有什么特别了"：

在这样局促、看不见生机的地区里，每个人仿佛都在企望着能在每一个片刻里发生一些特别的事，发生一些奇迹罢——或者说：一场斗架也好，一场用最污秽的言语缀成的对骂罢，哪家死个把人罢，不然哪家添个娃娃也一样。只要是一些能叫他们忘记自己活着或者记起自己毕竟是活着的事，都是他们所待望的。（1：137）

就在作者描述这样的一个有着虫豸般的无奈无聊与偶尔的兴奋，却见不到人的意义与历史的后街的当儿，他似乎突然有些生气。他似乎觉得，这种状况又哪里只是这条贫民街、这个破烂巷子所独有的呢！这不正是整个台湾的大多数民众的真实状态吗？于是他经意或不经意地使用了"地区"这个词——台湾地区！？

然而，人民群众也不是铁板一块，就算是这个小小的破烂巷子也一样是有阶级区分的，至少能分成两种人：穿得上海军大衣这个行头的，以及那些连这个都还穿不上的。至于方才我们所指出的那些看客，就是连海军大衣都还穿不上的真正穷光蛋。小说指出了三个有这套行头的住民："一个摆书摊的，一个患着气喘的车夫，另一个就是那个估衣商，而另外两个都是从估衣商那里买了来的"。关于这一貌似唐突的阶级结构的意义，我们留待之后讨论。

二、林武治与他带来的"社会主义福音"

大学生林武治体现了不止一种的矛盾或不协调。首先，他真正想搞的是艺术，但他所读（或"挂着学籍"）的，却是和艺术无关的"一个十分野鸡的大学"里的法律系。于是，理想和现实之间有一难以填平之鸿沟。其次，虽然他看来很酷、很有个性、很有叛逆味，但他毕竟又是一个依赖老家的、没有肩膀担负、不需直面生活的年轻人——"务农的家里一个月给他寄三百元"。这使得林武治在这条后街的存在变得很特殊，甚至突兀，因为那儿没有一个人"有林武治君的悠悠哉的写意劲"；他是"唯一能从那无气味的生之重压支取一些他自己的自由人——如果我们不算廖生财的妻在内的话"（1：142）。于是，叛逆与寄生之间有一尴尬的并存。

　　然而，一个如此矛盾、不协调的大学生林武治，却竟然给这样的一个虫豸般的、生何异于死的后街，带来了些许从来没有过的朦胧触动与莫名向往。在一个"暮春的傍晚"，像个吟游诗人般，林武治君边弹边唱，把一种对生命、对社会、对未来有所盼望的福音，传给了这个后街。但是，能这样做的林君，并非有任何大德特操，反而只是一个"趣味不高"、未经人事、不知情为何物、囚困于朦胧且执着的性苦闷，且还日日依赖老家维生的青青学子而已。他唯一的与众不同之处，归根结底，或许只是他那近似于艺术家的幻想气质罢。残酷点说，或许那一切的理想都只是他性压抑下的欲望或想象的变形罢了。林武治君片刻感动后街诸人的福音和"苹果园"有关，而据说那是一首东洋流行歌。

　　　　浓雾罩着松林，
　　　　寒霜结在苹果树园。
　　　　守园姑娘，依稀，依稀……
　　　　果树青青，
　　　　我的乡愁轻轻，
　　　　……（1：144—145）

　　林君唱着唱着，竟在自己对自己的感动中把现实给揉进幻想里头，把他吟唱时所据的那棵半大茄冬树当成了苹果树，且竟然十分入戏地嗔怪起来，质问："我说这苹果树怎的不结果子哩？"而后，续之以祈祷："该结果了，该结得累累地。绿的，粉红的，黄金的……"（1：145—146）。这个累累果园之盼望，一下子把围观的饿小子们给牢牢抓住了。苹果，他们不但没吃过甚至没见过，于是欲求详情于林君，但问题是传苹果福音的林君自己也不识苹果为何物。他有的只是微薄干燥的知识与推论。于是，他只能推想苹果之形与色——"必定是比柠檬大比香瓜小的，比柿子较淡而且有更高尚的红色的一种果子"（1：146）。形状易比附，口味则难与言。在一种不得不面对自己其实是一个不知味者的受挫黯然中，林君忽而毅然地说："告诉你们苹果是什么。苹果就是……幸福罢。"（1：146）

在林君想象幸福的呢喃声中，当然，也是在银色的月光中，"大家都迷失在一种苍白的、扎心的欢愉里去"（1：147）。己达达人，林君首先许诺他自己的幸福——"一双能看见万物的灵魂的眼睛……然后我能将这些入画"。然后，他几乎如基督分鱼一般，庄严地许诺了旁观者的幸福：穷小子的幸福"该是一碗香喷喷的白饭，浇着肉汤"；"宝宝们都有甜甜的奶"；"老头儿们都有安乐椅"；"拾荒的老李的眼病会好好的"……而且，

> 那个时候，再没有哭泣，没有呻吟，没有诅咒，唉，没有死亡。
> 那时候，夜莺和金丝雀们都回来了。它们为了寻找失去的歌声离开我们太久太久。当夜莺和金丝雀唱起来的时候，唉唉，人的幸福就完全了。（1：147）

在一种入魅的状态下，林武治悲欣交集泪流满面。而此时林武治的面貌也不再是两个月前他刚从三轮车下来时的那张脸了（我们还记得是："大而且粗笨的家伙，老天，很长的头发，镶着一张极无气味的苦命的长脸"），而是，（在月光照耀下的他）有着"一头浓密的黑发""削瘦的青白的脸""温柔的，梦一般的眼睛""干枯而极薄的魔术一般的唇"（1：148）。当然，我们也要有心理准备，在之后不久的某一日近午时分，被警车带走的林武治的终局表情——"近乎雕刻般的死板且漠然"（1：154）。这是林武治君的表情三部曲，与剧情发展同步变脸。

如果只是除脉络地从林武治君本身入手来理解这篇小说的话，"苹果"到底意味着什么的问题，就无法给人一个信服的说明，从而使得这篇小说就只能是一个无厘头悲剧或青春期闹剧。人们会轻巧地理解为：一个童男因着对爱与性的朦胧想象，在某个暮春的银色月光下，自我催眠且催眠众人，以其青春的无畏与狂想，把一条日本流行歌，无限升华为一个无何有之乡的福音，并在当夜的亢奋迷失中犯了房东太太，最后以败德之丑闻告终。而"苹果"者，也不过就是性压抑、性升华，以及吃禁果，这些要素的综合象征罢了。但是，如果我们把这篇小说和它的创作者互文的话，也许就可以对"苹果"的所指有更为合理、深刻的掌握。

我们知道，陈映真原名陈永善，他的父亲在他十三四岁时，皈依了基督教，在信仰中抚平了数年前的丧子之痛，而死者则是陈永善的孪生哥哥陈映真。陈映真这个笔名也就是为了纪念亡兄而起的。父亲的虔诚基督信仰深刻地影响了少年陈映真。但同时，成长中的陈映真也因各种原因，幸或不幸地、早熟地吃了那时是绝对禁果的中国社会主义革命历史与文学知识。可以说，耶稣与马克思，对于陈映真从青年开始的思想与创作历程而言，一直是他追求正义、平等与解放的两个理想源头，这两者有时并行不悖，有时相互质疑，构成了一个异常丰富且矛盾的思想图谱。

如果说，陈映真的文学与思想，深受社会主义与基督信仰影响，及其相互轳砾，是无可争议的，那么，我们是否可以如此提问：在这篇小说中，那象征了物质与精神两不匮乏的"苹果树"，到底是哪一个品种的？是社会主义的，还是基督宗教的？可以辨析吗？还是无从辨析？

小说里，"苹果树"所代表的幸福，直观而言，的确很接近基督教的"应许之地"，特别是其中那句"那个时候，再没有哭泣，没有呻吟，没有诅咒，唉，没有死亡"（1：147）。它与《圣经·启示录》第 21 章第 4 节"神要擦去他们一切的眼泪；不再有死亡，也不再有悲哀、哭号、疼痛，因为以前的事都过去了"非常接近。但是，这并不能让我们进一步扩张解释，说"苹果树"排他地象征了基督教上帝之城。因为果如此，那么小说里因禁忌与压抑而来的未来幻想，就会失去那个禁忌与压抑了。在台湾，基督教并不居被禁者列，传基督的彼岸天国福音也并无任何禁忌与压力。因此，"苹果树"所象征的必然是某种多于基督福音，无法为基督福音所穷尽的"福音"，或"解放的消息"了。那么，"苹果"或"苹果树"，所象征的就更可能是和基督教乌托邦理想颇有交集的社会主义理想了。但这还是我们的猜想推论而已，得在文本里找到更可靠的证据才行。

陈映真很技巧地、欲盖弥彰地，让苹果更是象征着社会主义。好比，林武治君喃喃自语地说苹果该结果了，"该结得累累的。绿的，粉红的，黄金的……"（1：146）。几个颜色都提到了，但偏偏就是不说"红的"。这不是奇了！就好像是说莲雾该结了，"绿的，粉红的，黄金的……"，但就不说"红的"，是一样的奇。这是否有可能是透过刻意不说而说呢？更有趣的是，稍后，林武治在"推想"苹果之为物时，却又认定苹果是"比柿子较淡而且有更高尚的红色的一种果子"（1：146）。红得"更高尚"！陈映真真是煞费苦心地和"红色"玩躲迷藏。

陈映真笔下的林武治君因此是一个脑袋瓜里秘密发着一种社会主义热的文艺青年，欲言又止，止而且又欲言，坑坑洼洼、结结巴巴。但这个林武治君的可爱复可悯之处，其实更是在于他的浅薄与矛盾——他其实并不知道他梦寐求之的社会主义理想到底是什么碗糕！因此，陈映真说他"趣味不高"，其实正是因为他是一个不知幸福为何物的传福音者。幸福是什么？他小子只有抽象的、概念的、翻译的理解，例如，他只有从后印象派兼前立体派的保罗·塞尚的静物画那儿看过苹果。而这和青年陈映真与吴耀忠只有从艾思奇或是日本社会主义者的译著那儿知道或推测马克思主义或社会主义理想（苹果）的形状，大约是类似的罢。就此而言，林武治君（或青年陈映真与吴耀忠）的困局，不也是大多数不能免于口耳之学的当代左翼（如你如我）的困局吗？想传福音给他人，但总是马耳东风，于是免不得抱怨民众的反动与"必有可恨之处"。但在怨怒之前，人们难道不该反省：如果推销苹果的人自己也没吃过苹果，从而也不曾有因真正吃过苹果而生的真实信念与力量，那么，民众不能接受你以及你的福音，不也是极其自然的吗？民众上过的当还不够吗？这是为什么这篇小说出现了一个一般被认为是不可理喻的疯女人，只有她最后接受了林武治的福音，但她的结局也只能是"夕闻道而朝死"。不然呢？当然，林武治君之所以能够把福音传出去的另一面原因，竟是因为他吃了禁果，有了反省的智慧，不再是一个惨绿左翼青年了。在这里，陈映真又把社会主义苹果带回了伊甸园，而形成了这篇小说的深刻思想张力。这我们稍后会讨论。

回到五月的那个暮春之夜吧。因着银白的月色而浸染出来的福音氛围，也的确一时之间让人们"仿佛看见了拯救一般仰面无极的高空"（1：148）。但此剧之最高点也就是这样了。还能怎样呢？夜毕竟也深了，人们打着哈欠，回去睡了。民众以其生活之现实，以及这个现实所磨炼出的智慧，也只能若有若无地芜想着一些希望，而明日太阳升起之时还是得照旧劳苦——这是对底层的贫苦民众而言。

但对这条后街的小资产者（也就是有海军大衣的那三位）而言，则"都异口同声地主张苹果是极毒之物，虫蛇鸟兽所不近的毒果"（1：148）。陈映真这篇小说除了苹果外，最玄虚的大概就是海军大衣这个暗喻了。到底何所指？我们可以好好琢磨琢磨。海军大衣首先当然是区分阶级的一种象征了；穿得上的相对于穿不上的。在这条后街里，只有四个人穿得上海军大衣，三个小资产者（都是自雇者或是小雇主）以及一个小资产阶级知识分子大学生林武治。当这位大学生企图背叛他自己的阶级出身，想要向底层劳苦者传递社会主义福音时，他们仨，也就是保安宫在这个小社区里的安全细胞，马上政治神经为之紧绷，如眼镜蛇之倏然昂首。这三个海军大衣怪客，以其特定之阶级位置，立即警觉到一种毒素之现形，然后几乎是以上帝的口吻作出毒果之警告。

在这篇小说里，海军大衣除了是一种阶级及其意识形态的象征，还可能另有一层意义。陈映真似乎是用这个暗喻来指涉在那个冷战"反共亲美"秩序后头的美国因素。我问过曾是海军职业军人的父亲，60年代是否曾配备过一种黑色毛呢军大衣。父亲很肯定地说没有，"没有这种装备"。果如此，那么这个海军大衣就很有可能是那种在万华等估衣市场里可以找到的美军装备。大概一直到20世纪70年代底，想要骚包一点的人（尤其是青年人），很多都喜欢穿从估衣市场里搞来的美军夹克，穿起来洋里洋气，颇拉风——这也是我的亲身经验。因此，美军的毛呢大衣应该也是类似的商品。而的确，小说里就交代了，在林武治还没来之前，这条穷巷里的两个穿海军大衣的，就是从那个估衣商那儿买来的（1：136）。因此，通过海军大衣就是美国海军大衣，我们是否可以设想青年陈映真想要传递出来的一个讯息：这个岛屿上的极右"反共政权"的背后是美国——特别是巡弋在台湾海峡上，支撑冷战与分断架构的美国海军第七舰队？至于陈映真为何不直接说是美国海军大衣呢？我的回答是，由于某种政治谨慎，他的早期小说直到1964年的《凄惨的无言的嘴》才第一次出现美国这个字眼。以"美国在台湾"的深广度而言，陈映真始创作五年以来竟然能"其留如诅盟"地绝不谈及美国这二字，则必然是刻意的。1964年之后，美国如决堤之鱼，倾流而出，而这又和陈映真在那时期快速升高了的现实介入感有密切关系。关于这一点，我将另文讨论。

这个海军大衣的解释有过度的嫌疑吗？是有可能。但是，如果把关于"那三个有海军大衣的人"的那一段文字往下看下去的话，这个嫌疑就又将减轻不少。陈映真在交代完这三位反对"苹果的消息"的人之后，接上了一段似乎既突兀又多余的文字作为这一节的终了。这一段话是这样的：

> 另外有一个人，就是拾荒老李的老子，那个十分之嶙峋的大老头儿，实在是我们当中真正尝过苹果的唯一的人。他年壮的时候是个纨绔，在日人时代自其父承受了一个洋行，从日本购办一箱箱的苹果。不过他佬现在是个很重的聋子，苹果的消息他是听不见的，因此我们也休去管他。（1：148-149）

这是什么意思呢？这个"大老头儿"既然年轻的时候是一纨绔，那么他就不可能是年轻时曾接受过或传送过"苹果的消息"的人。这也就是说，我们可不要误会这个"大老头儿"会是一个吴锦翔（《乡村的教师》里的反日左翼志士）的老年时代。正好相反，"大老头儿"所象征的是那些曾经受到日本殖民政权好处，以及受到殖民政权"反共"法西斯意识形态所深刻烙印的老一代（曾经）有产者。如果他们还是得势，他们也是会加入那三个美国海军大衣怪客反对"苹果的福音"的阵营的。但无奈落花流水朝改代换了，他们的日本时代已经过去啦、失势啦——他们聋啦。所以呢，就算想反对，也无从反对起。因此，作者说："我们也休去管他"。当时才二十三四岁的陈映真，就以其领先时代数十年的见识，展现了他对冷战、分断，以及白色恐怖的理解。他或许也曾这么想过：对于台湾的反动结构的理解，我们除了要掌握准法西斯的国民党政权（"保安宫"），以及大美利坚帝国秩序（"海军大衣"）这两个要素外，还要反思检讨日本殖民统治的遗留。

回到"海军大衣"。那个象征后头的最深刻寓意，或许还不在对那三个拥有海军大衣的陋巷反动小资产者的描述，我们可别忘了，林武治君也是身穿海军大衣的一员。如果说那三位反动小资产者的海军大衣是一个客观叙述的话，那么林武治君的海军大衣就是一个自我批判了，指向了作者自己和吴耀忠，坦白他（无论是林武治君、陈映真，或是吴耀忠）自己也是深受美国风所影响的一代。又岂止，他也是深受东洋风所影响的一代。别忘记，陈映真一再强调，林武治的"趣味不高"，"来自南部乡下，唱的固然是东洋日本流行歌，弹奏也是东洋风的"（1：143）。又岂止，支撑他的反叛的、虚无的、理想的"背后的背后"力量，竟然是国民党！而林武治君之所以能逃避生之重压的自由，竟是建立在他的地主父亲和国民党地政人员勾结诈骗佃户所得来的"不义的铜钱"之上（1：152）。《苹果树》写的正是这样一个悲剧：一个文艺青年千丝万缕地纠结于这个他所身处的恶德的社会，却又痴心妄想把自己给举起来。

三、与基督教的对话："反乐园"与"反亚当"

陈映真透过了"苹果的消息"的出现，酸碱试纸般地展现了反动力量的社会与历史构成，包括了"反共政权""既得利益""美国霸权"与"殖民遗留"。"苹果的消息"的所指，其核心是社会主义而非基督教，因为已如前述，反动力量是不会无聊到对基督教福音昂首吐信的。那么，《苹果树》这篇小说在思想系谱上的唯一参照就是社会主义理想吗？并非如此。就思想而言，这篇小说的最吸引人之处恰恰是在于它反映了作者在基督教与社会主义之间的张力思考。我们无法简单地说"苹果"指涉的只是社会主义的红色理想，而与基督教仅仅是在"奶与蜜"那儿重叠。透过"苹果"这个暗喻，陈映真也在和影响他至深的基督教义对话。

既然苹果象征了幸福——生活基本需求的满足、社会的和乐，与个人身心的安顿——那么，要如何才能达到这样的幸福呢？这个手段问题一旦提出了，也就立即揭开了苹果的第二重象征——智慧。要获得幸福，必须首先得有能够追求幸福的主体；而这首先要求追寻者要有一种能分辨是非、善恶、美丑的智慧。这里，我们感受到陈映真的一种深具异端况味的基督教思想。之前，我们看到了林武治对于一种没有哭泣、没有呻吟、没有诅咒，甚至没有死亡的应许之地的憧憬——这应也可以是向往上帝的乐园罢。但同时，我们也有点狐疑地看到林武治所想象的幸福竟包括了开眼明辨一切隐藏的秘密的智慧。月光下，他流着泪说他所要的幸福"该是一双能看见万物的灵魂的眼睛"（1：147）。咦，这不就是智慧吗？这是你该知道的吗？这不就是魔鬼的引诱吗？在上帝与魔鬼的斗争中，陈映真竟然不安地同情起了魔鬼。

这个让人反省到自己的处境，对其不满，进而思以改之的智慧之果，根据基督教义，是一种让人类先祖因为吃了它而被逐出乐园的"毒果"。《旧约·创世纪》里，耶和华创造了亚当和夏娃，并让他们俩在名为"伊甸"的乐园中镇日嬉戏游玩，不虞吃食、没有烦恼、没有自我意识，从而智慧乃是多余。耶和华对他们俩仅有的告诫是："这园子里所有的果子你都可以摘食，唯有那能分辨善恶的知识之树的果子，你不要吃，因为你一旦吃了，就将死。"而之后的故事是我们都知道的：由于毒蛇的怂恿，夏娃吃了那禁果，并分给了亚当。耶和华震怒，将这两人逐出乐园，要他们得劳苦终日才能换得一饱，终身役役之后一死复归尘土。这个"毒果"，《圣经》里虽未指明是苹果，但在人云亦云之间，苹果早已取得了优势再现权。

对写《苹果树》的陈映真这个异端而言，全世界广大的劳苦的、担重担的"后街之民"，不只需要一种关于幸福的炽热信念与希望，也需要智慧。得要有那智慧的苹果，人们才有可能从他们的"如死之生"的反乐园（dystopia）中自我拯救出来。林武治君，这位既没有吃过甚至见过作为幸福象征的苹果，也不具备能达到幸福之地所需的智慧象征的苹果的可怜人儿，当然是无法向人群传递出任何超过须臾幻想的福音信息。而在最后，那听闻了"苹果的福音"而得道般挂着微笑以死的"伊"，死前在月之银盘中看见了一个幻象：

　　一片苹果树林的乐土，夜莺歌唱，金丝雀唱和。幸福在四处漂流着。而在林间悠然地漫步着一对裸着的情侣，男的武治，那女的可不就是伊自己吗？（1：153）

可是，林武治君何以能让"伊"收到那个福音短波呢？这并非由于"伊"因其特殊之心智而或可能有的特异领悟力之故，而是因为传福音的男子已然经历了一场主体蜕变了；他如今对幸福有了真实感受了，他从不知味到知味，从懵懂无知到清醒自觉了，他能够"开始用新的热心述说着一个苹果园"（1：153）。然则，这个蜕变又是从何而来呢？

竟是因为林武治君那天晚上吃了禁果——"犯了伊"，从而"知道了女性"了。这个具有颠覆既存自我意识的巨大认识地震，使得他从童男一夕成为"一个成长的男子。一个全新的感觉的世界为他敞开来，好像仙境"（1：151）。从"男孩"一夕跳跃到"男子"，使得他曾建立在一种确定的、当然的、无问题性的人生（包括，家庭、故乡、"不义的用度"）之上，并闪着青涩的处男的月亮、处男的爱情、处男的吉他……这些魅影的可以名之为"少年感伤主义"的整座大楼，及其地基，一道崩塌了——所谓"过去之失落"。从此，林武治君无法再与过去和稀泥了，他必须寂寞地、孤独地重新认识自己，这让他开启了自我与他人、自我与社会之间的关联意识的智慧之门，了解了自己之所以为自己的社会条件。在这样的一种自我重新整理之下，苹果树不再是少年感伤主义之下的幻想了，而成了一种坚实的信仰了——"曾几何时他已经超出了幻想而深深地信仰着那幸福的苹果了"（1：153）。

相对于少年康雄因吃了禁果失去童贞，从而为他的世界带来了摧毁性的后果，这里的林武治君则因吃了一个似乎更不伦的禁果，反而获得了重新整理自我、了解自我的智慧与勇气，对幸福之为物或"社会主义福音"，也有了从扑朔迷离梦幻泡影，到具有身体实感的信仰的认识转变，从而使追求幸福的意志变得更坚定。而这个自我大修整，不是透过上接宇宙人类众生，甚至也不是透过革命阶级民族这些大视角，而是透过重新认识他与他自己的家之间的关系而达成。也就是说，林武治君因破除了对自己与家的关系的自我欺蒙，而达成了自我的重新认识。透过家作为一个核心中介，这个反思上达于整个历史与社会，下连于自我与身体。就是在那一个月圆的夜里，那若有所思犹且若无所思的"伊"，使林武治君霎时转为成人，且成为霎时转为成人的林武治君的仿佛的告解对象。在月色入户的神秘光晕中，林武治君不再是强说愁似的幻想着苹果乐园，而是如托尔斯泰《复活》里的主人公那般地剥解自己：

> ……我的父亲和地政人员勾结着，用种种的欺罔诈骗我们家那些
> 不识字的佃户，然后又使人调解息讼。我明明知道这些，但我只好像
> 父亲所期待的那样装着不知……
>
> 我什么也做不了。但是我终于走出来。也许在逃避着自己家的
> 恶德罢。然而，若我们没有了那些土地，我们更只好等着沦为乞丐了。
> 我的父亲什么也不能做，一个哥哥因肺病养着，另一个哥哥自小便是
> 个赌徒。
>
> 但是我出来了又有什么用呢？每天我的用度仍旧是那些不义的铜
> 钱。(1：152)

于是，这篇小说或许可以这么读：这是一个"信者"（至少不是亵渎者），对
耶和华的抗命与对基督教的挑战，是伊甸园寓言的"反寓言"；林武治是"反亚
当"。林武治要带领后街（失乐园）的人复得乐园，但这个乐园不在天国不在彼
岸，而应该在现世在此岸。没错，这个乐园的追寻是要仰仗信仰与希望，但只有
信仰与希望是不够的（虽然没有它们绝对不成），而也需要智慧。而智慧与信仰
与希望并不是分离的，真的信仰与希望必然是基于对自我的深刻理解，而这个理
解之所以深刻，则是因为它将自我联系于家庭、社会与历史的纠结之中了。人间
的夏娃把禁果给"反亚当"吃了，让后者一夕间成人，有了真正的孤独感、自省、
与智慧。仙境在人间；彼岸在此岸。

因此，这篇小说所展现的是一个由社会主义、对社会主义的质疑，基督教、
对基督教的质疑，所交织而成的具有深刻悖论意义的复杂寓言。而其中，对基督
教的质疑则是这篇小说最挣扎与最深刻之所在：信望爱固然不能从改造人世的大
业中抹除，但设若这一切没有革命的智慧与实践，那又有何用呢？而革命的智慧
设若不是从对主体自身的历史与物质条件的反思肇端的话，又从哪里开始呢？

在我们之后会探讨的《加略人犹大的故事》那篇小说里，陈映真批判了一

种社会主义，指出它缺乏希望与爱，徒有智慧。在《苹果树》里，他把这个批判颠倒了过来，描绘了一个徒有希望与爱，但却没有理解自己与世界的智慧的文艺青年林武治。犹大那样的左翼青年在罪与死之前，还得到了来自耶稣的救赎，他理解了耶稣的爱与美。但林武治这个文艺青年却连这个救赎都没有，失魂、落魄、槁木、死灰以终，尽管之前他曾有过那般的蜕变呢。这样的终局，反映的是 20 世纪 60 年代初在台湾岛屿上有这样的一种思想与人格状态的青年的必然宿命？陈映真为什么要写这样一篇毫无出路的绝望小说？真的是一团墨黑的绝望吗？或，在绝望中仍有希望？在下面的最后一节我们将专门探讨这一问题。

四、未完：绝望书写里的救赎可能

《苹果树》这篇小说有两个特点让我们不得不联想起《面摊》。首先，两篇小说都是以城市后街底层人民的贫病苦难生活为背景。其次，贯穿两篇小说之中都有一个欲语还休、躲躲闪闪、鬼魅魍魉般的旁白者或说书人，以及，从而流淌出来的一种迷离诡异的叙事氛围——到底是谁在那儿说话？这个奇异说书人的存在，微妙地破坏了这篇小说原本的第三人称全知观点的叙事结构。为什么作者非要在这个就算无此说书人也已经圆融贯通的叙事结构里，把另一种声音给加进来，说些类似古典章回小说里那种"诸位看官啊，你有所不知……"的奇怪话语？很显然，当作者有强烈发言冲动时，他不甘于屈服于文学叙事的规范，他不愿意隐身幕后，他霍地跳将出来，越过他的人物与情节，直接和读者沟通。陈映真选择用这样的方式来表达的小说并不多，只有三篇，而且都是他最早期的小说，分别是《面摊》《死者》与《苹果树》。其中《死者》那篇，还比较即兴，只有在一段"当作者找不到适当的角色来说他要说的关于如何理解贫苦人的私通败德时，他干脆违背叙事体例，跳出来进行一串旁白评论"[1]。把这种幽灵说书人的效果发挥得淋漓尽致的则是《面摊》与《苹果树》。

我们先回顾一下《面摊》里那幽灵说书人的出现状况。在《面摊》里，我们看到在第二节的结尾，出现了一句打了括号的文字："（唉！如果孩子不是太小了

---

[1] 参考拙著，《求索：陈映真的文学之路》。页 41。

些，他应该记得故乡初夏的傍晚，也有一颗橙红橙红的早星的）"。（1：4）这句话，摆在小说的客观叙事结构里，完全不知所从出，因此也只能是说书者言。然后，又出现在小说的最后一段文字："孩子在妈妈软软的胸怀和冰凉的肌肤里睡着了。至于他是否梦见那颗橙红橙红的早星，是无从知悉了。但是你可以倾听那摊车似乎又拐了一个弯，而且渐去渐远了。格登格登格登……"（1：12）这难道不是说书人站出来面对观众（你）朗读终场诗吗？终始《面摊》，都有着一个神秘说书人在那儿记挂着、目睹着一颗挂在西天的"橙红橙红的早星"。这个说书人对绝望文本所建立起的外在性或疏离性，不就是作者在遍地绝望中所留给自己（以及读者）的一盏希望之灯吗？我们可以说，陈映真在他自己所建立起的绝望天地之间感受绝望但又观看绝望，与绝望者同情共感，但却又拒绝全然入戏。那里，有一个未完。

　　写的都是贫病交加没有希望的后街人物，但《苹果树》比《面摊》要更沉重。相较于终始还有一颗"橙红橙红的早星"闪烁其中的《面摊》，《苹果树》则几乎是以黑暗破败无谓始，以死亡失心荒谬终，而这使得夹在终始之间的风烛般的摇曳亮光，更显得极其虚幻、可悲，好似主人公曾在某一时刻所带来的希望烟火，仅仅是为了衬托那弥漫八方的不可征服的绝望黑暗。在《面摊》里，那个代表未来的小娃虽正咳着绝命的血，然而是否一定绝望，则毕竟仍属未知，但在《苹果树》里，那曾经闪过瞬间希望光彩的竟是一个疯女人的双眸，而伊毕竟闻道闭眼而死了，留下槁木死灰的林武治君，以及一棵纯属误会的苹果树。1961年，大四学生左翼青年陈映真，他的思想与行动的毫无出路，已经叠加累进地重重压着他了。《苹果树》写的就是所有的希望与反省都势必成空，然而作者却又不甘心于绝望的一种状态。于是，这是一篇不甘于绝望的绝望书写，而且作者了然于他所要进行的就是这样的一个几乎不可能的表达，于是他再度征用了那既内在于叙事却又同时外在于叙事的神秘说书人。而且，相对于《面摊》与《死者》里说书人出现的相对任意性，在《苹果树》里，说书人几乎就是主人公之一。透过他，陈映真要传达的是：当一切归于死寂时，还有一个目睹这一切的说书人未死；那里还有一个火种，那里还有一个未完。下面，我们整理一下说书人的在场。

　　首先，陈映真在通篇小说中都用一种怪异的敬称"林武治君"来叙事。我认为，这就是在强烈暗示一个与林武治有着真正的关系的说书人的存在；是他在讲着一个"私故事"，里头的人儿，他熟悉得不能再熟悉，亲密得不能再亲密，与他自己千丝万缕多重缠绕，切己到几乎为己，如影之于形。这个人儿，如我们先前所指出，是陈映真与他的铁哥儿们吴耀忠的混成体。

　　其次，陈映真多次使用"我们"，但这个词的意思又多于一种。有时候，"我们"指的是说书人与林武治与这条后街的一体感，例如，"在我们这条街道上，自然也住着好几户车侠的"（1∶135）。但是，有时候，这个"我们"又是排除了后街底层民众"他们"的狭义"我们"，例如，那天晚上在林武治君昊天罔极的乌托邦热情泛流之后，人们却如电影散场的观众一样，相继"回到他们的蜗居去了"。这里用"他们"，表示说书人又不和他们一伙了。果然，之后紧接着的话是"关于那苹果的消息，的确叫我们燃起了许多荒谬的，曲扭了的希望"（1∶148）。而这里的"我们"，就又颇值得琢磨了，它显然指的不是一个跨社区的共同体感，而是说书者与林武治的一体感，因此才会有紧接着的对那三个海军大衣怪客的描述。此外，这个说书人有时也会以"我"的姿态直接出来说话，例如，当说书人在评论林武治的"自由"时（1∶142），以及当他在描述廖生财妻的状态时，他说：

　　　　伊的世界有月圆有月缺、有繁星、有寒霜、有猫的脚步声、有远
　　归的雁的啼叫。然则除此以外，就是我也无由探索伊的。但伊的世界，
　　伊的生之迥然于吾人，大家料必都得同意的罢。（1∶142）

　　这一段话让说书人的姿态展露无遗。然而，说书人不只是客观的报道林武治的状态，也同时揪心地卷入对林武治的道德的、伦理的责备，例如当林武治在那个月夜里"犯了伊"时，说书人几乎是以自责的口吻说："这是毕竟不该的，也是不好的"（1∶150），以及"我很难过。我不知道怎么说他们才好"（1∶151）。

　　小说最后一节几乎就是说书者站在舞台中央向大家报告"翌日"了：报纸报

道丑闻、"表情是近乎雕刻般的死板而且漠然"的林武治被送上警车、"我们这儿的人从老到少都谈论着这事"、后街之一切回复原状、苹果树不过是一株"不高的青青的茄冬罢了",以及"……"(1:154—155)。

这是多么绝望啊!但是容许我读出另一层意思吧。这篇小说的绝望感是极其浓厚,但希望也并未因此窒息。青年陈映真写了这篇小说之后,说不定反而还让他更宝爱他的信望爱慧,与他的朋友吴耀忠继续孤独向前呢。为何我会有这个解读?其实只是依赖一些"技术的细节",也就是方才所整理的贯穿整篇小说的说书者"我"的存在。

这个不尽合情合理、近乎漂泊游魂、穿梭浮游于后街的"我",究竟有什么意义呢?我认为这个"我"表示了作者,在小说架构的限制下,强烈地热望于把自己摆进来;他不想隐身于一个客观全知的虚假立场中,也不想隐身于一个同样虚假的主观叙事者立场中,作者想要在他以极真实、极强烈的困惑、希望与挫折为线、为索,所编织出来的"真实世界"中,融入地看、融入地听、融入地说,以一种既在其外,却又在其中的立场报道。这个"后街游魂"说书人的眼睛常常像是一台冷漠无情的远镜头摄影机在贴近特写;无声地——他看到所有人,所有人看不到他。但敏感的读者,在你阅读这样的一种几乎是隔着一层单向透明气密玻璃的近乎行为主义的冷酷速写时,也必然听到那报道者因情感剧烈起伏而来的心跳、喘息与叹息。"我"要一边负责地冷酷地报道着,并一边诅咒着、同情着、惊讶着、赞叹着、遗憾着、惧怕着、厌恨着、兴奋着、无奈着。"我"要以无比的同情共感,以时空同在的紧密,报道着那和"我"有那么多地方共义、知心、同情,像是孪生、像是挚友,更像是死盟同志的林武治君。

因此,这篇小说的难以想象的最高尚情操,竟是作者创造出这个使"林武治君与伊"的理想火种还能留在人间的"我"。因为,没有这个"我",武治君和伊就将成为最不幸的人了——故事将永远地封结于他二人的死亡与绝望。而"我"的出现,使得"我"承担了这个罪恶之眼:我纵然目睹了绝望,目睹了这个残败后街的一切如旧,但这并不表示林武治君和伊的那短促的火光是假的、是不曾发生的。那些希望、爱、反省与智慧,是真正曾经发生的。"我"是见证者。不仅如此，作为说书人的"我"，更是设定了另一个在小说、故事甚或真实历史之外的时间维度。因此，小说有两层时间：那个故事的时间，以及"我"在说这个故事的时间。这一个不被吸纳到前一个时间的时间，也同时推论了一个不被反乌托邦所征服的空间以及主体的存在。这个几乎只是物理性的事实，也同时悲怆地意味着希望的可能。的确，在小说里，"我"目睹了林武治君犯了伊的那夜，"我很难过"，"我不知道怎么说他们才好"。但在这些看似颇融入现场情景的话语之后，那似乎一直在现场的"我"却说了一句"他日之话"："那夜的月光太迷人了，青得像一片深泉，青得叫人心碎的深泉，一定是的，一定是由于那至今从未见过第二度的那种月色之故。"（1∶151）在故事时间终了之后，还有一个"至今"、还有一个在某地的"我"，仍然记得那"叫人心碎"的一泓月色。

以鲁迅为重要启蒙与价值参照的青年陈映真，应该是在抗拒着绝望的时候，也曾想起了那也曾经走在绝望与希望之间的细细钢索上的鲁迅吧。鲁迅说过："石在，火种是不会绝的。"同样的，"我"在，这个关于苹果的福音也是不会绝的。在1961年的某天，青年陈映真手执硬笔，在《苹果树》这篇小说的结尾处连点了15点——"........"。相对于常规的6点，这15点，下得是多么有意思，败而不溃、气息深长、"我"将再起。"未完！"——或许陈映真在点完这些点的同时，他曾如此抬头独语。

……但一个宣传着爱的教训的人，
却使他的辽远的心志动荡起来。

加略人犹大的故事

——超克"犹大左翼"

左翼也要处理他与神的关系。左翼的自我认同支柱之一，如我们所熟知，即是世俗主义的、激进的无神论。当初，马克思主义就是借由对宗教、神学，以及宗教哲学的批判，确立了一个坚实的立足点并阔步前进的。在马克思和恩格斯的想法里，宗教必然会随着封建生产方式的倾圮而没落，因此宗教的式微和对于现代性的消极定义，几乎可说是等同的。但岂止是社会主义左翼，其实整个现代性的立场就是对宗教力量的限定、质疑，乃至否定。这个姿态当然也蔓延到当代流行文化，好比摇滚乐。很久以前，少年的我听到约翰·列侬的歌 *Imagine*，总是朦胧地感动，特别是它开头的一段很是大胆颇是大器（尤其是在那谨小并慎微的岁月里）的歌词："想象没有天堂，很简单，只要你这么想。我们脚底下并没有地狱，当头的也只有长空。想象所有人都为今日而活。想象没有国家，这并不难，不用为任何理由杀人或被杀，也没有宗教……"

这些年来，幸与不幸，我知道了人间的有些事理往往要比这段歌词来得复杂得多。这个知道，是进步还是退化，我犹然困惑，但不管怎说，对宗教的态度、对国家的态度，的确无法像以前那般铁口直断了；有了些暧昧，有了些两难。一方面，我仍然看到大宗教经常与国家机器与统治阶级的意识形态表里其间，也看到它状似无辜地支撑着霸权集团的一种种族主义或文明主义的敌我想象，例如西方长久以来不自省的基督教中心主义，特别展现在"9·11"后的美国政权上。但另一方面，宗教不也是很多重要的人道价值（爱敬包容忏悔怜悯宽恕，乃至——有所畏惧……）的载体吗？——虽然我们的确也见到体制化宗教与这些价值之间的高度问题性关系，它们经常对这些价值提出保守的、反动的诠释，甚至为帝国主义提供暴力与文化殖民的正当性。但是，尽管如此，这些合理的顾虑似乎也无法就让我们便宜取消一个重要问题：在左翼面临溃败的今日，是否需要重新检讨主体的精神、感觉与道德状况，并思考是否以及如何将各个世界宗教的重要的价值与理想重新纳入我们的思想活动，使它们在改造世界，以及同等重要的改造自我的路途中，成为一种重要资源。

委实难以理解、难以想象，半世纪前（1961 年），二十出头大学尚未毕业的陈映真，在炽热地密恋彼岸的社会主义革命的同时，竟写下了《加略人犹大的故事》。这篇小说以一种极其稀有的恋人清醒，以及一种更极其稀有的少年老灵魂，几乎先知般地预见了现世社会主义革命中的人道主义精神耗损。又，青年陈映真关于民粹主义与它的左翼反对者的关系的思考，更似乎是预见了四五十年后所谓台湾进步社会运动中的某种精神与道德状态。这尤其令人骇然。

小伙子陈映真何人也？是什么样的养成背景与特殊经历，竟能让他那只手在白色恐怖的童骇荒芜岁月，孤单地写出这个当世无人能解的寓言。不但在当时的岛屿台湾不可能有知音，就算是当时对岸的大陆，这个寓言也一样是知音难觅；彼时新中国成立未久，以及在全球冷战的强烈敌意环境下，整个知识界仍昂扬着一种"青春万岁"的道德激情之中，就算是"三年自然灾害"，也不曾真正让革命的行进状态，得到一个切实的回顾的冷静时刻。而且，在那个冷战的隔绝年代，陈映真的写作也不可能是对大陆自 1957 年以来的一波波政治运动所做出的反应。多年后重读此篇，让我们不得不惊讶于，是何等敏感的心肠与高大的器识，让青年陈映真写出这种唯有革命老灵魂才能总结出来的教训！陈映真的文学常常超前他的时代——虽然发表于当时，但其实更是寄向未来的瓶中信。五十年后，我尝试努力打开这个瓶子，阅读这封信。我应该有些读懂，因为我有些感动——这么说自然有些近于自恋的可笑。但这个有些读懂，或许是由于 20 世纪 80 年代末以来，对台湾的社会运动与左翼圈子多少有些参与和体会所致吧！换句话说，我更是从我比较有感觉的"台湾经验"来理解陈映真的这篇小说。

有些读懂指的特别是这个感触：如果，改造人间的计划与行动，只能以否定的、批判的、怀疑的、理论的等形容词，来定性它的核心精神状态，那么这个改造行动，无论其初衷曾是多么磊落超拔，也必将沉沦。这是这篇小说在思想层面上的主要所指——至少我是这么认为的。

社会主义革命运动，或更泛而言之"左派"，为理性的、怀疑的、否定的现代精神的一种展现。这篇寓言小说中，"犹大"是某种左派人格与精神状态的象征，而"耶稣"则是那种状态的一种超越。陈映真怀着同情共感的理解爱憎犹大，同时面对着那来自耶稣的强烈而朦胧的召唤。"犹大"与"耶稣"都可以是象征，用来讨论一个思想问题：人道主义的社会主义如何可能？这样的一个问题意识，坦白说，在马克思主义的理论传统里，一直是非主流的，甚至是被视为异端的；提出这个问题就得面临"小布尔乔亚人道主义"的污名，对一个在很多方面接受马克思主义价值信念与分析方式的陈映真而言，这是一个非常难以处理，但恰恰也是他一直临深履薄的问题。

一、犹大是某一种左派

对我而言，《加略人犹大的故事》不是一个古老圣经故事的新编，而是一个关于现代左翼分子的故事。说破了，犹大就是个左派。陈映真使用浮雕的手法描写犹大这个左派，让他的形象很突出、很鲜明，但主要却是因为背景凹陷的缘故，也就是说在犹大与他的对立面（也就是右派）的对照下，我们掌握了犹大的"左"；"左"从而是"右"的对偶或孪生，而非对"右"的超越与克服。在这篇小说里，站在政治光谱右端的是"奋锐党"，一个以驱逐罗马人而后独立建国为目标的一个"民族主义基本教义派"政党。

我们且看那系着一条"红艳的腰带"的犹大，是如何以左翼的雄辩批判奋锐党的老祭司亚居拉。当亚居拉以上帝选民的代言人姿态，以急促的威胁语调对犹大说："我们信万军之耶和华的杖，我们的重担必将离开，我们的轭必被折断"，犹大则以权力政治局中人的尖锐回应：

> 罗马人的担子，罗马人的轭一旦去除又如何呢？因你们将代替他们成为全以色列的担子和轭。
>
> 你们一心想除去那逼迫你们的，为的是想夺回权柄好去逼迫自己

的百姓吗？（1：110）

当亚居拉以低姿态诉说奋锐党并无或忘民族之苦难，不然"冒险的图谋又是为了什么呢？"时，犹大毫不犹豫地站在苦难大众的阶级立场回以：

> 你们既然冒着万险自罗马人手中图谋他们的权柄，那么将来分享这权柄的，除了你们还有谁呢？你们将为以色列人立一个王，设立祭司、法利赛人和文士来统治。然而这一切对于大部分流落困顿的以色列民又有什么改变呢？（1：111）

当亚居拉以社会福利与社会救助来回应阶级问题，说"我们的律法中自有多方的体恤"时，犹大更是辛辣质疑"怜恤"所预设的阶级不平等，及其伪善：

> "怜恤？千万不是的！"……"你们配去怜恤他们吗？那供应着你们从容为以色列首领的，不正是日日辛勤却不得温饱的他们吗？主人倒受怜恤，这当是律法的正义吗？……"（1：111）

犹大进而以一种内在批判，间接攻击犹太教的偏狭选民思想：

> ……一切的权柄源自耶和华，那么罗马人的权柄——她的权柄如今遍布世界——又源于谁呢？（1：111—112）

犹大进而以"联合全世界的无产阶级"的世界主义姿态挑战亚居拉，从而终至于碰触到奋锐党的种族主义底线，使亚居拉为之歇斯底里，不让犹大讲下去，并咒骂他为"不分洁净的与污秽的"异端。而这只缘犹大说：

> "这些轭，这些重担不止加在以色列人的身上，这些轭和重担同

样加在那些在该撒权下的一切外邦人的身上，也在那些无数的为奴的
罗马人身上。"……"反对罗马人应不只是以色列人的事，也是……"
（1：112）

　　如果说之前的对话场面虽火爆但仍得以继续，那么是在国际主义对上了民
族主义这一点上，犹大与亚居拉来到了摊牌时刻，再也讲不下去了。但是，换个
角度看，犹大和亚居拉在明显的对立之外，也还是颇有一致之处的：两者的用心
与热情都是借着一种自居弱小与正义的姿态，"反对"或"反抗"那强大且邪恶
的他者，因此都共享了一种妒恨政治的平台。在这种妒恨政治的格局的制约之下，
主体其实是处在一种看似实在而却是空洞的状态之中，因为主体大致是依赖敌对
性而建立的。若敌对一旦蒸发，主体安在？读青年陈映真的小说，感觉他已经深
刻地进入到这个思域了。没问题，他应是很支持犹大对右派的批评，显露在他赋
予犹大那如火焰般的雄辩，但是，他同时也很微妙地、有所保留地描述犹大的立
场为"他那某一种形式的世界主义"（1：110）。显然，这是因为陈映真对这样的
一种左翼精神状态感觉不安。

　　陈映真是透过对左翼运动者犹大这个角色的复杂且矛盾的刻画，来铺陈他所
感受到的当代社会主义革命问题。犹大是个什么样的人呢？首先，犹大是个为了
革命可以放弃女性／性的英雄，至少，他能过美人关。他和业居拉的女儿，美丽
的希罗底——"伊的眼睛像纯净的鸽子的眼，伊的身子像牡鹿一般的俊俏"（1：
115），私奔到滨地中海的城镇迦萨，在往来商旅的驼铃声中、在醉人的地中海暖
风中，他俩厮磨缱绻凡五年。但是，和一个美丽的女郎缠绵于爱与性的五年光阴，
却使外表"壮硕且焕发"的犹大深陷到一种类似忧郁症的境地里。这从何说起
呢？必须从"初度的激情"开始说起。因为经验了女性，青年犹大从这个成人礼
般的关卡进到成人，而那原先"由少年的正义和伦理筑成的都城"瞬间倾覆，而
他当初据以抗辩大人的"正义的无有之乡"也飘逝无踪了。于是，他过着深层不
快乐的日子。

　　早期的陈映真小说经常将初性看作一块界碑，区分了青少年与成人这两个人

生阶段。而少年的由血性、直觉所构成的一种正义世界，总是要坍塌一回。有人永远地坍塌了，在废墟之旁安分地做一个正常世界中的正常成人，而其他有些人，则不甘于这个坍塌，欲想重建，而重建失败则与之共亡（如《我的弟弟康雄》里的康雄）或短暂成功迅即崩溃（如《苹果树》里的林武治），但有人似乎是重建"成功"，犹大则是一例。这一切要从他遇着了耶稣开始说起。他遇见了"那个人"，于是那昏睡于他体内多年的理想与悸动复苏了，他的眼睛开始发光发热了，他要离开安乐窝去追求理想了。连希罗底都感受到爱人的巨大变化；她跟着兴奋着但也独自忧愁着。但我们将看到，在犹大身上所展现的这个"成功"，也是片面的、有问题的，最后甚至是毁灭性的。

犹大有着所有革命者为奔赴革命而有的那种烈焰般的实践兴奋。这种"幸福"，不是那"没有剑、没有弓、没有矢的"阿都尼斯（见《猎人之死》），或是那被自己的安那琪的坍塌所压死的康雄，所能比拟于万一的罢。阿都尼斯和康雄总是孤独着、疲倦着、自渎着，犹大却是昂扬于行动且自适于两性的。不但如此，犹大还能为了理想告别他所爱恋的美丽女人，以及那令他不快乐的、偷安的生活。但犹大毕竟不是阿都尼斯与康雄的超越，因为他也有阿都尼斯所曾指出的问题："无能于爱罢"。

令人惊讶罢！左翼武士犹大的正义城堡隐着一种结构性缺憾，那即是，在爱人类、爱受苦者与受辱者的语言之后，却有一种真正爱人的无能，而所能爱者恒己。这个缺憾是否常见之于现代左翼男性的人格构造之中，其实很难一般而论，必须具体地分论，但把它当作一种可能性来反省，应该是不妨的。

二、"冷峻的犬儒的智慧"：左翼犹大的主体状态

有着"冷峻的犬儒的智慧"的左派犹大，总是那么的清醒、那么的理智、那么的怀疑、那么的谋略，在政治情势中总是能"不由自主地计划着细节和估计着后果"。有着这样的精神与人格境界的他，在被耶稣的精神所感召的同时，只能理解耶稣为"一个聪明的人、极聪明的人"，只能一再以己度人地推想耶稣是一个权谋者，"极端聪明而巧妙地将他政治的、社会的目的，掩护在以色列人迷信

着由上帝遣来救赎主的传统寓言的心理，扮演着古先知的神采"（1：123）。

就算是有着热情时也必须"强忍着"，以使自己表现出一副"智慧和倨傲"模样的犹大，其实话说回来他的"热情"本身就有问题，因为他即使是在最热烈的时候（好比，与希罗底的"极其热情的片刻中"），他也"感到自己却不能完完全全地沉溺在欢悦里，甚至一直在狰狞地清醒着"（1：114）。这个"清醒"是个两刃剑，一方面使他不会"沉溺在欢悦里"并隔绝于理想的召唤，但另一方面又使他无法真正投入地爱人，使他总是如失眠般地狰狞的清醒，使他总是有一只邪恶的眼注视着自己，让他觉得自己总是宿命地在情境之外、"去到那繁星的空际去"（1：114）。犹大的"心是寂寞的"，是的，他是一个自恋者。唯有在犹大被耶稣所感召的初期，在他的复苏的人生悸动中，头一次感觉到自己跨越了自恋的鸿沟，能"用完全的自己去爱希罗底"，"头一次他感觉到爱人的幸福"（1：116）。

然而，犹大能够完全爱人的经验必定是短暂的，要不然他之后的算计与背弃将不可解。犹大被耶稣感召的战栗点不在于耶稣的爱与耶稣的美——这些容或也一定程度地吸引着他吧，但真正吸引他的是：耶稣恰好体现为"他的思想的偶像"（1：121）。犹大决心归从耶稣是因为：

> 他对待罪人、贫贱者和受侮辱者的诚挚的爱情。他对这些为上层犹太人所唾弃的以色列人，充满着亲切、仁爱和温慈。但当他指责法赛利人和文士的时候，他的语言严重而且震怒。（1：121）

耶稣是一个他所向往的"社会的弥赛亚"，而非只是奋锐党人所企盼的那种狭隘的"政治弥赛亚"。这使犹大兴奋，因为他找到了他的"领袖"了。换言之，耶稣是犹大所发现的能够实现他自己的理想的手段——这几乎有点类似一个投资者找到了一个能干的CEO的心情了。而耶稣或许因为深刻理解他这第十二门徒的这样一种投资者的才具，赋予了他管理钱财的重任。而犹大也在一种自恋的心情中有了和其他门徒竞争的心理，"感到自己的重要性几乎仅仅次于耶稣"（1：121），而且在一种耶稣与他有秘密政治默契的想象中暗自欢快。

但是，以犹大的质才格局所理解的耶稣是一个误解，差之毫厘失之千里。固然，犹大看到了耶稣"对待罪人、贫贱者和受侮辱者的诚挚的爱情"，也看到耶稣"指责法赛利人和文士的时候，他的语言严重而且震怒"，但这并不意味耶稣对苦难人群的爱是以对社会支配群体的恨为根底的，也不意味爱必然是与恨对偶相生的。耶稣的愤怒不是恨，耶稣的爱不是政治，他不是也不会操作一种爱恨政治。然而，犹大却始终是在这样的一种根底器识所限定的格局中追寻耶稣。由于他对耶稣的爱是一个错爱，那么这个错爱也只能为他带来一连串的失望，乃至爱恨交加。

在一种"美感体会"上，陈映真对犹大的刻画犹有更深入之处。相对于陈映真在很多小说中常常让人惊艳的对美人（尤其是美男子）的几笔传神白描，犹大的形象至少是争议的，是一种非常让人不安的美，假如还不能说一种具有魅力的丑的话。来看看陈映真笔下的犹大吧！

曙光照着他的茶铜颜色的脸，虽然比离家前瘦了些，但是旅行和日曝使他脸上的每一寸肌肉都发着结实的光彩了。他的髭和须更加浓密起来，以一种怀疑的森黑的颜色，鬈鬈地爬满了削瘦的颊、颔而至于喉梗。他的鼻子高而且瘦，有一种决然的，峥嵘的感觉。连着浩瀚似的额，伊觉得犹大在一种智慧和倨傲的氛围中，像高居云丛中的犹太人列祖或先知一般不可企及了。（1：105—106）

犹大正系着一条红颜色的腰带，动作有些粗鲁而且草率。他抬起头来，照样是那么冷漠的表情。但他的热情却不可掩饰地从他的眼和密闭的嘴唇中流泄出来。（1：107）

他是个高而瘦的青年，不知道为什么给人一种肮脏的感觉。也因此使他那红艳的腰带显得极不相称了。……他看来老而且疲倦，但一切青春的火焰仿佛都汇集在他的嘲笑的、狡慧的、不驯的眼睛里，因

此使他的脸有一种微妙的狂野和倨傲。（1：110）

犹大所显现出来的特征，不就是间接地表明了犹大的无能于爱与怜悯，他的傲慢、算计与争胜吗？而这又是因为他对世上的荣耀和权柄抱有不自知的野心。他那么犀利地批判亚居拉披着宗教外衣的"彼可取而代之"的谋略，竟是因为亚居拉是他的竞争者，而"社会的弥赛亚"也不过是"政治的弥赛亚"的黄雀在后。如果说，亚居拉等奋锐党人是表里不一的虚无者，犹大并没两样。在犹大身上，谁何曾看过爱与信仰？而就像失去信念的基督徒的十字架的徒然，犹大的那条红腰带（象征了社会主义信念？）似乎也是一个徒然。犹大由于内在的"不善"，发之而外，使得他的外在必然也"不美"——"不知道为什么给人一种肮脏的感觉"。这个"肮脏"指的应该不只是外在的形体服饰，而是某种从那个怀疑的、森黑的、虚无的内心所透露出的一种来自地狱的讯息吧！犹大彰显了一种美善两亏，却自许为真理使徒的主体样态。

青年陈映真也许是感受到了内在于自身的"犹大"，而书写了这篇同时具有忏悔录性质的寓言，从而，这篇小说应该是对其作者有一种自我厘清、自我治疗的意义罢。但半世纪后，这封瓶中信对今天读者的意义，应该更是让我们思索青年陈映真的这个命题：社会主义革命的理想与实践，如果于其深处空乏了某种人道的信念与情操，那是否将堕落到一个不善不美之境，只剩下权力与雄辩，从而，连真理也将不存。

三、耶稣 vs. 犹大

奋锐党（或以此而言，任何族群民族主义或种族主义政党）的"政治弥赛亚"，和耶稣的人道主义与普世主义的差异，固然如泾之与渭，但相对而言，犹大（或以此而言，"现实存在的社会主义政党"）的论述和人道主义与普世主义却常有着不辨牛马的表面趋同。这大概就是当犹大听到他的前奋锐党朋友西门向他介绍耶稣这个人时，会感受到"与己同"的欣然自喜的原因了。西门虽然"神韵卑俗"，但却有一种"完全平民的聪慧"，这个聪慧使得他能对耶稣和犹大之间的关系，既难免有一种误解，但又有一种平民的、直观的正解。他是这样感受与理解耶稣的：

> "他的教训有无比的权威和爱。这些又使我想起你和亚居拉的话了。有一天耶稣在加利利的海边直接呼召了我，说也奇怪，我便立刻舍了打鱼，做他的门徒。"（1：118—119）

> "我细心地跟从他，……知道他果然便是以色列人的领袖。他和城中的罪人、穷人、病人、娼妓、税吏和做贼的为伍，却有自在的圣洁，便又叫我想起你的话了。来日他的国度定必是我们真正的以色列人的国；他的权柄必使每个以色列的民得福。"（1：119）

除了一个关键字之外，西门的这些话，犹大都懂，让他自以为他和耶稣印了心。这个字就是"爱"。犹大他

> 沉吟了起来。一个有权威的教训是什么，他是不难料想的，就比如古希利尼人的辩士罢。但一个宣传着爱的教训的人，却使他的辽远的心志动荡起来。（1：119）

但犹大的心志会"动荡起来"，并非因为他瞬间通上了"爱"，而是因为他狡慧地、犬儒地、自以为是地，认为他将遇见的是"一个聪明的人，极聪明的人"而已，而非一个真正能爱人的人。那个人以"爱"为权力论述，以之争取民心，以之夺取政权—真绝啊！真是聪明啊！犹大会这么想，是因为他活在一个"不真实"的精神状况中，以己度，认为耶稣也是一个"不真实的"谋略者，有所扮演、有所隐藏，清楚知道自己所扮演的角色只是为了达到某一"崇高"目的的一个手段。

就此而言，我们也都是犹大。不只是因为我们无能爱人，更也是因为我们只

能理解这样一种"现实的""合理的""权力的"存在。"爱人的人"就算在我们眼前，也将会被我们"理解"为权谋者、傻瓜、梦想者、疯子或是白痴，就如同犹大在不同时期对同一个耶稣的"理解"。但话说回来，这似乎不仅是左翼犹大的状况，也似乎不只是右翼奋锐党的状况，而是现代状况。

在对耶稣绝望之余，犹大孵出了一个为了未来光明而不得不现在黑暗的点子：牺牲耶稣以换得犹太全民的觉悟与抗暴行动。这是左翼犹大的"以目的正当化手段"思维的极端展现（当然，再一次，不只是左翼，而是从马基维利开始的现代性思维）。然后，犹大目睹了他的计划落空，在绝望的晕眩与背叛的齿冷之后，犹大结束了自己，也同时终结了他那一款绝缘于人道的社会主义。犹大的社会主义与那象征真诚的热与爱的红色并不相称；犹大对红色是一种亵渎。

> 犹大确是吊死了的，好像一面破烂的旗帜，悬在一棵古老的无花果树上。当黎明降临的时候，我们才在曙光中看到那绳索正是他那不称的红艳的腰带，只是显得十分肮脏了。（1：133）

但是陈映真让犹大死得很幸福，因为在钉上十字架的耶稣被竖起来时，犹大有了顿悟，他终于真正理解耶稣了。因此，犹大的自杀既背负了背德与羞耻，但也复杂地揉进了一种"既闻道死而无憾"的满足。

这个顿悟既非来自理智推论，也非来自道德感情，而是来自一个深刻内在联系于道德与真理的"美的经验"。不妨长段引述陈映真对这个顿悟的描写：

> 挂在十字架上的耶稣在嘈杂残酷的嘲弄声中被竖了起来。犹大凝神地望着它，他的眼睛忽然因着惊叹微微地亮了起来。他初次看到耶稣有着一对十分优美的两臂。这曾以木匠而劳动过多的双手多肉、结实而且十分的笔直。
>
> "多么优美的一双手臂呀！"犹大对自己嗫嚅着。但是他在这一顷刻之际，犹大完全了解了一切耶

稣关于天上乐土的教训和他上连于天的权柄。他知道耶稣已给这
样赢得了他实现于人类历史终期的王国，这王国包容着普世之民，它
的来临和宇宙的永世比起就几乎可以说已经来到人间了。他忽然明白：
没有那爱的王国，任何人所企划的正义，都会迅速腐败。他了解到他
自己的正义的无何有之国在这更广大更和乐的王国之前是何等的愚蠢
而渺小，他的眼泪仿佛夏天的骤雨一般流满了他苍白无血的脸。（1：
131）

看耶稣这个人！在以爱与宽恕展现了永恒的王国的那一刹那，连犹大也宽恕
了、也赦免了、也救赎了。如此至善同时也是至美的展现，又哪里是"犹大们"
的政治、权谋、或"聪明"所能比拟于万一的呢？"犹大"因此所指的不是犹大
这个人，而是这整个现代性情境，后者因为对宗教的批判而连带着完全否弃了世
界宗教所意在乎彼的某种更高的人间理想。现代性最大的暴力因此不在科技理性、
不在大屠杀、不在市场经济、不在民族国家、不在帝国主义，也不在殖民暴力，
而在于它禁止了人们想象一种高于、超越于"政治弥赛亚"（民族国家）甚至
"社会弥赛亚"（分配正义）的更高理想。历史据说已经终结了，不是吗？而在这
个终站里的"左翼"社会与文化理论，只能口沫横飞地剥解与批判自恋文化或商
品拜物教，或以各种巧奇的方式将"爱"解构，将爱等同于"爱的政治"，完全
无能于直面"爱"。在被这个无能所填塞的心智空间中，右翼民粹主义得以一种
奋锐党的方式，使"（恨里的）爱"成了一个极强力的动员论述——好比"爱台
湾"。

四、耶稣、犹大、希罗底，与陈映真

那么，如何理解希罗底在这篇小说里的位置呢？这个问题也重要，尽管希罗
底在这篇故事中似乎只是犹大的陪衬；一个让落魄英雄有所返回，让远行英雄有
所别离的美人而已。在五年的迦萨时光中，希罗底是那内心寂寞、思绪不时飘向
"那繁星的空际"的犹大的慰藉：

所幸的是希罗底的幸福的、无识的、满足的脸往往在这种悲愁的片刻里带给他一线安慰。他感觉到一种仿佛一个父兄在注视着一张甜蜜地沉睡着的子弟的玫瑰般的脸孔的时候的温暖和安慰了。这温暖流过他的全身，想到羁旅异地，不由得全心爱恋起来。(1：114)

在犹大见得耶稣之后，他重新找到生活的目标，使"沉睡了五年的生命苏醒了"，于是短暂回到迦萨整理行装，并"在这匆促的三日之间为伊带来从没有过的完全的爱情"。破晓时分，犹大整装待发，以"苏醒了的生命力""伊所不能了解的新的希望"以及"完完全全的情热"，轻柔地拥抱着伊，并说："妇人，我就走了"。于是

希罗底注视着犹大的身影，在这一片乳白色的石砌的城市中，渐渐的远去了。他始终没有回转过来，伊想着他那强忍着热情的冷漠习惯，止不住一个人倚在门边爱恋地微笑起来。(1：107—108)

这样的叙述如何过得了女性主义政治正确的稽查呢？几乎每一个关于希罗底的描述都是犯忌讳惹疑窦的。但这样的制式反应是有问题的，因为它只能让人满足于一种政治正确的姿态，而无法让人更进一步探讨小说家在这里所经营出的更深刻更复杂的思想情境。

首先，必须确立一点，这是一个关于犹大而非希罗底的故事。"希罗底"是作家陈映真——无疑作为一个男性——所要尝试理解的一个或可暂谓之"女性"的一种存在困惑的观念的具体代表。"希罗底"和"耶稣"都可以是两个观念，陈映真将它们视为两个重要的关系参照，用来理解那个问题重重的左翼的、男性的革命者犹大。

犹大有什么问题呢？根据之前的讨论，犹大的问题在于妒恨、虚无、权谋、自恋，而总结于无能爱人；总是在具体的、真实的人的关系中——哪怕是在最亲

密的恋人关系中，有同情共感的障碍，只能以一个"正义的无何有之国"作为自我维持与修补之技术——思绪频频飘向"那繁星的空际"。他甚至并不爱那些他所声嘶力竭为之请命、为之斗争的被侮辱与损害者，因为他真正在意、妒且恨的是既存的有权者，不管是亚居拉或是罗马总督。"你们瞎了眼，竟不把我当回事"可能是犹大的最强烈的内心呼喊。

在这样的一种以妒恨为底的左翼精神状态里，所谓犹大受到耶稣的感召，也不过是以他的格局所能理解的耶稣，来感召他原本的自己而已。犹大透过他所诠释的耶稣，唤醒了犹大原来蛰伏的生命力。这以妒恨为火所燃烧出的"爱"的能量，一度使他，也一度使希罗底，感到一个完全脱胎换骨的犹大。但其实犹大并没变，因为，以希罗底的敏感，犹大在三日结束后离开她时，还是带着那"强忍着热情的冷漠习惯"，头也不回地离开这个让他头一次感觉到"爱人的幸福"的希罗底。为了目标，犹大仍是克制自己、压抑自己的高手。犹大并没有真正改变自己，而真正的改变，我们知道，是他看到耶稣钉在十字架上被竖起的那一刻。

的确，犹大是面临着一个选择，远行去搞革命，还是留在高老庄的迦萨。在某些历史时刻，具体的人非得做出具体的决定，离开，或留下。我那个年代的中学生都读过革命先烈林觉民的《与妻书》，对那样的一种为"大我"牺牲"小我"的人与事，我们还能对之指手画脚吗？那不太没心肝了吗？难道我们要颂扬那些遁地而为虫豸，买田购屋娶妻生子的"自了汉"吗？但是，革命的历程后来不正恰恰向我们展现了一个无比真实且可悲的问题吗？以真实的大地与真实的日常生活的弃绝为前提，去上西天或是搞革命，而这样的一种虚无的、亢奋的"飞天"，不正是"遁地而为虫豸"的一种极端性对反吗？犹大的问题，也是众多左翼男性革命者的问题，不就是在于一意高蹈飞天、一心到达"彼岸"吗？

因此，"理想的追寻"与"虫豸的人生"的对立，是一个不幸的、经常没有必要的、修辞化的、极端化的对立。我们对于"理想"与"人生"需要有新的理解，而这必将是一个将二者结合起来的理解。马克思著名的十一条《费尔巴哈论纲》中的第六条不就已经说了吗："什么是革命的实践？不只是向外的革命，也是向内的；是在改变外部环境时同时改变革命者自身的行动"。这个"自我改变"

当然牵涉到一个左翼男性如何和女性、和生活、和人民和解并学习。一种对于生活、生命、他人的热爱，应该是革命实践的前提与同时存在物。而理智的、冷漠的、衙枚的革命者，往往走向了与目的地相反的道路。

是在这个意义上，我们似乎可以从陈映真关于耶稣受难的描写得到一种神秘的启示。耶稣是一个超越了爱与恨、超越了天地雌雄、超越了繁星理想与现实人生，超越了头脑与身体对立的一种形象，而这个形象的最具体、最形而下的代表则是为罪人犹大所惊诧目睹的那曾是木匠耶稣的一双手臂，"多么优美的一双手臂啊！"（1：131）——那是一双为生活而劳动的手臂、为扶持跌倒的人、为拥抱麻风病人而伸出的手臂。

看一个人先看他的手吧！犹大从那"多肉、结实，而且十分的笔直"的双手所得到的顿悟是巨大的。一向以来，他以为耶稣只是一个"聪明的人，极聪明的人"，而这双手让他理解到耶稣是个爱人的人，极爱人的人。

如果这样理解耶稣、希罗底与犹大的话，那么或许我们可以这样想象：希罗底较之犹大似乎还更为接近耶稣。作为陈映真小说的思想的一个诠释者，我当然相信这也是陈映真的思考；虽然比较秘密，虽然只曾以小说的形式展现过。但他的很多重要的思考不经常是透过小说而非政治与社会评论而展现吗？

最后再说两句。我认为这篇小说要与《面摊》《我的弟弟康雄》《故乡》《祖父和伞》《苹果树》《凄惨的无言的嘴》《哦！苏珊娜》与《猎人之死》等篇小说一起掌握——它们都是青年陈映真对他的政治、价值与欲望的困惑而认真的思索与告白。虽然它们也都必然折射了属于青年陈映真那个时代的某些声音颜色线条，但小说家所言者大、所虑者恒，不但五十年后声如撞钟，恐怕永远都会是属于全人类的重要思想与文学资产。我抱着感激的心如此写着。

他已经没有了对于新耶路撒冷的盼望了。

我的耶路撒冷又在哪里呢？

凄惨的无言的嘴

——六〇年代初台湾岛屿上的精神史一页

1964 年，陈映真在《现代文学》这个刊物上发表了《凄惨的无言的嘴》。小说描写 20 世纪 60 年代初一个大学生精神病患，在结束长达一年半的住院治疗之前，踩在一条介于"正常"与"不正常"、"真实"与"不真实"之间的细于发丝的边际在线的所见所闻，或，颠倒梦想。小说像是一组冰凉的大立镜，安静地折映出梦魇、理性与谋杀的片段，以及主人公的孤独、敏感、与妄想。读这篇小说让我无端想起作者另一篇稍早的作品《祖父和伞》（1960）。揣摩缘由，大概是因为它们都在神经质地咀嚼一种存于大荒凉之中的孤独况味。读这篇小说也让我无法不联想到作者紧接着于同年发表的《一绿色之候鸟》（1964），而原因大概是它们都属于那种在希望与绝望的无尽代续的炼狱中的写作。这三篇都有一种荒诞感、一种不真实感，以及一种挥之不去的鬼气。在陈映真的小说家族中，它们应算是比较接近一种爱伦·坡式的"现代"感的。

陈映真 1961 年夏天大学毕业，1962 年入伍服役，1963 年退伍，是年秋，赴台北一所私中任英语教师，前后达两年半。这篇小说就是在擦黑板改簿子刻钢板之余写成的。与这篇同属"现代文学时期"的作品共有六篇。撇开托古寓言小说《猎人之死》不论，其他四篇之中有两篇可以瞥见此时教师生涯的一抹残迹掠影，分别是《一绿色之候鸟》与《兀自照耀着的太阳》，而《凄惨的无言的嘴》则没有。另外两篇，《文书》与《将军族》，则和作者教书之前的服役经验有关。乍读之下，它们之于本篇，似乎更是风马之于牛。

陈映真似乎很少谈论他的服役经验。就算谈到那段时日，似乎也只是要指出期间他接触了底层外省官士兵，而他们的半生颠沛，让陈映真"深入体会了内战和民族分裂的历史对于大陆农民出身的老士官们残酷的拨弄"[1]。至于他自己，陈映真则是没有描述兴趣。这个不欲凝视一己苦乐得失并以之作为创作资用的态度，并非偶然，因为同样的，陈映真对他的狱中经验（1968—1975）也甚乏谈兴，经常是飘飘几笔"远行归来"就算是风波远飏。而在那些远行年月中，真正能化作他的墨水的，是让他为之五内震动的红色政治犯的血与泪。他把写出那被世人所遗忘的时代风雷与人道坎坷当作他的使命。

人们常有一个正确的体会：陈映真写小说都是从他在一个特定时代中的真实感受与经验出发。但我们又同时看到他毫无欲望书写他的服役或是坐牢的经验。这里有矛盾吗？并没有。因为陈映真从己出发（任何人写作都必然如此），但并不停留在一己，他要一通天下之气，把自己和一个更大的人间世推联起来。因此，所谓从他的真实感受与经验出发，就有了一个更明确的意义：他不是从他的一朝之患而是从他的终身之忧，去定锚他所要书写的感受与经验。陈映真之所以不同于"现代主义"，就在这个"道德层面"上。这个小差别有大意义。我们不能只看到陈映真写作中的现代主义文字与意象，就遽尔说陈映真有一"现代主义时期"，那就将是"以辞害意"了。因此，文章一开始所说的陈映真与爱伦·坡之间的相近，不妨就停在那儿好了。

把话牵回来。我这里要说的是：我认为这一篇小说反而是和作者的服役经验比较有关。另外两篇（《文书》与《将军族》）说的是从部队里出来的外省官士兵的故事，这一篇则是间接关于部队这个"体制"。我这么"比附"，并不仅仅是因为作者刚退伍不到一年，也不仅仅是因为同时还有两篇小说来自部队经验，也不仅仅是因为这个将要出院的"我"算了算，"来到这个精神病院已有一年半了"（1：204）——这个"算"是所有算日子等退伍的人都能会心的，而更是因为精神病院与部队这两种貌似无关的机构，其中竟有某种内在结构上的同形共振。根据美国社会学者高夫曼（Goffman, E.），现代性有一常被忽略的重要特征是所谓"完全机构"（total institution）的大量出现，它指的是一种统摄人生所有面向的社

---

[1] 陈映真（1993）《后街：陈映真的创作历程》。页57—58。

会机构——供应你一切、控制你一切，如监狱、精神病院、集中营、部队……[1]
陈映真未必读过高夫曼，读了，他也未必会喜欢，但高夫曼的这一个把众多外貌
迥异的社会机构"视其同然"的观点，其实是马克思主义者并不会陌生的社会总
体的认识论，只不过后者会为那样的观点加上一口批判的牙：诸多貌似分立，风
马牛不相及的社会领域，其实是一个病态的社会整体的构成部分，楚越者，肝胆
也。因此，左翼现实主义书写者如陈映真，不稀奇地也有着一种因社会总体观而
来的跨越性理解能力，把从某一个社会或文化领域中得来的经验感受，作为创作
的感受基底，并将之平行滑动到另外一个比较没有亲临的经验感受领域，而效果
上反而更能让作者挥洒其想象。在台湾，当过兵的男性都能体会到"部队"，其
实在很多地方酷肖"精神病院"，都是一个森严的权威体系，而参与者皆装模作
样煞有介事地共构荒谬与错乱，光怪陆离，乃至见怪不怪。从兵营到杜鹃窝，是
写作者透过他所浸润其中的社会认识论，而形成的写作上的借力使力。

　　这也许可以部分回应我的朋友陈光兴颇好奇的一点：陈映真有什么样的际遇，
让他对精神病患的状态与世界有那么入木三分的理解？陈光兴猜测陈映真"该有
亲朋好友深受精神病痛之苦"。此外，他也指出，陈映真的精神病书写是延续鲁
迅所开启的长达五十年的中国文学史的关于精神病的书写[2]。这两点我都能同意。
但这里我想补充以另一个解释路径：透过对于某些"没有病的""正常的"主流
社会机构的观察，其实竟也可以回过头来帮助理解那"病"与"不正常"的世界。
陈映真自己就曾指出过这个"正常"与"不正常"之间的吊诡关系。他说："我
想世界上有个通例，写疯子呢，往往是疯子比正常的人更正常"[3]。那么，一般所
谓的正常的世界，可能要比疯子的世界还要疯狂，也就不像乍听之下那么悖理了。
因此，我有一个小小的论点：这篇小说的精神病院的场景源自部队经验。

　　但毕竟，部队只是陈映真"能近取譬"用来描写精神病院的资用之一而
已——而且还是个小号的。陈映真理解、描述这个精神病院的更重要的取资，其

---

　　[1]　Erving Goffman(1961). *Asylums: Essays on the Social Situation of Mental Patients and Other Inmates*.
New York: Anchor Books.
　　[2]　陈光兴（2010）《陈映真的第三世界》。页 228—229，注 13。
　　[3]　陈映真（2004a）《我的文学创作与思想》。页 51。

实是他所存在的那个社会，即，20 世纪 60 年代初的台湾。陈映真以社会一分子的经验感受理解精神病院，更且反过来，以精神病院理解社会。这么说，无异于惊悚地指出，从部队到精神病院到整体社会这三者之间竟然存在着一种认识上的代换关系；三者都是"完全机构"，只是强度与表现方式并不完全一样。当然，如果觉得"完全机构"这个概念硬邦邦、不生动，那么换成鲁迅的铁屋"，或陈映真在这篇小说所指出的"黑房"，也都是一样的，因为三者都指出了同一骇人现象：没有出路。

这篇小说借由一个即将出院的青年精神病人"我"的经历，书写了 60 年代初台湾的精神史，或不妨说是精神病史的一页，记录了在全球冷战、两岸隔绝与国民党统治之下，岛屿上青年知识分子的无根、苦闷、虚无，乃至荒芜；作者也同时批判了已蔚为时风的"留学热"。陈映真让我们看到那可怜的雏妓为了寻找生活出路而逃跑而死于非命，肉体上布满伤口。但陈映真更要让我们看到，那些认真于寻找精神出路的人（好比，"我"这个左翼青年）的下场可能是进入精神病院，精神上布满伤口。女体的"凄惨的无言的嘴"，展现了压迫体制以及底层人民自身，对底层人民所施加的双重暴力—有冤更与何人说！而压迫体制对理想尚存、良心尚存的知识分子，所造成的伤害则是想说话但说不出来，或说出来也被视为"疯话"——这不更是一张张"凄惨的无言的嘴"！无论是恺撒身上的刀伤、雏妓尸身上的伤口，或是因失路而抑郁而疯狂的人的嘴巴，皆是古今"凄惨的无言的嘴"，无言地控诉着一个失道悖德残仁贼义的时代。

这篇小说虽然所言者小，说的是一个病人的短短数日中的经历及其意识流变，但却旨意深远。小说与《我的弟弟康雄》都在面对青年左翼知识分子的希望与绝望这一母题，但相较于康雄的悲壮浪漫的殉教式自戕，这篇小说的"我"则是近乎以手术刀剥解并嘲弄自己的青涩、软弱，与矛盾。因此，往前，这篇小说承继了《我的弟弟康雄》《乡村的教师》《故乡》，与《苹果树》等篇的主题，往后，这篇小说又开启了《一绿色之候鸟》《兀自照耀着的太阳》《最后的夏日》，以及《唐倩的喜剧》等篇对布尔乔亚知识分子群落的讽刺性批判。

一、孤独左翼青年欲出淤泥而不染的代价是发病

可能有读者会说，为何要费劲了解作者的当时状态以及这篇小说在前后创作中的相关位置？单纯地把这篇小说以"一个青年精神病人的一日"来阅读不就得了。这样我们也一样可以欣赏玩味作者是如何以高妙的艺术手法，展现一个青年精神病人时而好似低气压的沉闷、无聊、呆滞与回忆，以及时而好似瞬间强风的嫉妒、虚荣、恐惧与悲悯。如果这篇小说真是这么"现代主义"，是让读者一窥某一个青年精神病患的内心世界与意识流转，那么把这篇小说的主人公单纯地理解为一个多愁善感、有某种洁癖的"文艺青年"的确也就够了。

这样的一个可以只是"文艺青年"的"我"，在思想、品德，与品味上，皆自视不凡。我不但是精英的大学生，而且"我"还爱好文艺——"我曾经差一点儿就是个美术学生"（1 : 215）[1]。品味之外，"我"的道德意识也与众不同，我常有一种出淤泥而不染的道德洁净意识，因此我常常敏感于他人外物的不洁（不论是外在的还是内里的）。小说一开头就是"我"换好了"一套干净的睡衣"躺在床上芜杂寻思。之后，洁净的"我"想到精神科医生"从有一点脏了的白外套摸出一根烟"（1 : 203）。更之后，当"我"蹭到那个神学院学生郭君住的地方，我也无法不注意到开门的他"仅仅穿着不甚干净的内衣裤"（1 : 208）。但实际上，"我"也很矛盾，我所看不起的一般人的欲望与虚荣我也都不免。这个以当世为"不洁"，力图洁己自好，但又憎悔自身的软弱矛盾妥协虚假的我，大约在大四的时候就发了精神上的病，进了这间精神病院。

以上的关于"我"的描述都成立，但它们少了一根脊椎把散落一地的它们支撑起来。而这根"脊椎"就是："我"是一个左翼青年。不掌握这一点，也就无法理解这篇小说。由于某些我们并不清楚的原因，"我"有了一种左翼的、禁忌的世界观、价值观与思考方式，因为禁忌，"我"对我的精神与思想状态必须"其留如诅盟"。"我"活在一个不论是道德、真理或是美感上我都无法认同的世

---

[1] 这个关于"我"的讯息，回指了作者本身。根据陈映真，他曾经在读外文系的时候，陪至友吴耀忠考"师大艺术先修班"。吴耀忠考上了榜首，陪考者敬陪榜末。见，陈映真（1987）《鸢山——哭至友吴耀忠》。页41。

界，当然世界也必将不认同我——如果我表现为我。曾有一位君平，彼既弃世，世亦弃彼。但"我"无法如君平那般混迹河海，因为"我"常会发一种会令我自己为之心惊的大头病，好比红旗版的"登车揽辔，慨然有澄清天下之志"，但这个志愿或是理想本身又是完全无路可行、无人可说，真要偶尔说溜了嘴，那就要被"弃市"了。在"我"的轻时傲世的形骸下，其实是魏晋风骨的内底。日暮，"我"有途穷之哭。"我"要到哪里？"我"要如何离开？离开，又到哪里？这令"我"发疯。

所以，这篇小说在一个最根本的意义上，不是"虚构"。流行的"虚构"与"非虚构"的文学分类，在此碰壁了，因为作者并不是以一个承平世界专业"小说家"的身份、余裕，以及无关利害的美学想象，"创作"了这篇"小说"，描写现代文学里的一个泛滥的母题：精神失所的现代人。这篇文字，确切说来，只是以"小说"这个虚构的从而较安全的形式，来自我治疗并抒愤、抗议、存心。在那个白色恐怖年代，由于不难理解的原因，自传与日记似乎更难于作为一个极其稀有的左翼青年如陈映真的真实的书写自我的方式，"小说"反而成为最真实的自传与日记了。虚构的小说反而是最纪实的。

那么，"我"是一个左翼青年，或至少，一个具有左翼人格与精神状态的青年的证据在哪儿呢？小说对这个身份特质的交代虽说是间接而零散，但若合而观之也是清楚明白的。下面是我的考证工作。

首先，这个青年有一个敏感于平等与正义的心灵，而且能够看到有权者的表里不一，以及恃权而骄、而伪的"脏"。当医生当着他面前"从有一点脏的白外套摸出一根烟，叼在嘴角上"时，"我"

> 便觉得有些不高兴起来。一进了医院，便叫他们禁了烟。我忽然地以为：在被禁了烟的病人面前抽烟的医生，简直是个不道德的人……（1：203—204）

这难道不是对统治者、管理者的纵恣虚伪，以及对法律与道德的阶级性的批判吗？岂止医生"不道德"，护士也是一样。护士高小姐白日见到我，摆出一副专业管理者的做派，会皱着眉冷冷地对我打官腔，但"我"分明知道她是一个表里不一公私不分的人，有一回她趁我发病，以为我意识不清，狠狠地吃我豆腐，以"绵绵的手，在我的脸颊轻轻地摩挲着"（1：206）。她曾在黑天暗地里那样摸过我，却又在朗朗白日若无其事，这不是"一种可耻的虚伪"吗？难道这就是那世故的、充满欲情通奸的成人世界的必然吗？难道这叫作"正常人"吗？到底白天算数，还是黑夜算数？都算数，或都不算数？到底哪一个才是"高小姐"，都是，或都不是？"我"，为此深感困扰。

其次，这个青年对人的问题或苦难（例如，精神病）的理解，不是从个人的罪愆、遗传、修养、或人格等去理解，而是从社会整体的环境脉络去爬梳掌握；对"我"来说，疯狂是社会的产物，兼是对时代的无言抗议。"我"和神学院学生郭君，于是有了立场上的左右对立。郭君在表述他对这个问题的立场时，顺道指出了"我"的立场：

> 就像你说的，大半的精神病者是人为的社会矛盾的牺牲者。然而基督教还不能不在这矛盾中看到人的罪。
>
> （1：210—211）

第三，"我"有主流审美所没有的或所排斥的美感经验与判断。一般的新派知识分子与文化人喜欢的是"美新处"所推广的那套现代主义艺术或美国民谣（重点在"美国"而不在民谣），但"我"独喜那有社会意识、有现实感、能表现人民大众劳动与生活的美感对象。"我"在结束了与郭君的散漫对话后，本要沿着糖厂小火车轨道到仓库那边去看一些工人，但因道听他处有命案才折返。在仓库那边，让"我"常常驻足观看的，是这么一幅可以作为"极好的浮雕素材"的劳动者群像：

> 他们总共才只十来个人，脚上都穿着由轮胎橡皮做成的仿佛草鞋

那样的东西。我最爱的便是这个。它们配着一双双因劳力而很均匀地长了肌肉的腿，最使我想起罗马人的兵丁。我曾经差一点儿就是个美术学生。因此对于他们那种很富于造型之美的腿，和为汗水所拓出来的身体，向往得很。当阳光灿烂，十来个人用肩膀抵着满载的货车箱，慢慢地向前进行的时候，简直令人感动。（1：214—215）

这幅合作劳动中的劳动者群像，也许是这个岛屿所剩下的少数人文美景了罢，但可惜的是，就算是"我"的好朋友，例如即将要去美国留学的朋友俞纪忠，对这个我为之异常感动的美的标的，"总是冷漠得很"（1：215）。还需要指出的是，"我"对劳动者的情感应该还不止于纯粹美感层次，而是贯穿及于道德与政治空间。白日驻足于此处的所感所思，到了夜里就变成了"所梦"——他梦到了一个如罗马人勇士般的解放者，"一剑划破了黑暗"……（1：220）。以上述三角点为基准，就可以把"我"定位在"左翼青年"位置了，因为无论是在价值观人格底气（道德）、认识并解释世界的方式（知识），以及美感经验与判断（品味），任何一点上，"我"都称得上是在左这一翼，至少相对于那个统治者医生、那个失去一切信念却依然死守"原罪论"的神学生郭君，以及那向往美利坚新大陆的俞纪忠同学。但是，话说回来，仔细审视这个"左翼状态"似乎又是缺乏根底源流，常常只是展现为一种虚浮躁郁的"气"，或是一股仅仅是拒绝被同化吸纳的"劲儿"。似乎，拉出个距离、现出个差异，本身就是目的了，就是个值得暗喜的成就了。要不然呢？要不然你这个匹夫"究竟意欲何为"呢？我想起康雄姊姊的自怜之遁词："而我这个简单的女孩子，究竟意欲何为呢？"（1：15）

再往深处琢磨，这个"恃气较劲"之所以出现，不正是因为主流（或是"右翼"）的道德、知识与品味，不言不语地窃据了大半壁的我吗？因此，这个"我"，一方面看不起众知识分子同侪的无根——特别表现在对强势外语的着迷，但同时他自己不也是难掩骄傲地自觉又懂日语也会德语吗（1：214）？这个"我"，一方面愿意行有余力，隔着一个安全观看距离，"亲近"劳动民众，品味并感动于其美学，并颇以他人之无感为不然，但就正是这个"我"，同时又以难掩虚荣之兴奋，把调门飙高到以德语发音的 Johann Wolf gang Goethe 之大名而行的阳春白雪（1：220）。这个"我"，对时男喜欢炫耀自己对异性的吸引力颇不以为然，并批之为"男性主义"（1：213），但这个"我"，同时却又对这一码子事无比焦虑，以至于还应郭君之挑衅当场扯谎，说一个女的"临死还说恨着我咧"（1：212）。在与女性的关系上，"我"显露了深刻的矛盾。他有道德洁癖，要求别人白玉无瑕，要求别人表里一致，但他自己呢？不错，他是个幻想的、苦闷的处男，他有着青春期男性的通病，这委实难以苛责，但这样一个青涩稚嫩的状态又如何能让他孤独地担负起那么沉重的世界观与历史观呢？不是反而更加使他意识到他的矛盾、脆弱与无助吗？早慧是他的幸运，但也是诅咒。难怪他发病。他就是无法像外省同学俞纪忠那般童骏地像只大白鹅，屁颠屁颠地摇到美国桥。

在这篇小说，这个"我"难以说没有作者的影子，但却又刻意地"省籍"不明。"我"可能是外省人，因为他听不懂那些糖厂工人的话（1：215）。但"我"也不无可能是福佬人，听不懂一群客家工人的话。作家不凸显"省籍"，恰恰是要凸显这个 20 世纪 60 年代初的精神虚无与创伤，跨越省籍地显现于布尔乔亚小知识分子群落。

二、"我"病了，抑或这个时代病了？

"我"往外张望，所看到的是：这个 20 世纪 60 年代台湾岛屿上的知识分子是在一种没有目标也没有根着的漂浮状态中，像着了吹笛手的魔一般，列队朝向美国而奔。

陈映真是一个思想早熟的作家，他应该很早就开始思考美国的问题。但有趣的是，直到《凄惨的无言的嘴》，也就是在他写了十多篇小说之后，他才把绷紧的弓弦稍微松开些，首度跳出"美国"这两个字。早该出而未出，反衬了"美国"这个议题的高度紧张。之前，关于"美国"，只有含糊其词或暗喻出之，好比《故乡》（1960）里那个没出息的弟弟，最后要流浪，要"驶出这么狭小、这么闷人的小岛……向一望无际的银色的世界，向满是星星的夜空，像圣诞老人的雪橇，没有目的地奔驰着……"（1：56—57）——这，能不是"新大陆"吗？又好比，《苹果树》（1961）里的"海军大衣"到底象征何物，虽然人言人殊，但其中不是也包含着一个"美国"吗？

"美国"于《凄惨的无言的嘴》正式开了闸之后，一直到"华盛顿大楼系列"各篇，几乎无篇无之。"美国"之所以重要，并不是陈映真让它重要，而是因为它是笼罩在台湾文化与思想之上的天。那时，以至于今，全世界数一数二亲美的应该就是台湾；几乎可以说，"自天子以至于庶人一是皆以爱美为本"——尤其是知识分子。因此，要书写台湾的真实的精神与文化状况，美国是一堵无法绕过的墙，它体现为一种全面进步的、文明的、现代化的生活方式、知识思想、政经制度，以及审美品位。在那个以美国为真善美之北斗的年代，陈映真文学的担当之一即是全面并深入考察这个美国因素的在地开展——陈映真 20 世纪 70 年代末 80 年代初的"华盛顿大楼系列"，对这个问题的多层次的复杂讨论迄今并未被超越。在政治气氛高度紧缩的 20 世纪 60 年代，陈映真已从按捺不言，步步为营地开展到一种见缝插针式的讨论，乃至升高到"反帝反美"的当时最高可能，也就是小说《六月里的玫瑰花》所展现的对越战与帝国的质疑，虽然这个质疑是透过越战对美国人民（一个黑人士兵）自身的伤害而迂回为之的。对"美国"议题的高度谨慎乃至含糊其词，现身说法地展现了"美国"是一个只能歌颂赞扬而不能真正批评的对象，而根本的原因就是："美国"等于"反共"。反对或是批评美国，得冒着巨大风险被推论为"反反共"，乃至更惨。台湾 20 世纪 60 年代的大学生，整体而言，可说是尖锐地体现了上述没有目标、没有根着，并全面亲媚美国的精神与人格状态。"来来来，来台大，去去去，去美国"，来去之间飘然如风浮然若萍。至于为何要去美国，其实也没人说得清，但大约是"离开总是好的"。小说提到的那个对劳动者形象没有丝毫审美兴趣的俞纪忠同学，就是这样的一位时下青年。"我"回忆起曾和"满脑子都是'美国的生活方式'"的俞纪忠有过这样一段对话。他说：

> "离开总是好的，新天新地，什么都会不同。"我不置可否。但记
> 得曾这样随便问过：

"那是漂泊呀！或者简直是放逐呀！"

他忽然那样笔直地注视着我。我看见他的很美丽的眉宇之间，有一种毅然的去意。他说：

"你不也在漂泊着吗？"他笑了："我们都是没有根的人。"（1：213—214）

听到俞同学的这个让人冷不防的反击断语，"我的心情是很痛苦的"，但"我"并不曾想要申辩，也不曾落入自怜自艾，反而，是从这个痛苦中冷冷地反求自己的真实状态："我的痛苦不就说明了它的正确性吗？"（1：214）。俞纪忠同学以美国为出路，"我"虽不服不屑，但"我"也分明感受到那个出路正对着我兴奋招手。因此，"我"的痛苦不止是因为一种离群孤诣的道德、知识与审美状态，"我"的更深的痛苦竟在于，我其实感受得到："美国"或"日本"或"德国"，简而言之"西方"，这个众人仰望之北斗，竟然也在磁吸着我的罗盘方向。"我"的抵抗、"我"的痛苦，"不就证明了它的正确性吗？"。但"我"真正的问题是那来自外部的引诱，还是说，"我"真正的问题是没有航向：离开这儿去哪里？因此"我"只得无奈地招认"俞纪忠的话从来没有全错过"（1：214）。"我"之所以得病，不就恰恰因为，是非、对错甚至左右的紧张，在"我"的胸臆之间从来没有被摆平过，而一直是相激相荡着。"我"没有摆平它们，它们让我进了精神病院。

按这个外省姓与党国名，俞纪忠同学应是外省人。那么，我们可以说陈映真在暗示"无根"是外省人的特质吗？但我想作者应该是没有这个意思的。外省人和本省人在崇洋这码子事上，应该是无分轩轾的；毕竟，谁又能在"来台大去美国"这上头区分出一个"省籍模式"呢？"我"显然也认为如此，因为他观察到本省人高级知识分子（例如医生与神学院学生），也是在精神与心智上依傍着列强之国以及列强之语。"我"浮想起精神科医生和神学院学生以日语为衬抬身份的高墙密语，来谈论"我"的病情。他们必也皆是无根之人，因为"他们那样爱好外国的语言"，但"我"旋即想到，"我对于他们的爱好外国语也不能有一种由衷的愤怒，足见我确乎是没有根的人"（1：214）。其实不只是没有愤怒而已，这些外国语言文化，在小布尔乔亚知识分子之间，更是众自我之间的相互挠痒或棘刺，为相互羡慕、嫉妒与瞧不起的复杂心理化学变化的介质之一种。小说结尾，在向医生诉说梦境时，"我"以"歌德"之名，向"自以为是的"医生将了一军：

> "你知道歌德吗？"
>
> "什么？"
>
> 我伸了手，他便另外给我一张纸。我用桌子上的沾水笔写下歌德的全名。
>
> 他用德文读着：Johann Wolfgang Goethe
>
> "就是他临死的时候说的：'打开窗子，让阳光进来吧！'"
>
> "哦，哦！"医生说。（1：220）

医生还好能念出德文，不算毫无招架，要不然那就得在两个自我之间的微型战争中一败涂地。看来，无论本省人医生或是外省人俞纪忠都是一般随俗流转之人，不必深论。那么，那位郭君呢？他可是神学院学生呢！但从"我"所看到的居家的郭君，其形象又哪里能和一个追求灵性与信仰的神学者兜得起来呢？难道真信者也有公私独众之分吗？郭君打开门，"我"看到他穿着"不甚干净的内衣裤"（内里不洁？），而且看上去"多毛发"（嗜欲深重？）。居家的郭君正听着一张"美国民谣的合唱曲"（1：208—209）。

"我"能辨别出"美国民谣"，可见"我"也是内行，但可惜郭先生不知道，就如同那医生"从来不知道我懂日语"一样可惜。"我"于是萌生了一种偏偏不欲和他在这个品味中共存的小而尖的自觉，于是"我"以一则八卦（院里又来了一个新病人）诱导他把唱机关了，好专心对"我"索问。然后，两人从精神病患谈到精神病起因，谈到神学，谈到社会矛盾，谈到大毁灭。但郭君显然也缺少真诚（或至少缺少热情）和"我"把这个他理应念兹在兹的问题谈下去。他因意识到自己作为一个神学生但并不真诚，而感到窘然无趣，于是在他不得不表态捍卫他的神学立场之前，他竟然"小心地把唱机开了"——虽然"音量放得很细"（1：210）。后来，郭君又把唱机给关了，因为他真正的兴趣如飘风骤雨般地来了：他要专心听"我"的"恋爱故事"（1：212）。唱机开关之间，陈映真泄露了神学生的虚无。可以这么猜测，神学院学生郭君心志所系的出路，应和世俗之人并无二致，就是出去，到美国、日本、德国或其他西方世界攻读神学，但重点当然是动词"出去"。这么猜，是因为年轻的郭君已经是一个没有信仰没有希望没有爱的神学院学生了。

"我"虽然和多数左翼青年一样，有一个坏毛病，也喜好以启蒙的高姿态揶揄那教徒们在现代世界中最多也只能防卫的古老城堡，但比较不同的是，"我"看到了虔诚的基督徒和有信念的社会主义者，在一个关键点上曾经是、可以是兄弟，因为两者都应有一种对此世的否定信念，以及救赎世人的肯定信念。"我"和郭君因这一隐形的交集，而有一种潜在的相惜。而且，我们都有一种因为自觉到信念，尤其是肯定性信念，在现代化世界中的可怕蒸发而有的怆然之感。在郭君说到他作为一个教徒还不能不在社会矛盾中看到人的原罪之时，"我"

> 看见他的诚实的眼睛低垂着。他确乎努力地护卫着他所借以言动的信仰原则，但他已然没有了对于新耶路撒冷的盼望了。我的耶路撒冷又在哪里呢？那么剩下的便似乎只有那宿命的大毁灭。
>
> 于是我们都有些忧愁起来。虽说这忧悒的起点各有不同，但性质却是一样的。（1：211）

如果说，神学生郭君只据守着基督徒的原罪意识，但却失去了上帝之城的信念，那么左翼青年的"我"，不也是只据守着马克思主义的以阶级矛盾为核心的社会理论，以及对社会不义之指认，但却失去了对人的全面解放的未来信念吗？不论是基督徒或是社会主义者的问题，都在于失落了对未来的希望；没有出路，只有等待着"大毁灭"。因此，不只是"我"有精神问题，郭君又何尝没有！但郭君不及于"病"，又是否是因为他有物化的基督教体制作为身家靠山，又是否因为，他能把他的"基督教信仰"妥帖地安置在一个分隔而独立的领域中，把"信仰"和其他的自我片段，安置在一个百宝盒般的隔间中，各安尔位？而"我"呢，不但无所依托，更且犯了一个大忌：想要在自我的矛盾碎片之间找出一个天理周遍、理路圆通。

因此，不要只看到郭君"诚实的眼睛低垂下来"，在灵魂深处，他也是一个虚无者，也在演一曲高雅的戏，因为，他连对他最应投入的问题都缺乏那形于中发于外的自然炽热。他是一条布尔乔亚冷鱼，名叫宗教而已。这位没有根本、没有方向的人，和我、和"我"、和俞纪忠又有什么差别呢！俞纪忠同学祭起"美国"这一定海珠，照出了"我"的部分原形，原来，连这个忧悒的左翼青年"我"也有对"美国"的窃慕之情呢！俞纪忠以其世故老练，不留情面地指出他和"我"都一样啦。郭君也是一样，想要掀开掩藏在"我"的理论或道德语言之下的皮肉欲望；他们都认定了"我"的不一致。

岂止对"美国"，"我"充满了矛盾困惑，哎，对于"性"，我不也是暗地里满布焦躁、不安、耻感与虚荣吗？"我"不喜欢不诚实的人，"我"喜欢表里一致，但一旦关涉到女性／性上头，"我"就控制不了自己，爱虚荣、说谎、假正经。这不是很让"我"在自觉能及之处，感到一种莫名的难堪吗？"我"不是有一种凡左翼青年所必配备的不苟流俗、睥睨成法、心志另有所系的傲然吗？那"我"为何还在郭君的凝视下，"装出很愁困的脸"，编造出一段不曾发生过的苦恋呢？（1：212）

因此，借由一个行将出院的左翼青年精神病患的阴阳眼，在他的觉梦之间，我们看到20世纪60年代台湾的布尔乔亚精神史的一页，一个没有虚无病识的虚无时代。矛盾、虚伪与矫情的丝网，满布在知识分子的人格与精神状态中，生命则变成了由各不相搭的碎片组合而成的马赛克拼贴。而若要寻求一个比较一致的意义，反倒变成了一个令人惊诧的乌托邦追求，而代价则经常是疯狂，仅仅因为你太认真了，太要一致了。对绝大多数知识分子而言，"理性"告诉他，如果这个生活或环境出了问题，解决的方式是当另一种人，换一个环境。因此，"去新天新地"就取得了"一种"存在主义意义，它是一种"to be or not to be"的廉价的甚至赝品的解决，而且还没有"山寨版"的强野呢！把俞纪忠同学的个人放逐反转方向，未尝不就是把"新天新地"给搬来台湾，让台湾彻底西化，在全盘西化或"现代化"中取得人生的某种一致。因此，落后国的现代化意识形态其实是有某种"弱势法西斯"意味，要取消一切碍眼之物（"把线装书丢到茅厕"堪为一例），向外、向他人寻找一个纯净的、一贯的自我。因此，无论是"去美国"或是"美国你来"，对陈映真而言，都是虚假出口，是灾难性的引诱。在这篇小说之后，陈映真继续借着《一绿色之候鸟》《最后的夏日》以及《唐倩的喜剧》等小说，深入处理这个"美国在台湾"问题。

在这篇小说里，青年陈映真意识到这个虚无的"美国梦"的意识形态基石，是一种文化或社会的"多元主义"（pluralism）。"我"于是想起医生说过的一句颇有哲理的话：

> 正常的或不正常的人，都有两面或者甚而至于多面的生活。有时或者应该说：能够很平衡地生活在不甚冲突的多面生活的人，才叫正常的人罢。（1：207）

如果"我"接受这个关于"正常人"的"多元主义"道理的话，那么不但高小姐对我的态度是"正常的"——曷足为怪！"我"也可以丢掉左翼青年在面对思想信念与实际人生之间的矛盾的焦虑了——曷足为忧？这岂不甚佳！但是如此一来，"左翼"也就只是现代人的众多"分工"或"角色"或"领域"之一罢了；是人生之某一角落罢了。如果一个人可以有很多表很多里，甚至根本没有表里一致的问题，那倒是解决了这令人揪心的道德问题。但如此一来，我又凭什么要求真诚，凭什么要求表里一致？我凭什么对不让我抽烟但又当着我的面抽烟的医生感到嫌恶？我还能对事情感到无奈，乃至于感到愤怒吗？

因此，这篇小说的核心思想就在于对（借由精神科医生表述出来的）现代性所自我标榜的文化或社会多元主义，及其微观基础"多重自我"（multiple self），提出尖锐的质疑。在现代社会理论中，对这样的一种现代的多重自我形成的最著名的理论家之一，应该是齐穆尔（Simmel, G.）了。对齐穆尔而言，在现代社会，不同的生活或制度领域之中的断裂，以及个人生活与经验的异质化与断片化，使现代人的生活成为多种不同角色在不同时空中的演出，而在其中不必也不应求取一种一贯性，因此，言行不一是正常的、在不同时空中扮演价值相互抵牾的角色也是正常的。于是，所谓"主体"，最重要的担当就是淡化、化解，或压制这些不一致、不真实与自相矛盾的感觉。而凡是能达到这个自我"平衡"目标的个体，这个社会统称之为"正常人"。而如果有人真正不安于这些深刻的矛盾，无法释然，且还企图克服这些矛盾，寻得一种表里一致的人生，那这种人不是强到成为一时之革命者，要不就将成为精神分裂者；精神分裂是一种"过度"诚实于自我意义的人的病征。因此，一贯诚实、表里如一，对这个社会而言，是不正常的、是有病的，反而在多层次的自我中上下跳跃翻滚冲浪如履平地的人才是"正常"的，才是更有力量的[1]。左翼青年陈映真显然从这样的一种"现代社会学"世界观里头感受到了一种深深的颓废与堕落感。

三、从黑房到阳光：出路何在？

小说最后，"我"对医生描述了昨夜"噩梦"：

> "梦见我在一个黑房里，没有一丝阳光。每样东西都长了长长的霉。"
>
> ……
>
> "有一个女人躺在我的前面，伊的身上有许多的嘴……"
>
> ……
>
> "那些嘴说了话，说什么呢？说：'打开窗子，让阳光进来罢！'"
>
> ……
>
> "你知道歌德吗？"
>
> ……

---

[1] Georg Simmel(1995). *Conflict and the Web of Group-Affiliation*s. New York: the Free Press. esp. pp. 140-143.

"就是他临死的时候说的：'打开窗子，让阳光进来罢！'"

……

"后来有一个罗马人的勇士，一剑划破了黑暗，阳光像一股金黄的箭射进来。所有的霉菌都枯死了；蛤蟆、水蛭、蝙蝠枯死了，我也枯死了。"（1：219—220）

20 世纪 60 年代的台湾，从青年陈映真的眼睛望过去，正是一间发霉、绝望、没有出路的黑房。或许因为他有某种志向，因此一般年轻人为出走而出走的愚鄙之状——如小说《故乡》里那发哆扯皮喊着"我不要回家，我没有家呀！"的小子，就不是青年陈映真的"出路"，虽然心志不免偶尔也被那个遥远的歌声所摇荡。但问题是，有志向又如何？问你，你的志向之所凭依、同志之所聚合，与夫行动之所施及为何？答案尽皆飘旋于风中吧。不是吗？说刻薄点，你只不过是因为你的傲慢让你无法降下来，漂泊一如众人而已，但客观上你又何辨于众漂泊者？明乎此，那就无怪俞纪忠可以对你撂下那么伤人而真实的话："你不也在漂泊吗？"。你曾因缘际会密受了一种禁忌的启蒙，并披藏了一种被诅咒的理想，但之后却就一直孤单地被撂在时间的一个角落，没有人给你带个话捎个信来，没有任何出路，只能等待。你是另一个康雄，后者曾在日记里这么写："……而我只能等待一如先知者。一个虚无的先知者是很有趣的。"（1：16）康雄没法等下去，自杀了。你，没法等下去，疯了。

再回到小说。当"我"从命案现场趸回医院时，在门口看到新进病人的家属还在那儿和医生谈话的同时，"我"瞥见了那已经玩乏而倒在出租车上睡着的男童，"这使我一下子难过起来了"（1：217）。为什么难过起来？这让我们不得不联想起鲁迅的"铁屋"寓言。如果一个没有出路的铁屋里满是沉睡的人，而这个铁屋竟然起了火，那这时与其把这些沉睡者叫醒，让他们发现他们只有更绝望地等死别无他法，那么这般的"启蒙"或"警醒"，倒还不如让他们继续睡下去罢。因此，不只是人之昏睡让"我"难过，"我"的无谓的独醒，更是让"我"难过。

回到本文开始，我曾猜测这篇小说和作者的服役经验有关。但小说不止从军营联想到精神病院，还进一步从精神病院联想到台湾社会，更进而联到美利坚新大陆，甚至进而联到资本主义现代性——它们其实都是铁屋、黑房，或"完全机构"。但即便如此绝望，陈映真还是留下了缠成一线的两股希望，虽说表达得很是飘忽迤逦。第一股希望幽微地展现于当"我"说完了那个梦以后的医生反应：

> 我笑着，医生却没有笑。他研究了一会，便把它小心地和卡片
> 收集在一处。他抬头看了看我，他的眼睛藏有一丝怜悯的光彩。（1：
> 220）

医生为何怜悯？因为，医生发现眼前这个他以为几乎康复的病人，其实并没有真正"康复"，因为后者还做着一种不符合现代时宜、努力和自己过不去的"梦"（或"理想"）。什么时代了！竟还想要廓清宇内黑暗、谎言、不一致，与矛盾，想要伸张大义，想要朝闻夕死。但这恰恰是陈映真隐藏在那个"噩梦"之后的乐观，因为作为现代性核心支柱之一的精神医疗体制，并没有遂其所愿地达到"医治"或"矫正"或"规训"的目的："我"的意志与信念并没有被阉割掉。这或许是陈映真对自己的戒慎希望。

第二股希望是对人民的希望；凡有压迫的地方就将有反抗。雏妓没有白死，她的死身象征着对这个残暴不仁的世界的无声控诉与对"阳光"的冀求。而最终，这个世界将会被那受侮辱与损害者所推翻——吾人对此希望当宝爱之。夜梦里的"罗马人的勇士"不必远赴古罗马寻找，其实近在眼前，也就是白日"我"所经常流连的仓库那边的工人，他们不妨再引一次：

> 他们总共才只十来个人，脚上都穿着由轮胎橡皮做成的仿佛草鞋
> 那样的东西。我最爱的便是这个。它们配着一双双因劳力而很均匀地
> 长了肌肉的腿，最使我想起罗马人的兵丁。（1：214—215）

"我也枯死了"，因此可能隐藏着一个极其稀薄的乐观的、反省的讯息：知识

分子在以人民为主体的未来变革中，要有一种否弃自我的小布尔乔亚虚无与彷徨的思想准备，死而后生。但是，这样的一种与 20 世纪 60 年代（乃至今日）台湾之现实完全无接的心念，现实上又何异于痴人说梦？因此，这到底是夜梦，还是昼思，连"我"这个痴人也分不清楚了。小说因此以"我一直记不清我确乎曾否做了那一场噩梦"这一无可无不可之词告终（1：221）。这恐怕是继微小的希望之后而起的另一绝望罢。

四、结语

写在白色恐怖的 20 世纪 60 年代的这篇小说，把那个时代的孤独的左翼理想者所经验到的无言的痛苦，与那如果不说出来就要决胸的控诉与理想，以及那辗转反侧的自疑与自责，都借由这篇小说给节制地但汩汩地淌流出来了。人们是可以批评这个流泄太诘屈晦涩，难以让时人真正掌握住作者的讯息意念。这个批评很容易成立，但是想想，"时人"如果能立马解读，那环伺的情治文特就不能吗？这是为何"我"必须穿上精神病服，装疯卖傻地唱着类似楚狂的小调却曲前行——"迷阳迷阳，无伤吾行。吾行却曲，无伤吾足"，因为唯有如此，才能通过白色恐怖文化检查哨的夜枭之眼。从他们百精一蠢的眼睛中，还以为读到的是一篇"石室之死亡"之族的现代诗文呢！那么，只要无害于政权，就让这些小布尔乔亚自渎于疯狂、死亡与梦魇吧！这是青年陈映真时期凡"政治性"小说必须采取寓言形式的最重要原因：言在乎此，意在乎彼。多年后，读者我们要看到的不应是精神病患或精神病院这个能指，而是要看到那个"所指之月"，即，20 世纪 60 年代初（从一个左翼青年的眼睛所看到的）岛屿上的精神与道德危机，以及更进一层，进入"所指之月之月"，以一种"这个故事说的就是现在的你！"的态度与敏感，回头直面当代这个"正常的、太正常的"人生与世界。窃以为，唯有以这种态度阅读青年陈映真，方能无乱码地打开他将近半世纪前所寄出的瓶中信。

那么，"读陈映真的小说（其实也就是历史），是要面对当下、思索未来"，不就是一句多余的话了吗？

阉割与失真：

60 年代知识分子群像

据说那是一种最近一个世纪来
在寒冷的北国繁殖起来了的新禽……

一绿色之候鸟

——人不好绝望，但也不可乱希望

年轻的陈姓讲师在某大学教英国散文。在一个你我都知道的那种台北雨季的午后，他在眷属区的家门口拾起了一只鸟，一只"绿色的鸟，张着很长的羽翼。人拳大小的身体在急速地喘息着"（2：3）。这只迷航了的候鸟——常简称为"迷鸟"，吹皱了一池死水，打破了绵绵愁雨下人们相对无言的沉闷，成为好几个老师与他们家里的热议话题，一时之间，活化了人际交往。虽说每个人被这位不期而至的娇客所拨动的心弦并不同，好比，陈老师以鸟喜，赵公以己悲，但大约都是因这只神秘绿鸟的离散、失群、失路的命运，而若有所感。赵公是陈老师的同事，一位年近六十的英国文学史老教授。而赵公的至交，动物学教授季公，因为他的病妻喜闻乐见这只绿鸟，于是他也以超乎专业本应就有的兴趣，高度关切起这只鸟来。他查出了这只鸟的来历："那是一种最近一个世纪来在寒冷的北国繁殖起来了的新禽，每年都要做几百万英里的旅渡"，但是，"这种只产于北地冰寒的候鸟，是绝不惯丁像此地这样的气候的，它之将萎枯以至于死，是定然罢"（2：17）。

因为病榻上的季妻对这只鸟所表露的闻问热情，陈老师在他那寡情于鸟的夫人的一石二鸟"建议"下，把已经安置在一个"北欧风"笼子的鸟，当人情，送给了季公夫妇，但授受两方反倒也因此萌发出一种友情。通篇小说所描述的正是在绿鸟到来与神秘消失的这段时间，降临在这几个人家的希望、友情、康复、疯狂、死亡，以及绝望。应该是还不到三十的陈老师，就是这件离奇事件的叙述者。短短两三个月之间，他经历了季妻的死、赵公的死、他自己妻子的死，以及他复发的"哀莫大于心死"。

这只鸟，对不同的人有不同的意义：赵公笔直看到了隧道尽头的绝望，陈老师则先喜后悲，心为物役。因此，"绿鸟"所象征的，其实常是每个人自身状况的投射。小说里，唯有季公并没以己悲或以物喜，自我投射绝望或希望。季公反倒是毋意、毋必、毋固、毋我的体现者，于他，这就是一只非时非地从而终将非命的迷鸟而已。季公怜这只鸟，在别人哀啊喜啊的时候，是他，在尽己地照顾着这只鸟，但他对这只鸟并不曾充填比这个爱物之情更高的"象征主义"期望——尽管季公的命途不比其他人更顺遂。季公面对绝望与希望，或简言之，对"未来"的态度，和其他二位是大不同的。赵公绝望，陈公浪漫，季公清醒。

《一绿色之候鸟》发表于 1964 年 10 月的《现代文学》，在陈映真小说群中也算是高度难解的一篇。它和四个月前在同一刊物上发表的《凄惨的无言的嘴》，在阅读感觉上，算是最接近的，都喜欢用典，且读来都有一种荒诞、阴惨、离奇，与恍惚的感觉，而且犹有过之 [1]。但有趣的是，我曾听好几个朋友说他们蛮喜欢这篇小说。人们喜欢某篇小说，原因非常多而异，为何人们喜欢这一篇，我也不能妄断其因，但我愿意肯定的一点是：陈映真这篇小说，在当时能真正读懂的应属少之又少。一个作家的作品读者看不懂但还很喜欢，这要怪读者还是怪作者，或都不怪？我想，这一定不能怪读者，因为陈映真把他所想要说的思想内容，像一个不放心的藏宝者一样，一层又一层，一遍又一遍地，涂装上"现代主义"表层，以致内容只在深处发着极淡极远的奥秘幽光。这个幽光和它的层层"保护色"共同形成了陈映真文学近似古典油画的一大瑰丽特色，但这个特色不是作者"为了美的缘故"刻意经营出来的，而是一个特定历史下的展现——如此的一个有着禁忌思想的作者，非得如此奥秘地展现它不可。因此，这一定也不能怪作者。而我的解读与评论将试着展现作者在特定时代背景中，针对特定问题想要表达但又不能直接表达的思想内容。这是一个不得不奥秘的寓言写作，而关于何以如此的分析则是在本文最后一节。如果本篇评论因而有了某种"索隐"风景，那也恰恰是因为陈映真这篇小说所要求于评论者的正是求索文本在特殊语境下的隐晦所指，并舒展其意涵，使其在与作者与历史的三维关系之间，达到一种"通"的效果。

---

[1] 我之前在书写《凄惨的无言的嘴》的评论时，已指出该小说有一种爱伦·坡况味，而这篇似乎更是。我猜测此时的陈映真可能有一段嗜读坡的经验；而事实上坡在这篇小说中也真被提到了（2：12）。

因此，我虽不敢宣称我对这篇小说的解读是唯一正解，但我相信依赖古老的"知人论世"读法，是比较能读通这篇小说的。

反过来说，最不可取的读法或许就是一种"现代主义"读法，以现代派所设定的感触理解这篇小说，将文本剥离于作者并与历史断脉，从而只能强调其文学表现形式的"象征主义"，以及小说所表面铺陈的虚无、死亡、欲望、希望、绝望等"普遍人性要素"。这应是这篇小说问世以来最常遭遇到的一种主流理解方式。如果我们不甘于这样的"理解"，那首先得掌握这篇小说在作者早期创作历程中的位置性。我们都知道，陈映真在 1966—1967 年，陡然升高了他的现实主义的向外批判能量，推出了旗鼓粲然的《最后的夏日》以及《唐倩的喜剧》等小说，从而与 60 年代初的忧悒的、内省的，有高度寓言与忏悔录性质的写作之间，展现了明显的变异。于是，把 1964 年的《一绿色之候鸟》置放在这个脉络下，就不难看到它是一篇中间性质作品，而"中间"的特定意义在于它把"向外批判"包裹在一个隐晦的寓言形式之中。

本文即是企图剖析这个寓言的政治与思想的批判性。我在前三节所要进行的分析是把文本置放于台湾 20 世纪 60 年代的一般脉络中，讨论小说的三个主要人物，赵公、陈老师（他三十不到，我们还是别称他为公了），以及季公，以他们作为 20 世纪 60 年代台湾知识分子的三种可能的主体状态，特别是关于他们面对"未来"的方式，而我将把讨论尽量限制在小说文本所能支持的范围内。这样的解读方式，我认为要比现代派的去历史解读要有效得多，而且也是小说文本所充分支持的。这个解读，我称之为"一般性的"政治解读。但在阅读与书写的过程中，我始终又有一种并未真正读通的感觉。虽然文本并没有提供充分的线索让我得以据之深入，但我总是觉得"一绿色之候鸟"，不只是泛泛的"希望"，而必定有一个更历史性的所指。在最后一节，我将以极其稀薄的文本证据，进行一个"特定性的"政治解读，将"绿鸟"解读为"美式自由主义"。但不管是哪一种解读，我们都将看到，相对于小说的表面主人公陈老师，低调的季公其实是这篇小说里最复杂难解，也最饶富讨论意义的核心角色，因为他承载了作者关于可能的"出路"的探索。掌握住"季公"的意义，对两种解读（一般性的与特定性的），都是核心的。

一、死亡与绝望的呼唤：赵公

年轻的陈老师说他自己是"漂泊了半生的人"（2：6），这或许有一点资浅讲师故作老成的夸张，但赵公则的的确确是个漂泊了大半生的人——名如其命"如舟"。单身老教授赵如舟，"十多年来，他都讲着朗格的老英文史。此外他差不多和一切文化人一样，搓搓牌；一本一本地读着单薄的武侠小说。另外还传说他是个好渔色的人……"（2：8）。但怎想到，这么个混一天是一天的老教授，在他的青年时期，竟然还是个"热情家"哩，"翻译过普希金、萧伯纳和高尔斯华绥的作品"（2：8），而且像五四前后众多留学日本的热血青年一样，在祖国遭到危难时，毅然归国，"回到上海搞普希金的人道主义，搞萧伯纳的费边社"（2：22）。陈映真的小说人物诚然都是虚构的，但他们从来没有跳出过历史，不但没有，还都是缘历史而行。因此，这篇小说写于1964年，而小说里的赵公又"将近六十"，那么我们是可以推测赵公生于1905年左右。而赵公"回上海搞普希金的人道主义，搞萧伯纳的费边社"之时，应该是在1931、1932年间，当是时，由于日寇相继发动九一八事变与一·二八事变，很多留学日本的学子弃学归国，造成了所谓中国第一批留学生回国热潮。这时的赵公二十六七，满怀淑世热情（虽然私德不称，遗弃了一个叫作节子的女人于日本），投入知识分子的改革运动。我们从"人道主义"与"费边社"来推测，年轻的赵公应该是一个也关心社会改革与社会正义的"自由主义者"，用我们今天的标准来看，还比较是一个中间偏左的知识分子；彼时的中国自由主义者似乎也少有只关心政治自由或是政治人权的那种自由主义。这样一个相对开明、进步的知识分子，1949年左右来到台湾，在极右的、威权的、"道统的"国民党统治下，显然失去了任何言动的空间，从而只有过着虚无颓唐混吃等死的日子，拿着发黄的授课讲义误他人子弟，捧着单薄的武侠小说杀自家时间……我们几乎可以确信，赵公的堕落的、虚无的人生的后头隐藏着对国民党的厌憎。小说后头，这个赵公得了老人痴呆，进了精神病院，死了，同仁清理他的宿舍时，"才发现他的卧室贴满了各色各样的裸体照片，大约都是西方的胴体，间或也有日本的。几张极好的字画便挂在这些散布的裸画之间，形成某种趣味"（2：24）。

小说关于赵公的这几笔勾勒，隐藏着作者对 20 世纪 60 年代国民党统治的批判，以及对它之下的知识分子精神与人格状态的悲叹。60 年代，国民党当局在美苏的冷战对抗大体制下，以及美国支持的两岸隔绝下，所进行的威权统治，以及对思想文化的控制，使得本来还怀抱着某种理想的知识分子（或"文化人"）为之颓唐隳堕；"知识分子"不能有思想，"文化人"不能有异见，所余者，麻将、武侠、字画，与东西洋裸体画也。赵公不但遗失了对未来的希望与对知识的热情，也一并丢却了主体所以立的文化根本，包括道德与审美。他将"几张极好的字画"混杂在裸画之间，不就是鱼目混珠泥沙俱下的表征吗？

比起年轻的、应是本省籍的陈老师，赵公的悲哀还多了一个因两岸分离而来的与故土亲人的永离之痛。绿鸟让赵公落寞地想起了"多异山奇峰"的故乡，想起禽类"成群比翼地飞过一片野墓的情景"（2：8）。当年轻的陈老师在长者跟前故作深沉，以"很遥远的、又很熟悉的声音"来描述绿鸟的啼啭时，赵公却陷入了无边愁思，联想到泰尼逊诗句里的"call"，并体会为"死亡和绝望的呼唤"（2：10）。苦楚的赵公，抽着板烟，"'叭、叭'地把口水吐在地板上"，好似竭力"吐着他的苦楚"。他说：

> 十几二十年来，我才真切地知道这个 call……那硬是一种召唤哩！像在逐渐干涸的池塘的鱼们，虽还热烈地鼓着鳃，翕着口，却是一刻刻靠近死灭和腐朽！（2：10）

心肠久已枯槁干瘪的他，在目睹了季公丧妻的嚎恸时，反窥到自己的失情失德，而由衷地发出崇敬之言："能那样的号泣，真是了不起……真了不起"（2：22）。当着年轻的陈老师，赵公的罪感与耻感竟然溃堤，倾泻而出他压抑平生的阴损往事：

"我有过两个妻子，却全被我糟蹋了。一个是家里为我娶的，我从没理过伊，叫伊死死地守了一辈子活寡。一个是在日本读书的时候遗弃了的，一个叫作节子的女人。"

我俯首不能语。"我当时还满脑子新思想，"他冷笑了起来：

"回上海搞普希金的人道主义，搞萧伯纳的费边社。无耻！"

"赵公！"我说。他霍然而起，说：

"无耻啊！"

便走了。（2：22—23）

赵公是一心残志废的绝望之人，只看到罪与死，那么，他从绿鸟的啼啭声中，当然也只能听到"死亡和绝望的呼唤"。

二、既以物喜也以己悲：陈老师

年轻的陈老师在遇到绿鸟之前，是一个什么样的人呢？是一个除了因新婚之故还对性事稍存情热之外，对其他一切均了无意趣之人。他结婚，是因为"对出国绝了望，便索性结了婚"。他教英散文，但"对英文是从来没有过什么真实的兴味的"（2：1）。然而，这个对英文从来就是索然的自白，也不能顶当真，因为这可能是把英文拿来当作去美国的敲门砖失效之后的事了——他申请移民美国被拒绝了。门开不了，敲门砖才成了鸡肋，婚姻于是成为绝望之后的无可如何之事。无论如何，陈老师，年纪轻轻，但对他的各种社会角色（包括为人师、为人夫），都只是勉强配合演出罢了。这是个不真实或无法真实的人生。就此而言，这个年轻的陈老师其实是为数甚夥的无法出国不得不窝在大学当助教或讲师的青年知识分子的一个代表。由于出国的希望已经在现实的墙上撞死，很多经验，包括性，都已不过尔尔地尝试过，这个大学里的小讲师泛着世故的、乏味的"后青春期"苦闷，好比笼中之老鸟。"未来"，则像是台北的雨季，蒙蒙、黏稠、无边。幸或不幸，在这个雨季中，陈老师遇见了让他投射出廉价的物喜己悲之情的绿鸟。

这个陈老师看起来是有一点点作者的身影——但我怀疑这是陈映真对读者

开的一个玩笑，他要故布疑阵，请粗心的"索隐"读者入瓮，以为这个陈老师的"我"是作者的自况，但其实却正是作者所要批判的外部对象。这种"假的把自己包括进来"的做法，在陈映真的小说中应是不曾出现过的，例如，翌年发表的《兀自照耀着的太阳》里的主人公陈哲就不是"故布疑阵"，而是真的有浓稠的作者自指成分。陈映真何以如此做？我认为，是因为陈映真在这篇小说里所讨论的问题与所批判的对象是高度敏感的，而他感到有必要做更多的掩护伪装。至于为何是"高度敏感"，那就和本文最后一节所作的"特殊性的"政治解读有密切关系了。

回到那时的陈映真，他那年二十六七岁，在台北的某中学教英文，因为工作和志向无关，他肯定也曾在台北的无边雨季中愁黯着。天地之大，愁雨为笼，陈映真在此前四年的一篇小说《祖父和伞》里，也描写了一个不甘于无所作为但却近于心力皆乏的青年。在这种身心状态中，雨成了让人动弹不得的重重黏丝。那篇小说最后，主人公虽力图振作，但仍以"唉唉，雨落着，雨落着呀……"终曲。相较于《祖父和伞》里的主人公是一左翼青年，多少有作者的灵魂自传的况味，《一绿色之候鸟》的"我"（即陈老师）则和作者当时的心志状态颇相径庭。我难以想象青年陈映真的人生目标是去美国，但陈老师的人生目标就是去美国，去不成，他就顺势一瘫，"索性结了婚"，乏味地"活着"，但心里仍漫漫地浮想着"出去"。于是，小说一开头就描述了正在准备教案的陈老师，对他正在准备的一篇 Stevenson 有关远足的文章"不耐得很"，乃至后来竟"憎厌得很"（2：1—2）。现在上网容易，我 2009 年陈映真课的同学很快就把这篇名为 Walking Tours 的文章给抓下来了，不但有英文原文还有译笔颇佳的无名翻译（如附件一）。

之前，我们已经知道陈老师因为对出国绝了望，才使得原先有滋、有味、有黄金屋、有颜如玉的英文，如今成了一块啃之再三的鸡肋。但唯有读了这篇散文，我们才更了解何以陈老师会特别对这篇文章从"不耐"升级到"厌憎"，因为它是个十足惹人厌的"挑衅者"，在囚犯面前大侃沧海之阔轮舟之奇。这篇《远足》絮絮叨叨的就是"出游"，而且是"独自出游"。远足"必须单独前往，其精髓在于能够逍遥自在，随兴之所至，时停时走，或西或东，无所拘束"。而且不但

"身旁切忌有喋喋之音",而且也切忌"陷入思维之中",因为这将使远足得不到它的最高价值:"难以言诠的安详宁静"。

因此,陈老师厌憎这篇英语散文,并非因为内容让他反感,反而是因为让他垂涎。子曰:"枨也欲,焉得刚?"从人之所欲我们可以约略反窥其人。透过史蒂文生这篇文章,我们知道陈老师的欲望与人格状态:离开此地、无拘无束的自由、个体最大、他者是地狱,古今之人谁也别来烦我……这里展现了一种在20世纪60年代高压体制下的一种非社会性的、去政治化的个人追求:生活在他乡。但这个追求对很多人而言,毕竟是个不可能的梦想,从而现实就变成了附身的梦魇。由于嗜欲深重,凡所见所思所梦,皆是挑衅引诱。

因此,梦想到他乡的反面,就是凡属身边皆可憎。这当然不免也包括陈老师的"亲密关系"。于活在不真实的陈老师的眼中,他太太就活生生的是个假人,伪装、做作、计谋。陈老师经常对他太太有尖锐的陌生感,觉得枕边人竟仿佛是一张白油油的面具之后的不知为谁。陈妻似乎也真是工于心计的女子,以学英文为幌子把先生搞到手,婚前假惺惺地疼小孩子爱小动物,但婚后却换了一副面具。于陈老师,这样的一种婚姻、这样的一个家,也是一只鸟笼。"家"对陈老师而言,不就是和一个戴着面具、演着表情、工于诡计的女人,进行着谓之夫妻的绑缚关系吗?妻是画皮,家是牢笼。

自觉好比笼中鸟的陈老师,买了一只"北欧风"(台湾所能想象的最文明最浪漫最梦境的他乡?)的鸟笼给绿鸟,但绿鸟不食不鸣。某夜,在妻的好似建议的命令下,陈老师把笼门打开,任其自由,而此时,陈老师想到"漂泊了半生"的自己,竟然"为之凄然起来了"。当夜,以己悲的陈老师辗转难眠,"不住地想着一只空了的鸟笼;想着野猫的侵害;想着妻的面具般的脸"(2:7)。

翌日清早,绿鸟竟然安然蜷在敞着门的笼子里。这竟然使陈老师"感到一种隐秘的大喜悦"(2:7)。且陈妻也附和着他的喜悦。昨夜才"以己悲"的陈老师,顿然"以物喜"。他当下应是这么感受的:绿鸟要是狠心飞走了,留他一个人在笼中,那就真得让人更"为之凄然"呢,而这本来注定要漂泊的绿鸟,竟然不走了,它认家了,它不再漂泊了。这不就是大自然(或神秘界)对我这个一直想要离去、想要远足、想要自由、厌嫌此"家"的可怜人儿的大安慰吗？陈老师对远足之文的厌憎，和对绿色之鸟的喜悦，应是出于同一原因。

因此，"一绿色之候鸟"对赵公、对陈老师都无法只是"一绿色之候鸟"，而是肩负了于鸟而言过于沉重的情感意义——不论是绝望或是希望，悲哀或是喜悦。赵公的悲哀犹可说是时也命也，故乡难归，理想荡然，终将老死他乡。但年轻的陈老师却不把故乡当故乡，不曾片刻想要安身立命于此时此地，一心只想生活在远方来日。缺少了建立在具体的、历史的时空之上的"主体性"，那么，就也只能寄希望于他人外物或神秘启示，而既然不敬其在己，徒然慕其在鸟，那当然鲜有不再度绝望者。陈老师的心死，以及季妻与陈妻的相继身死，皆可说是因那盲目的希望陡然幻灭之故。曾经，出现过那么一个瑞物，或发生过那么一件好事，给濒临绝望的男男女女带来了一线光明、一丝希望，带来了暂时的春暖花开鸟鸣，让濒死之人坐起来，使近死之心复阳，但旋即肃杀死寂之风起，将人摔回绝望之境，以终。

三、绝望与希望均属荒谬：季公

死，众人皆谓青年陈映真的小说于之独多。这是不错的，这篇小说就是死而不后已，乃至死死死连三死：季妻在绿鸟的相伴下，初而病情好转，稍后，死了，没多久，赵公疯了，稍后，死了，接着——"一个月后妻也忽然死了"（2：24）。赵公死得突然，陈妻的死则让读者更是如中埋伏。但陈映真故作惊人之笔，除了美学原因之外，有何意义吗？有，首先，我认为意义在于作者表达了他在60年代中期的一种异常的愤懑与绝望；这个岛屿的一切都令他觉得无望，那么不如"一切都该自此死灭罢！"（1:15）[1]。其次，"死灭"还包括了对下一代的绝望。在这个岛屿上，赵公本就无后，如今陈妻死了，让陈老师夫妻的"后"（"未来"？）也绝了。别忘了，陈老师自己是无望了，但他一直还有一个朦胧但强烈的想头，那就是，将"希望"寄托于自己的血胤——他当初决定结婚其实也是被未婚妻表现出好像喜欢小孩的样子给唬弄住了（2：4）。世人绝望时，总还有一个透过子

---

[1]　语出《我的弟弟康雄》，这应是康雄姊的独白，但也可能是作者自己硬行置入的一句愤懑之语。

孙来"存亡继绝"的"超越性"欲望，而陈映真把这条路也给封死了。

第三个原因，也是最重要的原因，是绿鸟所带来的希望破功了！陈妻本来是个自恋的画皮人，后来因为绿鸟的来临，以其为触媒，陈妻的自我有了重大改变，她"像小孩子一般"，对季妻日益的康健，"欢喜着、祝福着"。她说："季太太好了，我们一定是好朋友。这样我在眷属区便不寂寞了"（2∶19）。陈妻虽然改变了，但这个改变却是建立于一种外在奇迹、神奇象征（即绿鸟）之上，其基础也未免太单薄虚空了。因此，绿鸟一旦消失，这个环绕着它而成立的绿鸟俱乐部也就为之烟散了。这就是为何小说的结尾要来上那么一段季老与陈老师的关于"八日"的玄虚对话，季妻八天前死的，而那天正好也是绿鸟失踪之日。

比这一串死亡还悲哀的是陈老师的"心死"，而"人谓之不死，奚益"（庄生语）！令人尤其悚然的是：人界的死亡凋敝竟也有来自大自然界的"感应"。季妻绝命之刻，季家院子里的竹子开花了，"开得太茂盛了：褐褐的一大片……"（2∶26）。竹子开花不寻常，一开就要成片地死，再也冒不出雨后春笋了。竹，别生笋了，人，也甭寄望下一代了。这是一个被诅咒的一方天地。而不知与竹子开花、季妻之死有无关系，绿鸟竟也突然间芳踪杳渺了。绿鸟无端搅动一池死水让鲋鱼们生机乍现，但又无情地留下成片的死亡。难道它是瑶池的死亡特使？李商隐有诗句："蓬山此去无多路，青鸟殷勤为探看。"但这当然是无稽之言。

在一片死亡寂灭之中，唯有季公和他的孩子得救。为何？这是小说的关键。

并不是所有从大陆流亡过来的"文化人"，都废在赵公那样的一种绝望的生命状态中，至少季公就不是。陈老师所看到的季公，是个真诚、体贴、温文、庄重、羞怯，甚至动辄脸红的"穿着蓝长衫的瘦小的长者"（2∶11—12）。季妻年纪小季公很多，是"下女收起来的"，不但他的儿子对此不能接受，且也不被这以道德伦理自矜的麻将武侠知识界所容，千夫所指下，被迫离开原教职，漂泊到而今这所大学。但季公因爱而勇，悠悠八卦之下，敬己爱人乐天。而他的夫人在生了一个男孩之后，就"奇异地病倒了"，孩子交给南部的娘家养[1]，让小孩能在一个没有歧视的环境下快乐长大。季公对花草植物、动物，与人，有由衷的感情，

---

[1] 小说作"婆家"，按应为"娘家"之误。

尤其对长年卧病的夫人更是如此，多年来无怨无悔地伺候下不了床的病妻，把家务打理得井井有条，还能种得满园花木扶疏翠竹离离。

小说里，季夫人，还有她小儿子，都不曾开口说过话[1]，凡是上场说过话的人之中，唯一活得真实的是季公。一个自然科学家，一般说来，应该是比较没有教英国文学的赵公那般的"人文素养"，也应该不像赵公，有什么人道主义、费边主义或是其他比较明晰的政治意识形态。这些虽然未必，但作者指季公为一"动物学教授"，其实就是要告诉我们，季公之所以为季公，与时下知识分子的"人文素养"毫无关联，季公的质，来自一种野的纯真，所谓礼失而求诸野的野，所以他才能那样近乎原始的痛号哀哕。他有赵公所没有的超越省籍、阶级的爱人的能力——这是陈映真书写季公与季妻关系的用心所在，但更重要的是，他有一种诚恳、自敬、自重的人格与文化本源，他能自爱，而后爱人。但这个本源来自哪里呢？小说没有明示；他不是基督徒（如《万商帝君》（1982）里的 Rita），或就此而言，任何意义的宗教徒，他当然也不是一个有信念的社会主义者。

那么，如何理解季公之所以为季公呢？我认为这是关键所在，而我除了在"中国传统文化"这个大范畴之外，别无蛛丝马迹可寻。是传统中国文化的某些因子对季公提出支援，使他在荒芜的、残忍的、无助的、歧视的境遇中，仍能自重爱人，穷，不及于滥。季公为自己在此时此地保养了一方救赎的心园——他不酸腐、嫉恨、犬儒、绝望，从而对人保持温润如玉的光泽善意。那么，这个"蛛丝马迹"表现在哪里呢？我的"证据"很单薄，因此我也不期望实证论者的同意。我甚至没有证据，只有提问：陈映真为何非得要这位自然科学的教授"穿着蓝长衫"（2：11）呢？更清楚地问：陈映真为什么要让这篇小说的唯一正面人物，在上场之前穿上这个象征传统的蓝长衫呢？我只能说，我不认为陈映真是瞎诌乱写的，也不认为他用这个服饰象征作为讽刺。的确在当时，"爱传统"的蒋介石也穿蓝长衫，"恶传统"的李敖也在"反串"蓝长衫，但这都不是陈映真的所指。

---

[1] 小说里，季妻一句话也没说过。这很不合常情。作者给的交代是："季公说他的妻因病不便开口说话"。这个交代更不合常情。但这个不合常情，就小说效果而言反倒是好的，添加了因绿鸟的来临而烘托出的一种神秘感（陈老师就曾将季公夫妻和爱伦·坡联想起来），也让小说更集中地在三个主要人物上头前进。至于小说里小朋友没说过话，那倒是还算自然的。

陈映真是正面陈述季公的内心与外衣。

对季公，陈映真描述得很细，而这些描述又都是以建立一个自爱爱人的形象为依归。好比，季公的"温文而又体贴"的"京片子"，"使这个健康显然不佳的老教授顿时显得庄重起来"（2：11）[1]。又好比季公的家居，"客厅摆设很简单，却一点儿也不粗俗……井井有条，窗明几净的"，有一种让人安静的"说不清楚的氛围"，还有一幅草书……（2：14）。这个对居家的描述，难道不和堕落的、绝望的赵公的亵乱卧室，形成强烈对比吗？难道我们还需要作者画蛇添足地强调季公不打麻将、不看武侠吗？

回头看赵公，他的最大的不幸，因此不在于两岸隔绝，甚至也不在国民党对思想的打压，而在他对自己的绝望，以及和这个绝望共构同栖的对自我、对生活的完全放纵。他荒废了他的半亩心园，以至于自甘于一个完全没有真实感的人生，因此，他得不到自爱爱人的救赎。赵公是很明白他自己的无救的，他知道自己的问题，但他毫无能为。因此，他特别能理解当季妻入殓时，季公的"单音阶的、绝望至极地的哀号"的意义。这个号泣，以及这个号泣后头的一种赤子仍存的人生状态，让赵公崇敬乃至羞愧。

因此，季公是这篇表面近乎绝望的小说中，所密藏的救赎可能的唯一体现。季公并非没有苦痛，他被诅咒的婚姻、他爱妻的病笃、他小孩的被歧视、他和前妻生的儿子与他的陌路……季公也有与人同悲共喜的人情之常，因此，他也欢欣于绿鸟的来临，以及它为病妻带来的快乐——凡此，都是季公和他人近似之处。但差别是，他从来不曾盲目地希望、盲目地寄托，一如陈老师所展现的状态。别忘记，是季老首先不以物喜，不乱投射希望地指出："这种只产于北地冰寒的候鸟，是绝不惯于像此地这样的气候的，它之将萎枯以至于死，是定然罢"（2：17）。也要看到，是季老不以己悲地向陈老师说明，他并不期望下一代要肖己。当一切都已绝望，只依稀尚存"有后"之念的陈老师，看着院子里玩耍的季氏小童，安慰或客套地对季公说他小孩像他，也像他母亲，季公则斩然地说：

---

[1] 青年陈映真太坚持于他小说里的代名词统一性了，好比，女性第三人称一定是"伊"。但这个坚持，在这篇小说就有点过头了，连满口"京片子"的季公，在指谓他妻子时，也一直是"伊"如何如何的。

"不要像我，也不要像他母亲罢。一切的诅咒都由我们来受。加倍的诅咒，加倍的死都无不可。然而他却要不同。他要有新新的，活跃的生命！"（2：26）

陈老师在他的空虚的人生中，陈妻在她的面具下，季妻在她的受诅咒的婚姻之下，都是发着这个时代的病，受着这个时代的苦的人，他（她）们都因这只绿鸟的神秘出现，感受到一种希望与悸动，因为他们都有一种莫名的追求与向往。希望是虚幻的。只有季公知道希望是瞬乎的，绿鸟是终将枯萎的。这些曾对绿鸟抱之以希望的，都将身死或是心死。唯独季老以其清醒的爱与敬，面对绿鸟福音的不可恃。季公要下一代不要走先人的老路，谁也不要像，要走出自己的路。绝望也是虚幻的。

但季老这样子清醒地面对未来时，也还是觳觫于那象征死亡与寂静的竹花正在怒开着。酷似《祖父和伞》的"唉唉，雨落着，雨落着呀！……"（1：83）结局，这篇《一绿色之候鸟》也以"—季家的竹花，也真开得太茂盛了：褐褐的一大片……"（2：26）收场。

四、一个扣住历史与作者的大胆解读

如果《祖父和伞》是一个政治寓言，而"雨"暗喻了白色恐怖的天地蒙蒙[1]，那么，《一绿色之候鸟》的竹花呢？仅抽象地象征死亡和寂灭吗？似乎不止。但我们的解释如果往前跨一步，如同《祖父和伞》，指出"竹花"暗喻了岛屿上的反动高压政治，那么困难就出现了。在《祖父和伞》里，霏霏淫雨对应的是一个意欲有所伸、有所为的左翼男性青年，这个对应关系说得通。那么，在《一绿色之候鸟》里，这个对应是什么呢？肃杀的镇压在这里似乎少了一个主体上的对应，难道只是对应一个想出国"远足"的陈老师？我努力看看这样说是否比较通。绿鸟，之于陈老师，不再只是关于他自己的被"国"与"家"所限制的想远足的"自由"的一个安慰讯息，而是某种超乎身家的社会集体性的"希望"现身于这

---

[1] 参考拙著，《颉颃于星空与大地之间：左翼青年陈映真对理想主义与性／两性问题的反思》。见《求索：陈映真的文学之路》。

个岛屿了。比利时作家梅特林克的著名剧作《青鸟》，将一只传说中的青鸟比喻成一种救赎的"希望"。陈映真或许也想到过这个典故。小说里，赵公有一回就直接指谓这只"绿色的候鸟"为 blue bird（2∶11）。那么，我们不妨把这只 blue bird 所代表的希望予以政治化，从而以一政治寓言的感觉阅读这篇小说。

在特定的政治寓言阅读中，"一绿色之候鸟"代表了 20 世纪 60 年代某些知识分子反传统、追求现代自由民主的外显希望，以及打倒国民党的秘密欲望。因此，"陈老师"就不只是一个老想去美国、向往个人自由的年轻知识分子，也不那么只是一个西方意义下的"自由主义者"，而是在第三世界里，将"现代"对立于"传统"，以后者为必须全盘取消之物的"第三世界自由主义者"。"陈老师"是一个共名，其先导可溯至五四新文化运动中激烈否定传统的现代启蒙者。而赵公以其五四末流、前费边自由主义者的敏感，当然不难体会年轻的陈老师的政治感觉，他在陈老师身上依稀看到自己的当年，从而不免惺惺相惜，在教师休息室里也就只有他还会降下身段招呼陈讲师。但赵公的心志旷废已久，也只把 60 年代初的自由主义的言论运动看成一个聊供旁观的骚动而已，他自己早已都无所谓了，只能兀自耗费于麻将、武侠。

民初五四运动的启蒙大师是左右翼都有，但 1949 年后随国民党统治集团撤退赴台的五四、五四晚期或后五四人物，则因为明显原因，都是右翼，例如胡适与殷海光，用心所在是文化的现代化，而由于他们对欧美宪政的倾心，现代化的核心又落在政治的现代化。在他们的政治现代化改革议程中，"现代"和"传统"被概念化为对立两极，前者是光明之未来，而后者则积淀了专制政治与思想的千年糟粕、黑暗，与无知。它们像是各种沉疴痼疾，盘绕扭结于民族有机体的文化基因中，一代代地传递下来。若要打破这个肮脏一如梅毒的遗传，必须要有一种对过去的决绝态度。这应是挪威剧作家易卜生的《娜拉》，那么地为五四知识分子所推崇的原因，而关键或许并非在女性主义上头。而《群鬼》更是易卜生将批判矛头直接锁定于"传统""恶病"与"遗传"的一个作品，而恰恰《群鬼》就是陈老师在听说赵公的疯狂"与淋病有关"时[1]，所飘然入其脑际的意象。陈老师

---

[1] 陈映真这里的"淋病"稍欠审确，淋病不会入侵到神经系统，梅毒才会。

还跟着易卜生问：赵公在临死之前是否也会喊着"太阳！太阳！"呢？这些蛛丝马迹或许可能够支持我的判断："陈老师"所代表的是 60 年代反传统的自由主义群体。当然，这个判断有其前提：陈映真是一个思想型的作者，他用一个典，引一句诗，都是某种深思的结果，而非为了掉书袋。

但我把"绿鸟"视为自由主义福音，把"陈老师"视为 60 年代初台湾的西化自由主义者的共名，还有更为切近当时时代背景的原因。1960 年，由流亡到台湾的自由主义者所筹办，而为岛内唯一自由主义言论阵地的《自由中国》杂志，因为踩到政治红线（即，组党与反对蒋介石连任）而被停刊。其后，这个阵地移转到《文星》杂志。1961 年，《文星》在李敖的主导下成为自由主义现代化的火炮阵，而攻击的台面目标虽是中国传统文化，特别是（新）儒家，但国民党应是沛公。翌年在《文星》展开的关于"中西文化"的论战，当然也不是一场纯粹思想层次上的论争。在李敖这边，很清楚的是以自由主义现代化姿态批判反动国民党政权的道统与老人政治；李敖于 1963 年出版了一时纸贵的《传统下的独白》。稍早，在国民党的授意下，孔孟学会成立，《孔孟学刊》也创刊了。1962 年之后，一直到 1965 年被迫停刊，四十多期的《文星》，在殷海光等人的支持下，一时成为自由主义支持者（公开的或隐藏的），所热切注目的焦点与一时之希望，其关于人权、民主、法治、教育……诸多问题的针砭讨论，也对国民党的一言堂发生了一定的挑战作用，而带来了些许新鲜空气与生命气息；在 50 年代的茫茫白色恐怖后，终于看到了一点绿意（绿竹、绿鸟）在人间了。

这个时代背景却不得不让我们提出一个问题：20 世纪 60 年代上半叶，仅仅比李敖小两岁，但思想却又无比早熟的左翼青年陈映真，要如何理解《文星》现象，如何清理出他自己和李敖、殷海光等自由主义者的差异？对青年陈映真而言，这肯定很困难。在那个年代，殷李等人站出来反对国民党，因此，陈映真无法不把他们当成反国民党这条路上的"同行者"。但，陈映真却总又孤独地发现他和他们之间却又是很不同，可以在某一段道路上暂时同行，但绝非同志。如果说，陈映真的小说创作总是有的放矢，总是针对特定的时代背景与时代问题，以及总是这个有针对性的焦虑与求索的反映与结果，那么陈映真是否曾对 60 年代初的这个自由主义现代派风云有所思考有所回应呢？有，我认为就是这篇《一绿色之候鸟》。以下是我的进一步说明。

"据说那是一种最近一个世纪来在寒冷的北国繁殖起来的新禽，每年都要做几百万英里的旅渡"（2：17）——这是季老对绿鸟的判断陈述。但这个陈述很是怪异，一种像候鸟这般的高等物种，如何可以说是在"最近一个世纪来""繁殖起来的"？而且还"每年都要做几百万英里的旅渡"？这更让人费解，什么鸟这么厉害，每天都不停地飞的话，一天也要飞上个上万英里，才能达到这个数（就当是三百六十五万英里好了）。陈映真的写作一般来说都颇精审，为何会透过一张专业、诚恳的季公之嘴，说出如此匪夷所思的"事实"呢？这让我不禁怀疑，陈映真这是把"反事实"明摆出来，让所谓"一绿色之候鸟"无法不成为一个象征，而且所象征的是十九世纪才出现的，来自北半球欧美的自由主义。美国全年无休地在全世界传播其"自由"（相对"奴役"）福音，这才是"每年都要做个几百万英里的旅渡"嘛！

陈映真和他在某些时候不得不同路的自由派之间的差异在哪儿？左右之分自是清楚易察。对于左翼青年陈映真，他的左翼理想是一个没有剥削、没有压迫，公义平等的、社会解放的、个性解放的世界，而阶级、反帝与人民，则是思想与运动所关注的核心。"文学来自社会反映社会"[1]，特就文学艺术而言，他反对现代主义文学、反对抽象表现主义，企图将文学与人间深刻联系起来，虽说这个反映不是机械的。对这样的一个思想者，自由主义的眼界与关心，用最善意的话语说（也就是还不用揣度他们的阶级立场与利害意识），委实太局限了，胸怀中没有解放的目标，方法上没有整体的与历史的视野，只把目光近视地局限在岛屿上的"自由""人权"等范畴[2]。

因此，青年陈映真和他当代的"自由派"朋友们的差异，除了有左右之分，

---

[1] 语出陈映真（1977a）的同名文章《文学来自社会反映社会》。页100—111。

[2] 或许我过度解读，但阅读永远不妨稍微大胆，小说刚开始，陈老师在雨中打开门，看到地上那只绿鸟"人拳大的身体在急速地喘息着"（2：3）。我怀疑，这里的"人拳"或许就是"人权"，不然，何不用肯定更顺口的"拳头"？如果绿鸟象征了《自由中国》停刊后，再度归来的自由主义希望，那么这个希望也只有"人权"那么大小而已。虽然让人拳大小般的候鸟受伤喘息也是不忍的，但显然陈映真所爱所思者，有所大于"人权"。他对自由主义者有物伤其类的同情，但并不曾因而背书"他们的"希望。

还有大小之异。自由派的朋友们在 60 年代初，就已经把"中国"切割于他们的视野之外了。对这些大多是外省人的自由派而言，某爱故乡，某有中夜难寐之怀思，但吾更爱真理，而真理者新兴美利坚也。反倒是对本省人、左翼青年陈映真而言，在岛屿上思考，必然意味在全中国思考，而"在中国思考"并不只有一个地理意义而已，而意味着要找出一条自尊自重，改革自己，但也不意味要变成他人的前途路径——而这应该是没有成法的。换句话说，不论是西方的现成自由主义，甚或是现成社会主义，都不是我们的现成的希望。我们不该把我们自己的复制得来的价值或期望，再复制到下一代，因为"他要有新新的，活跃的生命！"，中国要走出他自己的路。

但当陈映真的思维一旦进入到这个层次——而我坚信如此，他将面临一个关卡问题：如何理解、面对中国传统？这是一个于自由主义者所不必处理的问题，因为问题已经被他们便宜取消了。因此，陈映真与他们的区别除了"左右之分""大小之异"之外，还在"今古之辨"这个问题上。当然，陈映真如果是只自安于一种教条的左翼传统中，似乎也将不免和自由主义采同一面对传统的姿态，但我们却看到左翼思考者陈映真的彷徨，以及他在彷徨中所难免显现的踌躇失语或困惑难言。而如今看来，恰是这个彷徨态度，反而是陈映真和当代自由主义者之间的最核心差异，或可称之为"对传统的暧昧难决"。就像宗教作为传统的载体之一，于陈映真，不是一句"宗教是人民的鸦片"就可取消的，陈映真对"中国传统"其实也是一样暧昧难决的。他不是一个传统主义者，他不孔曰孟曰，但这不代表他对中国历史以及中国人民大众的传统的自丑，也不代表他在"传统派"与"自由派"的战斗中，因为马克思主义的现代主义缘故，一定是站在后者的，因为陈映真在"自由派"一心要在他乡生活，要成为他者的"希望"中，看到了绝望。反而，吊诡地，他有时反而在有文化本源的人们的身上，看到了任何未来的希望所不可或缺的基底：对主体的历史构成的自尊自重，以及一种强野之气。我想起了鲁迅的名言："伪士当去，迷信可存"。而我也相信，陈映真对"传统"的态度，应当可以"火中取栗"来形容。而一袭蓝长衫的动物学教授"季老"，结合了清醒的现代理性与敦厚的传统文化的复杂形象，应让我们看到陈映真企图超越中西文化论战两造的尝试。

这个时为台北强恕中学的 27 岁英文老师的陈映真"陈老师",在写作这篇小说时,当然有心批判那个没有任何理想与希望,只知道压迫异己,以传统为遮羞布,让大地生机为之萧瑟死寂的虚无主义国民党政权,但也许更有意于指出两个更深刻的道理:一、一种思想或是政治运动,如果失去了爱人的能力,那终将归于虚无,不管是人道主义、费边主义、自由主义,甚或社会主义,而爱人能不首先知道如何爱己吗?二、一个鲁迅早就指出的道理,"绝望之为虚妄,正与希望相同"[1]。人必须要宝爱着敬己爱人的能力,头脑清醒地,不盲目依傍地,走出自己的路。在这个意义下,季公打破同一性逻辑,把"一绿色之候鸟"就视为"一绿色之候鸟",不多,也不少,是一个解放的态度。因此,这篇小说有了一个复杂的缠绕:出入于象征主义。小说里凡是将"绿鸟"视为希望或福音"象征"的都将死灭。而季公给我们的教训则是:第三世界改革者必须先学会敬己爱人,而后才能超越那对远处的、外来的希望,或对"果陀"的无穷翻新之等待,在希望与绝望之间的炼狱翻腾。

这个敬己爱人的能力,究竟源自何方,如何培养?对于这个大问题,这篇小说虽然没有讨论,但也依稀指出了一个基督教之外的方向,即是传统中国的文化资源。一个人如果不以过去为耻,那么过去中国文化里能让人敬己、爱人、乐天的资源是不缺乏的,就算是一个自然科学家如季公,也能在这样的一种文化土壤中得到丰沛的力量。这个议题,以后很少出现于陈映真的小说(除了《云》以及《归乡》等少数重要例外)[2],但似乎更不曾出现于他的其他文类。陈映真对于深入讨论这个他已经意识到的问题似乎有一种深刻的困难与复杂的自制。对这一个思想现象,要如何解释,也许需要对陈映真进行更深刻的历史理解,本文就此打住。

---

[1] 鲁迅(1927)《希望》,《野草》。页 178。
[2] 参考拙著《从仰望圣城到复归民众:陈映真小说〈云〉里的知识分子学习之路》。见《求索:陈映真的文学之路》。

附件一

作者：罗伯特·路易斯·史蒂文森（Robert Louis Stevenson）

译者：不详

《徒步旅行》（*Walking Tours*）[1]

　　欲享徒步旅行之乐，唯有独自出游。倘若呼朋引伴，即便仅双人同行，徒步旅行也会名存实亡，成为另类活动，反倒更像郊游野餐。徒步旅行必须单独前往，其精髓在于能够逍遥自在，随兴之所至，时停时走，或西或东，无所拘束。务必保持自我节奏，切忌与竞步高手并肩疾走，也勿因与女子同行而故作莲步。此外，要开放胸怀，恣意感受，让眼目所极丰富思维；要如同风笛，随清风吹奏。黑滋利特曾说："边走边谈实在不智。每回身处乡间，我都希望自己如同乡村一般悠闲沉静。"此话可谓一语中的，切中要旨。身旁切忌有喋喋之因，以免扰乱清晨冥想的幽静。人若陷入思维之中，便难以享受伴随户外剧烈活动而来的微醺之感，初而目眩神迷，脑筋迟钝，最终归于难以言诠的安详宁静。

---

[1] 网络来源：http://english.ecominfozone.net/archives/997（上网日期 2010/7/27）。

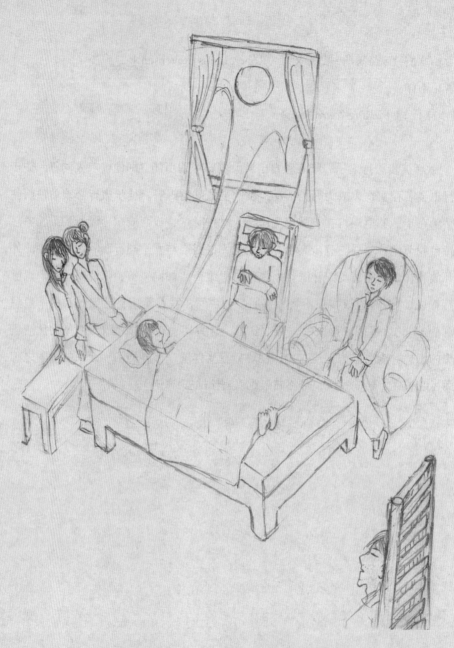

小淳安安静静地在五人沉睡的匀息
以及在初升的旭晖中断了气。

兀自照耀着的太阳
——阶级与人性状态

发表于 1965 年 7 月《现代文学》上的《兀自照耀着的太阳》，在陈映真的小说创作历程中，有一个河海交界处的奇特位置；处于忏悔自怜的《猎人之死》（1965 年 2 月《现代文学》），和揶揄批判的《最后的夏日》（1966 年 10 月《文学季刊》），这两篇风格迥异的小说之间。这个独特位置，很有可能造成对此篇小说的殊途理解，因为往前看，此处已是海，而面向所从来，此处仍是河。由于种种原因，读者容易以一种顺流而下的惯性阅读这一篇小说，从而认定它尚未"下海"；这些原因包括了表面文字风格的延续以及小说所发表的刊物的属性 [1]，以及作者本人对创作历程的分期说法。

在陈映真以透明笔名许南村发表的一篇比较著名的自我批评文章《试论陈映真》中，1966 年被认定为一重要分期点：

> 一九六六年以后，契诃夫的忧悒消失了。嘲讽和现实主义取代过去长时期以来的感伤和力竭、自怜的情绪。理智的凝视代替了感情的反拨；冷静的、现实主义的分析取代了煽情的、浪漫主义的发抒。当陈映真开始嘲弄，开始用理智去凝视的时候，他停止了满怀悲愤、挫辱和感伤去和他所处的世界对决。他学会了站立在更高的次元，更冷静、更客观，从而更加深入地解析他周遭的事物。这时期他的作品，也就较少有早期那种阴柔纤细的风貌。他的问题意识也显得更为鲜明，

---

[1]　本篇小说是作者发表于《现代文学》一系列小说的最后一篇，而《最后的夏日》则是作者之后发表于《文学季刊》的一系列小说的头一篇。这样一种由于刊物属性而来的对阅读以及分期的影响应是存在的。谢谢吕正惠教授阅读初稿对我指出的这一点。

而他的容量也显得更加辽阔了。[1]

一九六六横刀一断，那么《兀自照耀着的太阳》也就只能是属于"契诃夫的忧悒"的旧时期了。反此，本文企图论证：《兀自照耀着的太阳》应视为陈映真结束其忧悒自省时期，并开启其批判现实主义时期的首篇，而非前期的末篇；是"海"的开始，而非"河"的结束[2]。但这个论点的意义又非仅关于分期，而更是攸关对这篇小说的理解。我将企图说明的是，不把这篇小说和之后的《最后的夏日》或《唐倩的喜剧》等讽刺批判小说，进行亲属鉴定划归同一家族，就可能无法读通这篇小说，因为它并非是在说一群布尔乔亚的苍白的、忧悒的、忏悔的故事，而是在讽刺、揶揄，并批判这一群人因其阶级位置而陷入的无力自拔之境。因此，讲究这个"分期"，并不仅仅只有一种形式上的意义，而是可以实质帮助我们读通这篇"反言若正"的小说。不然，我们的解读将会落入多重的困惑与不通中：为何主人公陈哲是如此耽溺于情欲回忆？为何带领"忏悔"的是魏医生？为何那地壳翻动般的强烈忏悔所带给他们的竟是不由自主地昏睡？

其实，我相信陈映真也认为这篇小说是他现实主义创作时期的开端，因此，他才会把《兀自照耀着的太阳》置于之后所写的《最后的夏日》等四篇小说之首，并集结成 1975 年出狱后所出版的小说集《第一件差事》。当然，看似矛盾的证据也有，例如陈映真在一篇著名的创作自述中，就曾这样把《兀自照耀着的太阳》和之前的《猎人之死》归在一块儿。他说，在 1964—1965 之际，他开始了对自己的实践的严厉要求，也有了一些在白色恐怖之下的难得的"实践"，例如组读书会之类的，然而

---

[1] 许南村（陈映真）(1975)《试论陈映真》。页 26。

[2] 这个分期论点也和我对陈映真小说创作历程所作的三个分期有关，见本书第一章。我理解到那是一个仅仅作为启发手段而非定论的分期。对很多篇小说而言，这样的分期分类（或任何的分期分类）并不熨帖。我甚至在另一篇长文中指出陈映真在 1960 年所发表的六篇小说已经涵括了他创作整体的三个重要阶段及其母题，请见《"老六篇"论：在历史、思想与文学交会处书写的陈映真》，收于《求索：陈映真的文学之路》，页 217—298。有朋友指出我不宜强调这篇被讨论的小说是"批判的现实主义的首篇"，因为好比《故乡》或是《凄惨的无言的嘴》等小说，也有其明显的批判意识与现实层面。这点我无法不同意，但我此处想要指出的是，这篇小说在一个比较大的分期下，安置在第二期的首篇，比置于第一期的末篇，要来得更为恰当。

　　在实践上的寸进，并没有在文学上使他表现出乐观和胜利的展望。被牢不可破地困处在一个白色、荒芜、反动，丝毫没有变革力量和展望的生活中的绝望与悲戚的色彩，浓郁地表现在六五年的《兀自照耀着的太阳》《猎人之死》，和一九六六年的《最后的夏日》。[1]

　　这不但把《兀自照耀着的太阳》归入之前的《猎人之死》色调谱系里，甚至把之后的《最后的夏日》也都一并归进来了。这个归类，于陈映真，有其创作者的个人传记性的理由，自有其意义，但同时也是片面的。我们必须要在这个"类"之旁权衡以"不类"。而这个差异对我而言，是更重要的。《猎人之死》所描述的是台湾 60 年代上半怀有禁忌的理想的左翼青年的孤独的、软弱的、苍白的，且纠结着性的苦闷的精神状态的寓言与忏悔录[2]。这部分，在《兀自照耀着的太阳》里，的确也还眉目依稀，但更重要的是两者之间的差别：首先，《猎人之死》以及大多数之前牵涉到男性知识分子主体状态的小说，都是在一个暧昧不明或高度抽象化的社会结构下进行的，而《兀自照耀着的太阳》则设定了一个相对清晰完整的阶级社会结构；没有它，这个故事就无法说。其次，在前者，我们看到一个知识青年在他的精神困局中颠踬前进踽踽于途，而在后者，我们看到在现实阶级关系中的小布尔乔亚知识分子的依附、扭曲、虚无、耽溺与不可自拔。换句话说，前者是作者在处理自身的困惑、忏悔，并企图维系自己的理想于不坠的状态下的一种主观性很强的写作，而后者则开始走出自己的主观困境，跃跃欲试地对客观的阶级社会提出尖锐的讽刺与批判——虽然仍是以一种把自己包括进来的方式。更简单地说，以前是向内审视自己的理想主义困局，现在则开始往外张看，对既存社会进行理解、质问与控诉。

　　因此，在《兀自照耀着的太阳》里，虽然之前的那个孤独、忧悒、软弱、虚无的"青年陈映真"身影的确还在这儿那儿飘忽，但同时，我们更是听到了那种凡是决心有所作为之前的不安的、窸窣的声音，隐匿但却强大，好似大震之前来

---

[1]　陈映真（1993）《后街——陈映真的创作历程》。页 59。
[2]　参考拙著《青年陈映真：对性、宗教与左翼的反思》。见《求索：陈映真的文学之路》。

自地壳之下的闷闷怒吼。于是，不久之后，我们就看到了一个同样孤独的身影，但却以堂吉诃德的姿态冲决而出，英勇、睥睨、批判地向外出击——如我们所读到的他在 1966—1967 年所作的一系列批判的现实主义小说。大凡对那个压抑的年代还有些许理会的读者，读了这些作品，大概也会黯淡地理解到作者在 1968 年五月的入狱（这是台湾版的"May 1968"），是他之前的作品所能把他带领到的"现实巅峰"。这些作品，以现实主义的方式，讨论了台湾社会的诸多高度敏感的问题，例如知识分子的精神状态、知识界的知识格局与状况、外省人在台湾的流离，以及帝国主义战争与第三世界。在 20 世纪 60 年代中期的台湾，检讨这些问题就是捅马蜂窝。而小子陈映真既然这么悍然地面对现实，那么"现实"也当然会在某个路口等着他。但这些都是后话。

河海交会处的这篇，虽然表面上混交河海二色，但我们更要掌握的是其流向，而方向的确是要走出来面对世界——尽管小说结局还是没走出来。借用小说里的语言来说，大概就是要从一种"帷幕深重的小天地"（2：70—71），走向那被太阳所照耀着的"一切芸芸的苦难的人类"（2：73）罢。约莫始自 1964 年，陈映真就开始了一种关于"思想渴求实践"的上下求索，他希望能找到一种实践的可能，庶几打破"市镇小知识分子"被时代所规定的宿命[1]。对陈映真而言，要找到这种实践的突破口，首先要清醒地检视那夹在统治阶级和劳动民众之间的知识分子的阶级认同困境。

因此，《兀自照耀着的太阳》这篇小说里的主人公——那位曾是乡村教师的市镇小知识分子陈哲——身上还留着作者的残影就并非偶然，毕竟陈映真一向以来对自己的社会定位就是"市镇小知识分子"。"陈哲"这个姓名，不就是指有一个姓陈的即将要步入中年的男性，只有一些莫名其妙的思想（"哲"），而毫无实践能力，且对自己的阶级认同混沌不清的"知识分子"吗？陈映真虚构了这么一个陈哲，也许是企图以一种包括自身的方式，直面当代青年知识分子的无力自拔的脆弱与虚矫，对统治阶级的生活方式及品味的艳羡身从。因此，这篇小说也还延续了早期小说的"忏悔录"特质，而逼问于自身的则是：你认同的到底是那个

---

[1] 陈映真（1993）《后街——陈映真的创作历程》。页 59。

"只求保有"（2：70）的"资产者"世界（以魏医生为代表）呢？还是对"生产者"以及对一个新世界的希望与理想的认同（以小淳为象征）呢？或许陈映真真正想望的是一个冲决"市镇小知识分子"樊笼的一个新时代的、有实践力的知识分子形象的出现，但客观的现实没有如此想象的条件，因而只有愤恨地在结局染上大片的"绝望与悲戚的色彩"[1]。这个"将自己也包括进来"的做法，也是"陈映真的现实主义"的一重要特色，在好比《贺大哥》和《云》这些小说中，我们也看到了类似的展现。

如果说 1980 年的《云》是陈映真现实主义创作的顶峰，那么《兀自照耀着的太阳》就标志着现实主义时期的一个起点。这个理应不难辨明的事实，却因为"现代主义"的文风而被长期掩盖住。回顾陈映真的创作，他的第一篇小说《面摊》就确已展现了某种对阶级不平等的敏感，但"阶级"这么吃重地成为小说思想铺衍的主要脉络，并企图在小说中经营出一个社会整体的图像，在陈映真的小说中则是头一回——尽管"阶级"并没有堂皇出场，而是罩之以"族"或"一种人"这类的面纱或雅称（euphemism）。这种文字避讳，我们今天读来感觉多余，有时甚至感到某种欲盖弥彰的滑稽，但对创作者当年的生存情境而言，不卵击当局的语言禁忌是绝对必要的。要知道，直到十多年后的所谓乡土文学论战时，陈映真等人被论敌扣上红帽子，而主要罪状就是他们搞阶级文学或工农兵文学。某位党国文评者在《联合报》上径直以"人性"对立于"阶级"为文，批评陈映真等人只强调阶级不谈人性。言下之意，是指陈映真等人的文学是在宣扬阶级斗争之恨，从不存普世"人性"之爱。但文评者所不能或不欲理解的是，陈映真所关念者恰恰是"爱"。唯因如此，他才关心：爱是被什么力量给强贼了？爱的社会条件是什么？因为看重爱，所以他看重阶级——作为人的一种重要的社会性存在。

小说的背景是某煤矿区小镇的一个日据时期就有的老字号外科医院，楼下执业，楼上住家。这个医生家的一个才迈入青春期的小女生小淳，三个月前目睹了"三十多个压得扁扁的坑夫排满了楼下的院子"（2：61），这使她深受巨大撞击。撞击之大，竟然让初绽的蓓蕾为之萎绝。枯萎中，她要求将病榻移至客厅，打开

---

[1] 陈映真（1993）《后街——陈映真的创作历程》。页 59。

窗子，"为了能看见黎明的阳光"（2：71）。在那个弥留的晚上直到翌日清晨，也就是这个小说的时间背景，有五个人围绕在小淳的病榻：魏医生、魏医生的日本太太京子，以及中年生意人许炘及其夫人菊子，还有当过小淳家庭教师的单身男子陈哲，这三位家庭友人。这样一个对他人苦难有着一颗善良易感的心的女孩儿的行将死亡，让病榻旁的五人在这个深深的夜里，产生了一种奇特的负罪感。在魏医生的带领下，他们对他们过去的人生有了一种类似戒酒者联谊会的自责的交谈。黎明前，挨不过睡意的他们，横七竖八地全睡着了，而小淳就在"五人沉睡的匀息以及初升的旭晖中断了气。然而太阳却兀自照耀着……"（2：73）。

一、不仁的布尔乔亚的小小"爱的世界"

作者透过这篇小说，以一种把他自己也包括进来的方式，对布尔乔亚的（特别是男性的）成人世界的虚空、虚假、虚荣、自是、自渎、自欺，以及对他人的麻木不仁，进行了严格的逼视。作者也看到了在这个阶级中的女性的不大一样的道德状态：女性在布尔乔亚的虚无中仍然能够神秘地保有某种真实感，让生命有些重量。[1] 以下我们分别进行讨论。

首先是陈哲。陈哲这个"市镇小知识分子"（其实就是"小布尔乔亚知识分子"），在布尔乔亚阶级群落中有一个尴尬的边缘位置：他又不是像魏医师这样自己开医院的高等专业者的小规模资产者，又不是许炘这样的含着银汤匙，三十多岁就继承父业的小老板，而是一个曾当过老师的知识分子。对于陈哲，我们只知道他当过小淳的家教，知道他从城里赶来，知道他单身，至于他的其他，特别是他的社会意识，我们就几乎一无所知了。但不管他的社会意识若何，他的生活方式与感情状态则是早已融入了布尔乔亚"生活美学"当中了：耽于自我的欲望探索、经常陷入感官性的回忆中，以及连带着的一种与他人的疏离感与非现场感。

他是来探视将亡者的，但是来的一路上，他的心却"死得很沉沉的"，直到见到开门的老佣人哭哭啼啼的，他的心才"一下子芜乱起来"。小说一开头就做

---

[1] 这在陈映真小说整体中并非孤例，类似的例子还有，好比，《第一件差事》中自杀者胡心保的妻子许香，《上班族的一日》（1978）里对黄静雄突然辞职也能愉悦以对并表达支持的妻子美娟，以及《万商帝君》（1982）里唯一对林德旺有同情之心的跨国公司职员 Rita。

了这个描述，其实正是破题地指出，相对于小淳的因仁而死，陈哲的不仁才是真正的悲哀——哀莫大于心死。陈哲对将亡者的哀凄感并非由衷的，是大伙儿共同经营出来的一种气氛，而他在那里拘谨地、合度地演出自己的角色罢了。他的行为是这样，但他的内心却是那样。哪样呢？他暗地的心思与偷窃的眼神一直飘落到在场的两个成年女性身上，哪止，甚至对病榻上昏睡的小淳，他也从"专心"探病到"逐渐"看到少女病人的"裹在被单的伊的胸"或"起伏着的稚气的乳房"（2：52；53）。首先是对女主人京子夫人：

陈哲看见伊的仍然很美好的颈和一头浓郁的发。（2：54）

京子夫人在一瞬间直视着他，却又在一瞬间瞥开了。伊愁困地笑了起来。虽然是许多日子以前的事了，陈哲仍然不能不有一种心膈为之紧缩的感觉。他因着一种绝望而微微地懊怂起来了。（2：56）

陈哲捧着精致的咖啡杯子，突然想起在这个家里当着小淳的家庭教师的情景。……他第一次看见这个女主人，就是那么不可自抑地恋爱着了。在他看来，那是一种深刻的绝望和娴静的感伤所合成的美貌。那样的美貌对于比现在还年轻的陈哲，曾是怎样的一种感动啊。（2：62—63）

或许，这正是因为"市镇小知识分子"本身就是在一种"绝望"和"感伤"中，才能如此感动罢。陈哲还想到很多，想到他以前就在这个客厅的帷幕深深下的午后舞会，想到"自己以全部的聪明掩藏着他对京子夫人的如炽的恋情"，以及当他看到

医生和京子又跳起舞的时候，陈哲一任那种被友爱、激情和适度的嫉妒加上酒的火热，焚烧得使他耽溺在一种心的阵疼里。（2：65）

不一会儿，许炘和菊子夫妇也来了。

菊子依然——不，或者更漂亮了，陈哲想。他忽然想起许炘生了第三个孩子的时候，曾经对他说：

"男的呢！"他笑着："好像我说什么就生什么。"

陈哲自然向他道贺了。许说：

"然后，不生了。把这第三个带到能走了，叫菊子好好保养身段。"（2：57）

陈哲看着绽开的花一般的菊子，想着在都市里也不容易看见这么野俗却强烈的美姿罢。（2：60）

陈哲是一个"小布尔乔亚知识分子"，不安地、稍带抗拒地依附于资产阶级，艳羡那种旧的资产阶级的文化与颓废，私慕暗恋资产者的一切，包括老婆。陈哲如此，许炘何如？许炘是个战后的新兴企业主，一种从父亲白手起家算来的第二代新富，缺少文化教养，在探问病人的情境中，还大剌剌地谈买田置产生子的事。他稍事寒暄之后的第一句话，就是趁魏医生夫妇在为小淳做检查时，和陈哲"细声说"："盖了一栋房子，最近"。然后，

许炘看着故意转过头去看着魏医生夫妇的菊子，点上一根纸烟。

"许炘！"菊子蹙着眉宇说："病房里，怎么好——"（2：58）

"结婚了五年，第一次独立起来住的。"许炘很认真地微笑起来。

"哦哦。"陈哲说。

菊子把这些话都听进去了。伊想：竟对一个独身的男人说着这些啊。（2：58—59）

因此，不管是陈哲的往日情怀，或是许炘的踌躇满志，都在那个当下失落了更应有的关心与悲悯；他们都"无能于爱"了罢。这令人想起托尔斯泰《伊凡伊里奇之死》那部小说的开始，众人在等着伊凡的临终，但所思所念所感者，无一与伊凡本人有关。这也让人想起陈映真《一绿色之候鸟》里，那深深体会虚无三昧的赵公，才会那么地由衷地敬慕季公悼妻时的号啕痛泣——"能那样的号泣，真是了不起……真了不起"（2：22）。

尽管如此，作者还是有一些春秋笔法在里头的。照说都是活在优雅、细致、欲望但空虚的布尔乔亚小小世界中，但女性就比男性来得真实些，因为她们对他人还比较同情共感，例如，菊子就不是仅仅活在良好的自我感觉里，而能够维持情境中的起码同理心，不像男性就那么地狰狞无状。

陈哲和许炘二位的"狰狞"，不管是压抑的或是外露的，是简单易察的。但那位有资产、有专业、有教养、有文化（例如，这群人里只有他懂"室内音乐"），战前就是"资产者"的魏医生，又如何"狰狞"了呢——尤其是在女儿将亡之际？

作为病人的父亲，魏医生肯定是煎熬在大忧大惴之中，不可能如陈许二位那般地"事不关己"。这是"人性"。不是吗？但我们仔细读小说将会发现，在对女儿将亡的真实忧惧中，那个"战前中产者"的魏医生，由于文化上长期处于宰制位置，反而表现出一种更复杂、更细致的不仁与不诚，以及作为必然结果的虚无。

对着访客如陈哲，魏医生在女儿的病榻前，所念者竟是他自己，而且还出之以一种表演的姿态：

> "我一生也不知道看过多少死亡的了。"他看着病床上的女孩："但从来不曾这样地在生命的熄灭前把自己打倒了。"（2：55）

对孩子母亲的难以克制的泫泣与真诚的祈祷，医生则还是只能念及他那有产者、专业者王国的体面："喂。……在客人面前……好了罢。"（2：55）

二、午夜法会

魏医生是贫困多难的矿区的顶尖精英。如何看待这样的一种精英？犬儒地看，魏医师可说是那种一将功成万骨枯的"精英"。与人为善地看，这种地方是特别需要医生的，而医生愿意留在这种地方，也可以是可敬的。因此，如何看待他们这种"资产者"，或许单单只从他们的职业、地位，甚或资产来看，都是不够的，而必须进一步地探究他们和那些庶民，那些"一代代死在坑里的，尽管漫不经心地生育着的人们"（2：67）在现实社会生活中的真实关系。经这样一问，我们就不幸地发现，魏医生他们一向以来，也就是从日据时期以来，就是生活在一种阶级的"飞地"（enclave）中，地方的贫困与灾难正是他们的颓废、奢华且倨傲的生活的衣食父母——当然他们不曾一瞬间闪过此念。医生上午看诊，下午就把门拉下来，找来他们自己的这"一种人"，在他们帷幕深深的二楼客厅里啜饮着西洋美酒、聆听着上流音乐、婆娑地跳起舞来，任暧昧的情欲在其中规矩地收放。在这样规律的生活中，灾难也是规律的或"正常的"。

"哪里不死人？"——我想起某将军的话。同样，医生也说："在这个矿区的镇上，……死亡早已不是死亡了"。许炘也说："我从小在这儿长大。这样的死，就是我父亲时候都有了的。"（2：61）三个月前的那场死了三十多个矿工的灾难，也完全可能将不过只是"另一个"事件罢了——对医生、医生娘、许炘、陈哲，乃至菊子皆然。帷幕深深的世界是防阳光、防现实的。

是小淳这个刚刚步入青春期的小女生，使他们的固定的世界开始摇晃起来，残忍的是，这得要以无价的生命之重投下去才管用。之前，当她就着窗子俯瞰那些为亲属所呼天抢地的草席裹尸的罹难者时，她就已经是以她的执着的泪水无声地悲喊着，期望她父母亲能从对他人生命的麻木中苏醒过来。但魏医生是无动于衷的，"我怎么想呢？我想：那只不过是因为伊是个女娃儿，何况又在伊的那种感伤的年纪……那时我甚至没有安慰伊的。"（2：62）魏医生认为小淳这么哭，是小淳自己的问题。

那么，魏医生是何时才把小淳的反应和他们自己的麻木不仁的生活联系在一块的呢？不幸的是，也唯有在他自己的女儿小淳将亡之时，他才知觉到这个联系。

于是，这达到了小说的关键所在：魏医生将如何面对与反省这个联系呢？这是否是他得以彻底反省自己的虚无麻木的人生的关键契机呢？答案是令人丧气的。

在一种专业者所独有的镇静中，魏医生进行了一场和小淳的生命有关的反思。"有关"有两层意思，其一是小淳的纯洁的生命以及敏感的良心对他们的生命的启示；其二是这个反省或许会让小淳起死回生。最后，是第二层意义的胜出。以专业者自居的魏医生，在面对了女儿客观上近乎"死谏"的当儿，最根底的反应其实也是近乎一种巫术或是民俗信仰中许愿还愿的那种"文化仪式"。当然，这个以现代科学的专门教养自豪的魏医生的仪式是安静的、压抑的，主要是由幽微的对话、暧昧的暗示，以及流动的意识所构成的。从第六十一页开始的部分是小说的高潮所在，同时也是这篇小说最难掌握的部分。我认为这篇小说的这部分对话，在陈映真小说创作整体中，是很有特色的，与之类似的或许还有《凄惨的无言的嘴》以及《猎人之死》，但这一篇的迷离隐晦犹有过之。以下应是一种合理的解读。

当京子以母亲的诚挚说："请好起来吧，小淳。你活着，妈咪一定也要陪着你真正地活着"时，魏医生则耐人寻味地说：

> "我是个医生，"医生说："所以怎么也不能像妈妈一样自由地许愿。"他无力地微笑起来，说：
>
> "但是现在的心情确是很想为淳儿的生命跟谁商量，或者交换什么条件也好。不曾有一个生命的熄灭如此地使我不安，使我彷徨的。"
>
> （2：66）

魏医生在这个关头所说的话，仍然是那么的虚伪自恋，远远不及京子来得直接、来得有勇气。他要小淳好起来，但当他颓然地发现他的医学专业的无助时，他就想到了"跟谁商量""交换条件"。这种面对问题处理问题的反应方式并不令人惊讶，因为这恰恰是魏医生的阶级经验的结晶。但是，和谁呢？一向以来自认是服膺理性、专业与科学的魏医师，并以此作为量尺和那些村野鄙夫遥遥保持距离的魏医生，竟然是懵懵懂懂地和某种超现实的存在"商量""交换"。将近十一点的时候，魏医生说，小淳的病"倘若到一点钟还没变化，就会有些希望也说不定"。这之前，客厅的气氛已经伧俗到不行了，来客已经忘了是来分忧同悲的了；许炘夫妇谈着他们刚能走路的孩子，陈哲则在看着"绽开的花一般的菊子"（2：60）。就在此时，魏医生突然强烈地企图带领大家一起"跟谁商量，或者交换什么条件"；他自觉或不自觉地希望借由集体悔罪的祝祷来免除他女儿的死。于是他决定诱导众人，让众人在他的领导之下，一起悔罪。魏祭司（或魏巫师）"用手赶着一只盘桓在白被单上的朱红色的小甲虫"，"忽而说"："我方才一直在想着一些事。"（2：61）

魏祭司于是述说了三个月前的矿灾，"三十多个压得扁扁的坑夫排满了楼下的院子"。他以"敷满了"某种"深挚的遐思"（2：61）的面容，回忆着在二楼流泪凝视人间惨剧的小淳。祭司开始像一个罪人般地"闭上眼睛"自责："那时我甚至没有安慰伊的。"（2：62）但众人并没有跟上祭司的步伐，大家反而相继安慰地说："小淳是个好孩子。"而陈哲这"市镇小知识分子"甚至又无可救药地耽溺于对女主人的"一种深刻的绝望和娴静的感伤所合成的美貌"遐思与悸动中。

但祭司还是不挠地继续往下带领。他先有意地点醒陈哲也是和他们这些资产者"同族"，然后他反省了这一族人自以为优越，对他人痛苦完全麻木，拉下帷幕，在暗暗的小天地中醉生梦死。

> "但是淳儿竟那样地流着眼泪。"医生说。
>
> ……
>
> "但我从来不知道要为别人，或者不同族的人流泪的事，"魏医生说："淳儿这个孩子啊……"（2：65）

但是，众人还是没有跟上祭司的导引。顽冥的他们只会适时地表现出一种这个阶级所特有的虚伪客套。听了祭司的这番话，

菊子放下杯子，把伤心起来的京子拥抱着。菊子做得那么富于戏
剧性。陈哲说：

　　"你的心情我或者知道吧。……你们连日来也太累了。"

　　"真的，真的。"菊子说。

　　"两位，或者哪一位先休息一下吧。"许炘说。（2：65）

就在这个法会一直无法入港时，魏祭司陡然把语言拉高到"为淳儿的生命跟
谁商量，或者交换什么条件也好"，这样一种"牺牲献祭"的层次。他的夫人京
子马上跟上：

　　"比方说，用我们的死来交换小淳，真的啊……"京子夫人说。

　　"是的。我和妈妈忽然感觉到从来便没有活过。"医生说。（2：66）

尽管调门如此陡升，麻木到只能自怜的陈哲，还是没有进入状况。他反而有
些卑鄙地利用了这个悲戚情境得到了"第一次他感到能自由地直视京子的脸"的
机会，而他又在那张脸上读出了"那么样的苍白而且单薄啊"，然后不由自主地、
拼命以己悲地喟然自道：

　　"明白了。我们都不曾活着。——谁该活着呢？""我们的小淳。"
京子夫人说。

　　……

　　医生说：

　　"我们所鄙夷过的人们，他们才是活着的。"

　　"那些像肉饼般被埋葬的人们。"许炘衰竭地说。

　　"那些尽管一代一代死在坑里的，尽管漫不经心地生育着的人们。"

（2：66-67）

说也神奇，在这连珠炮般的悔罪话语放出来之后，女孩竟然醒过来了，她的"像一泓清澈的秋天的潭水"般的眼睛张开了。女孩醒来似是专门为了要安慰大家似的，然后旋即睡了过去，只是这回她仰睡着。睡过去之前，她说："许阿姨，妈咪，许叔叔……天一亮，我就好了。你们要陪伴我到天明……"（2：68）此时已午夜二时许了。而或许因为"奇迹"的出现，鼓舞了众人的接力反省。

"……就不知道要怎样过完往后的日子。"[菊子说]

"那些过去的日子啊——"陈哲说。

"那些绝望的、欺罔的、疲倦的日子。"医生说。

"成天的躲在帷幔深垂幽暗的房子里。那些酒，那些探戈舞曲！"京子说。

……

"呃。那些死灭的日子啊！"京子说。（2：69；71）

但这些反省，似乎总是透着一种"许愿"的味道。与其说他们是决心要改变自己，不如说他们是在祭司（也就是他们的阶级家长）的带领之下，力图"保有"他们所拥有的、所珍贵的、所最怕失去的——以此刻而言，即是"小淳"。

京子望着小淳喃喃地说：

"我们可要真实的活着呢，小淳——只要你同我们活着。"

"虽说那不会没有困难，对吧，医生？"

"对的。"医生说，"但是抛弃过往的那种生活，恐怕无论如何都是一个最基本的条件吧。"

"抛弃那些腐败的、无希望的、有罪的生活…… 只要小淳同我们留下来。"

"真的，真的。"菊子说。（2：72）

　　但这看似忏悔至深点头如捣蒜的五个人，不等见到黎明就都"深深睡熟了"。在太阳升起的时候，小淳"安安静静地在五人沉睡的匀息以及在初升的旭辉中断了气"。同时，"太阳却兀自照耀着：照耀着小淳朴素的脸，照耀着医生的阳台，照耀着这整个早起的小镇，照耀着一切芸芸的苦难的人类"（2：73）。

　　这个结局岂不怪哉！这五个人，在大地震般地把他们的习以为常的人生给剧烈撼动之后，在祭司把那压在碣石之下沉睡多年的罪感与耻感揭封之后，反却是结伴梦周公去了！照理说，不是应该如获新生地，守护着希望、守候着黎明吗？但他们却被"一股不可抗拒的睡意"所打倒，这不是特怪吗？我认为，要排除这个不合理，几乎唯一的可能是：从祭司到徒众，之所以发愿应许在将来改变，只是权且为了现在的"保有"。而在这个注定无法真诚的反省仪式中，大伙儿是在做戏，而做戏做得疯魔并不意味这就不是戏了。这个集体忏悔其实是类似"团体动力"下的过度表态，但更像神汉巫婆们的忘情起乩，而表演之后所达到的不是新生的勇气，而是困乏瘫敝。他们是见不到黎明的五个人，他们五个人是同族的布尔乔亚。

　　那么，"兀自照耀着的太阳"又是什么意思呢？我想，有两层意思同时存在。对这五人而言，他们翌日醒来，这个太阳，对他们而言，不多也不少，是个"海明威太阳"（*The Sun also Rises*）——太阳照旧，太阳永远照着旧，一切照旧。但同样正是这个太阳，对于那诚实地劳动着的人们、抱有希望有所追寻的人们而言，将永不背离。小淳有没有亲眼见到旭日并不重要，重要的是旭日并没有辜负她：太阳"照耀着小淳朴素的脸，照耀着医生的阳台，照耀着这整个早起的小镇，照耀着一切芸芸的苦难的人类"。

　　布尔乔亚阶级只企图保有自己的身家妻孥资产与权威的阶级意识，以及只企图保有他们的小小的私领域的"爱的世界"的不仁状态，注定了他们无法掀开那将他们自己长年隔绝于他们所鄙视的他人的帷幕。就算他们要强行掀开，阳光也将让这些早已习惯于在黑暗与封闭的世界中生活与活动的人们"枯死"。就像陈映真前此一年的小说《凄惨的无言的嘴》中，那个有左翼倾向的知识青年精神病患对医生所自白的梦境：

　　"后来有一个罗马人的勇士，一剑划破了黑暗，阳光像一股金黄的箭射进来。所有的霉菌都枯死了；蛤蟆、水蛭、蝙蝠枯死了，我也枯死了。"（1：220）

三、阶级关系中的知识分子

　　之前，我们曾指出这篇小说是陈映真的一直到华盛顿大楼系列的社会现实主义时期的先驱及"原型"。这一节将继续讨论这个"原型"的意义。在一种比较浮面的阅读印象中，这篇小说所展现的晦涩的语言、跳跃的对话、空大的推衍过程、细末的意识流动，以及高度压缩的时空背景等要素，的确让我们觉得它很不"现实主义"。但是，如果我们不为陈映真的表面语言风格所绑架，将这篇小说照个 X 光，我们会发现这篇小说的骨是现实主义的，因为它有一个以社会阶级为主构的社会结构观（不论是多么的粗疏）。这个社会结构是一个关系性的整体，不同阶级位置上的人们因不同的关系位置而有不同的意识与行动的模式。就这一点而言，它和前一篇的《猎人之死》展现了范式性的不同。

　　但有趣的是，这篇小说的精神却又是企图超越（尽管是无力的）那种把人的意识、决定与行动仅仅看作被一种整体性的社会存在所制约的庸俗化了的"现实主义"。它背后有一个强烈的信念：人是可以而且应当超越这个现实所加诸他的限制的。是在这个信念下，作者创造出"小淳"这个角色，让她对她的与民众隔绝的、对他人苦难无感的，从而也是与"真正的活着"隔绝的命运进行反抗。这个对资产阶级或是中产市民的物质的、压抑的、无意义感的生活的反抗，对小说家而言，也只能有这样的一种"小淳"式的结局：在一种似乎看到旭日的喜悦中死亡。这样一种在绝望中留下一条乐观小尾巴的手法，连陈映真也感到"突兀可笑"：

　　和他所描写的风雨冷冽的长夜比较起来，陈映真所看见的"阳光"

又显得多么无力、多么突兀可笑，仿佛一个惊于自己设色之惨苦的画家，勉强地加上几笔比较明快的颜色一样。[1]

但话说回来，这似乎并不是小说家自己的问题。小说家在那个 60 年代台湾的"现实"限制中，已经尽其在我地做了最大的超越努力了。小说家，不论多么地先知先觉，但总还是在既定的历史与社会的限制中写作，他不可能凭空而作。换句话说，"小淳"假如是活在 20 世纪 60 年代世界性的青年狂飙运动的任何一地，她的作者不会这样描写她的青春反叛的。但在台湾，在 60 年代，在前保钓时期，像小淳这样的青年的反叛是找不到任何语言的，于是只有流泪、只有生病、只有孤独地等待与盼望，只有死亡。她只有一种可悲叹的"行为艺术"。

不言不语的小淳，却是这篇小说的现实主义结构中最重要的角色，因为所有人物的关系与对话都是环绕着她这个"无"而进行。小淳的"无用之用"则是具体地展现在陈哲和魏医生这两个荒诞徒劳的"有"上头；三个角色阴差阳错、有无相生地共构这篇小说的核心关系图谱。

首先，得把辐辏固定住。无疑义地，让自己的肉体一点点地枯萎下去的"小淳"，既象征了不为污泥所染的处子生命在为她父母的虚无腐败的生命赎罪，但也同时象征了一种消极的精神上的弑父。她对她的生活的基础有了大质疑，她不要继续再在她父亲所设定的"帷幕深重"的生活中过活了，她要打开窗子，她要见到"阳光"。不但如此，她还要她的死有一种不同于一个人就这么病死的意义，而希望她的死对众人有启示，为他人带来新的生命。因此，小小年纪的她决定把病榻（或死榻）移到具有相对"公共"意义的客厅。小淳是在进行一种"死谏"。

但小淳真正在意的救赎对象是谁呢？是她的父母亲吗？不太是。是许炘夫妇吗？更不是。而是陈哲——几年前当过她的家教，在还没有进城前应是个乡村教师的那个陈哲。在陈映真的小说中，"乡村教师"是具有某种理想性格的"市镇小知识分子"的原型。在陈映真的小说中，这样的人物曾经出现在《乡村的教师》《铃珰花》《云》，以及也许《一绿色之候鸟》等小说里，他们都不同程度反

---

[1] 许南村（陈映真）（1975）《试论陈映真》。页 24。

映了一种良心不死理想仍存的存在状态。因此，我们理解了为何小淳在弥留之际，三番两次地非要他父母亲把陈哲从"城里"叫回来——"今天一早就说一定要见你"，医生这样告诉正在私密地悸动于先生娘之美的陈哲（2：54）。

但最后证明小淳对陈哲的"期望"是落空了，因为陈哲，这个小布尔乔亚知识分子，并没有被点醒，仍旧耽溺于对领导阶级的认同。或者说，她父亲收编小知识分子的能耐远远超过她的理解。陈哲诚然是复杂的，但却是一种无力的复杂，体现了小知识分子对资产者的微微妒恨少许矜持下的全面认同。对新旧市镇资产者而言，陈哲是这布尔乔亚五人组里的边缘者，他没有资产、没有家世，这都使他对这个布尔乔亚世界又认同又疏离，既受接纳又自觉落寞，他只剩下一种"知识分子"的骄傲，但这种骄傲又不是那种底气沛然的"见大人则藐之"的骄傲，而毋宁说是一种因阶级的自卑而产生的自我保护性的骄傲。这种小把戏对魏医生这种老资格资产者而言则是太清楚了，他太清楚小知识分子的生存是依附于他这个阶级的——"家庭教师"这个名分还不够说明一切吗？于是，魏祭司在执行忏悔仪式时，还不忘了提起这么一段往事。说得虽然飘渺，但是一句一刀，毫不含混：

> "我还想了些什么呢？"他对注视着他的陈哲说："你起初很不同
> 意我，后来也竟然接受了。我这巴该耶路！"
> 魏医生轻轻地拍着后脑勺。他无助地笑着说：
> "对罢？……我曾自以为是另一种人。我的资产，我的教养，我的
> 专业者训练，……是罢？"
> ……
> "你们与我并不尽相同。这我是知道的，当然知道。但我把你们当
> 作表亲似的，终于也是'同族'的罢。是罢？"（2：63—64）

"表亲"下得多神！一表三千里，可近可远。这是资产阶级对小布尔乔亚知识分子的最传神的相互关系定位。在这段"对话"（其实称不上对话，因为陈哲

没有话语权只有……的份）中，我们还可以幽微地掌握住一个事实，那就是，陈哲的确曾经还有过一段有理想性并拒绝被收编的"乡村教师"时期，因为他的确（以不明的原因）认为自己外在于、疏离于这个领导阶级，甚至有可能对其有某种批判态度——而这应该是为什么小淳会对这个年轻的家庭教师，还有依稀的期望的原因罢。

既然新旧资产者与小布尔乔亚的生命是虚无的、虚伪的、虫豸的，是"我们都不曾活着"的……那么"谁该活着呢？"。陈哲在医生与医生娘最后提出了以自己的生命来交换小淳的"交换条件"后，提出了这个问题。他——这位资产阶级的表亲——"喟然地"提出这个问题，一点也不像是成竹在胸，而是一种深自困扰之下的呓语。但如果我们把这个午夜对话当作是一种忏悔／许愿仪式的一部分的话，那么陈哲不过是提出记者似的问题，好让祭司回答，拉出忏悔的高潮。于是祭司说："我们所鄙夷过的人们，他们才是活着的。"（2：67）这个答案的确很符合这个布尔乔亚忏悔仪式所需的政治与道德正确。相对而言，"我们的小淳"——京子夫人在她先生回应之前的抢答——虽然有些闹场，但却是露骨的诚实。

在这篇小说中，劳动阶级始终并未出场，只是被布尔乔亚人们当作一种帷幔之外的遥远的布景。而如果指涉到他们，也只能以"我们所鄙夷过的人们""别人""不同族的人""三十个压得扁扁的坑夫""像肉饼般被埋葬的人们"，或"尽管一代一代死在坑里的，尽管漫不经心地生育着的人们"……这些话语为之。而这种对他人的麻木，并非由于空间的隔离，毕竟医院是开在矿区的小镇上，而是透过阶级与阶级之间的藩篱，或是社会生活中的区块壁垒（social closure），布尔乔亚阶级的人们不需要反问自己如此这般生活的物质与社会基础为何，也不需要面对那会刺痛他们良心的不义与灾难，因为他们"君子远庖厨"了。而就算是当死尸横陈到他们楼下的空地时，他们还是能够"理性地"以"专业的训练"看待一切，然后爬上二楼，拉下帷幕，继续饮宴。但这个已经迫到家门的"墙上之书写"，对于那个还未被他们给世俗化、社会化与布尔乔亚化，或简言之，对他人苦难还有敏锐感觉的小女孩，则是个难以承受的悲怆与惊愕。然而很明白地，以她的年龄，她是无法有任何其他的行动作为的，她只有死亡这一个"行动"。

陈映真因为自始至终是一个"市镇小知识分子"，因此他最深入理解的还是他本阶级之人。对这个阶级他有犀利入骨的批判，但他却无可救药地身在其中，从而在批判声中竟常可听闻批判者之呻吟。同理，对这个阶级之外的下层民众，他有丰厚的同情，但他却无可救药地身在其外，从而缺少真正的内在的理解。而这个理解的不足，却也只能带来一个逻辑的后果，即是，小说家就算是要朝向反叛的布尔乔亚（不管是假如活过来的"小淳"或是假如觉醒了的"陈哲"）与"民众"的结合的"阳光大道"去书写，他也无法写，因为他一定想象不来那会是一个什么样的光景。

这当然不足以成为对小说的批评或"改写建议"。因为正如之前所说，陈映真也是在历史与社会中写作，他的小说反映了特定历史与社会的既定条件，因此，无论是小淳的死或是陈哲的不醒，其实都是"现实主义"的。不只小说本身如此，小说的写作也是如此的。陈映真又何尝圣贤般地自拔于他的时代他的阶级他的品位他的教养与他的欲望呢？陈映真在有意识地讽刺布尔乔亚的同时，不也同时无意识地浸淫于布尔乔亚美感当中吗？——因此，我们读者也作难地、狐疑地、有点不知如何是好地看着陈哲无力自拔地、完全入戏地演着他所被给定的负面角色。但，陈映真不一样之处，或许在于他真诚意识到自己的脆弱虚无与虚矫，从而努力地去改变自己，艰困地、踯躅地超越他的既定状态罢。多年后，他写了《云》，他创办了《人间》杂志。而我们也不妨放开想象，大胆地把《云》里的主人公张维杰和民众的重新和解与学习[1]，理解为"陈哲"的觉醒，以及，把《人间》杂志对"一切芸芸的苦难的人类"的照耀与关爱，视为"小淳"的复活。

---

[1] 陈映真 1980 年的小说《云》，深刻地探讨了关于知识分子如何反省自身的认同局限，并和真实历史与社会生活中的"民众"学习这一问题。关于这篇小说的解读，请参考拙作《从仰望圣城到复归民众：陈映真小说〈云〉里的知识分子学习之路》，见《求索：陈映真的文学之路》。

乔，你向他们解释罢！

唐倩的喜剧
——党国、知识分子与性

　　自古以来有官场，也有学场，这篇小说大概也可算是 20 世纪 60 年代台湾的一篇"学场现形记"罢。它露骨地、尖锐地展现出在全球冷战、白色恐怖、"戒严"统治，以及全岛上下一致"亲美反共"的时代脉络下，知识分子的精神与知识状况。在这篇小说里，对这个学场，陈映真谓之"读书界"。这三个字怎么看都有些别扭。在中文里，有知识界、有思想界，也有读书会，但几乎不曾听过什么"读书界"。虽然"读书界"有可能是日语用法，而且并不含贬义 [1]，但我认为，陈映真在 1966—1967 年用这个词，是熟稔日语的他，在切除了日语脉络之后，转用到此间的春秋笔法。用这个词，其实是要透过语言的突兀感，反讽地点明这些一般而言被称作"知识分子"的，其实是一小撮没有思想、没有信念，甚至连定气凝神追求"客观知识"的能力也没有的人。用鲁迅的话，他们只是"咀嚼着身边的小小悲欢，而且就看这小悲欢为世界" [2]。就客观行为而论，他们于别人之不同处只在于"读书"。至于为何读书、读什么书、书读来干嘛，则在非所论。虽然思想可以是武器、知识可以是力量，但对小说的主人公莫夫子、罗先生而言，他们的知识与思想并没有一个外在的目标，而是自我消费性质的，拿来和小小的读书界的其他成员，在小小的咖啡杯的烟雾上闪战腾挪。这个小小的"读书界"，事实上只是在既存的全球权力及意识形态架构下，载沉载浮于一波波欧风美雨中的蜉蝣，在装模作样的知性的、苦闷的外表之后，殊无主体谈何自主。

　　在这以她之名成篇的小说里，唐倩这个惊世女子的角色是重要且让人印象深刻，完全能让读者随其命途时而叹息时而惊愕，但另一方面，她又何尝不和《最

---

[1]　出版于 2006 年夏的《人间思想与创作丛刊》，其专题名称即是"日读书界看蓝博洲"。
[2]　鲁迅语，转引自钱理群《我的回顾与反思》。页 162。

后的夏日》里的李玉英一般，也是一张酸碱试纸、一副显影药、一道催化剂，或（也许有点过当）一面照妖镜。她们的出现，使严肃深刻、论古道今、学贯中西、悲天悯人、摇头晃脑煞有介事的男性知识分子群落，马上鸡飞狗跳、原形毕露。而相对于这些男性知识分子，唐倩，以及李玉英，其实还算是比较真实自在比较表里如一。因此，篇名定为"唐倩的喜剧"的真正意思，是借由唐倩这个女子，让我们看到环舞于其周遭的众男性知识分子的荒诞可笑。而之所以是"喜剧"，也还不单在人物情节的荒诞可笑，而更在于让读者我们读来哭笑不得，窘迫地看到我们自身的可笑。至于唐倩本人的生命历程，其实是没有什么"喜剧"的意思的，反而更像是一出宿命的、徒劳的悲剧。细读文本，我们了解她之所以一个接一个地周旋于众男性之间，而且"以各种方式去把男人趋向困境为乐"（2：127），其实也是不得已的，——她有一个极不快乐的童年，她的父亲遗弃了她母亲和她，她母亲从而变成了一个"终年悲伤而古板的老妇人"（2：123）。因此，长大以后的唐倩或许因此无法较平顺从容地面对两性关系，对父亲的好奇与憎恨，矛盾地缠绕在她的胸臆中，无意识地将男人看作"只不过是一个对象罢了"（2：127），吸引对方然后遗弃对方……直至终篇，唐倩并没有突破命运所给予她的枷锁，只不过是舞台移到了新大陆而已。

小说描写的是娟好聪慧且"有些肉感"的唐倩小姐与她的三个主要男人的故事。这三个男人分别是"存在主义者"胖子老莫、"逻辑实证论者"罗大头，以及留美青年工程师"乔志 H.D. 周"，后者不像前述二者那么的是一个一般印象中的"知识分子"，但他却正是"现代化意识形态"的体现。在下面的讨论，我将分别介绍这几位透过唐倩这面镜子所映照出来的男性知识分子形象，特别是在"知识"与他们的人生的关系界面上。因此，在进到个别人物讨论之前，我想要先提醒的是，尽管陈映真对存在主义或是逻辑实证论这些特定学术思潮，应无兴趣遑论认同，但在这篇小说里，陈映真的用意不在，好比从一个民族主义的立场，攻击这些西方学术派别本身，而是在展露第一世界学术思潮和第三世界知识分子之间的真实历史关系的性质。对陈映真而言，即使是存在主义的沙特，或是逻辑实证论的罗素吧，也都有不为莫罗二公所能或愿理解的某些"进步"面。此外，陈映真也不是一个民粹主义者，他并没有一种反知识或反知识分子的态度。我觉得，使用"读书界"这个怪异名词，于陈映真还另有一个原因，那就是用来限缩他的批评范围，并保留对一种可能的、将来的、真正的思想界或知识界的尊重与期望。

一、老莫的书本与人生

首先，老莫不是一个存在主义者——尽管他娴熟于以这个思潮的语言词汇编织一些台词，并在他的小小舞台上奋力演出。但恰恰是这样一种入戏的虚假与一种高调的愚昧，使得这些演出不得不悖反地流淌出喜剧效果。

老莫老是表现出一种深刻的苦恼。根据老莫，"存在主义者最大的本质，是痛苦和不安"（2：129），而他也的确是表演痛苦和不安的高手，因为小说一开始就告诉我们，唐倩第一次遇到老莫，就被"老莫的那种知性的苦恼的表情给迷惑住了"（2：121）。老莫的确有他的，一下子就把唐倩感动到哭，因为他能"忧伤地轻摇着头"说："我们被委弃到这个世界上来……注定了要老死在这个不快乐的地上。"（2：123）这样的一种哀伤自怜的存在主义调调，马上被唐倩小姐去除学术脉络，以自己童年之不幸进行切己之诠释。她于是立即懂得了她自己的"存在主义"，感动之余，觉得她现任男友，写诗的于舟，"简直太没味道了"（1：122）。

在60年代台湾，这种萎靡的"存在主义"调调，如果被改头换面为庶民庸俗版的话，肯定被禁，因为在（至少是，装着）昂扬惕厉的"反攻大陆"口号声中，哪能"犹奏后庭花"？我犹记得小学时，也就是60年代中，一位青春歌星才刚唱红了一条名叫《苦酒满杯》的流行歌，旋即被禁，原因即是"靡靡之音"。有司动不动拿"俗人"的"靡靡之音"开刀，但并不见得就会以同样的原因禁"雅人"的"存在主义"。毕竟，在思想检查的高压体制之下，总得留下一些特许的知识游戏区，让文人士子吟哦一通，满足他们对智力游戏的需求。鲁迅就曾经说过，思想运动"如果与社会无关，作为空谈，那是不要紧的，这也是专制时代所以能容知识阶级存在的缘故。因为痛哭流泪与实际是没有关系的……"[1]。无论是"空谈"或是"智力游戏",之所以是空所以是戏,则意味着去历史化、去现实化,从而是去政治化的。这是 20 世纪 60 年代在台湾的思想与文艺园地上,除了有"反共文学"之外,还有美式现代主义、欧式存在主义的环境条件。这里有一个关于思想管制的潜规则:只要某某思潮或学派是空谈,就可以发进口证和许卖证。就此而言,这篇小说的核心措意之一就是对这个特殊的买办主义的批判。与"读书界"的君子淑女是否有买办自觉无关,客观而言,他们是体制所特许的思想与文化买办。

因此作为进口商的知识分子和所代理进口的知识货物之间的关系其实是比较复杂的。他们既是在一种"特许状"之下经营他们的买办活动,那么他们对这个"特许"其实是必须得要有一种自我设限(或阉割)的尖锐自觉。引入存在主义的,要谨慎地把里头左翼的、反体制的那一块儿给切割掉;谈逻辑实证论的,当然也要谨慎地选择性使用那"普遍主义分析"的锋利。当知识或思想是存在于这样的一种圈囿之下时,那么知识与思想是不可能舒展、扎根、成长与结果。这从开始就注定了是一个不孕的知识"活动",因为所谓的知识或思想无法和真实的环境与问题产生关系。因此,知识生产就被知识展演所取代了。这里或那里,他们强迫症似的展现出一种由于是表演的所以是夸张的傲慢,但他们的骨髓里却无疑地感受到一种挥之不去的屈辱、不安、痛苦,以及没有出路。这些被去政治化的无意识深层感觉,矛盾地又恰恰好可以借由"存在主义"的台词抒发之。从而,这些进口思潮有一个真实的、综合的作用:被使用者拿来游戏空谈,以及为那个因只能在特许之场空谈而委屈而受伤的自我,提供抒发、辩护与安慰。

就拿这个老莫来说吧,他哪里是什么真诚的存在主义者?"存在主义"不过提供了他一些话语,让他能抚平他自己小小的创伤,或是顺遂他自己小小的私欲。例如,他反对基督教那一派的存在主义,根本原因是那长年让他寄寓的姨妈反对他和姨表妹的恋情,而这个失恋的痛,就让老莫"从此发现了基督教的伪善"了(2:127)。而这个几乎具有范式转移重大作用的世纪失恋,对莫氏思想的形成可

---

[1] 鲁迅语,转引自钱理群《我的回顾与反思》。页 247。

谓一箭双雕，不但为他的"反神的存在主义"，还为他的"罗素的性解放论"提供了"深刻基础"，因为他如今得以把爱除魅了，把食色性也了，从而达到将性与人伦关系反身自省完全脱钩之境。这里并不是说陈映真反对知识与个人身体经验之间可以有某种关联，而只能说他关心的是这种关联究竟是朝一种开展的、成长的方向行进，还是反之。对胖子老莫而言，他似乎只是用知识来辩护他自己的既存欲望而已，而在这个辩护中，无论是知识或是知识者，都无法获得成长。因此，老莫和唐倩"公开同居"的事，就被"罗素的试婚说的性的解放论者"所热烈颂扬。而这些支持者其实又哪里是对罗素的试婚论或是萨特—波伏娃的"伴侣婚姻"的思想意义有兴趣呢？作者不无鄙视、不乏刻薄地以如下的文字描述这些拥护者：他们——是"在逛窑子的时候能免于一种猥琐感的性解放论者"（2：125）。

不堪的例子还有。老莫明明不想要为"老莫他们俩"的伟大的试婚的伟大结晶，也就是唐倩肚子里的孩子，负责，但他却对着母性萌发的唐倩把他的灰暗私心用伟大的高调唱出来：

> "我喜欢和你有一个孩子，小倩，"他柔情似水地说："可是，小倩，孩子将破坏我们在试婚思想上伟大的榜样。"（2：131）

这算是哪门子的"人道主义的存在主义"！老莫根本无能于"为他自己做主"，反而是以"思想"掩盖自己的懦弱，以他人的热切眼光代替自己的孤独选择，——这，不恰恰是进到"他者的地狱"中了吗？"存在主义"于老莫，不过是一场长期的演出，一种不自觉的行动艺术，照着一种庸俗化的脚本，演给这个读书界小众看的——他何曾"自己做主"过了？这里展现了一种根本无法统整起来的断裂人生状态。他嘴巴上说"痛苦"啊、"不安"啊、"拒绝"啊、"无意义"啊，存心和现代性价值过不去，呐喊并摆出一副决然而出的姿态，于是大诗人里尔克的"空无的世界"的荒原景象，就成为他的最爱。兹照抄老莫与唐倩他俩最爱的段落如下：

> 他的目光穿透过铁栏
>
> 变得如此倦怠，什么也看不见。
>
> 好像前面是一千根的铁栏
>
> 铁栏背后的世界是空无一片。（2：126）

但问题是，老莫搔首苦吟里尔克的空乏的、倦怠的诗句，却也并不妨碍老莫深深遗憾于台北存在主义教主行头之不足："至今还弄不到一支像样的板烟斗"（2：126）。老莫留心于自己的教主扮相之余，也不忘装扮他的"美丽的使徒"。他"从《生活》杂志的图片上，介绍一种新的标示知识分子的制服给唐倩"（2：125）。这些"存在主义者"们在前台短暂地表演了一种深深的"委弃"感之余，退回到生活后台之时，也倒是能有滋有味地活在这些积极的、世俗的、消费的趣味中。那真可是随心所欲出入于拒绝与服从之间呢！

于是，老莫的"人道主义的存在主义"不得不只是一种风格，一种被允许玩也玩得起的个人风格。而，他们的信念，也不得不是一种表演，在表演中，偷偷地对自己荏弱的、矛盾的、自欺的小小心灵作自我马杀鸡。人前，老莫能表演出一种"仿佛为这充塞人寰的诸般的苦难所熬练的困恼底风貌"（2：128）——这看来够爱人了罢，但恰恰在他的亲密关系中，他却是无能于爱的。

> 当他在床笫之间的时候，他是一个沉默的美食主义者。他的那种热狂的沉默，不久就使唐倩骇怕起来了。他的饕餮的样子，使伊觉得：性之对于胖子老莫，似乎是一件完全孤立的东西。他是出奇地热烈的，但却使伊一点也感觉不出人的亲爱。（2：128）

我们窥探到了老莫这个"存在主义者"在"台前"与"台后"的巨大差异。台前，他演出一种"自我"，充满了对人类的痛苦的大爱，台后，在最私密的领域中，他是个"沉默的美食主义者"，床笫上，老莫对唐倩有性无爱更且无言，使得唐倩觉得"自己仿佛是一只被一头猛狮精心剥食着的小羚羊"（2∶128）。老莫的性充满了焦虑与恐怖的气息，好像是一场杀伐一轮血战，好像是要透过"痛苦与不安"来获得性的高潮一样。反映于性事上的老莫的内在，其实和他白日的崇高而悲悯的话语大相径庭。聪明的唐倩当然也看到了这个"男人——特别是这些知识分子——所不能短少的伪善"（2∶128）。伪善？或许罢，但我怀疑还有一层不是"伪善"所能解释的。

"人道主义的存在主义者"老莫，其实是嗜血的！作为杀伐的性，让他对痛苦、不安和最后的死亡，产生了一种虚拟的临界感，透过这个黑暗的感觉，他得以反过来推论他自己的生命与存在。因此，莫氏存在主义的最底层构成要素其实是战争、杀戮与暴力。唯有如此我们才能理解为何老莫的床头会摆着一本剪贴簿，里头都是《生活杂志》《新闻周刊》和《时代》周刊的越战图片。老莫对唐倩说，这些图片最能帮助他，畜养一种"伟大的不安和痛苦之感"（2∶129）。老莫竟需要以血养气，这让我想起章回小说中妖道以血淋淋的人心或"紫河车"炼剑的故事。

"存在主义"在台湾20世纪60年代的接受史，而非作为一个哲学体系，的一种隐秘的、深层的、乏人认知的政治性，透过陈映真的文学从而水落石出了——它被老莫等严格意义的"帮闲"，拿来支撑一个其实还轮不到要他们支撑的世界，一个在全球冷战之后所形成的以美国为主导的、"反共"的"自由世界"。老莫们把自己抽离于任何具体的历史的脉络，想象自己是那竖起风衣领，在"残忍的四月里"，在打烊的酒馆门口，孤独地、高贵地咀嚼繁华中的荒凉的第一世界知识分子。这样的"存在主义"，对台湾60年代的如老莫般的存在主义青年而言，提供了一种安全的从而不必付任何代价的虚拟"反抗姿态"。他们谈何反抗呢？西方的60年代愤青还是要对西方社会与文化"大拒绝"，而胖子老莫反而是唯有透过对现代化情境以及国民党政权的双前提的肯定，才能畜养他们的"不安和痛苦"。话这么说好了，胖子老莫要如何在"铁幕"中孤单地、自恋地畜养你的"不安和痛苦"呢？因此，老莫们其实还是衷心感谢国民党、感谢美国，给了他们一张平静的书桌和一张激动的床，让他们得以培养他们的"伟大的痛苦感"，而且还能得到一种不俗的、不驯的、知性的魅力与虚荣。老莫透过痛苦的作态而感觉到自己的高贵的快乐。

这解释了"存在主义"何以是当局能在高处颔首对之微笑的一种"思潮"。陈映真暗示了根本的原因,不仅在于它无害,而更在于它有益,——有益于"反共、亲美"。"存在主义者老莫"的自我认同的主轴完全是亦步亦趋地跟随着国民党及其上国——美国。老莫如何理解越战?他完全是从美国讯息、美国图像、美国观点、美国价值来理解越战,而自动地站在一种虚拟的、无比安稳的敌我位置上,翻着《时代杂志》《生活周刊》的插图,鄙夷地谴责越共:"看看这些卑贱的死亡罢!""看看这些愚昧的暴行罢!"也难怪,这般的"存在主义"和美式现代化理论竟是可以联姻的。为了"反共大义",老莫把他的知识偶像罗素(应也包括萨特)竟给灭了:

> 胖子老莫坚持:美国所使用的,绝不是什么毒气弹,就如罗素所说的。那只是一种用来腐蚀树叶和荒草的药物,使那些讨厌的黑衫小怪物没有藏身的地方;至于那些黑衫小怪物们,绝不是像罗素说的什么"世界上最英勇的人民",而是进步、现代化、民主和自由的反动,是亚洲人的耻辱,是落后地区向前发展的时候,因适应不良而产生的病变!(2:130)

因此,这个"喜剧"里最滑稽的景象之一就是:胖子老莫是个"变装者",他明明是个现代化论者,却穿着存在主义戏服,诵着存在主义台词。

二、罗大头的人生与书本

如果说胖子老莫表演着一种无所指,从而非关政治的"人道主义的存在主义"的信念,从而获得一种以情绪感染人的"快乐",那么罗大头则是更换表演剧目,插上逻辑实证论品牌,叫卖一种同样无所指,从而也是无关政治的"怀疑",从而获得"一种诡辩的诘难所获得的快乐"。这个表演性质的、无的放矢的怀疑主义,其实只是"一种虚荣,一种姿势"(2:136),甚至,它只是一种世故圆通的"怀疑主义",只怀疑那些允许被怀疑的,而不怀疑那些不能被怀疑的。这样的一种怀疑主义,由于其基本无害无险,而又由于它能提供知识精英一种以智逼人的傲慢,的确一下子取代了以情动人的存在主义,而成为读书界的新宠。

出身于江西地主家庭的罗大头,依其自述,曾"有过一个幸福而富裕的家,他是这个家庭的快乐的独生子",但这一切被共产党毁了:"母亲悬梁,父亲被逼死在一个暴民的大会里。"家破人亡之后,他"一个人流浪,奋斗,到了今天"(2:138)。哭着鼻子,他对唐倩说:

> "比起来,他们搞存在主义的哪一个懂得什么不安,什么痛苦!但我已经尝够了。我发誓不再'介入'。所以我找到新实证主义底福音。让暴民和煽动家去吆喝罢!我是什么也不相信了。我憎恨独裁,憎恨奸细,憎恨群众,憎恨各式各样的煽动!然而纯粹理智的逻辑形式和法则底世界,却给了我自由。而这自由之中,你,小倩呵,是不可缺少的一部分!"(2:138)

细读这个自白,有些地方让人有些困惑,好比,罗大头说他"发誓不再'介入'",那是否意味他曾经"介入"过?又,他说他"是什么也不相信了",那是否意味他曾经相信过什么而又幻灭了?又,他说他"憎恨独裁,憎恨奸细,憎恨群众,憎恨各式各样的煽动",那是否意味他的憎恨其实也包括了国民党政权呢?把这几个困惑同时摆在一起,而又要找到一个融贯的解释的话,那似乎只有一个可能。那就是罗大头少年时期曾经有过改革的、淑世的、救国的信念,而且是同情"社会主义"的,但是因为江西苏维埃的土改运动捣毁了他的地主家庭,使得他因身家之恨一夕之间对共产革命从认同转到敌对。但是,以他对共产党的幻灭,甚至以及他对国民党的人身依附,也无法让他对专制独裁的国民党产生真切的认同,因为要是有这个认同来安身立命,他又何尝需要把那个逻辑实证论当作遁世之所呢?对于国共斗争,乃至对于中国,他是没有任何寄望了。而知识(在此,逻辑实证论）给了他这样的"幻灭"的人儿，一个平静的港，或，一个坚硬的壳，让他只要待在这个逻辑与形式所撑开的洞里乾坤。

但话又说回来了，是谁允许他在这个逻辑实证论的洞里逍遥？说到最后那当然是国民党政权了。因此，聪明如罗大头，应该不至于不自知他的自由的不自由；他应是心眼儿明澈地知晓，在这个水晶般毫无杂质的逻辑实证论广寒世界之上，还凌驾着一个配备宝剑与炼炉的"太上老君"。不妨这么说吧，在不关痛痒的问题上，他们是自由的，但若稍涉红线，则霎时雷鸣电闪。这个自由，如同胖子老莫的自由，再度，是特许的，是要付出代价的。"罗大头们"不但对特许之下的自由不糊涂，更且知道在关键场合上对关键问题上是要表态的。因此，某夜，罗大头偕唐倩小姐参加一个政治研究所的活动，并发表演说。理智的、冷静的他，也不妨做了一个情绪高昂的结论：

> "……他们说什么'反对新老殖民主义'，什么'反对走资本主义路线的反动派'，什么'中国人民支援一切英雄的民族民主运动的各族革命人民'，什么'为祖国社会主义建设团结一致'。
>
> "这些只不过是煽动家的话，是感情冲动的、功利主义的语言。它也许足以发动一大群无知的暴民，却丝毫没有真理底价值。
>
> "真理，各位！为了真理的缘故！
>
> "而真理，是没有国家、民族和党派底界线的！"（2：139）

很清楚，罗大头必须得在一般的"反共"与特定的"文革"上表态。以老莫和罗大头而言，虽然他们在国民党的统治下，看来似乎多一些思想或学术的自由，但老莫若想当一个激进的一致的"人道主义的存在主义者"，并不可得，而老罗若想当一个激进的一致的逻辑实证论者，也不可得。拿罗大头来说罢，他能把上引的这一套分析拿来用在国民党的"反共复国、复兴中华"的口号上吗？罗大头能说它们只是"感情冲动的、功利主义的语言"，从而"合当取消"吗？

这个罗大头所不敢仰首以见的独裁权威，以及他冷暖自知的仰人鼻息，以及他心知肚明的弱势无能，构成了罗大头的羞耻的、难以言说的深刻焦虑与恐惧。国民党像一个残暴的继父，让儿子在提心吊胆中依附着他。这么说来，60 年代的国民党虽然不搞整风不搞运动，给"读书界"留下了几张貌似平静的书桌，但书桌前的人儿可是很难平静下来的，因为对这些男性知识分子而言，那是一种自觉的但又无告的压抑与扭曲经验，一种在有权者（以男性形象出之）之下的奴才的屈辱，以及小公兽在面对兽王时的去势威胁。因此，罗大头痴心想要从逻辑实证论这样的"玄学的魔术里找寻逃遁的处所"，毕竟是无法成功的，因为他前门或白日所严厉拒斥的，从后门或夜里又悄悄地回来了，而且缠绕得更凶猛。于是，罗大头生病了。众多他所无法透过逻辑实证论"勾销"的焦虑，"依然顽固地化装成他的感情生活里的事件，寻其出路"（2：140）。

陈映真敏锐地注意到，在压抑的政治环境下的男性知识分子在两性关系及性上的扭曲病态——他们甚至无法不把亲密关系也当成"一种斗争"（2：143）。而在男性知识分子把两性关系视为斗争时，男性的下场是悲惨的，因为他们无时不在一种惊疑的状态中，看到女性对手"一如大地一般地包容一切、稳定而自在的气质"（2：142）。她们有时可以毫无心机地像个小女孩般的天真，好比，唐倩小姐竟向罗大头以小女生说到班上的一个好笑的男生般的无邪，述说她的前男友胖子老莫。在这种斗争情境中，对性能力的焦虑无尽升高，因为要不断地、徒劳地证明自己的雄性，而没有一扇让他 劳永逸地解脱的方便门。"无穷的焦虑、败北感和去势的恐惧"一直在啃噬着他们的内心，而女性反倒是"完全地自由的"（2：144）。这个在男性之为男性的自我质疑上，罗大头没有过关，发狂，自杀死了。

透过莫与罗，小说家让我们体会、知晓了 20 世纪 60 年代台湾的历史的一个阴暗侧面：在父权的、阳刚的、横暴的类法西斯体制之下，知识分子的普遍焦虑，以及特别作为其日常身心反映的性焦虑。而当我们看着台湾的 60 年代男性知识分子的这个状态时，是否难免也会联想到，中国大陆 60 年代的男性知识分子是否也有性焦虑？如有，性质和海峡这边的知识分子是否不同？又，苏联的经验如何？纳粹法西斯之下的经验又如何？第三世界反殖民的民族主义知识分子的经验又是如何？又，在一个大众消费社会中的男性知识分子的状态又是如何？会这样发问，是因为这些都是二十世纪的政治运动或社会体制的重要展现，而透过它们在这一面向上的差异，或许可以让我们对男性知识分子的性进行政治化。更具体而言，可以如此提问：男性知识分子在性（以及两性关系）上，得以开展一种愉悦的、互信的、开展的、培力的关系的前提情境为何[1]？

在陈映真的多篇早期小说里，我们看到了小说家对性与两性关系的政治化思考，特别是针对左翼男性青年。在现在讨论的这篇小说里，陈映真把性这个问题摆进了政权与男性中年知识分子的关系之间，而对这个复杂丛结进行他的审视。发作于老莫与罗大头的高度性焦虑与类似去势的恐怖感，当然对很多"性学专家"而言，或许可以归因于"男性"（相对于"女性"）这个终极的、范畴性的理由。罗大头对发生在自己身心上的性无能恐惧感的自我理解，就恰恰是如此：

> 男性底一般，是务必不断去证明他自己的性别的那种动物；他必须在床笫中证实自己。而且不幸的是：这证明只能支持证实过的事实罢了。换句话说：他必须在永久不断的证实中，换来无穷的焦虑、败北感和去势的恐惧。而这去势的恐怖症，又回过头来侵蚀着他的信心。然而，当男性背负着这么大的悲剧性底灾难的时候，女性却完全地自由的。女性之对于女性，是一种根本无须证明的、自明的事实。倘若伊获得了，固然足以证明伊之为女性；而倘若未曾获得，也根本不足以说明伊底失败。（2：143—144）

但从罗大头的逻辑实证论脑袋所想出来的这个"放之四海而皆准"的理论，似乎并不是这篇小说的理解极限——因为陈映真并不是从"男性底一般"去考察这个问题，而是把男性知识分子的性与两性，置放于国民党政权、国共内战、两岸隔绝，以及全球冷战体制的关系结构之间了。在那个年代里书写，陈映真可理解地并没有把国民党拘提出来受诘被审，但作者肯定期望于用心思考的读者会对

---

[1] 这是在异性恋的前提上说的。但同样的提问对于同性恋也是成立的。在不同的运动、政权或是社会形构下，男性知识分子同志所感受到的压力与焦虑，也是一个可以比较提问的对象。

罗大头的自我理解，进行这样的追问：你何以需要那么证实自己？你的自我遭受了什么危机？到底，是谁否定了你了？床第上的"证实"之所以特别重要，恰恰是因为其他的自我"证实"都已挫败，于是必须仰赖在他而言仅剩的一种"征服"中，获得一种最后的、生物层次的自我"证实"。也就是说，那些属于社会性的政治性的自我"证实"和雄性在性上的自我"证实"，在无意识的层次上被联系了起来。

在这篇被视为陈映真最"嘲弄、讽刺和批判"的小说里，对不同的主人公，陈映真所下的辛辣度还是有所不同的。不需要特别细心，我们就能感觉到陈映真真正尽情挖苦讽刺的对象，其实只有胖子老莫这位爷——这个二流演员，这个虚无者、滥情者、虚荣者，与嗜血者。陈映真其实是忍住自己的同情与同理心，强迫自己对胖子老莫不施同情，好尽情挥洒讽刺与嘲弄。而方法则是对主人公去除历史化，我们除了知道他少孤之外，并不知道他的流亡的、外省的身家背景。但是，在对罗大头的态度上，陈映真让自己的建立在历史的同情感展露出来，从而在揶揄之旁，也同时交织了不少同情线索，横竖构成了令人读来五味杂陈的叙事经纬。罗大头这个人的悲剧，展现了中国现代史的一个侧影。他因为共产革命失去了他的快乐的童年与他的双亲。只身来台，他必须依附于这个"反共"的政权，尽管那并非他的良心之所能安，因此他逃避到"玄学的魔术里"。但这种逃避却又是一种表面的、形式的，因为他一定不安于、愤怒于他对权力的被动依附，甚至某种唱和。这种类似"去势恐惧"的痛苦与不安，因为无法找到有效的清除消解，只能淤积于无意识中，最后爆发于亲密关系中。这是罗大头的悲剧，而其源头则是他自觉他的虚伪、他的不一致、他的屈辱，以及他的没有出路。而所有这些对胖子老莫都不曾构成问题，因为他一直用他的"人道主义的存在主义"作为他所有问题的辩护，甚至对他日益严重的性无能感，他也用"每次想到那个子宫里曾是杀婴的屠场，一个真诚的人道主义者，是不会有性欲的"（2：132）这样的语言自我安慰。老莫连一个真诚的颓废者都做不到。这是为何老莫的下场是一个颓唐的苟活的"没落"，而罗大头则是发狂而后自杀。证诸陈映真小说里对因无法克服精神危机而自杀之人的一贯"敬意"，罗非莫，明矣。

因此，陈映真在质疑罗大头的学术与政治的同时，也对他倾注了深刻的同情，特别是对他那"内在的不可遏止的风暴"的同情。而且，不论政治立场，陈映真应该也是能同情甚至尊重，这种因身处中国近现代历史的风暴，而选择，而苦闷的知识分子的复杂心路历程吧。因此，在某种意义上而言，罗大头应是这样的"五四知识分子"的最后一人吧。之后，当台湾进入 20 世纪 70 年代，整个人文社会思想与学术界，被美国的现代化意识形态所包抄席卷，连这样的一种有着"内在风暴"的知识分子圈（或"小小的读书界"）也不复存在了。而那是"乔治·H.D. 周"进场的年代了。于是，早在 1967 年，陈映真就以一种寂寞先知的复杂心情，宣告了一个苦闷的、沉重的、喧嚣的、虚无的 60 年代的终结，但所迎接的新的时代却将更为虚无，虽然轻飘且寂静。在"嘲弄、讽刺与批判"中，我们仍能捕捉一种细微的伤逝、惆怅、前路茫茫，乃至物伤其类的心情。这是一般的讽刺小说所难以达到的文学的境界。

小说最后交代了自唐倩之出矣繁华落尽的台北读书界景况：

事实上，在胖子老莫没落了，以及罗大头的悲剧性的死亡以后，这小小的读书界，也就寥落得不堪，乏善可陈了。这其间自然间或也不是没有几个人曾企图仿效莫、罗二公，故作狷狂之言，也终于因为连他们的才情都没有的缘故，便一直没弄出什么新名堂，鼓动出什么新风气来。而且最近正传说他们竟霉气得被一些人指斥为奸细，为万恶不赦的共产党，其零落颓废的惨苦之境，实在是很可以想见的了。

（2：156）

三、乔治·H.D. 周的"意识形态"与"现实"

莫、罗者，没落也；不管是存在主义或是逻辑实证论这些旧大陆把戏，终归得让位给以美国帝国霸权为后盾的"现代化理论"来独领风骚。这是陈映真在入狱之前就预见的知识海啸，而的确在 70 年代席卷了整个台湾的人文社会科学界，于今势犹未戢，只是常以不同之名（好比，新自由主义）出之而已。透过小说，陈映真指出了这些知识风潮在台湾的相继递嬗，并不意味任何实质的社会改变或历史新意，反而都展现了一种核心的精神与思想的虚无、无主——不论是存在主义、逻辑实证论，或是现代化意识形态。因此，读书界虽然不断地潮来潮去，翻来覆去地上演新把戏，但究其实，人们的虚无的精神状态并不曾改变。这是陈映真对台湾 60 年代知识状态的洞察。

当唐倩开始和"一个十分体面的留美的青年绅士"出入之时，她再度成为一面"照妖镜"。这回，这个小小的读书界全体现形了。"他们"本来对唐倩小姐是十分之崇拜且钦羡的，这个说她是"一杯由玫瑰花酿成的火酒"，那个说她是"使男性得以完成的女性"。美言犹存余响，恶誉缤纷而落，说她

堕落—至于成为一个"下贱的拜金主义者"、一个"民族意识薄弱"的"洋迷"，而且一叹再叹地说：唐倩终于"原来也只不过是一个恶俗的女人"罢了。（2：145）

不难理解这样的"公愤"，其实是靠嫉妒为干柴而燃烧的。不难看到，"他们"之间也闪过了《最后的夏日》里裴海东先生的身影。"他们"骨子里谁不崇美？而若有机会，也都想留洋。"他们"谁不想当"体面的留美的年轻绅士"？而恰恰是因为留不成、当不成，那只有退而把委屈的"不能"说成激昂的"是不为也"，来安慰那受挫的自我。指责唐倩是"一个'民族意识薄弱'的'洋迷'"，可笑复可悲的事实是他们自己正是躲在柜子里的"洋迷"。对那位"体面的留美的年轻绅士"，他们应是充满了自卑的私慕——"有为者亦若是"，但对唐倩，这位他们所心仪的女性，竟然率尔做出了这样的选择，"抛弃"了他们，这让他们感觉到尖锐的伤与恨。在现代世界中，这种男性心情其实屡见不鲜。受到强权、战争或是优势他族所挫折的男性，常常给自己建构了某种狭小的民族主义硬壳，神经紧绷地猎杀"通敌者"（尤其是女性），透过对后者的高调道德谴责，来伸张"大义"并确认自我。

　　这个体面绅士名唤"乔治·H.D.周"。他把唐倩脑袋瓜里长年以来镌刻的美利坚形象一股脑儿全召唤出来了，他这儿像古柏，那儿像庞德，是文明、性感、先进、富裕、优雅、阳光，与睿智……在举手投足之中的具体展现——而凡此皆为胖子老莫或是罗大头等人所极度稀缺的。这些曩昔使伊为之颠倒的穷才子们，如今在唐倩小姐的回忆中，只看到那让她为之"疲倦不堪"的"空虚的知性、激越的语言、紊乱而无规律的秩序、贫困而不安的生活以及索漠的性"（2：147）。

　　小说里，陈映真以一种少有的手法，经营出一种类似舞台剧的场景。我们读者于是看到，就当"小小的读书界"的人们在舞台暗处一角叽叽喳喳议论不停时，唐倩以一种法租界名女人般的做派，轻盈地走到舞台中间，说："乔，你向他们解释罢！"于是聚光灯转而照在一个新出场的漂亮年轻绅士身上，他"用左手把西装的第二个纽扣解开了又扣上，扣上了又解开"，然后，面对观众我们，绅士地、优雅地、和煦地说：

　　　　"美国的生活方式，不幸一直是落后地区的人们所嫉妒的对象。"
　　　　他说，"我们也该知道：这种开明而自由的生活方式，只要充分的容忍，
　　　　再假以时日，是一定能在世界的各个地方实现的。"（2：146）

　　乔治·H.D.周曾是一个学工程的留学生，毕了业，找到了事，这会儿回到台湾出差，顺便找对象。他也是个美国生活方式的推销员，成功地向本来就一直打算要买的唐倩，达成了他的推销工作。这个推销，基本上不靠话语，而事实上乔治·H.D.周可说是一个言语无味生活平板的人，一点也比不上话语表情动作都有高度感染力的老莫或罗大头，尤其是前者。但"有所本"的乔治·H.D.周，无为而无不为地掳获了唐倩小姐的芳心。

　　　　伊坐在舒适的车子里，望着他满有某种信心的侧脸，觉得仿佛有
　　　　一种生活上十分实在的东西打击了伊。唐倩需要一种使伊觉得舒适和
　　　　安全的东西，就好像此刻伊坐在车子里的那种感觉。外面是嚣闹，是

欢乐，是黑夜，而伊享受着它们，在这样一个舒适又安全的车子里。

而车子流动着，仿佛一艘船。（2：147）

车子像一艘船的比喻在别处又出现了一次（2：148）。在市灯闪烁的夜里，坐在车子里的唐小姐，在倾听着乔治·H.D.周谈说大洋彼岸的美国之时，竟然心旌摇动，于真幻之间，产生了一种以此车为舟楫而将浮海远行的兴奋。

这位华名周宏达的乔治·H.D.周，以一种过来人的姿态，向不曾出过国的唐倩对比说明中国的落后与美国的进步，而其间的差距则是无望的遥远。车子里，他"笔直地望着前路"对唐倩说，"就只工业技术一层，中国跟美国比起来，简直是绝望的"（2：148）。此刻，素来敏慧的、曾经周旋于风云知识分子的，而且一时也改不了她那种"以各种方式去把男人驱向困境为乐"的习性的唐倩小姐，就以一种良善、天真，且稍带关切的小情状问乔志："在那边，做一个中国人，一定是一种负担，是不是？"（2：148）唐倩的绵绵的话里所藏着的针是："既然两个国家天差地别，那你又是从中国出去的，不会被人家歧视吗？"吞下了唐小姐温柔递过来的苍蝇，乔治·H.D.周只能诚实地说："Well，不能说没有差别的罢"。但是，他紧接着则是展开反击，立即压下那刚冒出一点点苗头的真实感觉，说："可是除了这一点，那边的每一件事都叫你舒服：那种自由的生活，是不曾去过的人所没法想象的。"（2：148）这是唐倩小姐早就期待的答案，这个对话只是一个仪式，答得好不好，唐倩都要定乔治·H.D.周了。乔治·H.D.周掉在爱里头了。爱让乔治·H.D.周启动了他的最宏大的叙事——"现代化理论"，高度暗示地怂恿唐倩作她人生中最重要的决定——和他一起去美国。乔治·H.D.周说：

> 一个人应该为自己选择一个安适的位置。到一个最使你安逸的地方，找一个最能满足你的生活方式。这是做一个人的基本权利。国籍或民族，其实并不重要。我们该学会做一个世界的公民。（2：149）

这话说得虽远不如罗大头或是老莫，既乏知性又欠感性，但是，连书袋都不用掉，连修辞都不必重现，是否反而就是优势话语的傲然的征候呢？短短的几句话就涵盖了现代化意识形态的基本要素：原子化个人、攫取性个人、个体选择、社会流动、市场机制、进步原则、权利概念，以及"世界公民"。但这个"世界公民"其实当然只是美国公民的美称而已。这和《最后的夏日》里李玉英小姐要去美国当"快乐的寄生蟹"，其实并无差别，只是李小姐对当寄生蟹比较坦然，而乔治·H.D.周则需要意识形态话语来遮掩他（作为一个第三世界男性在美国）的某种内在焦虑与伤害。

乔治·H.D.周是一个散发着美式仪态的光鲜英挺、斯文从容的青年，这是他的身，而他的心，似乎也深深认同美国所代表的所有现代价值。照理说，他的身与心既然都找到了一个安身立命之所在，那么他这个人应该是内外一致豁达通透笃定怡然的了？但究其实，大谬不然，他的内在世界其实是颇扭曲的，有很多黑暗的坑坑洼洼是他所意识不到，或他强制自己不去意识的。好比，他在唐倩的逼问下，不得不承认"在那边，做一个中国人，是一种负担"。虽然他紧接着说"除了这一点，那边的每一件事都叫你舒服"，但毕竟我们知道了，"这一点"还是非常让人受伤的。而"世界公民"这样的大概念似乎也无法抚平一种浅浅的但总是在那儿的屈辱感，一种总是要证明你自己其实并不差的必要感，以及一种经常被有意无意提醒的你是外人之感，——虽然，你不断提醒你自己，这是一个伟大的、开放的、多元的、融合的国度，千万别把自己当外人哟。

乔治·H.D.周此番回来的目的之一，就是要物色一个"温顺贤淑的女人做妻子"，然后联袂回美国。这不得不让我们提出一个问题：既然美国的"每一件事都叫你舒服"，那为何你不和一个美国女子结婚，使自己更进一步融入那个伟大的国度呢？显然，这一件事也包括在"这一点"之中，也就是"做一个中国人，是一种负担"。比起今日，美国在20世纪60年代更是一个种族歧视的社会，来自一个贫穷的、落后的第三世界台湾留学生，就算在当地找到了工作，住进了当地的低中产阶级白人社区，他仍然要面对种族社会根深蒂固最难撼动的关卡之一，即是对所谓的弱势种族的男性的性控制阀门。斯派克·李（Spike Lee）的黑人电影叙事，很多都在讨论这个种族主义与性的问题。在20世纪60年代美国这样的一个种族主义的社会中，有一种关于种族、性别与性的"社会规范"：黑人男性和白人女性的性爱交往是极特殊的，甚至是禁忌的，然而反过来，白人男性和黑人女性的交往则是合乎规范的。美国的黑白种族关系当然有奴隶社会的残留从而展现得较极端，但这个种族主义与性的模式其实是有比较普遍的适用的。美国不说，反过来看今天的台湾，种族与性的"规范"，是和美国有令人惊讶的相似所在。自从所谓外劳进入台湾之后，在台湾社会空间中，我们比较不难看到台湾男性和"外劳妹"在一起，但反之，则绝少看到外劳男性和台湾女性在一起。这是我为何说这个规范具有比较普遍意涵的一个经验基础。

这话似乎扯远了，但事实上并没有。当读到乔治·H.D.周对唐倩说他和一个名叫 Anne Kerckhoff 的"雪白的皮肤，金黄色的头发"丹麦少女的飘忽且空洞的"韵事"的那一段时，我的直觉是，这其实是乔治·H.D.周的一个虚构，是他在一个种族歧视的环境中，被一种自卑感以及一种"无能和去势的恐惧感"，所诱发出来的阿Q式精神胜利法。而"雪白的皮肤，金黄色的头发"，这样的"白雪公主"，其实是他梦寐以求但不敢希冀的性/爱对象的种族特征。而"北欧"又是一种台湾人所能想象的最纯粹的最核心的欧洲意象，浪漫、梦幻、城堡、古典……这让我联想起《一绿色之候鸟》里，一心想要出国但又欲望受挫的主人公，为那只绿鸟所置办的，就是一只"很北欧风的笼子"（2：6）。唐倩也聪慧得宜地配合着乔治·H.D.周的意淫，附和地说"我曾听说北欧的女人最漂亮"。但在之后的对话中，我们发现这个"韵事"其实只是一种常见于青春期男生的雄性吹牛老梗。因此，无论他对 Anne Kerckhoff 的具体描述，或他俩之间的关系描述，总是那么的支支吾吾，说不成段，欠缺真实细节。这有些像是《凄惨的无言的嘴》里那个快要出院的青年男性精神病患，在一个似乎性事上更成熟的男子逼问之下，"慌了起来，便随便乱编了一个我自己都不满意的恋爱故事"（2：212）。简而言之，"Anne Kerckhoff"这个"虚构"象征了乔治·H.D.周这么一个现代化世界公民在第一世界的最真实的及于身体的挫败，而他要回台湾找一个"温顺贤淑的女人做妻子"，就是想要为他的"失之桑隅"找到他的"收之东隅"。

陈映真技巧地借由第三世界男性在第一世界所受到的性挫折，曲致幽微地把乔治·H.D.周这个在美华人男性，在一个他认为"除了这一点，那边的每一件事都叫你舒服"的社会的真实经验展现出来。而展现在两性或是性上的歧视与压力，其实又只是整个不平等结构（包括了种族、国族、阶级与性别）中的一个结点而已。乔治·H.D.周在美国的人生，是一个高度压力、单调与异化的人生，必须时时刻刻步步为营，努力工作，努力偿还贷款，把人生当作一个无法停下来的轮子往前滚。于是，他唯有将自己平面化、手段化、浅薄化、去历史化、机器人化，把自己深埋在现代化意识形态与科技理性中，在一种科技人、工程人的凡事规划、注意细节、控制欲望、按图施工的固定节奏中，过他的新大陆人生。

应该是这样的一个背景下，唐倩再度检测出那外表光鲜举止从容的西化绅士乔治·H.D.周灵魂深处的焦躁不安。一如既往，这个检测是在床笫之上完成的。唐倩

> 觉得自己被一只技术性的手和锐利观察的眼，做着某种操作或试验。……（这使她）觉到一种屈辱和愤怒所错综的羞耻感。然而，不久唐倩也就发现了：知识分子的性生活里的那种令人恐怖和焦躁不安的非人化的性质，无不是由于深在他们的心灵中的某一种无能和去势的惧怖感所产生的。胖子老莫是这样；罗大头是这样；而乔治·H.D.周更是这样。（2：155）

好一个"更是这样"！这不就正是指出了，如果知识分子感觉到在一个东方专制主义体制下有一种"无能和去势的惧怖感"的话，那么你不直面这个感觉，而仅以逃避为去路，那么美利坚新大陆的那个帝国主义的、资本主义的、种族主义的体制，又何尝能让你——一个第三世界男性知识分子，昂首阔步挺胸为人呢？可能反而更糟吧！

乔治·H.D.周的结局又是个悲剧。回美国没多久，他就被曾经一度"温顺贤淑"的新婚妻子唐倩给抛弃了，她"嫁给一个在一家巨大的军火公司主持高级研究机构的物理学博士"（2：156）。乔治·H.D.周显然真的只是一条船，待上了新

大陆的岸就被告别了。而唐倩呢，她可算是真正体现了——何止体现，简直是青出于蓝——乔治·H.D. 周的现代化意识形态教诲，兹重录："一个人应该为自己选择一个安适的位置。到一个最使你安逸的地方，找一个最能满足你的生活方式。这是做一个人的基本权利。国籍或民族，其实并不重要。我们该学会做一个世界的公民"（2：149）。唐倩小姐总算是如鱼得水了，听说她"在那个新天地里的生活，实在是快乐得超过了伊的想象"（2：156）。

要怎么理解唐倩"快乐得超过了伊的想象"呢？唐倩的"快乐"其实是其来有自的。之前，唐倩，作为一个第三世界威权秩序下的女性知识分子，虽然并无理由豁免于党国的普遍性胁制，但奇特的是，她就是没有莫罗等人的"病态"；无论饮食、男女或议论，一切都显得她"用着伊底女性的方式""自在而当然""安逸"（"虽说浅薄"）地"信仰着他 [罗大头] 所给伊的一切"（2：141）。而之后去了新大陆，虽说她也没有理由豁免于种族的或文明的歧视，但她也的的确确没有乔治·H.D. 周的焦虑与不安，甚而"快乐得超过伊的想象"。

难以说这里完全没有一点点讽意，因为无论如何，陈映真是不会同意唐倩在美国的快乐，是一种没有问题的快乐。但是，就算是唐倩在新大陆所得到的快乐是作者所质疑甚至鄙夷的，但作者也无法否认那是一种快乐，因为对照于乔治·H.D. 周从他的性生活中所展现出来的深层的"不快乐"，由"某一种无能和去势的惧怖感所产生的"那种"令人恐怖和焦躁不安的非人化的性质"（2：155），唐倩小姐可是一点也没有呢。为什么？从小说文本所能提供的理路，我们只能得到一个政治不正确的令人为之惊怵的解释：因为唐倩是女的。之前，我们看到，莫罗二公，在思想上、知识上，与行动上被国民党去势，无法证实自己是一个真正的自主的、有行为能力的、能产生实效的思考者，而这样一种作为暗喻的阉割，竟真的爬上了他们夜晚的床，让他们在床笫上真的感到"一种无能和去势的惧怖感"。于是，白日的无能与黑夜的无能相互暗示相互加强泥沙俱下。这是莫罗二位爷的悲剧。但兔脱党国栅栏、横渡大洋，踏上新大陆这一"乔治·H.D. 周路径"，不幸并非解脱之道，而常是另一悲剧的开始。乔治·H.D. 周在表面的光鲜之后，得辛酸地、无法与外人道地，努力地在上国之人面前"证实"来自下国的他，其实，并不劣等，但这个证实不是一次有效的，而是一种西西弗斯式的夜以继日的证实。这样一种异化的人生是他在床第上所展现的一种"非人化的性质"的真实基础。

是在这个暗夜性爱与白日政治交叉缠绕的脉络下，我们得以理解陈映真的一种很有趣的感觉思路。这里有一种对于"女性"的一种非常复杂的态度，有一种男性劣等感与悲剧感。对 60 年代的青年反叛者陈映真而言，女性是不会将那些屈辱（或是"证实"）和性的"成败"勾连在一块儿，因为女性在床第中根本就没有男性所焦虑的那种"成败"的问题——陈映真很强调这点，他说："性之对于女性，是一种根本无须证明的、自明的事实"（2：144）。

这样，我们就比较能理解为何陈映真在论及罗大头的自杀时，说了一句有关两性对照的意味深长的话："当男性背负着这么大的悲剧性底灾难的时候，女性却完全地自由的"（2：144）。陈映真对他所创造出来的"唐倩"的心情感受到底是如何呢？如果我们只把唐倩当作一张试纸、一面照妖镜，反应或反映出众多男性知识分子的本色本相来，那这个问题当然就不重要了。但陈映真显然不只是把唐倩当作叙事的一个媒介或是一个工具，陈映真对唐倩是有强烈而又复杂的感觉的。一方面，小说作者不止一次地提到唐倩的属于女性的那种"善良"或"本性良善"。而对如此善良敏惠的唐倩竟然有"以各种方式去把男人驱向困境为乐"的癖性，作者也能有一种传记式的同情理解，毕竟，那是因为失去父爱的不幸童年的一种报复或代偿。对唐倩在堕胎之后，所展现的一种"强韧的悲苦，和大地一般的母性底沉默"（2：132），陈映真也以一种虔敬甚至近乎"惧怖"心情来描述。但另一方面，我依稀感觉，60 年代的陈映真对年轻女性（知识分子）的感受，可能也包括了一种难以言说但又挥之不去的"负面感觉"，其中包含了不理解与不信任与难以同志共谋的一种心情感受。他"不理解"，为什么当男性知识分子（莫、罗，甚至包括他自己？）在"背负着这么大的悲剧性底灾难的时候，女性却是完全自由的"。对这个"唐倩的自由"（或是"唐倩的喜剧"），陈映真糅杂了惊诧、怀疑、与——或可说是一种鄙夷的心情吧。对自身的志向与承担，陈映真并不曾一往直前地托大，他是经常能找到一种方式回过头来反思与质疑的，但他对这个志向与承担总是也有一种坚持与惕厉的心情，而在这个心情中，对那自由自在不愁苦不上心，简而言之，缺少悲剧特质的女性，作者的"悲剧"心情应是有一种怨恨：你为何能那么自在舒缓乃至快乐呢？如果我们读出陈映真的这层意思，那么我们或许可以为本文一开始的论点："唐倩是一面镜子，照见了一群男性知识分子的悲剧"，加上它铜币的另一面："莫罗与周又何尝不是几面镜子，反照出唐倩的自由的喜剧"。

也许是在这样的一种心情下，作者在指出唐倩"快乐得超过了伊的想象"之后，就转而以如下的愤懑怨恨结束了这篇小说：

> 事实上，在胖子老莫没落了，以及罗大头的悲剧性的死亡以后，这小小的读书界，也就寥落得不堪，乏善可陈了。这期间自然间或也不是没有几个人曾企图仿效莫、罗二公。故作猖狂之言，也终于因为连他们的才情都没有的缘故，便一直没弄出什么新名堂，鼓动出什么新风气来。而且最近正传说他们竟霉气得被一些人指斥为奸细，为共产党，其零落废颓的惨苦之境，实在是很可以想见的了。（2：156）

这么说来，相对于"喜剧的唐倩"，陈映真对莫罗二公，竟然还有一丝兔死狐悲、物伤其类的心情呢！毕竟在太平洋的这一边，作者与他的人物都无时不得顶着低压的、肃杀的惨白天空，而最后一句读来几如谶语。

四、现代化理论与知识分子

相对于前期小说的忧悒孤独，《唐倩的喜剧》这篇应是陈映真短暂的"嘲弄、讽刺和批判"时期的顶峰之作，给读者的感觉是几乎"豁出去了"。于是我们看到，透过莫罗二公，陈映真愤怒地嘲弄了台湾当时的知识界的缺乏主体性，缺乏思想，乃至不学无术，充其量只能算是"读书界"。就只会读洋书，一合上书就到咖啡屋磕牙斗嘴炫学争风。这如何谈到思想、研究与知识的自主？但这其实只是显性的文本，好像陈映真指责的对象就是这些可怜虫。深入阅读，我们知道隐藏在文本之下的是"何以致之？"的提问。而这必然要指向那参与到"反共亲美"全球冷战大布局的国民党政权。是这个政权，及其对思想、言论的钳制，以及各式各样的监视、禁忌与"文字狱"，使得知识分子动辄得咎。那么，何若躲入空谈清谈？反正"国"轮不到我来误，不要误己就好了。这是陈映真笔下20世纪60年代的学术与思想的一般状况。

20世纪60年代留学东瀛的著名经济史学者刘进庆就曾反省他能够写出《台湾战后经济分析》这本著作的客观原因就在于他能够离开高压统治的台湾，到一个"较佳的研究环境留学"[1]，至少，那里没有立即的明显的禁忌。

但是，刘进庆先生也指出，政治不自由并不是学术与思想发展的唯一障碍，另一个也许更根本的障碍是后进国的学者自己也接受了某种掩盖现实的理论与知识方法，例如在经济学这个学门中，后进国的经济研究结果一般来说都较贫乏，而重要原因就在于学者们毫无批判地就接受了先进国所传来的，并不适合解释后进国经济与社会状况的"现代化理论"。我认为，在《唐倩的喜剧》这篇小说里，陈映真看到了和刘进庆同样的现象。国民党固然打压学术自由，但学者们自己也是不争气的，在"反共亲美"的大氛围之下，接受了现代化意识形态，其实才更是关键。我们看到，众多如乔治·H.D.周者，到了一个"较佳的研究环境留学"，也并无法让他们得到知识与思想的自主。揆诸20世纪60年代以降，国民党政权与教育对美国的依附，以及一群群的学子争相赴美留学，以及一群群学成归国的留美学人在20世纪70年代的台湾广泛推广"现代化理论"，而形成了至今超越蓝绿的最高文化共识。对"现代化意识形态"及其所支配的社会与人文学术思想在台湾的霸权性胜利，《唐倩的喜剧》是一个准确而不幸的预言。

---

[1] 刘进庆（1994）《序言》,《台湾战后经济分析》。页2。

他一向那样坚固、那样强大的世界，
竟已这般无助地令人有着想要呕吐的感觉，而摇摇欲坠了。

某一个日午

——党国与理想主义的"宫刑"

《某一个日午》的情节是在20世纪60年代中期（应是）台北的某一个盛夏午后，在一个国民党党政高层"房处长"的阒寂如坟的寓所里展开的。酷暑中，刚坐着官车回到家便马上栽进他幽暗书房里的老房处长，寂寞地抽着板烟，仍然在老来丧子的嗒然之中；他的才二十五岁的儿子房恭行两个月前毫无征兆地仰药自杀了。由于一心仕途从而对儿子的成长不曾稍加闻问的房处长，对儿子的死，在表层的伤痛之下其实更是大惑不解，甚至，与其说是怜儿，不若说更多的是怜己罢——他如何能这样一个字不留便离我而去！于是他向他的老仆老喜索问他儿子自杀之前的生活状况，特别是他人生最后半年为何会突然蓄起须来这一档事。老喜其实也不明白，支吾以对。就在这老主仆二人之间的散漫而拘礼的对谈中，邮差按铃送来了一封儿子生前写给他的厚厚的信，解释了他何以了结生命——儿子经由偷读父亲密藏的青年时期"书籍、杂志、剪辑和笔记"，对父亲青年时期的那个时代的理想主义的鼓声起了深切的仰慕与憧憬，但对照于今日，从而益发感觉人生之苟且堕落并毫无出路。这封信是儿子托他的女友，也就是房公馆的前下女彩莲寄来的。儿子对她说，凭这封信可以让她从他老子那儿拿到一笔钱。已经怀着遗腹子的彩莲正巧就在这个日午时刻登上门来，哭诉了她不得不打胎的缘由，她要五千。房处长正面也不看一眼，嫌恶地对老喜说："给她一万，叫她以后不要再来。"但就在此时，原先自卑窘迫的彩莲却又陡然心眼儿明白似的，无比坚定地站起来，说她不要钱了，她要孩子。她安宁地走出了门，留下了瘫坐在柔软沙发上的愕然的房处长。他似是遭到了一个能将他这好几十年来所沙聚的权钱大厦为之瞬间坍塌的霹雳打击。

初读这篇小说，我们很快就会把它和《我的弟弟康雄》《乡村的教师》《故乡》《凄惨的无言的嘴》《猎人之死》，以及《兀自照耀着的太阳》等篇小说联系起来，因为它们都是在述说一个有理想的左翼青年（或，"左"倾的人道主义者），是如何因面临理想的绝路或价值的崩塌，而自杀或疯狂。的确，若仅就此一母题而言，《某一个日午》的确是属于这个家族无误，但是，问题出在，这篇小说，不像其他篇小说，并不是以这个自杀的年轻人房恭行为主人公，而是以他的父亲——房处长——为主人公；房恭行在小说没开始时就已经自杀了，我们对他所知甚少，除了他的那一封信，而就算是那一封信也和《我的弟弟康雄》里康雄姊展读她亡弟的"三本日记"大大不同，因为信里头所展现的并不是他自己，而是他父亲的侧影。

比较起先前的《我的弟弟康雄》系列的"寓言—忏悔录"性质的书写，这篇小说的不一样在于，它已不再是以回到作者的内在为首要指向，而是以开始面对外在对象进行批判作为首要指向。换句话说，它所说的已不再是什么左翼男性青年理想幻灭的故事，老实说，我们根本不知道房恭行是一个什么样的青年？他何以会在 20 世纪 60 年代的思想与文化状况下，对 20 世纪 20 年代的革命理想主义有那么强烈的触电感？小说如果说的是房恭行本人的故事的话，那将是一个失败，因为他的自杀太突兀、太没有铺垫。其实，小说仅是以房恭行的自杀为一个方便引子，以及一个死生对照，诉说一个由他父亲所象征的一个长期的腐败历程，而那不得不是整个中国国民党的腐败历程。就这点而言，《某一个日午》明显和同时期（1966—1967）的《最后的夏日》《唐倩的喜剧》与《六月里的玫瑰花》分享了一种批判的现实主义特色。但是和那几篇锋芒外露火力十足的批判书写不同的是，《某一个日午》（以及就此而言，《永恒的大地》以及《累累》），必须比较隐讳曲折，因为所批判的对象就是国民党本身，而非国民党政权的周边或共构——在 1966 年，要大张旗鼓地批判国民党的堕落是要掉人头的。因此，《某一个日午》和同时期的《第一件差事》虽形近——两者说的都是因国共内战而来台的外省青年，因失去前路而自杀的故事，但神远，后者是对冷战与两岸分离架构对流亡主体所造成的无法治愈无法救赎的伤害的同情理解，而前者则是对国民党政权腐败堕落丧失理想的批判。《第一件差事》的主人公是那位自杀时三十四岁的男子胡心保，而《某一个日午》的主人公并不是自杀者房恭行而是白发人房处长。

在这三篇小说（《某一个日午》《累累》，与《与永恒的大地》）当中，最强烈地体现出那种对国民党的愤懑濒临决堤但又必须强自克制的书写，当然就是《永恒的大地》了，它以一种看似光怪陆离疯言狂语的形式包裹了对国民党的沸腾批判。回顾这三篇，我们知道它们是陈映真批判现实主义时期小说创作中的一个特别小群体。我是如此理解，而我猜想陈映真当初也是如此理解，它们是陈映真仅有的三篇写就但选择留中不发的小说。

因为要指控的是这个党的堕落历程，因此作家就必须让房恭行有一个祖父般岁数的父亲，好让故事能够细说从头。因此，房处长的年龄不只是他的年龄，而是国民党的历史。小说只说房恭行自杀时二十五岁，并没说出房父的年纪，但我们有三条线索：一、房恭行从他父亲的私人书房的秘密一角的上了锁的大木箱中所窃读的是"四五十年前的书籍、杂志、剪辑和笔记"（3∶60）；二、那一故纸堆中有一张包括他父亲在内的"一群大约二十七八岁的青年们"的"发黄的照片"；以及三、这篇小说成稿于1966年。根据它们，又可以推知两件事实：一、这些让房恭行开眼的书籍资料如果是"四五十年前"的话，那么它们就是在1916到1926这十年间被青年房处长所阅读眉批的对象物；二、如果阅读眉批者在1916—1926这段时间是二十七八岁的青年的话，那么这位青年的出生年应该不脱1888到1899年这约莫十年之期。因此，小说中丧子的房处长应是七十岁上下的老人，如果说，中国国民党的党史起算于1894年在檀香山成立的兴中会的话，那么老处长约略与中国国民党同寿。

那么，这个"考据"有什么意义呢？意义很大。"四五十年前"，如果指的是1916到1926的话，那正好是中国国民党、中国，乃至世界的一个大革命大变动的年代。首先，1917年俄国十月革命代表了马克思主义的社会主义革命首次取得了一种巨大的现实意义，对于中国，以及所有第三世界的、殖民地的进步知识分子，产生了重大鼓舞作用。其次，1919年的五四新文化运动更是在全中国的范围内产生了一种激进的革命思潮，并鼓舞了一世代的青年对于一种公道的、解放的未来理想世界而奋斗。这两个重大事件不但促成了中国共产党在 1921 年的成立，也同时刺激了中国国民党在 1924 年初进行了以联俄、容共与扶植农工为"三大政策"的"改组"。这在中国国民党的党史中是一个划时代的重要改革事件[1]。

总的来说，这时期的中国国民党不可避免地浸润在一个世界大革命与五四运动所带来的大时代氛围中，因此也必然有一种民主的、革新的、社会解放的向上气息。在蒋介石 1927 年 4 月 12 日"清党"（大陆方面谓之"四一二反革命政变"）之前三年之间，相较于四方军阀，广州是全中国最具有革命理想气息之所在，一时之间，大批的知识青年的人生目标竟是"南下"，奔赴广州加入国民党或加入黄埔军校投入国民革命的洪流之中，而广州市一时竟有"党市"之称[2]。而自从五四运动前后以来一直到整个 20 世纪 20 年代，全中国无论南北，知识青年或学生群体有一个显著特征，就是纷纷杂杂地认同于各种"主义"，尤其是各种"社会主义"，或至少，借助这些新潮主义来自我表达。对很多青年而言，三民主义和社会主义、马克思主义、共产主义是不冲突的，甚至是话语上可以相互替代的[3]。表面上说，这当然可以说是那时的"新青年"的政治信仰的"模糊性与庞杂性"。但如果从另一个角度看，其实也反映了青年学生的一种虽然朦胧、混乱，甚至肤浅，但也必然是在一种于今而言甚为稀有的语言与心志状态之中——即思考、论述与追求未来国家民族甚至人类全体的大方向。他们的政治化与理论化或许容易被批评为"幼稚"或"粗糙"，但的确是有一种大的承担与抱负。曾经，国民党员有这样一种形象：

> 一个穿中山装的雄赳赳的青年，不可向迩地直率并且激烈，铁面无私地纠弹这个，打倒那个，苦口婆心地这里演说，那里致辞，席不暇暖地上午开会，下午游行，拿的薪水总是只够糊口，交游的人总是面有菜色，居住的屋子总是只看见标语看不见墙壁，他们的行踪总是

[1] 王奇生（2010）《党员、党权与党争：1924—1949 年中国国民党的组织形态》。页 4。
[2] 同上注，页 40、44。
[3] 同上注，页 34。

马策刀环游移不定。[1]

不用误会，这不是对共产党员的描述，而是对 20 世纪 20 年代中后期的国民党员的描述。这可能是国民党最有理想、最有朝气的一段岁月里的一则党员侧写罢。他们穿中山装（或列宁装），蓄着列宁式的胡子，桌上摆着《三民主义》或是《共产党宣言》，用孙文或是马克思或是列宁的语言来表达、交流与辩论。

而这就正是房处长的青春——一段被之后的"清党"所企图暴力否定并压抑掉的青春记忆。但一个卷入狂飙时代的青春时期的自我，应该是很难这样就完全消失的，因为那是自我的某种深层基础，是当事人可以暂时遗忘但却无法抹灭无法取消的对象物。理想主义青春期因此是房处长丢不掉但又捡不起来的这样一种矛盾物，因此他唯有冒着一定的风险，也要把他青年时期的记忆残迹以一只大木箱收存起来束之高阁并固之扃鐍，那应，唉，和太监总要把蚕室之余以锦盒收藏毕生有些类似罢——这个木箱中藏有他"一直密藏在里头的四五十年前的书籍、杂志、剪辑和笔记"以及一张"发黄的照片"：

> 那是一群大约二十七八岁的青年们围坐一张长桌的照片。桌子上满是书籍和文件；青年泰半都蓄着长发，养着胡须。年轻时候的房先生端坐在右首的第二。（3：61）

房处长在读了儿子的遗书后，才知道儿子走上死路，竟是因为接触到了被他自己所遗忘的那段自己。而房恭行在死前半年之间所蓄起的，恰恰就是如此的一缕肖父之须。他对他父亲的青年期，或是那个时代的某种理想主义，产生了强烈的认同，从而以那个理想的、实践的、信仰的年代，来对照今日的腐败、无能与黑暗。房恭行的遗书有这么一段话：

> 读完了它们，我才认识了：我的生活和我二十几年的生涯，都不

---

[1] 王奇生（2010）《党员、党权与党争：1924—1949 年中国国民党的组织形态》。页31。

过是那种你们那时代所恶骂的腐臭的虫豸。我极向往着你们年少时所宣告的新人类的诞生以及他们的世界。然而长年以来，正是您这一时曾极言着人的最高底进化的，却铸造了这种使我和我这一代人萎缩成为一具腐尸的境遇和生活；并且在日复一日的摧残中，使我们被阉割成为无能的宦官。(3：60)

"宦官"！这就是陈映真为何要将死者取名为"恭行"的缘故了，恭行者，宫刑也。从而，"胡子"有了一种微妙的双重意涵，既是一种对父亲、对一个理想主义年代的认同，也是一种对实践与改造的渴望。"蓄须"因此可悲的是房恭行拒绝认同自己现状的唯一反抗实践。这个实践只对他自己有"意义"：我非恭行，我非宫刑之刑余——看哪，我的胡子还兀自地生长着呢！我反抗父亲，我认同那遥远的有理想、有行动的，但"早已死去了"的"祖父"（"那时代的您"）。当然，这一小把胡子是注定无法承担那么重的意义的，而只能是一个将亡者对自身的残酷的、犬儒的反讽；它不是理想主义的一个形象延伸，而是反挫。在房处长的伤逝之思中，我们看到了房恭行的死脸。房处长——

想着仰卧在棺木中的儿子的脸上，在下颚密密地聚生着深黑的微卷的胡子，配着那一张因为无血气而格外显得驯顺的脸，构成某一种荒谬的，犬儒不堪的表情。(3：53)

不驯的胡子与驯顺的脸。这是房恭行入殓时的面容，但又何尝不是他死前那半年的面容的真实写照呢？房处长想起，"儿子死前的最近，每当他忙碌地在汽车里出入家门之际，总看见儿子的青苍的削瘦的脸，在远远地注视着他"(3：51)。而房处长也想起那"忽然蓄起颚须的儿子的脸"(3：52)。死前半年的房恭行蓄着须远远地盯着他父亲看的那种心情是多么的复杂与矛盾啊，他深刻地认同他父亲青年时期的那种以开创"新天新地"(3：62)自任的人生状态，但同时愕然地、羞愧地、不解地看着这样一个父亲的堕落与退化。

"房处长"这个父，暗喻的就是国民党。在小说中，我们看到约略三个历程。首先是房处长 20 世纪 20 年代的青年时期，热血、批判、行动、阅读、思辨、向上，要当"新天新地的创造者"，那时候的房处长的身旁是青年同志，桌子上摆着的是书籍和文件。然后，就是约莫 1946 年，国共内战之时，中年的房处长（那时的头衔是书记官）的形象就是老喜眼中的"深夜里擦拭手枪的手势"（3：52）。从书籍到手枪，这个转变是巨大的，象征了国民党从思想与意识形态领域里溃败下来，只剩下了赤裸的武力了。在思想与意识形态战场上败下阵的国民党，也只能益发依赖武力与情治来维系它的政权了。因此房处长，我猜，不是一般的文官或科技官僚，而应该是"警备总部"的军法处长。陈映真的小说经常以情治系统作为国民党政权的一核心代表，《某一个日午》是其中一篇，而且可能是第一篇，其他还有《第一件差事》（1967）的储亦龙，《夜雾》（2000）的丁士魁，以及《忠孝公园》（2001）的马正涛。陈映真用这个"房"姓，很有可能就是要表达国民党政权的"防共""防谍""保防"，以及如老妖般地对自身权势与利益的"防"卫——因为除此之外他一无所有。"房"（"防"）这个字勾勒出国民党从一种理想的、开展的、革命的、廓然为公的政治力量，转变为一种堕落的、闭锁的、反动的党政圈。

因此，房恭行所象征的其实是被国民党所精神阉割的青年知识分子。这一个暴虐的、阴暗的但又脆弱且怕失去既有权势的父，让我们想起《永恒的大地》里阁楼上的那个老头子。不同的是，那篇小说里的子对父是基本上认同的，只因他还要继承父的权势位置。房恭行则是拒绝认同拒绝承袭的子，他想要反抗他的父，但这是一个担着"去势"危险的行动。房恭行在老父的威势下，暗自找到了"青春的祖父"作为他认同的对象，以及，借以对抗与批判其父的基础。这个"祖父"，当然就是房处长已经逝去四五十年的二十几岁的青春时代，后来，房恭行在给父亲的亡命书中的确写下了："我确知，那时代的您，早已死去了。"（3：62）房处长"反串"两个角色是这篇小说的核心布局：受五四运动所淬炼的国民党热血青年房某，以及国民党情治高层的老房处长，他有一颗"大大地枯干了的心"，他镇日活在"大大地包裹着的黑暗"（3：57）。

　　的确，"枯干"与"黑暗"是房处长的尖锐写照。他这大半生里，除了那短暂而光辉的青年时期外，几乎都是在和"敌人"以及"同志"的残忍斗争中趟过来的。他生命中的爱早已枯竭，对他人，即便是对他儿子，也缺乏关念。对于自己的这个状态，房处长并非完全丧失感受力。念及这逝去的二十年，也就是恭行四岁以来，他似乎也展露了他一息尚存的"夜气"：

　　　　"这些年来我忙着些什么！"房先生幽幽地说……（3：53）

　　但即便此时，他也几乎是古井无波"声音和表情都像四壁的字画一般平板"（3：53）。这真是"近死之心"了！陈映真在处理房处长这个角色时，有一个情感上的挣扎，一方面他企图将这篇小说设法抽离个体的国民党官员的经验，而拉高到国民党的历史叙述与评价层次，但在另一方面，他又难免不被他所创造出的真实的人所牵扯，感受到他们的枯干、麻木与无奈，而对他们又投注了一种同情。在陈映真的文学中，这是一道很突出也很一致的人道感，对象无论多黑暗，从来也不曾没有微光一闪，无论多残忍，也从来没有全然麻木。在和老喜有一搭没一搭的对话中，门铃响起，在老喜去应门的那一小会儿，

　　　　房先生收起烟斗，把丝绢方方正正地叠成方块。他的心惨愁得不堪了。他感觉到从未有过的大孤独在他枯干的心里结着又细又密的网，使他徒然地挣扎不开来。他恍然的感到，他的大半的生涯里，一直便是这样的独孤的呵。他想着妻，妻却只留给他一个无眉目的空脸，留给他仿佛一座古刹也似的沉静；他想着来这里以后前后的若干女人，然而她们留给他的却只剩留几种模糊的口音和不同牌子的香水气味罢了。他想着老喜，却想不出除了"房处长，房处长"以外的什么。他想起儿子，这个与他共度二十五年岁月的儿子，如今除了他踽踽地走出大门的姿态，以及远远地注视着车子里的自己的那种犬儒式的神情，其余的便只剩得一片苍苍的空茫了。（3：57—58）

对国民党这个政权以及这个政权所支撑导引的文化与人生，作者深恶之。但对于构成这个政权的具体的人，哪怕是赫赫有权者如房处长者，作者在理解了他们的个人传记以及那些传记之后的大历史之余，也不免寄予他们深刻的同情。他们内在的孤独、无情与虚空——孰令致之？他们难道不也是那崎岖坎坷的中国近现代史里，随风而转随水而流的蓬与萍吗？

陈映真一方面对房处长这个个体寄予同情，但另一方面，当他把这位有权有势的房处长作为国民党的人格化时，他看到的是无可逆转的腐败与倾颓。国民党越来越没有生命力、越来越和大地与人民脱离，跟着它的只有一班家臣附庸（老喜），连他的下一代都要离他而去。因此，我们理解到，"某一个日午"这个小说题称，这么强调"日午"，其实恰恰是要说出一个隐蔽的事实：不管这个初夏的太阳是多么的"凶张""昂然"（3：59），它毕竟是无可扭转地要西沉了。让这个权势大厦坍塌的正是象征着真正的生命、大地与"不尽的天明和日出"（3：62）的年轻女子彩莲，那位房处长不屑一顾的房公馆的前下女，"一个矫健而恶俗的年轻女子"。房恭行对他的父亲是如此描述彩莲的：

> ……她是个凡俗的女子。（倘若用您年少时的语言，她原是一个新天新地的创造者。）是她引诱了我。我不想求您收容她，因为那是您所不能够的罢。我确知，那时代的您，早已死去了。然而我要告诉您的，是她在所有的凡俗中，却有强壮、有逼人却又执着的跳跃着的生命，也便因此有仿佛不尽的天明和日出。这一切都是我忽然觉得稀少的。我因此实在地对她有着怃然的迷恋。（3：62）

这样的一个"彩莲"当然马上让我们联想起来《永恒的大地》的女主人公，那位无名的"伊"——"永恒的大地！它滋生，它强韧、它静谧"（3：50）。她们两位在各方面都非常类似：质朴但又俗艳，懦弱但却又坚强，似乎有像大地一般不竭的生命力和育养力，而且的确——她们都是本省下阶层的女性，而且，她们都还怀着身孕。但她们两位的意义承载则是非常不同,而且是饶富意义的。在《永恒的大地》里,作为人民的象征那个"伊",面对着两代国民党政权("爹"和"儿子")的压迫与需索,最后走向了民粹主义式的反叛——和"打故乡来的小伙子"怀了孩子——"这孩子并不是你的"(3:49),并在和"儿子"虚与委蛇的过程中,暗自期许了自己的一个民粹主义与本土主义的未来——"我的团仔将在满地的阳光里长大"(3:50)。但与这个属于自己血缘的阳光未来的寄愿的同时,却同时陷落在一个"像废井那么阴暗"的复仇心网中——"伊深知这一片无垠的柔软的土地必要埋掉他"(3:50)。但在《某一个日午》里,"彩莲"所怀的身孕却是一个外省权贵第二代房恭行的,而且她最后所做的一个坚定的抉择是她要留下这个种,要把他生下来。这要如何理解呢?我认为这是理解这篇小说的另一关键所在,尤其是当我们对照着《永恒的大地》阅读时。这篇小说的基调当然是灰暗的:一个像在坟垛中的老人,阴暗、枯槁、空茫、无爱、无情,以及一个青年人一不留神,被理想主义的火焰点燃了,理解了自身的芜秽,却又因找不到任何真实的出路而自戕。但是,在这一团死火中,却又依稀蕴藏着一股真正的生机,它不是朝向简单民粹主义安慰的反动回遁,而是一种昂扬的、跳脱简单族群或种性分类窠臼的向上追求,超越了知识、身份与阶级限制的结合。纵然这个结合的确无法展现于当世,但也不妨求之于未来。这个未来就是陈映真让彩莲留下的这个孩子,让她说"我想,钱,就不要了。我要这孩子,拿掉他,多可怜"。这个刀下所留下的孩子表达了陈映真的艰辛的乐观。五四乃至20世纪20年代大革命时期的一种阔步昂然、一种梦想追求的火种毕竟是没有死灭罢,它从祖父(青年房处长)隔代遗传给房恭行,恭行虽殒,但彩莲与恭行之子将出生、将茁壮、将继续……总之,故事尚未结束,历史尚未终结。

因此,小说的结局是彩莲在拒绝了房处长的"打发"之后,在"初夏在四时许的日午中游荡着"的时刻离开房公馆,使得房处长几乎彻底崩溃:

> 他看到自己来台之后在党政圈中营建起来的世界;他底一向那
> 样坚固、那样强大的世界,竟已这般无助地令人有着想要呕吐的感觉,

而摇摇欲坠了。(3：63)

这个几乎是摧毁性的打击，也要分两个层次理解。从比较表面文本的层次，房处长的呕吐与崩溃感是因为一个下女否定了他的权力感。房处长的"智慧"是用钱可以收买一切，用权可以镇压一切，但一个弱女子、俗女子也能顽廉懦立，无言地、温和地、清淡地否定了房处长建立在权与钱这两大支柱的王国。但如果我们从另一个层次想，把这篇小说理解为一个批判国民党堕落的寓言的话，那么房处长，也就是国民党，所真正感觉到的巨大打击是它所遗忘、所镇压的理想主义，竟然坚定地再度向它展现自身。从而，它意识到它终将无法面对并战胜那不绝的、隔代遗传的、立足在地的"仿佛不尽的天明和日出"的反抗。这个反抗结合了广义"五四"与广义"乡土"（而非"本土"）——如果可以如此简化地说。是在这一点上，这篇小说和《永恒的大地》形成了一个意味深长的对照。

如果《永恒的大地》包含了一个陈映真对国民党政权接班人的外省中青代的辛辣嘲弄与批判，指出了他们的病态的不安全感、病态的嗜权、对在地的歧视、对故乡的虚无，以及对"老头子"神主牌的阳奉阴违……那么《某一个日午》似乎是包含了一种隐匿的呼唤，它要那依附于国民党权势的外省青年面对自己的寄生、无能与堕落，要他们不要认同他们的父，如果要认同，要认同的也是他们的祖，并在与在地民众的结合实践中，为未来的希望撒下种子。但这样的一种寓意，一种期待，毕竟是小说家自己的一种私密意念，在那个20世纪60年代，可说是没有任何现实性，因此，房恭行仍然是没有前途的，只有一死。房恭行的死和《兀自照耀着的太阳》里少女小淳的死，因此有非常相似的意义，都是主人公在一个特殊的启蒙经验之后，认识到自身所从来的身家罪孽，特别是父亲这一辈的堕落与虚无，而陡然失去了继续活下去的意志。任何读者都能以今天的时空背景，轻易批评：死难道是唯一的出路吗？难道他或她不能反抗吗？……以房恭行为例，他既然都已经联系上了祖父的理想主义，都已经看清了他父亲（即，国民党政权）的日薄西山堕落无望，都已经切身体会了且相信了人民的质朴、强韧与生命力，为何还得不到希望的救赎呢？

　　除了让房恭行变成《我的弟弟康雄》里的康雄姊，或是《家》里的"我"，狡诈地自我欺骗，把妥协想象为就义，把堕落想象为牺牲，进入到体制社会，那么陈映真就只有让房恭行死，他别无选择。这几乎是白色恐怖政权下的政治激进理想主义者的逻辑唯一可能，他们虽看到了无尽的人民的大地的生机，但他们也认识到自身的属于时代的病，因为自身是时代的一部分，如果时代病入膏肓，那自己也是病入膏肓了——如《面摊》里那个看到"橙红橙红的早星"的病童一般，希望是在那里，但橙红的、遥远的希望赶不上鲜红的肺结核吐血；又如《猎人之死》里执拗的、病弱的猎人阿都尼斯一般，在确信有生之年听不到"号声"、看不到"鹰扬"之下，唯有一愿，就是"唯愿我不是虫豸"，于是阿都尼斯"滑进湖心里去了"（2：49）。难道要这样孤单孱弱的面摊孩子、猎人阿都尼斯、少女小淳，或是房恭行登高一呼，呼群保义吗？陈映真的小说是虚构，而虚构是要在现实之上超越现实，不可能离开现实去超越它。在 20 世纪 60 年代，那个如铁的基本现实是被冷战结构所确立所保证的"亲美反共"大架构下的白色恐怖与威权统治。理想主义追寻的叙事如果不和死亡相连，那就可悲地注定脱离了真实。可悲，虽然不到绝望。于是我想起《一绿色之候鸟》里最后季公所说的话：

　　　　"不要像我，也不要像他母亲罢。一切的诅咒都由我们来受。加倍的诅咒，加倍的死都无不可。然而他却要不同。他要有新新的，活跃的生命！"（2：26）

剪下的树枝：
分离体制下的外省人

制服是新挺挺的，可惜帽子却是旧的。

第一件差事

——分离体制下的悲剧与"喜剧"

"差事剧场"将要公演他们的 2009 年度大戏《另一件差事》。"差事"的朋友钟乔寄来他的文宣，说明了这个新剧和陈映真 1967 年的著名小说《第一件差事》之间的关联，也回忆了他十九岁初读这篇小说时的感动。钟乔说，现在这个新剧是要"谦虚而不退缩地"在"当代文艺思想界的老灵魂"陈映真面前，思考他留给当代人的课题。他还说，这个新剧并非是《第一件差事》的改编，而是让小说里的主角从小说里走出来，活了过来，面对二十一世纪的时代与社会，面对全球化时代的"游移"与"定着"……且还要"回来找作者，询问为何要被判定为自杀？"。在那篇原始小说里，主人公胡心保一开始就自杀了，"留下了罗生门的悬案"——钟乔这么说着。

正好，这阵子也一直在读陈映真，我于是怀着好奇把《第一件差事》又读了一遍。的确，胡心保为何非自杀不可，的确难解。这个难以排解的困惑造成了读者的一种压力。我自己读的时候，就不免担心我是否也得和那位签领了这个自杀案作为"第一件差事"的菜鸟警察杜先生一般，得领受那身经世变、国变、家变的"过来人"（如储亦龙）的不屑与嫌恶的眼神，以及"你不晓得的，同志"这般的高姿态"宽恕似的"言语。

好在，仔细读，也还是能读出一些以前没有的体会，于是就写了下面的心得，拿来和所有对陈映真思想有兴趣的朋友一块儿切磋琢磨。于是，这篇也算得上是我关于陈映真的思考与写作的"第一件差事"罢。现在要出书了，我有点犹豫要不要把这篇无论是书写格式或是论点开展各方面皆不太类于其他篇的"初作"[1] 给

---

[1]　顺便一提，收在本书里的这些"篇解"最晚完成的是《苹果树》解，与本篇的写作相隔三年多。对照这两篇，差异并不算小，但我敝帚自珍，都喜欢。

放进来，但最后决定还是要的，青涩也是一个过程嘛，何况其中并非没有一点点发现。常有人说，《唐倩的喜剧》是陈映真唯一的一篇讽刺小说，但我读这篇小说的结论是，至少有一篇半，这半篇就是现在我们正在读的《第一件差事》。

这篇小说说的是一个一般视为事业有成、家庭美满的三十四岁中年男子胡心保，跑到一个乡下小旅馆自杀的故事。但故事不是从主人公胡心保的观点说的，而是从一个刚从警校毕业年方二十五的杜警官，对此案的调查而展开叙述的。从包括了旅馆少东刘瑞昌、附近小学的四十二岁体育老师外省人储亦龙以及胡的情人在外商公司工作的林碧珍小姐，这几位见证者或关系人口中，杜警官（以及读者我们）拼凑出胡心保这个人的大概身世与依稀面貌。小说里，这位杜警官把关于胡心保为何弃世的理解权力（或责任）让渡了给读者我们，而他自己则信心满满地写了一篇洋洋洒洒不知所云的"结案报告"了。

这篇小说因而可说是无论在经验、意识与人格，各方面都不类，而且是一生一死的两个小人物，因缘际会凑合在一起的故事，因为杜警官和胡心保完全不在同一个维度上，完全没有一个共振的基础。读这篇小说，有一种两个完全不同的世界被荒谬地黏贴在一块儿的感觉。这是杜警官的"第一件差事"，但他对这个差事的对象毫无理解所必需的历史、文化与感情基础，反倒是有一种隔世的疏离与不解。但是，这个因隔膜而来的强烈荒谬感，却又不是什么"族群""省籍""城乡"，甚或"阶级"等概念，所可以轻易解释的。一种由大历史所造成的无感、失语，一种鸡同鸭讲的现象，既好笑又可悲，泛流整篇小说。

胡心保的故事，是一个时代的悲剧。杜警官的故事，则是一个时代的讽刺剧，或可说是一种"喜剧"——好像《唐倩的喜剧》的那种。我们先悲后喜好了。

一、如何保住这颗心？

胡心保，人如其名——如何保住这颗心，一颗赤子之心？自杀前的他，整个人就呈现着这个大问号，而答案不幸是否定的。他是一个生长在中国大陆北方的地主家庭后生，十七八岁就离开家，一路历尽劫难、死离生别，辗转到了台湾，一无所有，然后读书、考试、成家、事业。但在他死前，在他信步溜达所至的小学球场上，他和四十二岁的小学体育老师北方人储亦龙说："我于今也小有地位，也结了婚，也养了个女儿。然而又怎样呢？"他感受到了一种失却前路、不再有目标，也不再有人生意义的困境；他感到心死之大哀，但却又不甘于麻木苟且于心死身存。人说，好死不如赖活。这是哭丧着脸的旅馆少东刘瑞昌的人生态度，也许也是绝大多数人的态度或实际，但却无法是胡心保的态度。对他而言，人一定要有一个对自己说得过去的方向与目标感，才算活着。没有，叫赖活，而赖活，不如好死。"人为什么能一天天过，却明明不知道活着干嘛？"——这是胡心保的"天问"。

内战时期，他离家，荆棘豺狼横尸遍地，走遍半个大陆，辗转漂泊到了台湾，进而"拼命地读书""拼命地参加考试"，这些都算是方向的暂代罢，在那当儿、在那形势下，也容不得他的心弦有别的拨转。但现在富裕了、顺当了、生活惯性开始运行了，这个方向与意义问题，就像一个鼓胀着气的橡皮水球般，非得向着他冒出水面来不可。

好几次，胡心保和储亦龙俩都说："想起过往的事，真叫人开心。"初闻，颇不解。但进而寻思，胡的那个开心，和储的开心应有不同。储是在缅怀过去的特权与享乐，而胡的"开心"则是因为那些过往的事，都曾是一个争斗的、奋力的、紧张的，从而是百分百活着的少年十五二十时，所刻骨铭心经历的。在那当儿，人生的意义是自明的，就是要"救（己之）亡图（己之）存"。只要意义与方向明确，纵然是冻馁险恶，纵然是国破家亡，也是比（如今的）温饱康健家庭美满但人生失去方向，要强。

胡心保是一条汉子，两道浓眉、胸膛宽阔、身材高大。但这条八尺大汉却愣是走投无路！陈映真还真能安排人物造型，让我们同悲这个失路之人，让我们无端地联想起魏晋的阮籍、《水浒》的林冲、《滕王阁记》的王勃、莎士比亚的哈姆雷特……这个汉子，应该也是个敏感、善良、温和，练达而毫不油滑，从俗且洁身自好，有所不取同时有所追求的一个人。何以得知？大概是从众人都观察到的他那骨子里羞涩的气质得知的罢；连杜警官都不由自主地一再浮想着那"看来仿佛有些羞涩的样子"的死者的脸。但这样一个羞涩、羞怯的"大男生"，却又是个那么对自己诚实到苛刻、决绝的人。他对人生的大问题，一定得弄清楚一个答案，不能含糊，不能得过且过，更不可自我欺蒙。三十四岁的他，看来却还在一种不撤的青春期困惑中：人活着到底是为了什么？因此，他一旦知道了自己的答案，即便是否定的答案——"找不到路走了"，他也有一种朝闻夕死的释然和笃定，因为他不过只是要按照他自己思索出的答案，来决定他自己的人生，而已。因此，这个没有一般寻短者那种不安与挣扎的胡心保先生，才会让旅馆少东刘瑞昌那么地纳闷，他不止一次地供道："那人笑得好叫人放心"，即便那人正说着"找不到路了"。

这个底色极为纯洁，且志在保其赤子之心的胡心保，最后自杀了。这难道真是个性决定命运吗？这可以是一部分解释，毕竟这样的人格特质使他的最终选择更为合情合理。而且，他的禀赋是能帮助说明何以是他，而非处境类似的他人，作了这个终极选择。但我并不认为这是根本的原因，因为一来，以个性作为命运的解释本身是个套套逻辑：他为何寻死？因为他就是个寻死之人。二来，陈映真的小说总是架构在一个特定的时代背景中，并面对特定的时代问题的。

二、储亦龙等人的证词

胡心保的死，对杜警官而言，是个罗生门。他无法从他的三个报道者的叙述中，获得一个理解的感受，从而只能对着他的最后一位查访对象，那位年轻的、时髦的、大学毕业的、有显赫家世的，对他的不着边际的蠢问题常常"以微红的头发徐徐地摇着伊的否定的意思"的林碧珍小姐，在心底下作了一个结论："一个厌世者。就是这样。"然后，他把加了牛奶的咖啡一饮而尽，然后告辞，以一种大有为的姿态，写他的结案报告去了。杜警官充分展现了战后新生代的某种失去历史的浅薄以及一种愚蠢的机灵。

杜警官始终在他的"第一件差事"的状况外，但是对认真的读者而言，很多蛛丝马迹应能让我们整理出一个对胡心保死因的更深入理解。小说里的三个报道者（刘瑞昌、储亦龙与林碧珍），尽管背景迥异，但他们的报道都不约而同地往一个核心逼近：那就是无法斩断、挥之不去的过去。

　　胡心保向旅馆少东刘瑞昌不经心地抱怨着臭虫。我印象中，台湾好像少有臭虫，而此物似乎华北多有。对胡心保而言，臭虫是强韧的、驱逐不掉的皮肤记忆；身上只要一痒，就会想到臭虫。臭虫如此，夫人亦同。胡心保总是管他名叫许香的妻子叫抱月。这是怎么回事呢？只有胡心保的女友林碧珍能告诉我们：

　　　　小时候，曾喜欢着一个年纪相仿佛的，家里的厨娘的女儿，他说：那小女娃真漂亮。他缅怀地笑起来。仿佛记得人家都叫伊"抱月儿"，也不晓得该怎么写，就按着声音，似乎是这个"抱月"罢。他说。他因为面貌的酷似而娶了现在的妻子。（2：205）

　　身边的人与物是如此的与过去纠缠！侧身以望，四海茫茫，而撕裂心肝者，正是那无所不在的过去之影与魁。胡生从旅馆窗外看出去，看到了一座拱桥，于是，他就想起那年逃难时，某个夜里、某处所在的某座拱桥。这座拱桥状似无辜，却又威迫地，让胡心保陡然浮现了死亡与别离的惨淡记忆，以及"你是继续在这儿，还是到那儿呢？"的尖声黑暗提问。原本沟通的桥却变成了阻断的斯芬克斯。胡心保和刘瑞昌说，他记得的那一座，太像眼前的这一座了。

　　　　只是没有两头点灯，也这样地弓着桥背，像猫一样。……那时我才十八岁……大伙儿连日连夜横走了三个省份。……我于是在星光下看见一座桥，像它那样弓着桥背；那时有个十四岁的小男孩一路跟着我，我对他说咱到桥下睡，夜里也少些露水；他说好。但他两脚一软，就瘫在地上；我拉拉他，才知道他死了。……当天大家全睡了，只有我一个人终夜没睡，我一直看那座桥的影子，它只是静静地弓着。（2：175）

　　不能说胡心保是看到这座桥而萌生了死意——他可是携着毒药瓶前来投宿的。象征主义文评家也许会严肃地说：这座拱桥加上猫象征了死亡记忆，正弓着背召唤着主人翁哩。但这样的象征主义解释似乎稍嫌单薄且悖理。桥如果象征着什么，那不通常是"通"吗？是让人们回家、让朋友自远方来、让救援来到，是亲密、是沟通、是支持吗？因此，这篇小说里所强调的桥的意象，如果说真的象征了什么，那所象征的可能更是个悖论。一个比较稳妥的理解步骤是，不要把桥的意义单一化，而是把臭虫、夫人与拱桥，现实地一并观之，把他们看作是一个巨大的离散痛苦的众多物质、身体与社会性参照。那么，桥，在这篇小说中，就不只单纯地象征了死亡记忆，而是更矛盾、更痛苦地，表现了主体所复杂感受到那种本应是沟通的却成为阻断的，本应是活路的却是死路的，那种希望一再遭背弃的苦闷。摆进历史脉络，具体的所指是：本应是一个民族，本应是一个国家，本应是一个家，本应是通着的……而现在却断成两半了。

1949 年中华人民共和国成立，两岸顿时隔绝、敌对，且矛盾地共构一个分离体制。在此体制之下，在那离乡且永不得归的十八年岁月中，身心一如浮萍转蓬的胡心保，所无法克服的最真实最及身的痛苦就是：

> 尽管妻儿的笑语盈耳，我的心却肃静得很，只听见过去的人和事
> 物，在里边儿哗哗地流着。（2：189）

上述资料是储亦龙所报道的。储亦龙：教师，四十二岁，大陆地主家庭出身，前安全保防人员，在他手下活埋过"不下于六百七百"的共产党。他曾从大陆带出个儿子，很上进，但数年前死于车祸。储亦龙自谓完全能理解胡心保这样的失路之心，但他做出和胡心保完全不同的选择。他说，他曾为他儿子努力活过，儿子是他此生最后的责任，儿子一死，他就什么都不想了，过去也不想，未来也不想。只要

> 三餐有的吃，睡有个铺儿，我便不再指望什么了。我是怎么也不
> 凌虐自己的。像他那样。（2：188）

　　储亦龙年少荒唐、半生流离、血手一双、中年丧子，路走绝之后，决定只要当一只虫豸，就算是终生身"处一笼"也无所谓。而胡心保则不甘心，他洁身自好，仍辛苦地护卫着那颗心，不肯放弃一种为了什么目标而真正活着（而非赖活）的感觉。就算是那国共内战——像任何战争一样——是那么的残忍艰苦危殆，但人生在那时犹是有所追求、有所方向地活着。现在，在日趋巩固的分离体制下，没有战乱流离；在开始发达的资本主义消费社会体制下，没有饥荒匮乏。但就在此时，他面临了从来没有的精神危机，他发现他护卫那颗心的力量已经耗竭了，他要溃败了，但他无论如何又不能接受溃败后就过着蝇营狗苟的虫豸一生。

　　为什么他觉得越来越难以保心呢？因为故乡、儿时，所有过去的记忆，无时无刻地不在他的心头结丝营巢，渐渐地要封住他的心，而他却无可奈何。他不是"不爱台湾"，他也曾真诚希望，他也曾努力试过，在这个土地上过生活、爱人与爱己，但他深深觉得他已不幸地无能为于此，因为他已经受到了国共内战以及（更重要的）这个分离体制的永久性伤害了。他是一截被锯断的树枝，自己都快干枯了，如何能发出爱的新芽？他努力地当一个好丈夫、好爸爸，但他渐渐发觉他失去爱的心理力量了，就如同垂死的父亲失去爱的行动力量一般。他努力地当一个好情人，特别是当他知道他的爱对于一个青春期受了父亲的伤害、从而却又急需父爱的年轻女孩的意义时。他"出轨"，但他并不是世俗的廉价的逃离糟糠寻求慰藉的那种男子，而是他企图经由慰藉他人，从而找到存在意义与救赎自己的机会。他是仍然爱着他妻子的男人，与爱着他小孩的父亲。那种爱，连情妇都为之嫉妒。但是不论是对他的妻子、他的小孩、或对他的情人，他都自觉他的希望与爱的力量的枯竭，他再也不能以她们为由苟活了。他对匿称 Birdie 的林碧珍说："我们只不过在欺骗着自己罢了。"

　　因此，我们也不必上纲上线地，猜测胡心保是个安那琪或是个兔脱的左派，或是他的死是为了对他的阶级位置的救赎。这些，他可以是，他可以不是，但都无关，关键在于一个主体要达到任何理想目标的生命状态都已经枯槁隳颓了。何以致之？民族之分断，两岸之分断。在分离体制下，一个力图真实活着的胡心保，却成了一个死胡同标志。

这个被分离体制所重重所伤，得到一种类似心理渐冻人病状的胡心保，无能保心了，无能于爱了，无能于一切了。只有一死，而这个死则似乎是老早就被时代所注定了；改变不了的了。他的自杀，只不过是取得一个主体的尊严（的样子）罢了。他的这种渐冻或渐枯的状态，是他主诉的。根据储亦龙，

> 他（胡心保）跟我说，倘若人能够像一棵树那样，就好了。我说，怎么呢？树从发芽的时候便长在泥土里，往下扎根，往上抽芽。它就当然而然地长着了。有谁会比一棵树快乐呢？
>
> ……
>
> 然而我们呢？他说：我们就像被剪除的树枝，躺在地上。或者由于体内的水分未干，或者因为露水的缘故，也许还会若无其事地怒张着枝叶罢。然而北风一吹，太阳一照，终于都要枯萎的。他说的。（2：191）

三、胡心保与分离体制

因此，这篇小说有一个悲凉的但也可说是清醒的历史意识：人是受他所生存于其中的各种不是他所选择的历史与结构条件，所深刻制约的。换句话说，你不是想当什么样的人，就一定可以当什么样的人。这是布莱希特的名剧《四川好人》，也是陈映真《第一件差事》的基本后设。对胡心保而言，尽管他只是要保卫他的一颗赤子之心，那也是难如上青天。你这根断枝如何能够企求成长成荫？没有源头活水的树哪能是生命之树！

20 世纪 60 年代，当"反攻大陆"的神话泡沫还在光彩闪动一时，胡心保是刺穿了这颗泡沫的头一人。如果有这样的情境，他一定也会这样地告诉国民党——"我们只不过在欺骗着自己罢了。"他得到了刺穿的真理，但他也要付出刺穿的代价。他冰水浇身般地明白了他与他的过去的永隔，以及他与他的青春年少的自我割断的后果—那将让血不止流，直到生命枯竭。恰如莎剧《威尼斯商

人》里那位智慧的法官所看到的：生命是有机一体的，无法任意切割。

1985年，曾真正为这个"刺穿"而付出自由代价的陈映真，创办了《人间杂志》，朗朗地揭橥了"因为我们相信，我们希望，我们爱……"的宣言。回想那20世纪80年代杂沓的足音、喧嚣、亢奋与喘息，如今似乎也只有这句话还立在那儿——仅因为它真诚。20世纪90年代以后，大家任谁也不能说出这样的话了，会胆怯会害羞。而这篇又是十八年前于彼时的小说，则是陈映真为那些如"被剪除的树枝"般的，曾企求过但却又自知无能再相信、希望与爱的人，放声一哭的写作。这篇小说以及约略同时期的其他几篇小说（例如《文书》《一绿色之候鸟》《累累》……），是当代中国文学中对"分离体制"的最早，也或许是最强烈的控诉。

本省人陈映真，以其旷大的胸怀，要求大家一起对世变国难家变下的外省流离者要有同情、要有理解。这是在20世纪90年代后半叶，政治人物提出族群"大和解"的三十年前，就已经提出的呼吁。但陈映真的大和解要比政客的大和解多了一道区域与历史的宝贵纵深，从而多了对于人的理解与悲悯，也多了对超克这个悲剧的一种路径思索。这篇小说既然直接地指出了分离体制对于主体的巨大的、潜藏的伤害，那它也等于间接地要求我等思考如何超克分离体制。我认为这是阅读与演绎《第一件差事》的最现实的也同时是最不去政治化的方式之一。

关于那横跨两岸的分离体制的讨论，和关于统"独"的狭隘政治讨论，两者有关但不同。讨论分离体制，是为了直面两岸人民在这个体制下所受到的扭曲与痛苦，以及进步力量在这个体制下所受到的结构限制。关于这个重要概念的讨论，《台湾社会研究季刊》七十四期有几篇专论，可供参考，在此不赘。现在要做的是讨论一下这篇小说与今天的分离体制之间的关联。

分离体制是有世代差异的。昔日，胡心保承受了早期分离体制在他那个时代所降给他的痛苦："关山难越，谁悲失路之人？"如今，两岸的隔绝虽早因20世纪80年代末肇始的两岸互通，而让"关山难越"已成明日黄花；近年来，大陆台商及其家人甚至达百万之谱……那么，这意味着胡心保的故事所彰显的分离体制的意义，已经消失了吗？当然不是，二十一世纪的台湾岛屿上的我们，不论是所谓的族群或国籍属性如何，也都承受了当今的分离体制所加诸我们身上的特定时代烙印，而承受了结构性的扭曲与痛苦，例如蓝绿恶斗、认同的党派化、政治正确凌驾公共讨论，以及对"陆配""外配""外劳"的结构性歧视……我们只能说，我们有我们这个时代所要求于我们的政治实践，因为我们有我们的难题，以及也许，我们的思想资源——假如我们知道如何批判地继承的话。随着区域与全球范围内的人员、物资与讯息的流动加速，那种胡心保式的被"国族"政治硬是断根截断的恐惧是暂不再有了，但是，新的"国族"政治截断历史意识所造成的不自觉伤害，却是从来没有的巨大。无法与过去和解造成了人们的身心困顿甚至扭曲：既无法安顿当下人生，也欠缺未来的想象。这是我们所遭遇的最严重的难题，丝毫不逊于胡心保的难题。

或许，我们应该要让 1967 年生与死的胡心保安息罢。我们应该要有理解他的痛苦的能力，谦卑地接受他的最无奈也最释然的决定。胡心保的意义在于他的认真，认真于面对他的存在。胡心保若再生，他应是来质问我们："你们认真了吗？"

四、杜警官的喜剧

继"胡心保的悲剧"后，接着来谈谈"杜警官的喜剧"罢。

杜警官其人，不知其名字，年方二十五，警校刚毕业，本省人。又由于他坐火车上台北约谈林碧珍时，想到要见的是一个与他同龄且大学毕了业的女子，而重又感到了没考上大学的悲哀，于是少时的风景浮现："故乡的太阳又大又毒，但屋后的芒果树下却有一股飕飕不绝的风，自己便整天在那儿哇啦哇啦地背诵英语单字"（2：194）……那么，他可能还是个刻苦上进的农家子弟哩。相对于胡心保的更与何人说的身心失所、半生流离，这位杜警官应该是一个未经世故的、单纯的、纯洁的，甚至有理想、有朝气的年轻人罢。如果胡心保是一截"剪除的树枝"，那么杜警官不该是一棵向着阳光的青壮之树，身心安顿地只有向上吗？如果胡心保三十四岁仍不撤其赤子青春之心，那么杜警官不该本就是青春昂扬吗？

但是，这个看起来青春的杜警官的整个心，却已久染于这个世故圆通的、察言观色的、媚上欺下的、高度地位自觉、尔虞我诈的体制大酱缸，而几已不可自拔。杜警官以其青春之体魄，却早丧其赤子之心。因此，杜警官告别了床上的新婚妻子，出门办案时，所穿戴的行头，是这样被陈映真所描写的："制服是挺新的，可惜帽子却是旧的"（2：161）。

我读过这篇小说好几次，但每次都只把注意力对在胡心保身上，只注意众人怎么谈他，而忽略了这篇小说几乎同样重要的另一个主人公杜警官。但毕竟，这篇小说的名字还不是什么"航海人之死"或是"剪断的树枝"之类的，而是"第一件差事"，而别忘了，这正是杜警官的"第一件差事"。那么，我的阅读何以会忽视杜，把他只看作是个串场呢？我琢磨着。我想过，原因可能是因为胡心保和杜警官一死一生，一个有戏剧张力，一个平淡索然，因此我们对后者以稀松平常视之，以龙套视之。但是，我也进而想，不正因为他不是好汉豪杰或巨奸大恶，而是这个体制所需要、所培养的一般人（而所谓一般人、正常人，不就是，抱歉，像你我读者一样的人吗？），因此我们才不会注意到这个看似正常的对象——只缘身在此山中。因此，陈映真关于这个"正常人"的叙述描写，就从我们读者的注意力中溜走了。让我们仔细地把杜警官给找回来，还给他领衔主演的公道罢。

首先，这个杜警官，一个案子还没办过，但那副官架子的声口却是油得很、拽得很。旅馆少东来报案时，因为过度惊恐，没敲门就闯进杜警官夫妇的卧室。少东连声对不起对不起，杜警官则是这么不忘自己是何许人地说："你这是干什么，啊？"这个一定是拉长的二声"啊"字，可说神韵无穷，完全官腔官调。杜警官从旅馆勘验尸首出来，围观的群众中"一个胆子比较大的农人"问：

"杜先生，出了什么事？"
"什么事？命案啦。"我说。
"命案呀，"农人说："什么命案子？"
"少啰嗦。不怕他跟你回家去？"
农夫连忙在地上吐口水。他说：

"跟我回家去？去他的，去他的！"

人们哗哗地笑起来，为我让出一条路。……我对他们说：

"回家去吧，没什么热闹的，都回家去！"（2：164—165）

听听这个口气，看看这个架子！但当他碰到上级，可就不同了，不是连声说"我要努力学习""我一定尽力，一定尽力"，就是谄媚地重复上级的废话，说这个自杀"一定有什么原因"。杜警官心跳怦怦、毕恭毕敬的样子说多驴就有多驴：

上级伸出手握住我的。我感觉到他的温柔的握力，心里十分地受了感动。上级坐上他们的红色吉普车，在苍茫的暮色中开走了。上级在车上扬扬手，我在佳宾旅社的走廊下立正敬礼。（2：164）

然而，真能更生动、更具体地说明那带着深度愚蠢表面机灵的杜警官人格状态的，还是他的敬烟、点烟的微积分，或"烟的政治学"。不妨以喜剧的心情看看这幅陈映真创作中较少见的浮世绘，分布整篇小说，共十三段。

1.上级来了解案情时。"上级衔了一支烟，我赶忙给点上火"。

2.答上级询问是否为第一件差事时，"递给上级一支烟。上级说不要了。我把烟递给法医，他说谢谢。我为他点上火"。

3.询问旅馆少东时，"刘瑞昌掏出一支香烟给我，又为我点火"。

4.刘瑞昌奋力地报道着，还自己表扬自己会"察言观色"。但就在此刻，"我真想抽支烟。刘瑞昌这个傻瓜蛋还说他会察言观色。我笑了起来"。

5."我开始佯做在口袋里摸烟的样子。但是刘瑞昌却自顾自说着"。杜警官表现出乏力的样子。这个刘瑞昌终于看到了"我摸口袋找烟抽的样子。他递给我一支烟，又为我点上火"。

6.刘瑞昌"为自己点了一支烟，他的手指好猥琐地发抖着"。

7.换到访谈杜警官口中"安全方面的老先进"储亦龙了。"我敬他香烟，他替我倒茶"。

8.谈话中，"他为我筛上茶。我又敬他一支烟"。

9."火奴鲁鲁"洋吃茶店中。林碧珍进来了，"我们差不多在同时坐了下来……伊从手提包里取出一包深蓝色的香烟，衔在伊的梭形的唇上。我为伊点上火"。

10.林碧珍问杜："抽烟？"杜警官："刚刚丢掉。"

11."伊又重新点上伊的一根又长又白的香烟，猛烈地吸着……"

12."我迅速地摸出我的香烟，点了火。原是恐怕伊会坚持我抽伊的香烟的。然而伊却似乎没有那样的意思。"

13."我又开始点上我的香烟。'试试这个。'伊说，把伊的深蓝色的烟盒摆在我的跟前来。'一样的。'我说。"

老天！这是多么无聊的复杂，或多么复杂的无聊，一切只为了拍马屁、对地位不如己者保持优势、和可以平等的人保持平等，以及面对各种优势威胁时捍卫脆弱的自尊心。杜警官，年纪轻轻，就深陷于这样的一种微小的自我肯认、微小的利益争夺、微小的受伤与满足的游戏中，而不可自拔。沉湎在这样的一种虫豸般的敏锐与追寻的他，如何还能培养同情并理解他人与这个世界的能力？如果我们问，杜警官从他的这份"第一件差事"里，到底学到了什么？那么答案则是他从林碧珍小姐那儿偷偷地学到了这么一个体面把戏：那和咖啡一起上来的小杯牛奶，不是拿来喝的，是加到咖啡里头的。这是令人发噱兼心疼的"杜警官的喜剧"。这能怪杜警官吗？他这么年轻，他出身纯朴的农家，他也许曾经有过青春的悸动、懵懂的理想……他是怎么搞的？我想，陈映真在这里谈的不是一个个案，而是一个世代的进入到体制的青年状态。杜警官他们在战前出生，在战后分离体制下受教育，对中国大陆具足敌意，对历史满是隔膜。在白色恐怖与情治密网的党国体制下，人们担心动辄得咎，养成了"莫谈国事"的习惯，以及作政治八股的能力；对食色身家以外的事务，不好关心、无从关心、无能关心。这样的一代，于是，就只能在生活境遇的提升、在官能的满足、在升迁发达的竞争上，摆进了全部心力，而这即是陈映真所一再批判的"虫豸"般的人生。

这样的一个"精英"分子，随着年岁的增长、世故的磨炼、欲望的升高与精致，以及夜气的耗竭，能不终底于成为压迫体制的一部分，进而坚强的捍卫者，进而贪腐的领导者？这是体制所模塑出来的主体，体制执子之手，与汝俱腐。他脆弱、他获利、他残忍，他枯竭；他完全仰赖体制供需他的精神与物质，他完全失去了他自己的一方活水。果如此，我们不得不问：断枝诚然可悲，树又如何？

我们必须说，不论是胡心保或是杜警官，都是分离体制下的受害者，是那个如今我们的历史意识只记得"出口导向"的那个特定时代下的主体状况的两个切片。化验者陈映真对我们的教育是：不回到中国的分裂、两岸的对峙，这个根本性的历史与社会框架，我们对历史中的主体的理解就会有严重缺憾。

1966—1967 年，海峡对岸正澎湃地进行着"文化大革命"。那是个某一种理想主义飙扬的时期，像原爆般，将它的热力一波波地往全世界辐送。虽然是在分离与隔绝的情况下，大陆的这番大变化，也无可置疑地构成了对国民党政权的意识形态挑战："那你们国民党对传统文化的立场呢？"于是，海峡那边的"文革"启动了这边的文化运动。国民党当局在 1966 年下，就酝酿着"中华文化复兴运动"，而次年则正式开展这个运动，并由蒋介石担任这个"中华文化复兴运动总会"的首任会长，台湾与海外同步发行。

应是在这个大时代的情境下罢，杜警官写出了那个不知所云但却处处符合领导需要的意识形态八股文（兹不录，有兴趣的读者请参考 2：209—210 页）。报告写毕，夜已深了，杜警官怀着伟大的先圣先贤的情操，打算共邀尚在熟睡中"穿着亵衣的睡态，是十分撩人的"妻子，一起敦参这个由"先贤圣哲所界定的、有别于天下国家之公爱的人类至情真道"。

五、我的私回忆

1966—1967 年，我正读小学三年级，那时的级任老师是一个山东人，瘦大高个，每天穿深色西装打领带。那时台湾经济好像开始有点热起来，他在学校大门口买了地，盖了楼，常常要我们自习，他自己则去工地监工。这位老师后来也平步青云，当了教导，当了小校长，当了大校长。但我对他印象最深的一件事，不是他买房监工，而是在一个燠热的午后，学童们午睡醒来，在下午第一节课的昏沉中，他如往常地穿着西装、打着领带，也如经常地，喝得酒气逼人红光满面两眼发直地，进入教室，走上讲台。小朋友安静了，他劈头就严肃地开问："你们知道人活着是为了什么吗？人生的意义是什么吗？"小朋友被这个突如其来的神秘问题搞得颇为兴奋，叽叽喳喳，这里李大头一个答案，那里丁屁仙一个说法。没一会儿，醺醺然的老师把大家喊卡，他要宣布标准答案了。他慢条斯理地在黑板上一个字一个字由上而下地写：

生活的目的在增进人类全体之生活
生命的意义在创造宇宙继起之生命

一个字一个字跟着念的小朋友们，在老师抄完黑板回过头时，刹时，都被这段诵念起来很不一样的文字，也都被那升华到另一种醺醺然的我们的老师的一种为我们难以理解的但从来没有经历过的伟大感所征服，以一种三年级学童所不该有的成熟的样子，安静了下来。连那一两个向来顽劣的同学，也识相地为之低眉肃穆起来——尽管老师还卖着关子，尚未开闸把作者的大名给放出来呢。

六、后记

十多年来，"差事剧团"一直认真地耕耘于民众的且另类的、批判的且实验的小剧场，介入台湾社会的多重现实。他们在陈映真创作五十周年的时刻，推出了《另一件差事》这出新戏，是很让人兴奋期待的。我想我也和很多朋友一样，期待着这出戏能引领出更深入、更长久地对陈映真思想与文学的探索与反思。当然，也更期望陈映真先生早日硬朗起来，继续向着这个他所热爱的人间书写。

那些累累然的男性的标志，却都依旧很愤立着。

累累

——被遗忘的爱欲生死

一、分断下的断不了

20世纪60—70年代的台湾，有几部好莱坞片子以"违反善良风俗"之类的理由被当局禁了，其中有一部叫作《午夜牛郎》(*Midnight Cowboy*)。电影说的是一个从美国南方乡下跑到纽约来闯荡的牛仔，遭受重重打击的故事。这个乡巴佬青年在经历了对大都会天际线的短暂的目眩神迷之后，就开始遭遇大都会的异己与野蛮，一再受到挫辱。穷困潦倒之际，做了"牛郎"，但挫败更为巨大。最后，这个"午夜牛郎"搀扶着一个贫病之交，坐上大巴士逃离冰窖般的都市，结伴南行寻求阳光。由乔恩·沃伊所饰演的"午夜牛郎"，乐观、憨直、强韧，但也有血泪交涮的男儿伤心处。尤其让我印象深刻的一幕，是当他在进行那被生活所迫的、经常令他屈辱的、没有一丝感情含量的"性工作"时，他故乡情人在缠绵情爱中深情低唤他名字的景象，就会倏然地、幽忽地从他记忆深处浮跳出来。这大概是午夜牛郎最摧折心肝的时刻罢。这里有一个今与昔、假与真、异己与亲密、都会与家乡，甚至死与生的鸿沟分断。这个几近是强迫性的情爱回忆，尽管贲张着生命、流溢着亲密，不但无法安慰牛郎，反而残酷地向主人公提示他今天的疏离与荒漠。对"午夜牛郎"而言，今日，虽生犹死。

读陈映真发表于1972年（但实际上"约为1966年之作"），以20世纪60年代的外省底层军人为对象的小说《累累》，就每每让我联想起《午夜牛郎》里那个同是天涯沦落人的牛仔的死生爱欲，特别是当小说里写到，那看起来轻佻寡情、嗜说荤腥的钱通讯官，在独白般忆及那参商不见生死未卜的二表姊与当时年少的他的一段情欲纠缠时：

"……那时伊只是说，大弟，大弟！但却一恁我死死地抱着……"
（3：71）

把这个二表姊的"段子"当作钱某的众多猥谈之一听耍的其他军官，起先"尚有人猥琐地笑起来，但后来都沉默了"。这是因为听者立即察觉到这个"善于猥谈"的钱，在说着这一段话的时候，"眉宇之际浮现着一种很是辽远的疼苦"（3：71）。

《累累》描写的是20世纪60年代初的一个暮夏八月的上午，在台湾乡间的某个僻静的小军营里，三个行伍出身的低阶青年军官的芜杂生活片段、他们的浮躁悸动，以及他们交织今昔的伤痛忆往。我们知道，60年代初陈映真入伍服役，在部队里，他首度接触到众多原先大陆农村出身的外省低阶官士兵。他同情，乃至共感，他们在对日抗战、踵至而来的内战，以及之后漫长的两岸分离中，被这个大时代所拨弄的转蓬人生；家破人亡、生离死别、流离无告、举目无亲。青年陈映真鼻酸地凝视着在这些如草离了土、枝离了树般的荒凉的肉体，以及挂在这些身躯上的枯槁、扭曲甚至变态的——但又完全可以理解值得同情——道德与精神状态。

二、活在死上头

这三个军官"都是走出了三十若干年的行伍军官"（3：67）。这么算来，当初他们被国民党军队以枪抵着，坑、蒙、拐、骗给拉伕入伍，加入国共内战之时，也不过是十六七岁的农村小伙子。

鲁排长蓦然想起了那一年在上海的一张募兵招贴，上面说："……结训后一律中尉任用。"如果真的是那样，如果十数年前结训时自己便是个中尉，到现在早已捐上星星了。（3：69）

懵懵懂懂地来到台湾，却还不知从此就和"之前"阴阳两断；明明是此世的亲人爱侣，却一下子变成了永诀的前世。将"互相扎根的"生命与生命，硬是斩断的后果，是一种永远难以从一种宛如隔世的恍惚与不真实感中康复的慢性痛苦。鲁排长总是"又想起了他的妻"——那个年长他四五岁，对还是少年的新婚的他，有着如姊如母如妻的深情眷顾，对他的少年的决堤的需索有着"古风的从顺中的仓皇和痛苦的表情"（3：72）的女子。新婚不到一个月，他就"因战火和少年的不更事"离开了故乡。到今天，鲁排长虽然连"那个女子"的名字都记不得了，但

> 漂泊半生，这个苦苦记不起来名字的女子，却成了唯一爱过他的女性，那么仓皇而痛苦地爱过他。从来再也没有一只女人的手曾那么悲楚而驯顺地探进他的寂寞的男子的心了。（3：72）

虽然已是步入青春的尾巴，但无论如何还是有着年轻紧实的躯体的小军官们，常常处在一种恍惚的、逆光的、不安的生命状态中。在一种逆光的不真实感中，他们的身体渴求着异性，但对异性的渴求又哪里只是性欲而已，后头其实更是一种对抚慰的渴求。性欲的命令与回忆的驱使更相做主，让"鲁排长总是拂不去那种荒芜的心悸的感觉"（3：69）。

陈映真想要捕捉的是两岸隔绝下，底层外省官士兵"活着"的真实状态。他们的言语总是往下流，流到猥谈亵语；他们没有志向、没有未来，甚至没有什么主义领袖责任荣誉之类。这些体面的正经话语还是留给那一心往上攀的人——好比"胖子连长"——好好使罢。"胖子连长"想必拿着一种做派，不愿加入他们的猥谈，更不可能和他们结伙嫖妓，只因他有前程——"为升上一个梅花的事，奔跑了将近半年"。因为有这个"前程"寄托，胖子连长和他们不是一类人，他靠一头栽入体制的升迁游戏，压抑并转化性欲的躁动，以及回忆的浮起。陈映真应该无意歧视胖人，但"胖子"的确传达了一种安定滑腻之感。发福的连长应已届中年，对于体制已经有了因年资、权力与利益而来的认同感。发福的身体意味着对生的、性的悸动，以及对分离的创伤波动，已趋平静和缓，甚至麻木。那个

曾经不安定的起伏，已随着日益安定的生活与可期待的未来，拉成了一条平滑的直线。这种肉体与心灵的如脂如韦，和那正在一种性的节日欢愉中揽镜剃须的钱通讯官的"壮年的男体"——"每一线轮廓每一块肉板都发散着某一种力量。他们都一样地强壮，一样地像刚刚充过电的蓄电池那样的不安定"（3：67-68），形成一种意味深长的对照。

他们活得像"虫豸"，没事打个百分牌戏，赌注则是次日关饷同去嫖妓的花费。没错，他们在这种与故乡、与亲人切断，在异乡中一寸寸衰老，但却没有前途没有意义的人生中，唯一能抓住的就是性的感受，在那须臾中，性事让他们忘却生命的荒芜，并聊胜于无地感觉到他们竟还被某一双手、某一个人身所接受、被需要——虽然不辨真假，但足以让他们知道他们还"活着"。他们唯有把自己降低到一种动物性的存在，才能把生命活下去。他们甚至有些怔怔然地陶醉在野狗交配的大自然欢愉中。在一种逆光的、超现实的"一幕生之喜剧"中，"听得见一种生命的紧张和情热的声音，使得人、兽、阳光和草木都凑合为一了"（3：69）。这样一种动物性的"活着"，也是难得的罢，因为不管怎说还是活着，毕竟，又有什么比活着还重要呢？鲁排长在部队澡堂中尖锐地感受到这样的一种"活着"的况味：

> 忽然间，鲁排长对于满澡堂裸露的男体感到一种不可思议的稀奇。他从来没有注意到这种毫无顾忌的裸露的意义。不论是年轻的充员兵，年壮的甚至于近乎衰老的老兵，不论是硕大的北方人或者嶙嶙的瘦子，都活生生地蠕动着，甚至因为在澡室里都显出孩提戏水时那样的单纯的欢悦。这种欢悦是令人酸鼻的，然而也令人赞美，因为他们都活着，我也活着，鲁排长想。而对于这些人，活着的证据，莫大于他们那累累然的男性的象征、感觉和存在。（3：74—75）

这其实和陈映真在小说创作中经常似有似无地显现的一种"女性可畏，男性可怜"的信念有关。男性对是否活着向来是焦虑的，而用以证明的也常是性，那可笑复可悯的"累累"。但是，隐藏在这个荒诞的、没有意义可追寻的"生之喜剧"之后，却是一种深层的、拂之不去的悲哀，因为他们欲成为草木畜类而不可得，因为他们，幸或不幸，有记忆。他们老是不由自主地陷入回忆，忆起相处不到一个月的多情愁苦的新婚妻子，忆起慌乱哀怜任他求爱的二表姊，忆起扶着幼童的他站上木凳远眺"一线淡青色的，不安定的起伏"的山脉的那个于今只是"一个暗花棉袄的初初发育的身影"的姊姊（3 : 66）。幸，是因为，如此，他们的"活着"就不仅仅如草木野狗般了，他们记得他们曾爱过也被爱过。不幸，而且是深刻的不幸，是因为这些永远地只是记忆罢了。他们和这一切，都如叶离了树、花离了土般地永别了。他们的生命只是一种在无尽的黑上头的"漂浮""漂流""浮沉"（3 : 73）；前头是黑的，后头也是黑的，黑得像午夜的台湾海峡一般。他们在一片寂灭上活着，活在死上头。这种完全缺乏真实感的"活着"，应该曾是很多很多底层外省官士兵的一种真实人生状态罢。但我想也应该同时是所有底层的、流离的男性——不分省籍——的共同经验罢。这些飘零如转蓬的底层官士兵，于是常常白日颠倒、神游故里，或竟是亲亲如晤。杂糅今昔的结果就是老会产生一种似曾相识的恍惚感，好比，在这个暮夏八月天的一大早，鲁排长就觉得，而且是许多日以来都如此觉得，兵营的操场及其清晨的雾霭，"竟很像那已然极其朦胧了的北中国的故乡"（3 : 65）。到了日头近中时，鲁排长"注视着那散落着兵士的草地，很稀奇地又复觉得它何以能给他一种熟悉的感觉"（3 : 73）。这个前世今生之间的草蛇灰线，终于在几个军官于午睡时分坐上吉普车，出营寻欢的路上，得到了印契。鲁排长忆起了"中部中国的某一个旷地"，那是在"兵乱的大浊流中"，在一个仍然带着春寒，但阳光已然耀眼的暮春时节中，在山区跋涉数日之后，所蓦然惊遇的"一小片圆圆的旷地"，其上死尸横陈。这并不稀奇——在那个年代。稀奇的是，这些死尸都裸露着。更稀奇的是：

那些腐朽的死尸，那些累累然的男性的标志，却都依旧很愤立着。

（3 : 75）

这当然不是"事实"，死尸的那个不会勃起，或愤立。这仅仅只能说是鲁排长不辨今昔、觉梦不分的"回忆"。但是，与其说是回忆，还不如说是一种因巨大创痛而生的超现实幻想。但问题是，鲁排长为什么会如此"破解"了那长期萦绕于他对营区操场风景的某种前世今生的似曾相识感？20世纪60年代初台湾的国民党军营的风景，和20世纪40年代末华中的某一旷地上愤立着阳具的腐尸能有何关，竟能让鲁排长"正确地想起了和兵营的操场相关的风景"（3：75）？我的回答是：如果说，这些底层外省官士兵在这个岛屿上、在这个政权下的"活着"，是活在死上头、活在一片旷寂上头，那么要直指这个巨大悲剧以及提问"孰令致之"的文学书写，又有什么方式能比创造出一群死尸，尸身上插着一根根愤怒的阳具的意象，来得更惊悚地"合理"呢？这不是那20世纪60年代初千千万万离乡无告的底层外省官士兵的真实生存状态的超现实写照吗？这幅超现实图画所指出的一个现实是：除了阳具的愤立，他们的人生几乎已经全倒下来了。

当然也不是不可以这么说，那个"愤立"也不妨偶尔是指向国民党——"我日你祖宗八代！"但我要说，那个愤立，其实更是一种对于异性慰藉的执拗的、可怜见的需索。吉普车上，被暮春的风拂着面的鲁排长，于是把自己从这个荒山死尸的浮想抽离开来，一跃而至故乡的山——那"小姊姊的山"，那留在故乡的女人的回忆。这么想着，鲁排长突然寂寞起来，把烟丢到车外，"满满地感觉到需要被安慰的情绪"。于是他有些开心起来："活着总是好的"（3：76）。于是他们一行人在一种节日的漂浮中、在一种性的兴奋中、在"秽下的笑声中"，驶向他们瞬间欢乐的目的地。

三、关于娼妓或性产业

鲁排长等三名军官嫖妓去了。"恶心的男人！"——某些都会中产卫道者在看完这篇小说之后，也许会皱着眉头丢下这么一句话。"男人"，当然；"恶心"？也许罢——如果我们只是远看到他们的青壮身影、他们的嫖妓行止、侧听到他们的秽下言语，就把他们想当然尔地视为有钱有权有闲的男性嫖客，而恶心之。卫道者在对他们掷石之余，也许也会优雅地"为他们"提出一个出路：尔等应成立家庭，以解决尔等之需。这个建议，虽然好像符合他们自己阶级的道德立场，但听者当不免顿生"何不食肉糜？"之感。此外，卫道者晓晓地把他们私心所拒斥的左翼商品拜物教概念"拿来"批判"性交易"，其实恰恰是建立在历史被抽空的主体（抽象的"人"）的前提上。但如果我们愿意对这些流离的底层外省官士兵有些主体的理解的话，那么他们的买来的性，就远远不是用"将性商品化""不尊重女性"，或是"男性的淫乱"这些便宜的指责，所以可以轻易定性的。这些底层民众在永远地失去所爱与慰藉的世界里，也只有飞蛾般地奔赴这短暂、虚空的，令人鼻酸的慰藉。理解了他们的背景与他们的主体状态，我们就会知道他们对"性"的需求，不是"出自纯粹邪淫的需要"（1：75）——如陈映真在早期的另一篇小说《死者》所检讨的，而是铭刻着大时代大悲剧的印记的。他们作为内战／冷战双重结构下的落叶转蓬，对女体的需求，骨子里是一种对活着的证实，以及对慰藉的如孩提般的渴望；"娼妓"是在一个没有人真正需要他们、爱他们的世界中的一双暂时的温暖臂膀。诚然，这种慰藉有其片刻性与交易性，但这又哪待乎不需要这种证实与慰藉的卫道者来提醒呢？其实，人们更应该追问与理解的是，这种悲剧的情色是建立在一种什么样的悲剧的主体之上，而这个主体又是镶嵌在一个什么样的大历史之中。

但话必须说回来，陈映真也并没有因此而歌颂性产业，因为在小说的结尾，在兴奋的路上，军官们之间传讲着一个"关于近来的雏妓们的年龄越来越小的事"的笑话，而且笑声很是秽下（3：76）。这个突兀的交代，表现了陈映真对于性产业的两难，一方面他绝不会如中产卫道者那般的伪善冷酷嗜血，但另一方面他也无法敞开地歌颂性产业，因为对他而言，性工作原则上预设了一个不义的阶级社会。陈映真在小说《上班族的一日》（1978）里，借由某学者对电影《单车失窃记》的评论，指出一个道理："穷人为了生存，就必须相互偷窃"（3：198）。因此，他大概也会认为，绝大多数的性工作者是在一种苦难的人压迫苦难的人的世界中工作。娼妓的苦难不被理解，就像这些嫖客军人的苦难不被理解一般，反而还要被后者拿来衬垫他们的苦难。我想起陈映真的另一篇小说《凄惨的无言的嘴》里的那被一刀刀捅死，每一个伤口都是一张说不出话来的嘴的雏妓尸身。

对这个如电影《午夜牛郎》般的"午日牛郎"的飘零底层民众，我们有理解的道德义务。对于他们在两岸隔绝下却又断不了的身体回忆，以及他们对慰藉的悲剧寻求，我们不应只是站在一个简单的道德制高点上俯瞰，遑论鄙视，反而是要在一个更长的历史中思考一个问题：孰令致之？

四、抵抗"遗忘的历史"

《累累》发表之后二十年，像鲁排长、钱通讯官这般的底层外省官士兵虽然鬓毛已衰，但仍乡音未改地在台湾各个角落的底层活着，孤独地拾荒孤独地门房孤独地烟酒，被富裕的、寡情的台湾社会谑称"老芋仔"。20世纪80年代末20世纪90年代初港台之间的航班还经常看到他们的落寞的身影、怔忡的面容，以及和整个文明机场格格不入的装扮行囊。再注意看，他们劳动者的手臂上，有着极粗劣的外科手术所留下的一团红黑新肉——那是剜磨掉臂上"杀朱拔毛"之类的刺青的遗迹。小说发表三十年后的今日，他们已几乎凋零殆尽，就算是在石牌"荣总"也难得听到他们粗粗咧咧大声嚷嚷的异客乡音了。那是真正的绝响。他们行将被本来就什么也不想记得的台湾社会更为彻底地遗忘。

或许，还是有人会偶尔记得他们吧。有人会闲聊忆往时想起当年服役时部队的老芋仔"米虫"。有人会童骏地、肉麻地记得他们是"宝岛某村"的"伯伯"（音"悲悲"）们。有人会考古地记得那个轰动一时的"李师科案"的主角（包括李师科与王迎先）就是"老芋仔"。当然，还有更多人会稍带不屑地记得他们是"国民党的死忠""国民党的投票部队"，以及"不认同台湾的老芋仔"。

但这些"记得"，其实都是建立在一个巨大扭曲或偏见上。人们常常拿外省权贵或都会外省军公教的体面大衣，遮盖住外省低阶官士兵的佝偻身影，仅仅因为他们都是1949年左右来台的"外省人"。这里有一个明显的阶级盲与城乡盲，在这种盲目下，人们常把国民党当成个大盖子，把外省低阶官士兵和上等外省人一并扣住，好像"他们"是一体的，都是"共犯结构"的部分。而这样做，恰恰是让李师科与李焕比翼，让王迎先与王升齐飞。把殉葬者当成体制的一部分，这，不荒唐吗？应该要有一个"阶级"的分判，分别理解两个历史群体：那进入到这个党国体制从而与党国利害荣辱紧紧地绑在一起的国民党中上层外省军公教（例如小说里的"胖子连长"），以及那些从来被党国欺骗绑架、为历史遗忘、为机场的绅士淑女礼貌地视而不见的"老芋仔们"。

前些日子，也有高级文化人以稍稍不同于上述方式"记得"他们，记得那个大溃败大流亡年代中的面目与跫音。是的，这些流亡者是"失败者"，他们如此记得，但如此记得的女士先生，却是要挺起胸膛表彰自己是失败者的"光荣的后代"——因为，1949 年被共产党击溃的大逃亡一代在台湾所建立的"政权"，在后来的历史中据说是更合乎"现代化"的文明准则，以及更是继承着优秀的中国传统云云。论者状似怡然地"让历史说话"，但其实是呕着气地、刺猬般地为自己的政治与认同进行辩护。但我要和你们说，你们的自我辩护其实大可不必把如《累累》里的主人公们的那群底层外省官士兵也招纳进来。你们的荣与辱、国民党（或"中华民国"）的荣与辱、"现代化"的荣与辱，和他们是无关的。

今天，我们读《累累》，应该可以得到这么一种理解：这个"愤立"的"累累"，是青年陈映真对底层外省官士兵的生命状态的最深切的同情，以及对国民党政权最严厉的控诉、谴责与抗议。这篇小说不是孤例。在 1966—1967 年之际，陈映真写了包括了《最后的夏日》《唐倩的喜剧》《第一件差事》《六月里的玫瑰花》《永恒的大地》《某一个日午》以及《累累》等多篇小说。根据作者自称，这些小说脱落了过去的"感伤主义和悲观主义色彩"，"增添了嘲弄、讽刺和批判的颜色"[1]。值得注意的是，在这些小说中，有三篇是当时没有发表，而是入狱之后由友人代发的，它们是《永恒的大地》《某一个日午》与《累累》。我认为，这三篇小说有一共同特点：都指向国民党，对它作了不得不形式隐晦但内容异常严厉的批判。《永恒的大地》指出了国民党统治阶级的虚妄、胆怯与买办特质；《某一个日午》指出国民党完全抛弃了它五四时期曾有的理想，为青年所唾弃是理所当然；而《累累》则是继《将军族》之后，讨论了一两百万之众的底层外省官士兵的离散生涯，并挑战禁忌地直接指向现役军人。

直到上个世纪末，已经步入老境的陈映真，对于这些底层外省官士兵的身世，

---

[1]　陈映真（1993）《后街》。页 59。

仍然是揪着心地关心着。小说《归乡》就写了一个卖早点的老兵老朱抚着胸口对着台籍国民党老兵杨斌说着当年的痛：

> "……1956 年以后，我们才知道'一年准备、二年反攻、三年扫荡……'全是骗人的，"老朱说，"就那年，天天夜里蒙着被头哭。许多人，一下子白了头。"……
>
> "那年以后，逢年过节，我们老兵就想家，部队里加菜，劝酒，老兵哭，骂娘……"老朱说，"有些人因骂娘、发牢骚，抓去坐政治牢。一坐就是七年十年。"（6：45—46）

这个当年的痛当然还是今天的痛——假如能痛的身体还在的话！——因为这个痛并没有被真正地面对过，遑论好好论述过。老兵的痛无处可告，他们没有"二二八"，也没有"白色恐怖"这些名义来称谓他们的痛。有一阵子，正义的学者纷纷地谈"转型正义"，但有人曾经一念飘过脑际，想到这些老兵也是任何"转型正义"的思考也必须面对的吗？我们不分蓝绿，在"老芋仔"还年轻时，对他们的苦痛无从理解，在部队里随人叫他们"米虫"，在他们老时，则管他们作"老芋仔"。不少学者研究他们或拍他们的纪录片，目的只是要解释他们何以这么难以被"融合"、何以如此反"台独"，于是就方便地指出他们有"大中国情结"，或是他们有蒋介石"图腾崇拜"，或峰回路转地证明他们"见山又是山"的最终认同还是"台湾"，等等。只有极少数人，如陈映真，从兵焚的、丧乱的大时代中，看到这些无告之民的踉跄之影与离乱之悲，并为这些荒芜的生命一掬同情之泪。陈映真为已经永远逝去的那个 20 世纪 60 年代的底层外省官士兵的青春，做了一个伟大的补白。没有陈映真这篇小说，作为苦难中国现当代史一章的这些人，他们的青春、他们的梦呓、他们的失落、他们的荒纵，与他们的空无，将永远从这个人世间消失，好像一群陨石消失在宇宙的无边黑暗中一般。

在当代台湾，"老芋仔"是一种只存留在我们的偏见下的"怪物"。何以说得这么不雅驯？那是因为在我们没有历史感的心灵图像中，"老芋仔"从来就没有年轻过。邓丽君的形象从来就没有老过，那是合理的，但"老芋仔"没有年轻过就怪异了。但在我们的形象编造中，这些1949年左右来台的底层外省官士兵，打从他们一到台湾，似乎就一直是七八十年代以后的老样。而他们的"挺国民党（候选人）"与"不认同台湾"……几乎就是他们的精神全貌。在这个意义下，我理解到陈映真的《累累》其实是从来没有人书写过的"老芋仔前传"。这是一篇救赎性写作，所救赎的不只是文人或史家的历史书写的遗忘，更是我们当代台湾这块土地上所有人的遗忘。

　　能不说，"还好，有陈映真，为这些人留下一个侧影，为不久之前的当代历史留下一个见证"吗？当然，也许会有严肃的学者问：陈映真先生的这篇以小说为形式的救赎性写作，又有什么学术与思想的意义呢？如果我有资格回答的话，首先，我要这么说，一如鲁迅，陈映真至少是"路见不平，挥了两拳"吧！其次，它至少让我们看到作为历史殉葬者的底层外省官士兵的一个精神面貌吧！再其次，它至少也让我们知道那个"光荣的失败"，其实，也并不见得那么光荣罢！

衍 义

給Dad ♡
♡
祝~
平平安安

2010.1.10 趙竹恬

陈映真·台北记忆与随想

> "其实，不是我不说。整个世界，全变了。说那些过去的事，有谁
> 听，有几个人听得懂哩？"（5：110）

——陈映真《赵南栋》（1987）

在台北东区 J 医院的病榻上，老政治犯赵庆云先生对他的大儿子商人赵尔平
如此说。时为 1984 年 8 月 31 日。对这样的一种无法说清到底是强制性的还是志愿
性的失语，在场的叶春美女士是能痛感接心的。听老赵这么说，她几乎逐字地回想
起他说过的这么一句话：

> "一九五〇年离开的台北，和一九七五年回来的台北，是两个完全
> 不同的台北。"（5：110）

约莫六年前，也就是 1978 年，当她不负故人之托，终于寻得老赵时，在赵
家客厅里，那时还颇硬朗的老赵和她谈及出狱后人事全非、时空眩晕的苦恼。赵
庆云老人的苦恼，叶女士旁白如下：

> 他被捕时任教的 C 中学，也完全改变了面貌。校地扩充了。日据
> 时代留下来的，学校的木头建筑，拆得一栋也不剩，全盖了水泥大楼。
> 整个台北市，他还能一眼认得的，就只剩那红砖盖起来的，永远的

"总统府",和一九四七年他方才来台湾就赶上的,"二二八"事变的次日那清冷的早上,他一个人穿过的新公园。他还记得,七五年回家以后,长子尔平用车子载着他绕过新公园时,他特地要儿子把车停在公园正门对面。他看着那也不曾改变容颜的,园内的博物馆建筑,耳边却响起了一九四七年台北骚动的鼓声……(5:110—111)

她是能切肤地理解历史和地理之间的狞恶共谋的;空间的重构无声无息地重写了历史。她自己也是在 1975 那一年从那挂着"椰子树的长影"的恐怖浪漫主义太平洋热带小岛归来的。当她回到她石碇"老家"时,老家与她却见面不相识。少女时代的春美曾经怀着一颗忐忑的心,趋步寄信给她后来被枪决的"慎哲大哥"的木造老邮局,早已消失了,变成了一排排的洋灰房屋。每次,当她

走过那往时明明有过一座日本式木造邮局的小街,[她]总会觉得像是被谁恶戏地欺瞒了似的,感到快然。在她不在的二十五个寒暑中,叫整个石碇山村改了样,像是一个邪恶的魔术师,把人们生命所系的一条路、一片树、一整条小街仔头完全改变了面貌,却在人面前装出一副毫不在乎、若无其事的样子。(5:117)

2011 年 6 月 16 日,我坐在往上海的直航班机上,窗外碧海青天,窗内台商满座——我们都是"赵尔平"。我芜乱地翻着已经被我读过 N 回的一本陈映真小说集。这次去上海开会,我要报告的就是陈映真的思想与文学。翻到赵庆云与叶春美这一段,思绪一下子从九公里高的东海上空掉头奔回记忆里老台北的新公园、博物馆与"总统府"。在空服员过度礼貌的"咖啡,要喝点咖啡吗?"的询问声中,我想起了博物馆。1967 年,母亲在春节之前,带我去永和看望她以前永和小学的一个同事,傍晚,母子俩坐五号公交车返回台北,下车的地点就是在博物馆附近,母亲牵着我的手,通过了站着罗马宫殿式石柱的 L 银行。在那个冷冷的冬天晚上,一向很节省的母亲花了五块钱为我买了一只软塑胶乌龟,黑巧克力色的,有一个

▲赵家（20 世纪 50 年代中）

▲作者与母亲（约作者大学毕业时）

▲赵氏家族 20 世纪 50 年代中于牯岭街

拉环，一拉，它就能爬一阵子，由快，而慢，而停。母亲很是孤独，假日，她常带着我离开那有一个旗人婆婆会欺负她的家，而她的娘家则是在那遥远的冰封的北国。我想起了新公园，想起了，唉，酸梅汤——能不吗？但我也想起了读C中时，某一个周六中午，穿着制服背着书包的我，在新公园的一条横椅上懒散地坐着时，一个应是外省公教人员，像我父亲一般年龄的中年人，堆着那时候的大人所少有的满脸笑意与注视眼神，陡然坐下来和我搭讪时，被我霎时筑起的防卫性姿态所挤兑到的表情，混杂着失望、悲伤，与某种不甘……从70年代新公园往前快转，我想起了那才不过是几年前，但却似已淹久得发黄的红衫军群众、倾盆的大雨、钢刃的拒马、黑压压的乌云、黑压压的警察，以及——那后头"永远的'总统府'"。

于是，陈映真的小说就成为一个演绎私的记忆与想象的楔子。如果记忆是"私的历史"——陈先生曾这么说过，那么这个私应也无处不着于公罢，尽管，记忆常常会跟它自己耍心眼，尽管，想象也未必真如它自以为地有翅膀。又如果，陈映真的小说是"经"，那么，我的随笔就可以是"传"，甚或"释辞"。传可以是解经，但又不必本乎经，那自是"古已有之"。春王正月，中山北路，谁曰不宜。

一、中山北路 1967

　　门开了。像地窖一般幽暗的酒吧，便在一霎时间掠过一片白色的日光。一个又瘦又高的黑人走了进来。……
　　"嗨，甜姊姊。"他钟情地说。
　　"我叫艾密丽·黄。"伊说："弟兄们都叫我艾密。"……
　　地窖里都是便装的和军装的美国兵士。
　　低低的天花板装潢得像沙发一般，而一盏盏微弱的灯嵌在上面，仿佛一朵朵疲倦的月亮。（3：1—3）

　　　　　　　　　　　　　　　　——陈映真《六月里的玫瑰花》（1967）

从各条曲折蜿蜒的小路上汇聚而至中山桥的各种大车小车，倚着圆山丘陵的一点高度，在下桥之刻，都因视野大开而释放出一种纵恣感。这么一点儿因空间之"势"而来的快意，既曾让公共汽车上进城的幼童，萌发出一股包括了新公园酸梅汤冰激凌在内，但又不全然的朦胧悸动，也应曾聊慰了那从官邸前往"总统府"路中，故国三千里抑郁不得展的蒋氏两代人罢。在中山北路的上游某处，大约是今天北安路头美侨俱乐部那一块儿，在后来的一个70年代末、80年代初的夏日午后，有一个青年目睹了坐在后座、摇下车窗，侧首芜看冥想的蒋经国，"愁容满脸哪！"

也大约是那几年，那个青年在黑白电视上，看到了蒋经国以浓得化不开的浙江口音的普通话，很费劲但也很真诚地说，大雨后，当他的车队经过中山北路，因为车速快，常会把水"溅"（发音似是 zen）到路旁候车亭等公交车的民众，当是时，他心底就有一种"很对不起老百姓"的感觉。在电视上，胖胖的老先生还以他的两掌朝下往两侧平平一展，白鹤亮翅般地表达出那些被 zen 出去的雨水。

很多年之后，当人们知道了蒋经国曾经的红色来历之后，人们才或多或少愿意相信当初他说这些话时所可能有的真心，一种很痛苦的真心，一种自言自语，一种和青年的自己的不可能的和解的和解。像我们每一个人一样，他也需要有一根线绳，哪怕丝丝缕缕已近抽尽，但还是得把他这一牛给象征地串起来："人类解放""社会主义""反对帝国主义""民族解放""救亡图存"……

下了中山桥，过了动物园与儿童乐园这两个纯真高点，就下到了"真正的"中山北路了。中山北路是此时台北洋气最盛的地方，从美军顾问团、美军福利站、克里斯多福教堂、F面包店、晴光市场、C书店，到美国大使官邸……洋味绵延。1967，越战方殷，路上到处是老美军人，有军装笔挺头戴船形帽脸带绅士微笑的军官，也有平头牛仔裤木木然不忧亦不喜的大兵，有白人、也有黑人，但以幼童之眼观之，他们都是旗杆儿似的又细又高，一个瘦小孩儿若坐在他们肩膀上，肯定就会随风飘扬了。但这个儿童印象对大人而言肯定不靠谱，难不成美国为了帝国形象，连矮的、胖的都不准出国打仗，或是虽让打仗却又不让休假，或是虽让休假却又不让上中山北路，或是虽让上中山北路却又只准夜半放风！幼童印象中的街上美国大兵就像白色或黑色的"长脚蜘蛛"，那逼仄的大红色裕隆出租车哪塞得下？每次看他们费劲地把剩下的脚搬进车里，就觉得好玩。早就变声，满脸青春痘，身高已一七几的"朱八"，就告诉这些一百四十几发育不良的班上小鬼："这些老美都是来台湾打炮的，他们一上出租车，什么都不用说，就和司机指一指他的鸡巴，司机二话不说就载他们到北投了。"听得大伙儿目瞪口呆。

虽然前些年才大搞"中华文化复兴运动"，但越战来了怎么办呢，还是得勠力于美天子共主，有钱出钱有力出力。台湾没钱，只好出力了，特别是出妇女之力。越战之前，妇女早就为台湾出大力了，将青春投入装配线，"工业报国"了。中山北路农安街F面包店的对过就是T公司，在它的房顶上就以木架搭了一个"工业报国"巨型楷书广告牌，向过路的层峰献媚邀宠，但估计它的L老板应该没有擅自代表女工献媚的意思，四个字后头迎风而立的应该只是他自己。但越战来了，"工业报国"不够了，还要"以身报国"，性产业于是因战争而春笋之。这时的中山北路二、三段的巷子里或是民族东路、民权东路、林森北路、双城街、德惠街、农安街一带，都是洋名字酒吧，夏莉、美琪、曼哈坦、蒙他纳……酒吧小姐昼伏夜出，出而又伏，只因这些酒吧很多都是在地下，或至少"像地窖一般幽暗"。但偶尔，她们也是要昼出的，因为要当伴游。在1967—1968年的中山北路，你是会常常看到红唇绿眼衣着经济的年轻酒吧小姐，扯着喉咙喊着夸张的洋泾浜。但我们听来总是觉得新奇有劲，至少怎么听也比英文老师的英语好听。她们小鸟依人在两头开外的老美大兵腰间，莺声燕语地、大摇大摆地通过那"华北剿匪总部"风或是"北平绥靖公署"风，且高悬忠贞二字的中山北路"宪兵"队部前。男男女女肤色尽管迥异、关系明显交易，但却不太让人有色情感，因为毕竟他们都是青春的。青春万岁。那是一种因人类的愚蠢与残忍而产生的邂逅，而他们只是这个世界史的邂逅的无可奈何剧中人而已。相对于此，中山北路一段巷弄内的日本观光客与本地女子之间的关系就无可救药地浸润在一种带着霉味的情欲之中，鱼贯而行的日本买春队伍在雨季的三条通里走进热海，躺在箱根。这个情景更且因为行事者的沉默与节制，更显变态与色情。中山北路一段日本区的本地女子，一般而言，略近中年形影沧桑笑容苦涩。青春易逝。这是中山北路1967，一种中国国民党式的虚无、开放、振作与颓废的奇妙混合。十二年之后，1979 年 12 月 17 日台美"断交"，当夜，两个眷村小伙子没头没脑瞎行而至中山北路，路上不见一个洋人，走到圆山的美军俱乐部，只见门口聚集了一票暴民，我的同胞，操着粗犷的闽南话三字经，勇敢地打砸那一向敢看而不敢近，只有美国人与高级华人能进出的租界式洋楼。几个老美，说来也奇这回倒是有胖子有矮子了，慌慌张张地、因理亏还是力亏什么的，不敢太过愤怒地、纯粹表示自卫地，在破碎的玻璃门内拘谨地反击。警察好像没来，又好像来了也不管事。一个漂亮外省马子流着两行清泪对这两个她并不认识的眷村小伙子说："我好感动喔，从来没有看到我们中国人像今天这么团结过！"

翌日夜里，一个外商公司的本省人经理刘福金在日记里记下了当天中午他坐在外省人经理陈家齐的车，往东区的一家"欧洲风的西餐厅"赴宴时的途中见闻：

> 在中山北路二段，我们看见一列学生在游行，前头一个巨幅的红
> 条，用白纸剪了几个大字，贴在条幅上：
> "中国一定强！"
> "要是几天前，这五个字，一定叫我流泪。"
> 陈家齐沉思地，低声说。
> 学生们捧着献金箱，高喊口号，挥舞着青天白日满地红旗。
> 我们的车子在行列边不能不放慢了速度。
> "Irrational nationalism！"陈家齐忽然独语似的说："盲目的民族主
> 义！"
> "Peter Drucker！"我脱口而出。（4：251）

——陈映真《万商帝君》（1982）

二、来来香格里拉 1983

　　一九五一年，他到台北上初中。每天早晨走出台北火车站的剪
票口，常常会碰到一辆军用大卡车在站前停住。车上跳下来两个宪兵，
在车站的柱子上贴上大张告示。告示上首先是一排人名……，正文总
有这样的一段："……加入朱毛匪帮……验明正身，发交宪兵第四团，
明典正法。"

　　而就在成功中学的隔壁，台湾省"警备总部"看守所就在青岛东
路上。……从看守所高高的围墙下走过，他总不能自禁地抬头望一望
被木质遮栏拦住约莫五分之三的、阒暗的窗口，忖想着是什么样的人，
在那暗黑中度着什么样的岁岁年年。[1]

　　　　　　　　　　　　——陈映真《后街——陈映真的创作历程》（1993）

　　相隔二十年，他对学长走过的这条路是熟悉的，因为他也得从成功走到台
北车站搭车回家。20 世纪 70 年代，成功中学到大直是有一条 44 路公交车，上
学的时候没问题，但回家的时候就太挤了，挤到他常常得把脚摆在司机换挡旁的
一个覆着塑料皮的隆起之处，要不然脚无处可摆。估计那玩意儿里头是引擎之类
的，因为很烫，那个热度会透过橡皮鞋底传到脚心，再加上和其他乘客前胸贴后
背，后背贴前胸，吭哧吭哧一路下来，把乘客搞得歪头斜眼，而司机呢，自是以
客为卑，以斥责代替感化，开一路骂一路。要到圆山站宾主才能松口气，乘客此
时整个上身已湿透是正常的，这时，找个位子坐下来，让基隆河的凉风吹上片刻，
人间一大快意。

　　但此时要说的并不是公交车 44 路，而是中山南路、青岛东路——那条陈映
真和他异代同行之路。但他努力地回想来回想去，有一点儿印象的似乎只剩下台

---

[1]　陈映真（1993）《后街：陈映真的创作历程》。页 52；53。

大医院的那堵黑围墙，雨天或是晴天，似乎总是湿漉漉的，他看过那么多堵墙，没有一堵这么朴素坚毅，割开里头的青冥幽静与外头的车马喧嚣。他总是很敬重它的，作为一个仪式，他总要在经过它时轻轻摸它一下。围墙里头有一根大烟囱，也让他不可能忘记，因为不知哪个浑小子，说那个烟囱常常冒出的白烟，是骨灰之烟。对这一点，他从不想考证，虽然他依稀记得青林之中隐过白幡。

他想过，也许他和学长的步行之路并没有重叠很多。从台北车站到青岛东路是相同的，但青岛东路只有一小段，一到中山南路他便右转，再左拐济南路经长老教会、商品检验局、开南商工到成功。而学长呢，他应该是青岛东路过中山南路，直插林森南路，右拐到成功。职是之故，他对青岛东路上有那么一个看守所，完全没有印象。但没准那个建筑早在70年代来临之前就拆了。

因此，陈映真所说的这个"警备总部看守所"到底在哪里，就成了他多年之后对学长的文学产生了研究兴趣之后，所经常冒出来的疑问。为此，在2010年的一个秋斗游行中，当游行队伍到了中山南路青岛东路交叉口时，他抓住机会问了也在游行队伍中的空间专家老秋，老秋马上拨电话给另一个专家，但不得要领。于是他干脆脱离了队伍，听着宣传车的高分贝嘶喊渐渐远去，走到了青岛东路。他问了一个某"最高"民意单位的一个有把年纪的驻警，心想这应是白头宫女了吧，但白头却认为他很白目："警备总部看守所？从来没听过，你有没有搞错！"

走到青岛东路底，在一个便利店前，一个老者坐在人行道上，好像一个坐在河岸上的老渔翁，便利店开门关门的叮咚叮咚又好像是树林里白头翁的无尽吱喳。这老人是老青岛东路，他这么想。"请问，您是住在附近的吗？""是啊，住这里有好几十年喽！"老人用李登辉式的普通话回答。"那您知道早期青岛东路这附近有一个警备总部看守所吗？""知道，就是今天的来来大饭店那里，我的一个亲戚就在那里关过，都是关政治、思想犯的啦！"老人扭着身子回过头和他这么说，摇着扇子的他看来竟很文气，保养得也不差，生活应属优裕。

啊，是来来饭店啊！那个20世纪80年代台北最新最火的饭店。1983年夏天，他和大眼睛法拉头的YY就在那个饭店喝过好几回咖啡，YY最喜欢吃那个夏天的季节特调——冰激凌鲜芒果盘。饭店那时的全名叫"来来香格里拉大饭店"。香格里拉是一个梦幻的、东方主义乌托邦，但就在那个"乌托邦"耸立之前的几十个寒暑之间，同样的这块地面上有过多少残酷的审问与刑求，多少暴力多少冤屈，多少墙内黑发人的郁郁与多少墙外白发人的吞声？比起台大医院的那堵墙，这个看守所的墙才真正是"阴阳割昏晓"呐。

YY与他同病相怜：同学皆留洋。不同病相怜的是：YY还有个医科男友在当兵。这使YY的在台成为一种规划，而于他则只是无奈。但无论如何，他俩青春作伴，暂且在这个来来香格里拉全球化空间中，虚无地度过那个漫长的、空调的、隔音玻璃落地窗下的静静暑期。神虽王，不善也。

三、古亭区 1978

> 雨刷啦刷啦地下着。眷属区的午后本来便颇安静，而况又下着雨。我正预备着斯蒂文生的一篇关于远足的文章，觉得不耐得很。[……]现在对出国绝了望，便索性结了婚，也在这个大学担任英散文的教席。我于是才认真的明白了我一直对英文是从来没有过什么真实的兴味的。（2：1）
>
> ——陈映真《一绿色之候鸟》（1964）

> 那一阵子，存在主义就像一阵热风似的流行在这个首善的都城中的年轻的读书界，正如当时的一种新的舞步流行在夜总会一般。老莫一边讲，一边从一大堆据说都是存在主义各家著作的原文书中，找到一本印有萨特照像的，任听众去传观。唐倩便因而得了第一次瞻仰了这位大师的风貌。（2：122）
>
> ——陈映真《唐倩的喜剧》（1967）

如果说，中山北路是全台北洋气最盛最露的地方，处处可见洋人，那么，古

▲三个眷村小伙子（约 1974 年）

▲大学时期，右为作者姊姊

▲三个 C 中小伙（作者高三前后）

亭区，特别是罗斯福路台大那一块儿，则可说是洋气最收最阴的地方，见不太到什么洋人洋物，但却洋到骨髓洋到虚脱，如幽灵船般地在无形处吸人。这当然是长大以后的一种感觉——特别是在 20 世纪 70 年代末与 80 年代初。而你很小很小的时候当然也不可能有这种感觉。你那时感受到的是另一种鬼气。听你说，你出生时，家住在牯岭街 89 巷的一个日式榻榻米木头房子——而那是早先你父亲与你叔公，透过一个无论长相或说话都和一般中国人没两样的一个中国姓名是"李文藻"的日本浪人与双面间谍的中介，向一个要归国的日本植物学教授买的。在你还不记事的年纪中，能让你终生忘不掉的一个图像，就是夏天傍晚时分，母亲抱着你，来到了一个十字路口，都是卖西瓜的，而每一个摊车上头都点着鬼气森森的红灯，照得被杀开的西瓜们血光漫漫红意晕晕。

　　在中山北路，你感受不到一种要离开此乡此土的压力，毕竟连远方的洋人（西洋的与东洋的）都被这个讲求孔孟道统的政权以一种特别缠绵的方式给"怀柔"了。这说得有些损。但事实上，中山北路虽洋，并不妨碍各行各业的本地人生活在一种牢靠的现实中。反观罗斯福路、新生南路的那个拐角，整个美利坚合众国的"摩登"力量，以一种无形但巨大的力量磁吸着过往青年，觉中，或梦中，台大的，或非台大的。来了台大，去了美国，几年后，丢回故乡的仅仅是"中央"日报上的一个方块小启："我俩已于 × × 年，于 × × 州的 × × 教堂结婚……"因此，那个年代的"童谣"有"来来来，来台大，去去去，去美国"。罗斯福路新生南路口是一座惆怅之城，永远在奏一种骊歌，青春寂静张望嗜死，像是默片里的旋转木马，那么多人在说话在嬉笑，但你听不到声音。如果有声音，那大概是 Jim Morrison and the Doors 的 *Light My Fire* 吧——喧闹中的死寂、轻快中的荒芜。"你这是有病！""当然，我说的只是我自己的病态时空感，对好比——凤城烧腊一脸油渍一身汗水的师傅，而言，新生南路就是新生南路，哪来那么多毛病！"

　　你说你在和平东路师大附近的一个街角认识了一个美国女孩 Mary B.，来台湾学中文的。邪不邪门，以后你到美国念书的所在就是她的家乡！Mary B. 一头偏金的棕发，蓝眼睛，还带着一个病弱的弟弟和她一起。他老是生病，他一生病，姊姊就和你说："很抱歉，我必须要忙一些事情了。"她有一个男朋友，常从以色列寄信给她。请问，他是以色列人吗？"不，他是一个美国人，但是他想要成为以色列人"——Mary B. 用一种老外的卷舌音与奇怪的四声缓缓地吐出这些个字。这当然是你当时所不能理解的一大串事情之一。你听着旧金山风的摇滚乐问着李鸿章式的问题，好比，"您府上哪儿？"这翻成英文，可以是"你来自哪一州？"，也可以是"您祖上哪儿人？"于是，他们就会说，Well，有点复杂，我的祖父是爱尔兰人，我的祖母是德国裔。有一次，一个俄国犹太裔的小伙子，小个子，纽约人，戴着黑框眼镜，以一种伍迪·艾伦式的直白，告诉你台湾有多么不民主，多么的糟糕。你气急败坏地说事情应该也不会这么糟。他抬起头来，看了你一眼，说："你在你的国家，又怎会知道真相呢？"

你的教育让你无知，因此你对一切尽情袒露你无知的那一方也只有投降的份儿。这似乎是绕不过的路。而陈映真似乎就少走了这段路——或，这段路他走得更崎岖也不一定，总之，他很早就想到自己的思想的身世的问题。而你，而我，而我们……

洋人的世界，是一个奇怪的引诱与拒斥，让你既想加入，但总是同时又想退出。摇滚乐你自己听着很着调，但和他们一起听就别扭，好像本来一直以为是自己的，但突然发现是借来的。大方一如 Mary B.，也是会表现出她才是这个音乐的主人。她会半醉地随着披头 *All You Need is Love* 的拟军乐，像个小锡兵一样敬着军礼踏着高步纵情唱和。Mary B. 高兴的时候，脸上金金的眉毛和金金的汗毛，全都因微微的汗水而闪亮起来，愉快而且专注地对你说："You are so cute!"但即便是在那时候，你一点儿也不喜欢这个称赞；她把她自己太当成大姊了。大姊说：我很喜欢你们中国的爱情，很有意思。

"什么，爱情？"

"对！"

"一本古老的书。"

"古老的书？"

"你，不知道？我，拿给你看。"

于是，Mary B. 拿出了一本封面印着美国中餐馆书法的英文书——《I-Ching易经》。多年后，你对于这个事件终于有一个说法：Mary B. 是 60 年代的遗腹仔，对西方不满，千里迢迢来到东方，但东方也不过是他们对自己的不满的投射而已。最好——全台湾全东方都在读易经弹吉他修密宗。但那些年，你毕竟深深地绝望于"中国的那一套"了，圣人就别说了，庄子老子袁枚李白谁都帮不上你的忙，你于是读加缪、卡夫卡、陀思妥耶夫斯基。你并不认识而且还大你一代的 C 先生，竟和你有一个相同的知识转折：从庄子到存在主义——虽然我深深知道，你不过是寻章摘句望文生义瞎读一气。你告诉过我，你心里是有那么一点"存在主义？古已有之！"的心情的。后来你终于出国，你念的是西方人的反西方的社会理论——你西方人自己问题大得很呢！

1978 年 12 月中，C 大毕业班同学正在毕业旅途上，老师站起来肃且戚地说了什么，大家泫然欲泣，老师则是泣不成声，原来，"中美断交"的消息传过去了。这是去的同学回来告诉你的，你又告诉我。你说，你那一阵子都去台大那一块儿，去看大字报，你说，台湾人和外省人的心结重得超乎想象，有一篇大字报竟然说出了"非我族类，其心必异"这样的话，虽然你没法说清到底作者指的是外省人，本省人，还是外国人？但你的心情我十分清楚。我那时不相信，那不是还有二 C 联袂竞选吗？一个本省人一个外省人结合得不是很好吗？我那时还很喜欢其中那位 C 先生用古文调调写的告国民党书之类的文字。但我哪知道，那一年的 12 月 16 日，一个跨国公司的经理刘福金在他的日记里，就记下了当时反对运动中已存在的人民分裂：

晚上八点多老简打电话到房间来。他说……党外助选团在台南市体育馆那一场，听众把整个体育场挤满了不说，场外四周的街路，全被群众塞住了。…… 他还告诉我 C 小姐竞选活动近日中也日有起色，形势越来越好。果不出所料，她和联合搭档竞选的 C 先生，已经貌合神离。"你说得对，整个党外私下都不赞成这个联合。"老简说。老简在 C 小姐竞选总部帮忙。他问我要不要干脆公开决裂。我不赞成。自

然的分开要好得多。(5：236—237)

——陈映真《万商帝君》(1982)

如果"你的记忆还算数"的话，当代／台湾味的 C 小姐与五四／中国风的 C 先生，就曾在那几天的某一夜里，在那个虚无的、寂静的罗斯福路与新生南路口沸腾地演讲。之后，这样的结合果然也"自然的分开"，成为绝响。多年之后，我们才知道，这个分开不是"自然的"，而是这整个"分离体制"所造成的。之后，C 先生的选择竟像要现身说法这个分断似的，离开了岛屿，去了大陆。

四、西门町 1959

据说，这一年的夏天特别长。烈日下的城市，因为无精打采而显出一抹不得不的正经。但只要夜幕才一低垂（借用那些年里"中广"的一个傍晚节目的台词，主持人姓丁，节目一开头就是"夜幕低垂了……"），西天才刚吊出一颗"橙红橙红的早星"，西门町就从长长的昼寝中起身了，来不及似的，急切地对着镜子扑上香粉、描起眼线、涂上唇膏，而后点起烟来欢欢然勾栏而立，迎接来自四面八方的客人，有来看电影的，有来下馆子的，也有就是来人看人的。那一年的台北就已经有"非正式经济"了。陈映真的第一篇小说就可说是关于台北市的"非正式经济"，篇名叫做《面摊》，背景就是西门町。这篇小说又是关于理想与肉欲的，理想很单薄很无力，肉欲很饱满很坚挺。

话说 1959 年的夏夜，有一个像游魂般的年轻人，刚从牯岭街的旧书摊搞到了一两本左翼禁书，信步而至西门町。那时候

沿着通衢的街灯，早已亮着长长的两排兴奋的灯光。首善之区的西门町，换上了另一个装束，在神秘的夜空下，逐渐地蠕动起来。(1：3)

——陈映真《面摊》(1959)

本来也许是要来接近"民众"的，但却不由自主地接近了一个面摊，面摊的女主人叫作金莲，有着"优美的长长的颈项"，而且有着一股迷人的不安与企求，领口的扣子无意识地时而解开时而扣上。这个青年没法把他的眼睛从她身上移走。目睹着似这般的流动摊贩时刻会遭驱离的悲哀，他想帮她，或老实说，其实是想借帮她而亲近她。他简直分不清他这个人到底是被男女情欲还是被公道理想所指使着。他挣扎着，他幻想着，甚至幻想自己是一个公道的警察。呀！这个警察竟然还有一双"困顿而深情的眼睛"，还想入非非他和金莲在一个众人都不知道怎么消失的几分钟的神秘时光呢。他不知道他自己是谁，他是向上还是向下？但他很清楚他不是什么，他不是这个没心肝的消费人流的一分子—至少他是这么想的。他所看到的消费人流是这样的：

> 他们从人潮的行列里歇了下来，写写意意地享受了一番，又匆匆地投入那不知从哪里来也不知往哪里去的人群里。（1：3）

没心肝的人潮对那被驱赶如丧家之犬的摊车也是毫无所动，他们也许被逃难的摊车一时截断，但

> 人潮也就真像切不断的流水一般，瞬即又恢复了他们潺潺的规律。（1：4）

数不清多少次，我和我的眷村死党，好比几滴小水珠，汇入了这条水网密布的西门町人河。这条人河四季不枯，过农历年时更是丰水期，那时除了人多之外，还有一种特别风景，在电影街、狮子林那一块儿，总是有虔诚的基督徒拿着大白幡，上头写着"末日将近""赶紧悔改"这一类标语，站在那儿"他妈的触我们霉头"（蔡头老是叼着烟皱着眉头这么说）。武昌街的Jukebox，万年的甜不辣，以及特别是狮子林的电动，都是我们常去的地方。我们没目的地逛，走着走着人少了，我们就会回头，重新进入河道，分不清自己是鲫鱼还是水滴。在年少

的头壳里，我们大概是觉得，西门町从古以来都是这样罢。西门町除了夜极深时也要睡觉，其他时间都是热着闹着。我们哪知道我们在狮子林游艺场里扭着身子赛车，专注地打方块，驱使着无餍的小精灵在欢快的电子音乐中吃完一排又一排点心时，我们那两只脚所站的地方正是罪恶的东本愿寺。

五、东本愿寺 1968

1997 年 6 月 22 日，《中国时报》的《人间副刊》正进行着"台北记忆专辑"。那一天的专辑有两篇文章，一篇是署名王小棣的《玩耍篇》，另一篇则是陈映真的《一个"私的历史"之记录和随想》。王小棣的台北是当时已经开始的"社区总体营造"下的标准记忆书写，怀旧、搜奇、自恋。如此的城市记忆，现今更是台北书写的主流，不，主流应更是以吃喝为先。"吃喝玩耍"：哪里哪里有垂涎三尺的牛肉面与台湾小吃，哪里哪里有别致的冰品甜点，哪里哪里老板娘风姿绰约，哪里哪里曲径通幽乡愁盎然，哪里哪里文明知礼好客，哪里哪里非得带大陆游客见识见识。

而陈映真那篇关于台北的空间回忆，则是和主流回忆永不搭调。陈先生为这个主题书写了东本愿寺。有关东本愿寺的部分全文照引，并权设一标题：

东本愿寺

我时常想，倘若人死而有知，那种阴阳暌隔，不相企及的绝望和孤寂，一定与一个完全失去自由的人的感受相若吧。当特务把你押上轿车后座，左右都坐着两个彪形大汉，车子在红尘市集中走过，一切看来与平常无异。但你却知道你和车外的市街已是绝然相隔的两个世界了。从六张犁被送往东本愿寺（今台北市西门町狮子林）收押，也是同样的感觉。

日本的佛教东本愿寺一派，在日本的侵略扩张的历史中，曾经扮演过为侵略政权服务，在殖民地宣传屈从日本天皇国家的教义。到了战争末期，台北的东本愿寺就成了日本宪兵队的拘留侦讯机构。光复后，国民党也延［沿］用为门卫森严的特务机关。对于当时的台北市民，这几乎是人尽皆知的。记得曾经路过时，我曾偷偷对着东本愿寺的高墙吐口水，却怎么也没想到有一天自己被神不知鬼不觉地押在里头。

我的押房靠近西门町闹区，每天入夜，我在一个人的押房里，听着墙外夜市的嘈杂的市声，深更方息。街上闪烁生姿的霓虹灯打在押房肮脏的灰墙上明灭着。……

早在一九六八年，我就结束了我在台北的六〇年代。当我要离开东本愿寺时，工人开始拆除我们所囚居的日本式押房。那是以成人的拳头粗的方形木材栏杆隔起来的囚房。由于年月久远，木质被多少绝望的囚人摩挲得发出乌亮光泽。囚人逐房被移送出去，工人在人去的囚房中撬取铁钉，拆除牢固的木栅栏，发出震耳欲聋的声音。我成了最后一批离开东本愿寺看守所的政治犯，生动地感受到战后冷战和内战构造下的"国家"暴力，和战前日帝殖民权力的暴力间相承相继的历史秘密。[1]

——陈映真《一个"私的历史"之记录和随想》（1997）

六、东区 2000

从 1959 年的《面摊》到 2000 年的《夜雾》，四十余年间，作者虽已从青年步入老年，闹区也早已从西门町流淌到东区，但对闹市人流的感受竟是无改的。盲目的人群之流，几乎以一种野草般的坚韧固执，以一种潮汐般的机械规律，生存着、蠕动着，就算偶尔被切断，也会"瞬即又恢复了他们潺潺的规律"。人流里的每一个人都不能说是没心没肺，但一导入大流，也就只剩下眼耳口鼻身了。《夜雾》里有一段著名的绝望呼喊，说的是一个曾被小说主人公，一个悔恨交加精神濒临崩溃的前国民党特务，所陷害的男子张明，在一家台北最大的日资百货

---

[1] 陈映真（1997）《一个"私的历史"之记录和随想》。

公司的电扶梯的这端，望着那被他所巧遇但却转眼跟丢的前特务，消失于电扶梯那端的人群中时，向所有在场者发出的绝望呼喊。主人公"我"

> 仿佛觉得张明在声嘶力竭地向整个城市叫喊。而整个城市却报之以深渊似的沉默、冰冷的默然、难堪的窃笑，报之以如常的嫁娶宴乐，报之以嗜欲和麻木……（6：118）

——陈映真《夜雾》（2000）

你总是认为，这是从作者那时已经耗弱的心室里呼号出来的。而你总是更偏执地认为，这是忠孝东路四段的 S 百货。《夜雾》这篇小说完成于 2000 年政党轮替之后，陈映真肯定也身历了那麻辣无比高潮迭起的大选过程。他讶异于人们无状的麻木与兴奋，而变天的结果却又总是什么都不变，或是变本加厉。于是，这篇小说的结局是前调查局高官，相较于主人公——那位调查局小卒子，毫无困难地就向新政权效忠，继续提供那无论什么时代都需要的专业："反共"与安全。而主人公则是以自杀兔脱了良心的追捕。陈映真的小说把 S 百货前的兴奋与麻木和台湾的一种政治状况深刻地联系了起来。

从 1978 年的党外运动到 2000 年的政党轮替，从 1959 年的西门町到 1968 年的东本愿寺，再到 2000 年的东区，在繁华与自由中，陈映真看到了一种深层的不变。变的都是前台的戏法，而后台呢，则都还是那些并不临时的演员——陈映真始终关注的是这个台北城的后街民众。1959 年的摊车在夜深时，"格登格登格登"地

> 逐渐走出了这个空旷的都城，一拐、一弯地从睡满巨厦的大路走向瑟缩着矮房的陋巷里。（1：11）

1982 年，在东区华盛顿大楼的跨国公司受尽委屈、满腹辛酸无与人说的林德旺，也在一个午后，在小天使般善良的 Rita 的"嘀答嘀答嘀答"的打字声中

恍惚地走出电梯，走出那巍巍的华盛顿大楼。他失神也似的、缓慢地走着。走过整栋华盛顿大楼的走廊，而后走上一条长长的红砖人行道。他跟四个人静静地等着对街亮起绿灯，踩着斑马线走到对街。……就这样，他竟走完了长长的一截延吉街。他看见一条拖着肮脏的链子的，被人遗弃或者自己走失了的，形容悲哀而又邋遢的某一种外国狗，匆匆地窜向仁爱路右边。他忧愁地想了想，便举步走出延吉街，向着八德路的左首走去。他机械地走到通往他赁居的那条小街的公交车站牌，荒芜地想着方才那只满脸长着肮脏的胡须的外国狗。——那样子满脸满嘴的毛，连眼睛都盖住了，怎么认路，怎么走路？他想着。他觉得所有的路，他全不认得了……（5∶176—177）

——陈映真《万商帝君》（1982）

林德旺的住处是延平区的"圆环的宁夏路口"的一个阴暗的四楼的出租隔间。这是1982年。但应也大约是1959年那辆摊车在深夜无人时的所归吧。又，这应该也和1961年一个有着艺术家神经质特征的大学生林武治，当他背着一把吉他与包裹着画具的简单行囊，坐着一辆三轮车，所进到的那个贫民区，也相去不远吧。林武治的车进到那条穷巷时，光景如下：

在屋檐底下曝日的嶙峋的大老头，伸着瘦瘦的颈子望着它；脏兮兮的小子们停下游耍，把冻得红通通的手掩在身后盯着它；让婴儿吮着枯干的奶的病黄黄的小母亲，张着一个幽洞似的虚空的嘴瞧着它；正在修理着一个摊车的黑小伙儿也停下搥钉，用一对隐藏着许多危险的眼睛瞅着它。这个冬日的破烂巷子，在它的寂静中，本有它的熙攘的，但都在这个片刻里全部安静下来了。（1∶136）

——陈映真《苹果树》（1961）

对于这般的都市景象，你只有一个亲身经历。小时候陪母亲去克难街看她的一个远房亲戚 J 表哥与他的朋友 W 太太。眷村就不算是富裕的了，但幼童的你头一次目击了什么叫贫穷，什么叫家徒四壁。他们两个还算小康的外省人住在那儿干嘛呢？原来是在半秘密地传播一贯道——这是你后来才知道的。作为一个眷村外省人，你和那善良但自闭的基督徒 Rita 小姐一般，对铁路那一边的台北，也就是西城和北城，一概（不，也许除了西门町）陌生，而生活在那里的不是老市区的本省人，就是从乡下来到城市的游子。这个陌生使得你直到多年后，在台北漫无目的地开车时，还总是只能在城市的东边与南边绕来绕去，好像 68 年巴黎的布尔乔亚青年革命者一般，睥睨一切成法但竟敌不过空间魔法师，向外冲撞游行的队伍，不久后总是绕回到他们所惯熟的拉丁区。

七、上海 2011

但即便到了一个陌生地方，空间的魔法师还是会尾随而来。2011 年 7 月中，摩登的、崭新的、世界的上海，就老是在中年游子眼中透着老台北味儿。仙乐斯、百乐门、大世界、新世界、国际、鸿祥、采芝斋、伍中行、老正兴……这些名儿这里跳出那里伏着。于是我在上海 2011 却又同时在台北 1967。清早，当我与一长溜的上班族从大世界往人民广场方向行进，在一个立交行人桥上，我看到了睡在路旁公园长凳上的四个中年流浪汉（或是"外来人口"）。这本不是什么特殊的景观，之前，我就在人民广场的一个地铁出口看到几个睡在那儿的人被城管叫醒，看到他们睡眼惺忪地，以一种让人鼻酸的老成，在故作威严的城管面前，慢条斯理地收起铺盖扣上衬衫扣子。但沉睡者之一的睡姿触动了我。在狭窄的长凳上，唯有他趴着睡，而他的没穿鞋袜的两个脚掌则是交叉着。他像我的小女儿一样，在俯着沉睡时也会不时交叉着两个脚掌。我感到深深的无助，我因为我的小女儿，而觉得这个中年沉睡者也是个小孩，想到在老远的地方他也有家，想到他小时候他的父母也曾看过他这样睡过，他的交叉的、面朝上的脚掌……我想起了失路的林德旺，想起了在京卧病的陈映真，想起了这次来沪所参加的这个关于东亚、关于第三世界的"批判学术会议"，想起了自己与"后街"的几乎无可救药的绝缘与滥情，认识到自己的非第三世界性，想到了白先勇，想到了金大班……

东北纪行

一、东北与我

当我坐下来开始动笔写下我上个月中旬的东北纪行时，我的思绪不由自主地翩飞到我的母亲、我的父祖辈。当初，我的外祖父杜连友就是从河北沧州五官屯"跑关东"到哈尔滨创业去的。前几天，听我八十六岁的老母亲说，当初还没有火车，姥爷是靠一双腿走过去的。后来，姥爷创业有成，在哈尔滨延爽街开了瓜果鲜货铺子与糖果加工厂"裕盛福"。母亲说她小时候就常看到仓库里堆着从台湾运来的一篓篓的生绿生绿的香蕉。小时候，我们小孩子馋水果吃，特别是那种艳红艳红的美国五爪苹果。母亲既怜悯我们，但又耐不住炫耀："我小时候，那各种各样的南北水果可是吃得压歪了嘴，光是苹果就有国光的、红玉的……"姥爷直到创业成功之时，也就是20世纪20年代末，这才把家人从河北接过去。母亲是三岁到的哈尔滨，整个童年和少女时代是在那个她至今仍然难以忘怀的"国际性大都市"度过的。对她，哈尔滨是永远挂在那儿的一道风景、一个坐标，更是一种标准。母亲用哈尔滨的日子衡量她婚后随着我父亲一家老小"逃难"到台湾的种种郁闷艰辛，特别是来自她婆婆，也就是我奶奶，的女人对女人的欺负。我奶奶是旗人，河北沧县城里有名的"花园子刘家"的。我奶奶和我爷爷，也随着我父亲在1949年来到了台湾。祖母老是想方设法贬低（用家乡土话是"糟践"）我母亲，于是连带地贬低她的家族，以及她的家族的哈尔滨背景。她老是对幼童的我说："你母亲家是乡下人，是穷出去的"。但我那时哪知道祖母的先祖恰恰是来自她自己口中的那个"穷出去"的目的地。对这些不避讳当着我母亲面寒碜她的话，母亲则是对我间接地提出她的反击，说沧县是个土旮旯，最高的建筑不过是洋人开的一间二层楼的医院。母亲常常骄傲地和我说，1968年，她任教的内湖小学才装上第一台电话，同事们新奇得很，群观之，议论之。母亲说："那时候，我心底儿话了，小时候哈尔滨咱柜上就有"。

　　和那时的本省同学，甚或都是外省的眷村同学比较起来，这是我的童年生活的一道比较特别的风景。我常懵懂地处在祖母和母亲两个女人的战争中，处在旗人和汉人之间的微妙文化紧张中，一边是华北旗人老太太的"老例儿"，另一边是哈尔滨汉人资本家女儿的"现代化"。幼年的我其实是对这两边都有些同情的。对河北、东北与蒙古，说不上向往，但总依稀觉得我除了台湾，除了我的小学，还有两三片陌生的天地和我遥遥相关。我还没说，我祖父是蒙旗，游手好闲了一辈子，压力再大，总能自得其乐，我童年的很多快乐是从他那儿来的，好比钓鱼、做风筝、养狗。当然，还有些要处是他在台湾所无法传递的，好比斗蛐蛐、撒老鹰。我爷爷是拳术好手，少林、形意、八卦、刀螂都会。小时候没跟他学个一招半式，反而眷村的一帮浑小子屁颠屁颠地跟着师父长师父短的，是我最遗憾的。要不然这会儿也不会让此行的领队靳大成先生太极独步，在大伙儿舟车困乏

▲图中抱二孩童者即前文之武术好手

▲作者母亲常提及的"道外"地区街景。

▲长发街、大水晶街一带，即"道外"。

之际，仍能引吭高歌，气冲牛斗，千杯，近醉。

我幼时的这些过往，以后得空再说。借上面这段"楔子"，我想要说的是：尽管我觉得东北（乃至于蒙古）和我遥遥相关——我的母亲曾在那片土地上过了将近二十年的好日子，我祖母的满人老家就在那里—但长久以来，在两岸对立与隔绝下，我对那一块儿地面其实也就只有一抹地图的印象，而且还是"中华民国"版的东北九省地图。欸，也许多一些吧，好比，我背过，教科书上的"东北三宝，人参貂皮乌拉草"，又好比，我记得，70年代初轰动一时的电视连续剧《长白山上》里的皮毡帽装束以及它的主题曲，等等。因此，这回由中国社会科学院文学所"亚洲文化论坛"所筹办的"东北学术考察"之旅对我的最大意义，其实就是让我对"东北"有了一种实感，尽管多年前的一个夏天我陪同父母亲去了哈尔滨几天。去年底，靳大成先生邀我参加时，我本来是不敢答应的，怕冷，哪有在这个最寒冷的冬天还奔赴那个最寒冷的地方的道理呢！但现在我反而认为，东北，尤其是我们这回去的北大荒，如果不是冬天去，是否会少了一点意思呢？那有点儿像在旱季时节参访亚马孙雨林一样地少了点意思。大成兄在接近雪乡之时，时而担忧时而兴奋，他那深怕雪不够大雪不够深的心情，现在想来，还真是可爱，有点像一个顽童向一伙半信半疑的小子们秀他的秘密基地的那种怕砸锅的心情，那里头有一种"求好"，他希望此行对所有人都能产生最强烈最鲜活的身体感受。为了让我这个南方来的产生强烈感受，大成还要求我在茫茫无极的兴凯湖上和他暂且脱掉羽绒服，"体验体验"。翌日，在双峰林场的那个小馒头山的那段午后行走，虽然没有"搜集"到任何"田野资料"，但那个脚踏进深深的白白的雪里的身体感觉，却必是未来无论怎么也都磨灭不掉的。透过这个经验，我可以联系上无数的杨子荣、无数的座山雕，还有我母亲童年的眼睛与皮肤，还有"老山林内打猎忙"（《长白山上》歌词）的我的满族人先祖的生活。若我想要认识他们、理会他们，那我能隔着一方水土、一层温度感，与一种皮肤感吗？因此，2011年的2月15日，虽然大部分的时间花在从牡丹江到雪乡，再从雪乡回到海林的路程往返上，但却是值得的。我相信，知识思想不单是透过狭义的学习得来的，而更是透过感受得来的，而感受又经常需要一阵发酵和酝酿的过程。这

▲东北雪景

▲作者在兴凯湖上

次东北行应是一小包酵母——我这样期许着。

我讶异于这样的一个转变：我的身世其实是和遥远的东北有着及膝的纠葛，这应该是很清楚的，但这个纠葛却直到这次旅行才带着声响气味与疲惫踏入我的意识之中。

二、朝鲜族印象

这次东北参访，接触得比较多的是中国朝鲜族民众与官员。他们都热情，都能唱，都能喝——这方面很像台湾的少数民族朋友。但是，不像台湾少数民族，我难以说他们的生命底色是明亮欢乐的，有一种热带的直接明了。朝鲜族朋友的歌声好像总是要把很深底的某种情感给抖露起来给昂扬起来，但随即又陡然沉落在一种低回的奈何的谷底。此行，我们这一团之中的卞英花就是一位著名的朝鲜族歌唱艺术家，她的歌声多次感动了所有有幸亲聆的主或客。歌为心声，中国朝鲜族虽然在国籍上，甚或政治认同上是中国人，但毕竟真实地展现了一个民族关系与权力关系极为复杂的区域的历史所加诸他们心灵上的特殊痕迹。涵盖了日、韩、俄与东北的辽阔东北亚，在这三四百年来，就有清朝、日本与俄罗斯，这些权力板块在这块地面上的崛起、伸展与挤压，还不提在更长期的历史中不断有其他强势民族例如汉族与蒙古的起落进出。朝鲜人的历史就是在这样的一种挤兑与压迫不断的环境下的屈服与斗争的历史。这次和朝鲜族朋友相处，听他们的情绪、想他们的歌声，让我反求到，我对于近年来韩国人的那种极力要把自己民族的气球吹大，好比孔子是韩国人、端午节是他们的节日，豆腐是他们的发明……的那种不悦感，其实是因缺乏理解而来的小气。他们那样说那样感觉是有原因的，我们可以不同意，但不可以不理解。而且理解的方式是应该把他们的心情放在一个和我们纠葛万端断骨连筋的东北亚历史地理中。那样的话，我们也许会有另一种不同的心情听他们的那些"大话"。或许，我们自己的"大话"也不少哩！

作为一个少数民族，中国朝鲜族的未来情况是让人担心的。我们第一天去密山，当地的朝鲜族农民精英在报道着他们绿色水稻种植合作社的傲人绩效时，也没有掩盖一个事实：年轻人外流严重，特别是到韩国打工的最多，因此村子里留

▲ 朝鲜族旧屋

下来干活的率多是中老年人。这在其他朝鲜族村子里也得到了印证，留在村子里的年轻人已经是少之又少了，有时竟会让人有一种"老人村"的感觉。2 月 16 日至 17 日的江西村之行，就特别让我如此感觉。17 日那天早上，我们参访了一个老人聚会所，并在那儿用的早餐，那里的五谷米蒸的饭是我吃过的最香的五谷米饭。聚会所的老人在大炕上分男女两边坐着，大多穿着传统的朝鲜民族服装，少数没这样穿的，也都穿得很正式很体面。屋里头有各种标语或记事牌，都是朝鲜文字，我只认得"2011 年 2 月"的"年"与"月"这两个汉字。外头白雪皑皑，老人们在蒸汽熏腾且相当整洁的屋子里大声笑闹争执。他们也玩象棋，棋子大得像个柿饼，而且规则不同，炮可以空跳，卒子不过河也可以横走，马腿绊着照跳……他们似乎要求更多的自由，而且全神贯注。他们下得凶猛快速，以棋击盘，大声喊叫，先声夺人——不知者还以为他们有争执呢！有这个聚会所，朝鲜族的老人应是很快乐。但我不知道这是因为朝鲜族有这个文化传统呢，还是说，这是因应村子里年轻人都离开了而建立的一种互助方式呢？

印象中，老人里头，女性总是笑逐颜开的，她们的表情不是堆出来的，而是涌出来的。有那么多的善意、温暖与平和，但同时却又好像是不自觉地或秘密地在愉快地承担这个世界的一切压力，在帮助他人时完成了自我。那里头有一种一切做来皆不费劲，就算费劲也不夸示的平民的、母亲的伟大。相对于老太太这一块儿，老先生那一块儿就有些青苍、拘谨、严肃、压抑。是不是人老了，各民族都是这样？还是说，这是少数民族的共同状态：成年后的男性总是抑郁的，而女性虽然承担了日常生活但总是欢快的。我想起我的朋友郑鸿生所记录的他闽南人家族的历史，指出他父辈的台湾男性总是抑郁、软弱、不大气（他用的词是"大范"），而女性则常是平和而坚强。如果台湾福佬男性的这种人格状态可以用日本殖民与"国府"统治来解释的话，那么朝鲜族男性和女性的这么强烈的对比是否有类似的历史轨迹呢？

在那天老人聚会所的早餐中，我被随行的地方官员介绍为"台湾来的"的时候，竟然在女性这一边响起了一片掌声。我不好意思报以微笑时，看到了从她们那里漾出了一波波的善意的、应许的笑。这让我受宠若惊，因为她们只对我施以如此的厚爱。后来，有一个朋友对我说他也注意到这一景象，并说这些老人沧桑历尽炎凉见惯，连当地的官员都可以视若常人而稍无溜须之态，但对我如此热烈，可谓出之真情。但我实在不知为何，是因为"台湾"激起了他们的一种特殊的感情吗？但为何老先生们又看不出类似的反应呢？本团有一位朋友打趣说，这是因为我长得讨喜之类的，才会让她们这么高兴地欢迎你——"没看到欢迎你的都是女性吗？"对这个说法，我在心情上是愿意接受的，但理智上觉得并非如此。

仓重拓先生是我们一行人之中唯一的一位日本人，他很随和，酒量也佳。我观察到，有些朝鲜族朋友在一开始时对他是有些许冷淡，虽然还谈不上敌意，但也许毕竟仓重拓是个小伙子，而且又是客，除了少数一二特殊状态下，只要过了一会儿的喝酒交往，一般而言对他也是包容友善的，甚至，酒过三巡之后，朝鲜族朋友还会和他用简单的日语交流，而这个交流常常激起了一些奇异的兴奋。这在台湾的老一辈本省人里也是常见的，虽然比较而言，台湾人对日本人少了一层敌意的复杂。看来，从东南亚到东北亚，前殖民地里的民众感情的诸多复杂层面中，存有很多说不清道不明的坑坑洼洼。

　　中国朝鲜族的"民族认同"肯定是比较复杂的。我最惊异的一个发现是，不止一个朝鲜族的官员表示过，根据他们的家谱，他们二三十代前是从山东移民到朝鲜的，然后前几代又从朝鲜移民到东北。如果我们把这样的一种史实当作其实是很晚近才形成的民族国家历史观的软化剂的话，那么从一个区域史的眼睛放松地看，那么即便有人说孔老夫子是朝鲜人，其实也没有多大关系——大大可以把它当作一种企图还原本来高度复杂但后来被简单化的区域历史的矫枉必须过正就行了。我们的很多的定见，其实是现代民族国家这个体制及其意识形态所加诸给我们的，一旦回到历史，很难是那么清楚的；朝鲜族没法一刀切，就像汉族也无法一刀切是一样的。

　　社会主义的大格局退潮后，这些朝鲜族中国人，将有可能是现代民族主义的另一受害者。因为本来不成问题的"认同"，却隐隐地、慢慢地成为他们的最幽暗但也最具"存在感"的问题："我是谁？"这么多的朝鲜族年轻人往韩国跑，难道只是经济因素？中国共产党的朝鲜族干部要把子女送到韩国念大学，难道是因为韩国的大学办得好？我感受到朝鲜族的"认同"，似乎还有一个南北朝鲜的维度。我就听到一个官员酒后说，如果政府要派他到朝鲜去搜集情报，他不干——这太强人所难了，但是要派去韩国干同样的事，他愿意。我必须坦白我对这样的心情感到震撼。一个老官员，会当着大家无顾忌地畅言"人情是当今最重要的生产要素"，以及"在中国，你若是没有朋友，你还能做什么事？"。但在提到他与朝鲜的关系时，眉宇之间却有一种"很是辽远的疼苦"（借用陈映真的一篇小说《累累》的文字）。对他而言，世上有一些东西，毕竟还是不能当作"生产力"的。我本来对他是很有意见的，但看到他在一切嬉笑怒骂装疯卖傻之外，竟然还为自己捍卫着那么一方小小暗室——那或许就是一个人的"根本"吧，也不由得有些歉然有些难过。嘲笑显然比理解容易得多。

　　这个认同关系，肯定又因中国现在富起来了而更复杂。一个朝鲜族的朋友就说，以前去韩国这个也贵，那个也贵，什么都不敢买，现在，咱去那儿，爱买什么买什么。物质条件的改变，的确是冲撞着这个区域民众的主体状态。台湾人现在到大陆，好像是这位朝鲜族朋友去韩国的经验的倒反，以前是"爱买什么买什么"，现在则是"这个也贵，那个也贵"。如果中国大陆继续向前发展，而牡丹江区域的生活越来越富裕，年轻人的工作与发展机会越来越多，那是否会减少年轻人的跨国外流，进而选择在邻近大都市发展？从这次旅行所拜访的一位年轻朝鲜族企业家所经营的公司来看，中国政府方面的确是有扶植少数民族企业的各种优惠政策，但效果有多大，或这个公司的代表性如何，就不知道了。这个公司除了政府的政策支持外，另一个重要利基是它能利用它的民族与地缘关系，成为韩国与中国企业与市场的一个接榫。但我也注意到了，这个公司最大的事业其实还是房地产，而且是结合了台商在最精华的江沿儿地带盖豪华住宅楼。因此，该公司的官方所支持的高科技产业，到底是企业转型的真正方向，还是企业的一种正当性策略，在短暂的行程里，的确难以得知。大陆的城乡二元制度，其实也在支持这样的一种房地产炒作。当地的一个官员说，很多买楼的是富起来的乡民，他们透过购买城市高价住宅以取得城市户口，而这正是大陆很多城市不动产开发的重要动力所在。

这位年轻的朝鲜族企业家值得稍加记录，或许可以作为中国新兴的布尔乔亚阶级的一页速写。作为晚宴的主人，他因事迟到，到的时候，连声道歉，态度非常谦恭端敬。稍事喘息，他就为大家说了他家族从朝鲜移民到东北的历史。当他讲到他已逝的母亲对他的期望与要求，以及他母亲为了儿子所做的牺牲时，的确是相当感人的。他母亲应该是一个很坚毅的女性，在她临终前，儿子问他韩国老家的地址，老人家竟然拒绝相告，说，当初老家的阔兄弟们不把咱们这一支当骨肉，任我们背井离乡而去，现在你一事无成回去找他们和他们攀亲戚，岂不自取其辱。不要想老家了，儿子，你得靠自己站起来！这一段故事，企业家讲起来很是真诚，感动四座。企业家还赠送给我们他所创作的一本关于金日成在东北的小说。他母亲当年是跟过金日成搞过革命的，但他在席间所讲的母亲故事却和这个小说的革命内容无关，多是环绕在创业发家上头。企业家一讲完故事，好像是做完了一种仪式，就入俗地开始劝大家喝酒了，敬酒、罚酒、热笑、冷脸，非要人就范于他的酒权之下，一时之间换了个人，从一个温暖的、虔敬的、忆母的孝子，变成了一个冷热无常、骄气逼人的霸子。大陆的官，在宾客前其实是不霸的，他们有一种官场的礼仪与套话的制约，但这位企业家却似乎失去了所有的制约——尤其是在座没有一个是奈何了他的官。我因为拒绝干杯，他就马上垮下了脸，严若冰霜。而这时，我旁边的一个政府官员，竟然紧张地和我频频示意，手肘推我，耳朵咬我，几乎是请求我看在他的面子上，小声地说"您就把这杯喝了吧！"。于是我喝了，企业家当场和风丽日颜色初霁——"这就对啦！"我当时心里想的是，这个家族企业是一个什么样的社会组织？是一个什么样的组织撑起了这样的一种领导者的人格状态？这个企业家为何连当地的官员都如此让惧他？又是一个什么样的官商关系使得这个官阶并不低的地方官员，在一个官本位的社会中，如此体认到对方的权威？我想这或许和房地产业的政经架构有关。但这只是我的猜想，算不得数。真正要对这个地方政治生态的课题有知识兴趣，或对大陆的新兴布尔乔亚阶级的人格与精神状态有知识好奇，必须"下马观花"。

三、满族村印象

我平日其实是很喜欢吃韩国菜的，但朝鲜族的菜吃久了，说实在我的肠胃也够呛的了。这是我的娇气，需要自我批评。这里的菜其实和我在别的地方（包括韩国）所吃的韩菜已经不太一样了，毕竟已经结合了一方水土，有些粗粝、有些偏咸，肉又特别多，而且其中常会有狗肉。我家养了两只狗，我不能吃狗肉，回去无法向它二位交代，这让我吃得更是有些不安。或许部分是由于"吃"的原因，当我们到了满族村，我竟然有了一种回乡的感觉，这不单是因为满族人不吃狗肉，更是因为我们所叨扰的当地满族居停主人为我们端上的碟碟盘盘，竟有很多道是小时候我奶奶常做的，好比红烧肉豆腐泡、黄瓜炒蛋、肉冻子、粉条猪肉炖大白菜，还有我多少年没见过的西红柿洒白糖……而他们自己酿的白酒，味道就和金门陈年高粱酒一般地悦我口。

宁安的满族村给我的感觉首先是人多，各种年龄层，老、中、青、幼都有，青年人是稍稍少些，但小孩儿特别多，健康、快乐、皮实，男孩儿、女孩儿脸上都冻得两团红。这个感觉是有前提的，前此，在朝鲜族的村社中，触目所见几乎都是中老年人。难道，满族村的人口外流比较不严重？还是说，那天是祭祀的节

▲结冰的牡丹江与落日

日又是元宵，人都出现了？的确，后来到了下午，我们也看到了人们踩着结冻的牡丹江，在北大荒较早出现的落日余晖中，三五成群地在萧索的江面上步行回到对岸村子。

我们赶上了满族萨满祭典。我们这一行人被邀请上了炕的一边，而他们自己人上炕的另一边。程玉梅告诉我，这是对我们的礼遇，把我们当长辈，因为我们的炕是朝南的，面阳。祭祀就在两张炕的中间过道上进行，祭礼还没开始，门口就已经挤满了观看的人群。我不知道这个祭祀活动是从何年开始的，但显然祭祀的礼仪还是有些夹生，整体氛围少了些参与者内在心情的某种真实感，从而也少了感染力。但其中有一位老先生，在口中念念有词、摇着臀铃，迈着固定步伐绕圈儿时，倒是颇入神的。这种萨满的祭祀，其实台湾也有些类似的（台湾的民俗宗教是否是萨满的一支，需要考证）展现，但台湾的神秘成分要高很多，好比那在天人之际的乩童，就一定会在某一时刻忘情起乩，疯魔一阵。但这儿没有。这是否是社会主义传统所致，我不知道。因为空间逼仄，祭祀者伸展不开，旁观者也感受到一种动弹不得的压力，给人一种祠堂的礼法拘束，而没有巫祝的欢乐舒展。满族的文化本来是否是一个载歌载舞的文化，我诚然不知，但比起我所知道

▲满族祭典

的台湾少数民族祭典的欢快舒展，这个文化活动的不能与民同乐，可能是它结构上最大的缺憾，势将影响它的延续发展。最后，杀猪献祀的"活动高潮"，更是让人坐立不安。对面的炕上，一个八九岁的小姊姊，就像慈母一样搂着她四五岁的弟弟，并捂着他的眼。我们几个"参访者"其实一般来说并不算矫情，但也都背向了那个哀哀无告声嘶力竭的猪。我们这一行人里研究佛教的蒙古族凯朝，此刻端坐在另一角落为那只猪持咒。不久前，那条白色的猪刚被缚着手脚抬进来的时候，它长长的白色睫毛下的恐惧的、无助的、低垂的黑蓝色眼神，正好横在我眼前。

　　但尽管如此，我却也迷上了那个祭祀者以满语哼吟的调子，重复而单调，但竟出奇地有一种似曾相识感与安慰感。在外头，我和贺照田开玩笑说，咱满人现在成了你们汉人文化观光的对象啦。贺照田说，你这回又认同满族了，我待会儿要告诉凯朝。

▲作者与贺照田

四、东北、台湾与东亚历史

这回认识凯朝也是一个机缘。台湾早期族群分类很简单，不是本省人就是外省人，加上我父系祖先入关得早，早就汉化了，所以我向来只有一种"外省人"的身份（主观或客观的）——虽然我"知道"我的祖父是蒙古人、祖母是旗人。凯朝兄第一次见到我，听到我和他这样的一种"攀关系"说法时，就干脆把我其他的"认同"横刀一切，说："你祖父是蒙古人，那你父亲是你祖父的儿子，那就是蒙古人，如果他是蒙古人，你是你父亲的儿子，你就是蒙古人。"我对这个说法，没有也没法表示反对，没有一种由衷的高兴，但也没有一种真正的不舒服。我真正的反应是一种贪心——我何不能又是蒙古族，又是满族，又是汉族呢？

贴靠上这一个混杂的认同，并不是想要沾上什么后殖民杂交混血之类的政治正确，而是隐约地想要透过这样一种情感的多维关联，找到一种认识与思考东北亚的心情动力。如果说，日本人或韩国人重新认识东亚、东北亚，是有他们自己的情感与问题轴心，那么中国人，要认识东北亚，也必须要找到自我的情感与问题的支点，并以他者为参照为对话。不论这个"自我"是多么的柔软易捏，但总是要有一个"自我"。有一个"自我"的视角，才能和"他者"的视角产生一种互动与互学的关系，那么关于这个区域的思想与学术才能有真实的成长。以辽、金、元、渤海国、朝鲜、新罗、宁古塔、辽东、东三省、东九省、俄罗斯、日本、伪满洲国、"林海雪原"……这些对我来说很多都还是少有内容填充的地理或历史名词，其实一定是一个复杂的历史丛结的各个节点。我们也许得透过对这些史与地的内在关系的重新感受与掌握，才能为这个靳大成所谓的"东域学"注入学术与思想的生机。但岂止是上述范畴而已，"无穷的远方、无数的人们，都与我有关"（鲁迅语）。同行的波兰学者杨爽就指出了沙俄时期在东北的东清铁路建设，其实就有大量的波兰工程师参与其间，而光是哈尔滨，在 1907 年就曾有总数高达 7000 的波兰侨民。我相信，这个"东域学"应该有潜力平衡目前关于东亚区域的知识偏重于海洋的那一面，而比较忽略欧亚大陆这一面的倾斜。对我而言，如果知识上要前进东北，并非是要做东北的区域研究，而是要将东北作为

▲日本侵略战争的遗迹，731 旧址

海洋东北亚与内陆北亚／中亚进行知识连接的一个场域与一个契机。这对于我们重新图绘"在亚洲的中国"应是重要的。就此而言，研究作为东北亚的一个轴心的中国东北，其知识胃纳可以也应该延展到蒙古、新疆，乃至西藏，这整个周边。这是我极为粗浅的一种感觉。我阅读很少，但印象上，陈寅恪与当代的张承志与汪晖，似乎都曾沿着类似的线索思考过。

东北亚和东南亚也不能就说是"两个"区域。也是在此行中，我才突然浮起了关于陈映真先生小说创作的一些新的理解线索。他似乎早就感受到这两块地面在近现代中国历史中的一种深刻内在关联。在他所有的小说里，只有两篇小说在它们的叙述结构上具体地环绕在中国大陆的空间地理之上，分别是《归乡》（1999）与《忠孝公园》（2001）。特别是《忠孝公园》这一中篇，透过一个来自东北的外省老人和一个本省老人在台湾南方的某一个小镇中的邂逅，分别回述了两段表面疏远但内在相关的现代史。东北老人的履历是伪满官员、日本鹰犬、国民党"先遣"、为中共戴罪立功、逃亡来台进入"保密局"，在2000年"大选"变天后，因幻灭悔罪惧怕而自杀，而台湾老人则是一个被日本当局征到南洋当军伕的普通佃农，由于想要得到来自日本政府对他们"天皇赤子"的战争赔偿，而被党外政客所动员，而被出卖。小说里，他们没有主观交集的邂逅则是借由一个媒介：日本话。很清楚地，陈映真透过这篇创作，把台湾置放于从东北亚到东南亚这一整个区域历史的辐辏，让台湾人在区域的大历史中认清自己的认同困局的历史线索。

最后，似乎可以稍微谈一谈这次雪乡行与台湾的关系。行前，我读了指定读物《林海雪原》。这本小说，以及根据它改编的电影，以及以英雄杨子荣为主角，描述他如何智擒惯匪"座山雕"的改良京剧《智取威虎山》，更是几乎所有我同辈的大陆朋友都近于熟烂的故事。相对于土匪"座山雕"的猥琐阴险，英雄杨子荣的高大光亮，曾是亿万民众的景仰对象。但我要到这次旅行之前，才知道有这一串形象与故事。我上网查了查，才知道这个故事之后还被改编成电视剧。

我问过好几个和我年龄相近的台湾朋友，结果是没人知道《林海雪原》，遑论杨某、座某。我所在的大学图书馆也没这本书，托朋友从南港"中研院"图书

▲林海雪原

馆帮我借出来，看上去也是长年投闲置散才有的气色，书底的注记卡上我是头一笔。小说是相当好看，至少直到智取威虎山为止，之后就稍微有点《三国》到了姜维的感觉—无浪可惊无花可赏，虽则两段历史一长一消。也是同行的朋友忘了是谁告诉了我，我才知道杨子荣在智擒座山雕之后不久就牺牲了，但小说竟然终始秘不发丧。

2月16日早上，我们一行人到了海林市的杨子荣纪念馆。这个纪念馆无论是空间格局、陈列方式与资料内容都相当齐整，值得看，特别是它能让我们穿透小说，领受到一个真实的底层人物在他英雄光环之后的身家悲凉历史荒诞。导览者是一个年轻的美丽的女孩儿，很专业也很敬业，她一定也做了很多功课，才能回答我们团里这些知识分子五花八门的问题。仓重拓努力地用他其实已经很好的普通话问了一个问题，但导览女孩儿恰巧没能听懂。那个问题是什么，我也忘了，但我记得她那礼貌地、带着少女的困惑，环顾大家寻求翻译协助的眼神，是迷人的。我觉得大陆很多的状态在默默地改变，其中当然包括人的状态。这回坐火车出游，我就觉得秩序很好，而且是一种"有社会主义特色"的好，大家有一种相互的尊重，但又没有资本主义"先进"空间中的那种空间私有感，以及人与人之间的强制性肢体距离感。我还记得头一天我们坐进硬卧，一个上铺的女郎"硬是"好像该当应分地坐在"我们的"下铺，吃起肯德基，但大家也都不以为怪，也都能包容这样的一个破坏物权观念的侵入者。在一个有中国味儿的"人情的"空间中，我们此行的第一个学术讨论恰恰就是从"人情"这个问题展开，从它，看历史、社会、政治与学问。

对《林海雪原》，我在路上和朋友们分享了两个阅读感觉。其一，读了这本小说，比较能知道为何国民党兵败如山倒，在之后的"三大战役"中几乎全军覆没。我不曾在任何历史文献、文学创作或是亲身听闻之中，感受过国民党在国共内战中有过类似于《林海雪原》中的那种理想主义、浪漫主义与英雄主义——那整个动能是爆发的、姿势是起跳的、眼神是决然的，生命是为他人的。在中国近代史中，特别是从五四以来，人们为了找寻国家民族的生存方向，为了理想而献身的那个时代，或许才有资格叫作"大江大海"。不是吗？但是，我也随即想到，这样的一种理想主义与浪漫主义的精髓如何能够维系的困局—马上的英姿是美的，但下了马还老是撑着这种英姿，不也太怪异、太折腾了？但我们真的只能在柴米油盐的日常生活与高蹈的理想主义之间择一吗？今天，以"革命样板"来俏皮"林海雪原"或"杨子荣"是容易的，但思想的艰巨责任不正是要求我们重新思索，在"历史终结"的年代中，如何从过往的理想主义轨迹中吸取教训、寻得力量吗？我们不该把婴儿连同洗澡水一起泼掉，同时委地而叹：没有别的路。

旅行往往是充满惊讶的，回顾起来常常更是。2月16日上午我们参观了杨子荣纪念馆之后，下一个参观对象则是附近的报恩寺，一个庞大簇新、霞光万道的寺庙建筑群，2003年左右才落成开光的。贺照田说，东北这一块儿其实比较是没有佛教传统的，但突然之间却盖上了这么巍峨的大庙，让人惊讶、感慨。同行的大陆朋友多人也表达了类似的好奇与感慨。我大概能理解他们的感慨。这一路不论是火车上还是公路上，其实我们看过好几个新新的大庙矗立路旁。我认为这是一个"社会学的秘密"，究竟是什么历史的、文化的、政治的、经济的因素，造成了这个奇观？宗教的兴起和指导意识形态的衰疲之间必然有密切的关系。我说那个早上的旅程"充满惊讶"，其实指的还不是报恩寺本身，而是那种把杨子荣纪念馆和报恩寺一前一后摆在一起的高度寓言式的"安排"。

其二,《林海雪原》是一部环绕着"土改"这个核心事件的国共斗争史。国民党到了台湾以后,以国家力量为后盾,实施"土改",压抑了地主利益,得罪了地主阶级,而这也是之后"台独"力量在海外兴起的重要历史背景之一。不论其形式是压抑或爆发,"土改"一定是一个充满暴力的过程。《林海雪原》的故事背景就是共产党军队的一个小队深入深山老林歼灭国民党所支持的地方反动武力,而这个反动武力的最重要任务就是阻碍共产党的农民革命进程,而其核心任务就是破坏土改。因为是服务于这个历史,小说的写作是建立在真假善恶美丑的鲜明对立上。但如果我们拉长历史视野,那么也不得不把"座山雕"(或"崔旅长"),看作是这两三百年来,中国人面临近世危机,对传统地主与仕绅阶级在适应现代过程中的位置的不同看法之间的斗争的一个小波纹。如果这么看,那这篇小说的不得不可惜之处,恰恰在于它无法把"座山雕"这个小人物后头的历史来龙去脉给勾勒出来,而只能让它以"匪"的简单形象出现,被擒,被糟蹋。

50年代一直到80年代初,国民党的政治语言中,一直管对岸的政权为"匪"或"共匪"。我们这一代虽然不一定这么想,但也听惯了,以至于在读《林海雪原》时,听到青年英雄少剑波要出师"剿匪"时,脑袋还不由得不"发轴"一下,因为,在国民党"正统"的叙事里,少剑波、杨子荣正是"匪",正是被"兵"(即"中央军")所剿的对象。谁是兵?谁是匪?的确是一个不像乍看之下那么清楚的问题。郭沫若的《甲申三百年祭》一文,给李自成翻案,说他不是"流寇"不是"匪",而明朝的官兵才是形兵实匪,所以他说李自成的军队是"剿兵安民"。在台湾,大家听到李自成,无意识地都会把他和张献忠等而观之,视为"流寇",但在大陆的历史教育中肯定不是如此。那么,如何理解这个历史编纂的分歧呢?如果只是简单地擎起相对主义大旗,以为"成王败寇"就能解决一切问题,我其实是怀疑的。就如同我刚才所指出的,在二战结束后,共产党在全中国范围中的确体现了一种能带领向上的力量,一种能够鼓舞人们(包括大多数的学生与知识分子)的文化与政治正当性,而国民党政权则是在快速耗损它靠领导抗战所积蓄的正当性。这里有一种正当性的较劲,而国民党显然是居于劣势。

同行的黄纪苏在车上就提供了一两个掌故，他说他曾看过一个真实文献，是抗战中日本军方发下来作为甄别"共匪"的参考资料，说如果俘虏里头有那些比较没尊卑与阶级意识（好比给他烟他就大咧咧伸手的），或是长的样子有些正气坦然的，就可能是共产党方面的军人。黄纪苏又说，根据熊向辉的回忆录，胡宗南的部下向胡告密说熊可能是"共党潜伏分子"，理由是这个人"不赌、不嫖、不贪，有志气，一定是共产党"。这些听来让人哭笑不得的"史料"的确有趣，也应该是反映某种真实的。但我要说的是：即便如此，共产党并不曾垄断所有的正当性。如果是这样，那么我们似乎不应该把国民党及其所代表的某种世界观或方向，当作完全的对反、完全的黑、完全的丑。我想起陈映真在他的小说《归乡》里，就有些让人意外地交代了辽沈战役里的一个场景——国民党六十二军的塔山之役。一个幸存的外省老兵老朱如此回忆：

> "来台湾以后，老听人私底下说，国军和匪军对仗，士气崩溃，兵败如山倒，只有投降的份……我听了，也懒得争辩。国民党都把整个大陆丢了，还有什么话说？"
>
> 但是，六十二军打塔山就不能把国军说得那么孬种。……以整营、整团的兵力，硬是由连、营、团长带头，冒着共军密集猛烈的炮火，向前冲锋。……就打塔山这一仗，说国军怯战，摧枯拉朽，不公平。"（6：32—33）

还需要说，"匪"或是"帮"，是没法这样子作战的吗？陈映真虽然在思想上与感情上认同中国社会主义革命，并无爱于那关了他七年的国民党，但我认为陈映真在20世纪末，如非更早，就已经开始为自己培养了一种新的看待国共内战的历史态度，为国共各自对抗分立的意识形态史观找出一条超越的路径；而首先必须要超越一种简单的兵匪二分。我认为陈映真看到了一种在历史中论断善恶美丑必须要有分寸感的伦理学意义。一个负责的历史叙事不应把国共内战时期的国民党政权视作"匪"，就像国民党也不应把那时的共产党视为"匪"是一样的。

▲只剩墙上的门牌留人遐思。

▲空间像个恶戏的魔术师，沧海桑田。

回到杨子荣纪念馆，在我对那个馆以及导览小姐的赞美之外，我的建议是：不妨为现在只是一个负面符号的"座山雕"，回复一点点人性与历史性。

在此行头一天往牡丹江的硬卧上，大成告诉大家他最近读了李敖批评龙应台《大江大海》的新书《大江大海骗了你》。大成的语气难掩兴奋，似乎是李敖好好地给他出了一口气。我在离台赴京前，在大直美丽华的诚品也翻过李敖的这本新书。我的感觉是：这本书是必要的，且唯有李敖能写。我刻意让自己没读过几乎是人手一本的《大江大海》，因我猜想（或许有误），《大江大海》大概就是延续她一贯的姿态：国民党的"中华民国"因接近西方而是文明，共产党与中华人民共和国则是"历史的孽种"，一条"哪里都到不了的历史曲折"，最后还是得回到"文明"的从头。但龙女士的史观是个省事的史观，因为它从来不需面对一个问题：国民党何以失去大陆？而回避这个问题其实是国民党来台之后一贯的姿态——高或是低。在这篇纪行文字的开始，我曾提到过20世纪70年代初风靡台湾的党营中国电视公司的电视连续剧《长白山上》。它的主题曲更是风行一时，照抄如下：

> 长白山上的好儿郎，
> 吃苦耐劳不怕冰霜，
> 伐木采参垦大荒，呀嘛
> 老山林内打猎忙，呀嘛哼嗨呦，哼嗨呦。
>
> 长白山的东邻藏猛虎，
> 长白山的北边儿有恶狼，
> 风吹草低驰战马，
> 万众一齐枪上膛，
> 扫除妖孽重建家邦，
> 扫除妖孽重建家邦。

　　这部电视剧的情节其实就是国民党版的民国近代史缩影。本来安和乐利的"长白山上"，虽然面对东边的日本与北方的俄国的侵略，但最终还是能精诚团结打败日寇，想说终于可以从此过上好日子了，但奈何祸起萧墙，自家出现了"妖孽"……这部冷战时期的国民党通俗连续剧的糟粕历史想象，其实还可能仍是龙女士至今宝玉怀之的历史想象。对龙女士的原地踏步，和李敖一样，我也想要批评，但东北行无意间给了我另一个视角，让我得以也能这样看：龙应台的史观其实也未尝不是对岸史观的反动呢！《大江大海》与《林海雪原》必须要合而观之。到目前为止，两岸似乎还结构性地缺少一种超越党派视角看待共同历史的一种素养与襟怀。

　　《林海雪原》毕竟是一个特定时代的小说，它反映了一个时代的氛围，尽了一个时代的角色，不需苛评。但时至今日，我们是否该有另一种看待历史的方式，如若不然，我们将永远在"林海雪原"与"大江大海"的意识形态与简单美学中摆荡。"林海雪原"面对的是政治，"大江大海"面对的是市场，在政治与市场之间，我们要为历史找到呼吸的空气。如果是这样，那么，超越《大江大海》与超越《林海雪原》恐怕是同一回事吧！其共勉之。

两岸与第三世界 *
——陈映真的历史视野

在这篇短文里，我想透过我近来阅读陈映真的一些心得感想，对我所理解的陈映真先生（以下敬称免）的两岸与第三世界的历史视野，进行一些初步讨论。我认为，陈映真这方面的历史视野与实践经验，无论对当今大陆或台湾当地，乃至东亚区域的知识界的自我认识以及相互理解，都具有相当重要的意义。也是因为这个缘故，文章的后半部讨论了韩国学者白永瑞对陈映真相关思维的整理与批评，以及我对这个批评的回应与反思。由于这篇文章只是以我的一些无论如何够不上全面对陈映真相关讨论的阅读的笔记为底，所做的一些初步分析，甚至只能说是随想，因此它不是一个较全面地对陈映真的两岸与第三世界观的研究；对这个议题，陈光兴已经有相当丰富的讨论，特别是关于第三世界[1]。如众所知，两岸（以及第三世界）的问题是陈映真困惑与思索的一核心对象，在陈映真的长期思考写作中，具有高度的历史复杂性，因此，目前的这篇关于陈映真在这一议题上的短文，也一定反映了我个人理解的限制，以及我个人看法的主观性。这是必须在文章前头作一交代的。

一

我常常和我的学生说，陈映真的小说其实是一部台湾的当代史，这既是因为小说家并不是面壁虚构他的小说情节与人物，也是因为小说家并不是利用小说来抒发他一私的愤懑或焦虑。陈映真的小说总是小说家作为一个思想者和历史与现

* 本文的部分内容曾以《陈映真(让我产生的)的提问与困惑》为题，口头发表于"东亚批判刊物研讨会"（上海大学，2011 年 6 月 18 日）。本文最近也曾发表于"两岸和平发展论坛"所主办的"台湾文学的两岸视野"研讨会（台大集思会议中心，2012 年 4 月 28 日）。谢谢讲评人陈昭瑛教授对本文的评论。此外，也谢谢于治中与郑鸿生两位先生阅读初稿的批评意见。
[1] 陈光兴（2009）《陈映真的第三世界：狂人／疯子／精神病篇》；以及，陈光兴（2011）《陈映真的第三世界：50 年代左翼分子的昨日今生》。

实的深刻纠缠的展现。如果这个命题成立，而我当然确信成立，那么，接着的问题就是，思想者陈映真是否有其理解"台湾历史"的特定方式，或换句话说：他的"台湾史观点"的特点为何？我认为陈映真的"台湾史观点"可以极简地表述如下：台湾的历史（尤其是近当代史）是中国历史的一有机部分，但同时，或因此，也是一独特部分。

这个表述的前半部是陈映真的基本立场，后半部则是他的重要补充。无可讳言，陈映真的这个"基本立场"，是让他自 20 世纪 90 年代（如非更早）以来，被批评恶訾、指桑骂槐，乃至刻意遗忘的最根底原因。随着台湾的民粹"本土化运动"在 20 世纪 90 年代初的快速展开，以及作为结果的一种与"中国"相对甚至敌对的"台湾人"以及"台湾认同"形成，使陈映真所代表、所象征的这个"基本立场"被高度污名化，从而使整个台湾社会从"中研院"的历史研究到小学生的历史记忆，都笼罩在主流的、政治正确的历史观语境之下。这使得很多知识分子，意识地甚或无意识地用情感、信念与价值绑架了客观理解历史的知识能力，而所谓客观，意思是进入到主体自身的历史构成的能力。当然，这样一种历史观——一种去历史化的历史观，是其来有自的，至少很重要的一部分是来自原先对国民党的断裂的、遮掩的、不诚的、傲慢的大中国历史观的反动。但是，反动如果只能是任由历史的命运让它摆荡到另一极端，那也终究只是另一个反动而已。用一种合乎时代氛围的情感、信念与价值取代历史，犹如用它们置换现实，那将如愤怒之盲人骑愤怒之瞎马，必然无法成事，且必然以悲剧终。用情感或意志切断那深度联系并重要构成今日现实的历史条缕，并不表示历史就一定如人所愿地消失或不作用。经常，它在故意背对它的人们的背后作用，暗箭难防。主流知识界（包括了"台独"，也包括"独台"的"中华民国派"）的知识状态固然有严重的去历史化危机，那么统派的与非统非"独"的（或曰"批判的"）知识分子的状况是否就一定比较好呢？未必。因为他们也可能以不同的形式展现实质相类的"去历史化"。统派知识分子因为不是主流，在方法上较难一概而论，但如果说他们之间有人把"台湾历史是中国历史的一有机部分"这个他们与陈映真（这位公认最大口径的"统派知识分子"）一样坚守的基本立场，突出地甚或仅仅地理解为一个"情感、信念与价值"状态，那可能应该也是有的吧。而若是要论及向来标榜"不统不独""全球思考在地行动"的批判知识分子，情况是否会比较不同呢？逻辑上应该是的，但也仅仅如此。批判知识分子，就定义或理想而言，是不被，或至少努力不被，任何既存的、主流的意识形态／文化霸权／知识观念所包裹胁持，而企图对它们的偏利性、遮盖性与扭曲性提出批判的。但在台湾的批判知识圈，以我所长期参与的"台社"（台湾社会研究季刊社）而言，我们虽然在"情感、信念与价值"层次上经常不是台湾民族主义的支持者，甚至在姿态上是它的长期批判者，但这个批判，却在某种意义上而言，并不够彻底，竟或在一个根本的或后设的地基上，是它所批判的对象的某种忠诚支持者。这个"忠诚"来自历史视野与空间格局的共享，也就是说，虽然我们反对保守的、民粹的、亲美的、反中的台湾民族主义，但是我们在认识论与方法论层次上也是"台独／独台派"，因为我们的提问与回答总是在一个自觉足然、适然的"民族国家"的尺度内操作，排除了近、现与当代中国在内的历史相对纵深以及区域多层空间尺度。这样的一种"方法论'台独'"，势必无能反思及于自身知识状况的历史制约性，体认到自身知识状况的形成因素至少包括了中国文明与思想在清中叶以来的衰退、辛亥革命、五四运动、中国共产革命运动、中日战争、国共内战，乃至冷战架构、两岸隔绝、与美国现代化知识与学术的全球霸权……的各种亮色或暗色条缕的共织性。对于这个主要是历史视野的狭隘与断裂，我曾主张批判学术至少要在"方法论中国人"的知识立场上，重新历史地审视台湾今日状况的由来，真诚面对历史，以期超克分断体制下的无本的、残弱的知识状况[1]。

因此，"台湾历史是中国历史的一有机部分"这个基本立场，应该从一种长期污名的、一种近乎制约反应的本能拒斥下解放出来。而解放的第一步就是将自身的知识状况客体化，学习进入历史的"客观"能力，如此才能重新认识自身状况的真实形成。这是我所体会到的陈映真的历史观中的某种客观的、超越党派的认识立场，而它经常最清楚鲜明地展现在陈映真的文学，尤其是他最近期的中篇小说，例如《归乡》（1999）与《忠孝公园》（2001）。在这两篇小说里，陈映真

[1] 赵刚（2009）《以"方法论中国人"超克分断体制》。页 141—218。

不仅超越了当下的蓝绿对立、当下的统"独"情绪，甚至超越了国共两党的历史叙事框架，而从一个更长、更宽的历史之河中，冷静而悲悯地凝视人间直面当下[1]。这条河，就是陈映真向来的基本立场"台湾历史是中国历史的一有机部分"。而中国历史当然是区域以及人类历史的一有机部分，自不待言。

然而，这个基本立场，虽然非常重要，尚不足以充分表达陈映真对两岸的历史观点，还得加上"台湾的历史的独特部分"这一补语。对陈映真而言，"独特性"的强调与任何分离主义倾向毫无关联，反而是作为中国历史的有机构成的必然言下之意。唯其独特，才有一种真正地参与到整个中国，成为其有机部分的可能。我认为这可能是陈映真和很多中国大陆的学者的一个重大差异所在，后者是否只欲见其同，不欲见其异？对陈映真而言，这个独特性的核心基础，

就是台湾在1895年被祖国割让给日本，从而经历了长达半世纪的殖民地经验[2]。相对于中国大陆从未真正成为任何帝国的殖民地过，台湾曾是殖民地的历史就比较特殊；如果中国大陆曾自认为或被认为属于"第三世界"，那么台湾则应属于"前殖民地第三世界"。大陆的第三世界观的形成，固然有丰富的反帝国主义、反封建主义的思想与实践基础，从而和亚非拉第三世界国家有高度重叠之处，但大陆的历史主流经验，除了在论及"租界"式准殖民地经验或伪满洲国的傀儡政权经验外，在反抗作为一生活世界的构造的殖民政权这一面向上几乎是不存在的。陈映真应该是早就看到了这一点差异，1977年陈映真为文评论叶石涛的《台

[1] 最近，陈映真先生的长年挚友尉天骢先生回忆陈映真的创作生涯，指出陈映真在20世纪60年代中期，大约是《文学季刊》时期，有了一个巨大的转变，从"文学的陈映真一变成为政治的陈映真。从此以后，他的文学便一变而成为他的政治工具……在他的写作、认知上，已经有某种力量在控制着他……把莫斯科和延安妄想成自己生命中的耶路撒冷。尉天骢先生甚至认为陈映真此后一生知迷途其未改，强枉为直，甚至敷粉独裁、歌颂暴力（见尉天骢（2011）《理想主义者的苹果树》《回首我们的时代》。页246）。对于一位曾经在陈映真蒙受白色恐怖生命陷入危机之际伸出勇敢的、友情的、道义的高贵援手的尉天骢先生，何以在友人长期卧病无法回应澄清之际，发出情绪如此尖锐、语言如此决绝的政治论定，其个人情绪乃至意见作为一个特定的传记、历史与交往的反映，或许值得好奇、需要理解，但此一意见如果是作为文学史的知识论断，那么，揆诸陈映真历来文学创作中沛然的理解之心、悲悯之情，与困惑矛盾之意，体现在那哪怕是众人皆谓高度政治性的《铃珰花》系列，以及，好比，更近期的《归乡》《夜雾》与《忠孝公园》，则是断然无法成立的。

[2] 当然，"台湾的历史的独特部分"不只是半世纪的殖民地经验，还包括了战后"中华民国"体制的移入。这个体制在统"独"争议下很不好摆定位置，尤其是在民进党的台湾民粹主义之下，这整个体制被等同于国民党的专制独裁，一无是处。但这显然也是一种去历史化的历史观，无法从中国近现代历史的背景（包括危机、条件与努力），来较客观地评量国民党政权的历史意义，特别是在相对低度暴力的"土地改革"，以及相对具有平等效应的经济发展，这两个面向上。关于这方面的讨论请参考瞿宛文的一系列相关讨论，特别是最近的论文，瞿宛文（2011）《民主化与经济发展：台湾发展型"国家"的不成功转型》。页243—288。由于本文是以陈映真的文学为讨论范围，因此暂把"独特性"的讨论限定在殖民这一面向。

湾乡土文学史导论》时，就从文学史的角度，提出了第三世界、台湾以及中国大陆之间的关系。他说：

> 放眼望去，在十九世纪资本帝国主义所侵凌的各弱小民族的土地上，一切抵抗的文学，莫不带有各别民族的特点，而且由于反映了这些农业的殖民地之社会现实条件，也莫不以农村中的经济底、人底问题，作为关切和抵抗的焦点。"台湾""乡土文学"的个性，便在全亚洲、全中南美洲和全非洲殖民地文学的个性中消失，而在全中国近代反帝、反封建的个性中，统一在中国近代文学之中，成为它光辉的，不可切割的一环。[1]

对陈映真而言，"台湾乡土文学"有两个参照，一个是第三世界，一个是中国。因为台湾的新文学是在一个确凿的殖民地社会条件下形成的，因此它的殖民地文学的反抗特性，摆在第三世界中则比比皆是，一般而言并无甚特殊之处。但若摆在它的不可切割的中国历史脉络下来看的话，台湾的新文学则为"全中国近代反帝、反封建的个性"增添了特殊的光芒——由于其面对具体的、日常的殖民统治的文学反抗实践。

即使在讨论这个"独特性"时，我们也不可忘记这个独特性的前提是"台湾历史是中国历史的一有机部分"。这里有一个非常明确的中国的，而且是一个中国的，认识历史的立足点。因为中国在近现代的荏弱，台湾被帝国主义的日本从其祖国切割而去，而殖民时期的台湾新文学所表现的正是对这个暴力所加诸其上的帝国主义与殖民主义的反抗。正是因为这个反抗是整个中国近现代历史的一个悲剧部分，因之而生的文学也必然是中国近现代文学的一发光部分。早在1977年，陈映真就能读出叶石涛文学史书写中的分离主义意涵，恰恰是因为叶石涛企图把殖民经验去脉络化、去历史化地申论为台湾乡土文学的"台湾立场"，而以此与"中国"做出差异与区隔。陈映真是最早看到这样的文学批评，在所谓的

[1] 陈映真（1977b）《"乡土文学"的盲点》。页3—4。

"台湾人意识"或"文化的民族主义"的打造中，所扮演的推波角色。

在以后的历史发展，我们看到了，不仅是中国大陆的知识分子并没有认真看待这一段"反抗时代"的"台湾经验"，就连台湾的知识分子也对这个历史经验选择忽视。事实上，台湾的主流历史意识从来就不曾和"台湾属于前殖民地第三世界"这样一个想法或视野产生任何关系。这当然有历史的原因。台湾的主流意识从不认真面对它的前殖民地历史，原因至少有二，其一，1950 年以来，台湾在全球冷战架构下，紧随美国，将自己作为"反共"的"自由世界"忠实成员。这如何可能培养出一个相对于双极权力的自主性？国民党政权在冷战时期所遵循的"亲美反共"，以及美国在东亚所执行的围堵政策，特别是其中和日本的盟友关系，必然结构性地要求国民党政权压制台湾抵抗日本殖民历史的批判传统，反而，竟至于大量启用殖民时期的亲日、附日的大家仕绅[1]。其二，作为"少数的""外来的"统治者，国民党政权对日本在台的殖民历史高度禁忌，它企图透过"中华民国国族"打造，以"国族主义"的统合，高调回避这个可能产生差异与批判意识的历史问题。这让那据称是以反对国民党为主要锋向的"台独"意识，其实竟也承袭了国民党的某种历史意识，也缺乏关于殖民地历史经验如何形塑了今日台湾社会文化与精神状态的客观理解能力。而如果真有相关讨论，那些讨论也常是高度工具性与策略性，从而不免是高度扭曲的，无法对"日本殖民"的历程有一种客观检讨的态度，只能因为要反国民党、"反中"，就把钟摆摆到另一个极端：日本殖民政权是现代的、法治的，是高度文明的，甚至是台湾战后经济发展的主要（若非唯一）背景因素。这后头有一个二元对照，日本是一切台湾现代文明的源头，而中国则是一切落后的渊薮。这个叙事常透过一个广为流传的"水龙头寓言"而深刻展现。上岸的国民党大兵以为任何时候任何地方只要往墙上插上一颗水龙头，就会有自来水源源流出。人们在嘲弄中，将代表"文明的"日本，对立于"落后的"中国，但也在嘲弄中，压抑地遗忘了殖民地的苦闷与伤痕[2]。

因此，压制对殖民主义的批判，以及选择背对殖民地历史，并不表示它不

---

[1] 陈映真（1977b）《"乡土文学"的盲点》，页 77—78。尉天骢回忆杨逵的部分里就指出了这一点：战后的国民党政权是在冷战的地缘政治思考下，打压了杨逵、赖和、林少猫这样的殖民地人民的反抗传统。

[2] 郑鸿生（2006）《水龙头的普世象征——国民党是如何失去"现代"光环的？》，页 71—90。

存在，反而让它以一种扭曲的、奇怪的面貌，更没有阻碍地流动、发展，并形成一种暗中支配的势力。一直自认代表"民主"与"进步"的民进党，及其前身的主流党外运动，其前提（或代价）之一就是这段历史不曾也不能被认真反省。因此，在历史意识上所造成的真实效果，竟也是类似它所反对的国民党的对历史的回避，常将历史叙事的开启点设定在二战之后，而民进党则特别设在 1947 年的"二二八事变"。但岂止是右翼的"台独"民粹主义如此理解或使用历史，如前所言，台湾社会里的左翼批判知识圈，例如"台湾社会研究季刊社"，也是长期处在这个被历史断流的主流历史意识之中。2004 年《台湾社会研究季刊》十五周年会议的基调论文，就是如此结构历史 [1]。

是在这样的一种因为特定的历史编纂而形成的历史失忆——忘掉了自己的祖辈是中国人，忘掉了殖民压迫的血史——的地景上，我们看到了陈映真文学的特殊意义。从 1960 年的小说《乡村的教师》，到最晚近的一篇小说《忠孝公园》，四十年间，陈映真不断地大声指出台湾社会的"前殖民地第三世界"的内伤与伤痕，但显然，这些声音大都落到了聋子的耳朵。半世纪来，陈映真的"天问"之一应是：为何台湾社会有那么严重的"前殖民地第三世界"的郁郁内伤与斑斑外伤，却一直没有找到面对它的契机，遑论经由直面那段历史淬炼出一种可谓之"前殖民地第三世界"的观点？我认为特别是他的中篇小说《忠孝公园》，就是这样一种思考与观点的结晶。这篇小说不只是为台湾人写的也是为大陆人写的，因为他应该也会认为，中国大陆的知识界对这样的一种世界观并不应该是感到完全外在与陌生的，而是可以有一种内在理解基础的——如果伪满统治下的东北人民的复杂经验能够被梳理反思的话。事实上，这篇小说所说的就是马正涛（一个前伪满官员前国民党特务）和林标（一位台籍日本兵），这两个在同一片区域历史天空下运命交织但却看来身世迥异形同陌路的两个老人的故事。

那么，这个被陈映真早就提出的"前殖民地第三世界"观点，对大陆的知识状况，是否有任何意义呢？我认为是有的。特别是万隆会议以来的三四十年间，一直把自身在观念上置放于"第三世界"的大陆知识主流，其实有一个比较特殊

[1] 参考《台湾社会研究》编委会（2004）《迈向公共化，超克后威权：民主左派的论述初构》。

的第三世界身份，因为它基本上没有被殖民过。因此，台湾的长达半世纪的"殖民地经验"，对大陆的知识界的意义或许就在于借由"殖民"作为一个中介所得到的对台湾人民与社会的理解，作为方法，进而建立一种比较贴近大多数第三世界社会的历史处境与文化状况的"前殖民地第三世界"观点。也就是说，将这个"台湾经验"内在于中国的当代思想的起始感觉中，庶几可以建立一种比较坚实、比较内在的第三世界观点——可以更内在地理解韩国、越南、冲绳、印度，乃至非洲大陆 [1]。中国大陆在近几年的崛起中，在其周边所造成的疑虑与敌意，虽说和西方所进行的战略布局与利益动员有关，但反求诸己，中国大陆对周边"前殖民地第三世界"缺乏同情的理解，也是原因之一罢。非洲太远就先不说了，就拿邻近的越南来说吧，我认为离开它近百多年来的殖民经验，以及长期在一个大国边缘的精神处境这两点，是无法真正理解它的，于是只能陷入一种对方是背信弃义的恼怒中。但现实上，这几十年来，特别是 90 年代后，大陆知识界的主要关心，在更乏道德意识的"追英赶美"的热症之下，已经不包括第三世界了，从而台湾作为中国历史的一有机部分的这一特点，对其知识状况的参照作用，也就更难以被关注了，因为热症之下是不会停下来检查自己的知识状况的。另外，大陆曾经那么受人瞩目的第三世界观，在过去二十多年间的快速退潮，除了和改革开放有关，以及对"文革"的全面否定姿态外，又是否和它当初的基本体质有关呢？它是否曾更专注于反美、反苏，而不是"第三世界人民的团结"？它是否更是建立于一种隐藏的大国意识而非弱小者之间的平等意识呢？——这些，很有可能也是陈映真的困惑。

但话又说回来，连台湾自身的批判知识界对这个"前殖民地"的历史经验，也不曾戒除意识形态药物滥用，面对它开展出深刻的反省与讨论，那不是更根本、更难堪的一个奇妙事实吗？

以上是就海峡两岸的知识界而言，如何将台湾的历史（尤其是近当代史）不只是看成中国历史的一有机部分，同时也看成一独特部分（即，"前殖民地第三

---

[1] 同理，"港澳经验"也应有类似的方法意义，虽然它更不在我的讨论能力之内。但似乎比较明显的一点是，大陆的知识界对港澳（特别是香港），似乎还更缺乏一种理解的意愿与耐心。这和它们已"回归"是否有关呢？

世界"），开启重新理解世界和自身关系的契机而言。但是，对海峡两岸的知识界共同去把握一种"前殖民地第三世界观点"的最重要意义，可能还不是外在的，而是内在的。我们都知道，战后台湾社会因为不曾真正面对"前殖民地"历史，使得"中国（人）认同"在岛屿上陷入了不确定状态。陈映真 1960 年《乡村的教师》的主角吴锦翔，他认同他是中国人、他抗日、他认同中国社会主义革命，但他最大的困难并不是如何成为左翼，而是如何成为"中国人"，因为他出生于 1920 年的台湾，并成长于"皇民化"的高潮时期。这个"中国人"的意义与内涵，对他不确定、不自明，充满想象，而那固然是他不安与痛苦的来源，但同时也是一种更深刻的反省（到底什么才是"中国人"？）的契机。今天中国大陆的知识界，有左翼有右翼，辩论争执都在"左"或"右"，但从没有提问：如何当一个中国（人）的左翼或右翼？这是因为，不知是好或坏，"中国（人）"是自明的。也许将来的台湾作为"前殖民地的第三世界"的视角，能够帮助在大陆的中国知识分子能重新思考"中国"。要将中国认同抽刀断水固然是虚无的、去历史的自毁之举，但将"中国"视为百分百完全自明，也未必一定是好事。"中国"需要在一种对其有"温情与敬意"[1] 的心情下，将之问题化。

二

今天的海峡两岸，不约而同地见不太到"第三世界视野"的亮窗。对从来就自外于第三世界、凡事以美国为凡是的台湾，由于向来困缺此视野，固无足论，但在有着第三世界思想与政治深厚渊源的今日中国大陆，情形也不是特别不一样，学术思想以及文学艺术的参照似乎也只剩下了美欧，则令人好奇。是在这个脉络下，很多问题的讨论会被立即地、自动地，甚至可说是强制地，归置于"世界"与"中国"的对立，而"世界"经常就是西方。文学的争论就是一个例子。前几年，德国汉学家顾彬的《二十世纪中国文学史》能激起一些反响，不就因为它指责中国的 20 世纪文学有太强烈的"对中国的执迷"，而没有进入到"普遍性"的

---

[1] 出自钱穆语："所谓对其本国已往历史略有所知者，尤必附随一种对其本国已往历史之温情与敬意"。见钱穆（1996）《国史大纲》。第 1 页。

现代世界文学吗[1]？反驳者义愤填膺地说，顾彬是西方中心论者云云。也许是，但反驳者不曾电闪脑际的一念是：那位顾彬和他们自己不都一样是在一种"世界与中国"的对立框架中思考评价？而反驳者们在这一"彼是对偶"之下，其表面的带着恨意的冷峻对立，实则又很有可能是欲拒还迎的情色纠缠。因此，"对中国的执迷"竟常出乎意料地易于转化成对它的唯一参照——"世界"（即，西方）的执迷。从"文革"到"后文革"，似乎说明了"所是"与"所非"之间的一些戏剧性转换。因此，借由对文学场域的争论的观察，我们或许可以得到一个至少是逻辑性的启发，那就是"第三世界"的确是可以作为一种方法，超越简化的二元对立：东方对西方、儒家对基督教、特殊对普遍、社会主义对资本主义，或"国际主义"对民族主义。

这大概是为何陈映真会在 20 世纪 80 年代下半对韩国产生关切兴趣的原因之一吧。他应是越来越感受到一种寻找类似的被压迫被歧视经验，进而从中学习到同是受侮辱与损害之人的反抗精神力量的必要。20 世纪 70 年代末 80 年代初的"华盛顿大楼"系列小说，虽难以说只是在当代台湾与西方的对立架构中思考，其中是有一股绵长的、陈映真的第三世界思考感受（想想他 1967 年的《六月里的玫瑰花》），但一种立足于区域的"前殖民地第三世界"视野的确还未成形。陈映真北求"韩国经验"，或许是要以它作为基础重新出发，作为自我理解的一支新参照吧。尽管这样一种"韩国经验"，因为很多原因，并没有在陈映真之后的文学历程中开花结果，但我相信，他的求索的形迹，对不管是当代台湾或是中国大陆知识界的知识状况的反省，都是有意义的。

这大约也就是韩国学者白永瑞教授（以下敬称免）所指出的，陈映真思想中的"民族主义与第三世界的重叠"。2009 年，在新竹的交通大学有一场规模相当大的"陈映真文学与思想研讨会"，会中的一个重要主题就是陈映真的第三世界思想，而白永瑞教授发表的一篇重要论文就是针对这一议题而作的。白永瑞虽然说这篇论文只是他的一篇"读书札记性质的文章"，但的确提出了很多重要论点，例如，指出了台湾和韩国，在强权下的历史与地缘类似性与应有的相互参照

---

[1] 王家新（2010）《"对中国的执迷"与"世界文学"的视野》，页 175—184。

性；又例如，透过另一位韩国学者白乐晴，他指出了民族文学、第三世界文学以及世界文学之间的关联性乃至一体性，以及前两者对于重新思考世界史的"先进性"意义[1]。

但让我最感兴趣，同时也最感困惑的，是白永瑞对陈映真的"民族主义与第三世界的重叠"的批判性申论。白永瑞的批评，表达得相当委婉、迂回、简约，因此需要一些舒展还原才能有效开展讨论。以下，我试着先重现白永瑞对陈映真的批评，接着再讨论这个批评的意义。

白永瑞的书写策略是透过比较陈映真与白乐晴，换句话说，是透过白乐晴的思想为铺垫，指出陈映真的问题所在。

根据白永瑞，白乐晴和陈映真在某一点上是共同的，即都具有"重叠民族主义和第三世界论"的特点[2]。在说明白乐晴的这个特点时，白永瑞指出白乐晴"将民族文学、第三世界文学及世界文学做了联结并将之视为一个整体，尤其希望通过民族文学，乃至第三世界的先进性来重新思考世界史。"[3]为了说明白乐晴的民族文学的最终的世界主义倾向，白永瑞较长段落地引了白乐晴的第三世界观的一些要点，其中有这样的文字：

> 以民众立场为根据的第三世界论就本质而言虽然是将世界视为一个整体，但也赋予后开发国家与被压迫民族的解放运动和民族主义的自我主张绝对的价值。但同时也认为各国家民族的独立和自主并不是最终目标，而是全世界民众合为一个整体的一个过程，这是最明显不过的了。[4]

在理论层次上，这个第三世界论是非常合理的、正确的，而且也涵化了众多第三世界论者的一种和马克思主义"重叠"的深层感情状态。白永瑞也认为陈

[1]　白永瑞（2011）《陈映真思想中民族主义与第三世界的重叠》，页557—566。
[2]　白永瑞（2011）《陈映真思想中民族主义与第三世界的重叠》，页563。
[3]　白永瑞（2011）《陈映真思想中民族主义与第三世界的重叠》，页562—563。
[4]　白永瑞（2011）《陈映真思想中民族主义与第三世界的重叠》，页562。

映真的思想是有这一面貌性格，和白乐晴并无不同，但是，白永瑞认为陈映真的第三世界思想在某一个环节上出了问题，那即是太依赖"'具体的感性经验'来认识第三世界的，而中国正是重要的媒介"。由此，白永瑞很肯定地指出："这是两人的不同之处。"[1] 在这里，白永瑞对陈映真的比较完整的潜在批评可以是：陈映真可能是由于欠缺对第三世界的一种"理论"观点，因此，就比较容易被他的"具体的感性经验"所制约，从而不必要地把台湾和第三世界和全世界的这个三维架构加上一"中国媒介"。果如此，这是一个大胆的或勇敢的区域间的介入。作为一个在区域中的韩国学者，白永瑞应该是会意识到这样的一种论述介入的政治与知识风险，因此，他借用一位韩国青年学者宋承锡的研究，用该学者的话，不甚特别背书地指出了陈映真看待"台湾问题"的空间与历史视角，虽然是有超越两岸关系而有全球地缘政治（包括了冷战）视野的优点，但是这样一种视野的缺点恰恰也在于"忽视了台湾这一实体的存在以及以此为基础的台湾意识，因此也很难获得现实性"。[2] 我对这句被白永瑞所引用的话的理解是：由于强调"冷战—国家分裂架构"的历史解释优先性，陈映真在思考逻辑上只能把台湾视为一个被决定的对象。

白永瑞虽然没有为宋承锡所谓的"忽视"背书，认为是否真的忽视"还有深入讨论的必要"，但我认为白永瑞的这个具有学术质量的谨慎并不全面，因为他对于论证结果的谨慎保留，并没有同样施之于论证前提。而这或许是由于宋承锡和白永瑞共享了同一个论证前提：台湾是一个事实上的"实体"，以及存在着建立于此一基础上的"台湾意识"。但是，关键恰恰是在这个看似当然的不当然上。而因为这个前提是陈映真的历史观所坚决拒斥的，因此并不存在"忽视"与否的问题。如我们先前所指出的，陈映真看待两岸关系的出发点向来是台湾的历史（尤其是近当代史）是中国历史的一有机部分，虽然可以同时是一独特部分。这里有一个主从先后的次序，是大坚持之所系与大斗争之所在——这是一块高度争议、高度斗争的水域。而白永瑞（以及宋承锡），却在小心翼翼的乃至意欲同

---

[1] 白永瑞（2011）《陈映真思想中民族主义与第三世界的重叠》，页563。
[2] 白永瑞（2011）《陈映真思想中民族主义与第三世界的重叠》，页563—564。

情的理解过程中，由于某种前提的想当然尔，不自觉地瞬间跨上了他们所要理解的对象的对反位置。思想史的"内在性"，于是快速板块滑移至批判理论的"外在性"。

　　白永瑞顺着这个前提所能允许的逻辑流向，指出了陈映真对"台湾文学和台湾现实"的"悲观"的问题所在，而证据则是陈映真曾指出"台湾文学一般总是缺乏历史性、文化性及哲学性"[1]。但这明显是一个去脉络化的文本征用。陈映真的原文是在"台湾文学"这四字之前加上一个重要的时间限定——"三十年来的"[2]。由于陈映真的这篇文字作于1984年，他所批评的对象事实上是战后20世纪50年代以来的"向西方现代文学模仿的时期"的"台湾文学"，而非"台湾文学一般"。事实上，在同一篇文章，陈映真指出了受五四运动所高度冲击的"台湾文学"（或"在台湾的现代中国文学"），从赖和以来的光辉传统，在作为反帝、反殖民的文化启蒙运动的一支，和广大的第三世界的现当代文学声气与共。对缺乏"历史性、文化性及哲学性"的、玩弄形式的、绮丽自珍的"台湾文学"有悲意，但那不是本体论或目的论的"悲观"，我似乎更在这个悲意中感到一股矛盾而起的自我振奋与期许，而那是在一个历史大河之中的一分子的悲凉、振奋与期许，所谓"大雅久不作，吾衰竟谁陈！"。由于白永瑞认为陈映真全面否定了台湾文学或台湾现实的"进步性"，从而和白乐晴所主张的具有民族、第三世界，与世界，这三段架构的第三世界论有很大的不同。对白永瑞而言，似乎可以这么说：因为陈映真自我瓦解了"台湾视角"，他的第三世界观就只剩下了中国与第三世界这两个尺度。又由于"1980年代以后第三世界论在中国也失去了魅力"[3]，那么，于白永瑞很难启口但事实上又似乎不得不然的是：陈映真的"民族主义与第三世界的重叠"也变成南柯一梦，没有台湾、没有东亚、没有第三世界、也必定没有"全世界的终极关怀"，只剩下了"中国"这一统派立场。这个批评，如果所指的是当今大陆的某种主流知识状况，是有意义的、可以成立的，但问题是陈映真与大陆主流思想界之间并不存在这样一个同一性。不幸地，这是白永瑞对

---

[1]　白永瑞（2011）《陈映真思想中民族主义与第三世界的重叠》，页564。
[2]　陈映真（1983）《中国文学和第三世界文学之比较》，页436—437。
[3]　白永瑞（2011）《陈映真思想中民族主义与第三世界的重叠》，页566。

陈映真的批评的逻辑上的必然总结，虽然我愿意相信这未必符合白永瑞对陈映真的复杂感情状态。白永瑞的论文的最后一句话是如此说的："此时正是我们……开创世界层次的民众世界之第三世界的真正性的时候。陈映真的精神资产和实践经验时刻提醒我们不要忘了这一目标。"[1] 白永瑞的意思是否是："我们"要把握住陈映真早期的"精神资产"，而要以他的"实践经验"为戒呢？

三

这牵涉到的是一个很困难的问题，即区域批判知识分子的批判的分际。我自己其实并没有什么答案或洞见，我向来其实是"很宅的"（用光兴批评我的话），和东亚区域的批判知识分子的接触很有限。因此我其实是没有什么发言权的，只是碰巧这几年正在读陈映真，也因此读到了白永瑞的这篇论文，才因此感受到问题的存在。而特别又是由于我在陈光兴办的一些讨论会场合，也见过白永瑞教授数次，对他的印象其实一直是很好的，他给人的印象总是很温和、很谦冲，且是少数能通中、日、韩三国语言，具有高度第三世界批判意识，积极促进区域批判知识界对话的优异学者与思想者。我认为他所开出的"东亚视角"，无论对于日本、中国大陆，或是台湾地区的知识分子而言，都很具有参照与反思意义。但恰恰是这位熟悉于在区域发言而且经常抱有善意与耐心的白永瑞，对陈映真的理解发生了一个严重的错位。他几乎是以陈映真整个生命与思想历程所战斗所拒斥所无论如何不能接受的一种"独"派观点，作为分析与评判陈映真思想意义的基础。也就是说，白永瑞在"我们在台湾的在地人"的非常内在、非常紧张的两岸或统"独"问题上，因为要抒发他的观点，而不小心已经站上边了。

我相信，白永瑞应该是没有在区域中"别人家"的"家务事"中站边表态的必要[2]。他之所以如此做了，我猜想，可能是和韩国批判知识分子的一种"韩国视角"有关吧。这样说不是批评，区域中有这个或那个的不同的"民族视角"是很"自然的"，产生于各自所存在的不同的且相对的区域空间与历史位置，以及从而

---

[1] 白永瑞（2011）《陈映真思想中民族主义与第三世界的重叠》，页566。
[2] 暂借"家"这个暗喻，自觉不甚完全妥当，但也模糊觉得这也可能是一个更深入思考区域问题（好比区域中的"公与私"问题，以及批判实践的主要指向是自我还是他者……）的一个契机，因此也就用了。

形成的涉及认同与评价的差异情感与评价状态。具体而言，是否由于日本殖民、美国介入、东亚冷战秩序的确立……这些共同脉络与经历，韩国知识分子对"台湾"有了一种"物伤其类"的感受？从而，虽未必延伸而为对台湾的确实的理解实践[1]，但很有可能因此产生一种因为"同类"而衍生的某种认识上的平移。这一点，在白永瑞的论文中其实是很清楚地表达出来了。在论文一开始，白永瑞就指出他是"立足于两种观点来阐明陈映真的思想"。但有趣的是，这两种观点都是和台湾脱离作为历史中国的一部分有关。"两种观点"：其一，台湾与韩国有"相互连动"的关系，先后被日帝及美帝编入他们强权所建立的区域秩序；其二，台湾与韩国"在东亚冷战秩序确立过程中经历了内战，最后并形成分断状态。"[2]白永瑞接着说，"最能体现笔者所强调的这两种观点的例子就是陈映真的思想"。在表面上，白永瑞说的是对的，因为陈映真的思想内容的确反映了上述的历史过程与相关概念，但是，白永瑞的错误是他不曾进入（至少就他这篇论文而言）他写作与批评对象的历史内在，从而无法掌握陈映真论述心志的方向始终是在挑战、反转与治疗，这两个历史悲剧对台湾人作为中国人的认同扭曲与创伤。这是陈映真一切文学、历史与思想的血的动力。

我们可以理解某种"韩国视角"中的第三世界进步性，因为它（就如陈映真在 20 世纪 80 年代就看到的）有一股属于被压迫被歧视的弱小民族／国家，在抵抗新旧殖民强权过程中所散发的光辉。韩半岛的分裂、民族的对立，与相互的仇视，陈映真是有真切的痛感的。而我想，陈映真追求民族统一的愿望，也许更应该为"韩国视角"所体会吧。但揆诸白永瑞（以及白永瑞所引宋承锡）之文，似乎又看不到这样的一种同理心。是什么原因呢？是否，韩半岛的民族分断有外人所不能简单理解的某种复杂性？是否，"一统的中国"对周边国家的知识分子有其特殊的，和中国本位不同的，历史感觉呢？是否，"中国的崛起"使韩国的批判知识分子对中国感受到一种美日之外的新压力，从而对这个区域中的地缘政治有了一个特定的韩国视角，希望台湾更加地变成一个具有"台湾意识"的"实

---

[1] 这一点，白永瑞指出韩国对于台湾的知识理解兴趣似乎还比不上台湾对韩国的。同上引，页559。

[2] 白永瑞（2011）《陈映真思想中民族主义与第三世界的重叠》，页 557—558。

体"？这些，我诚然不知。但我的确知道，白永瑞所指出的那两个观点，虽有其客观部分，但也可能是一种特定视角（即"韩国视角"）下的观看，因为同样的历史事实，如果视角稍微调整的话，那是可以内涵一种对近现代衰弱的、被侵略的中国以及饱受流离与蹂躏的中国人民的历史负债感的。二战结束之前，日本帝国主义左手牵着殖民地台湾，右手牵着殖民地韩国，但不是面向太平洋之东，而是面向东海之西。同样，二战后不久直到现在，美国帝国主义，站在日本与冲绳，左手牵着台湾，右手牵着韩国，也是西向而立的。最近，从来不曾离开的美国又要重返东亚，请问韩国的、日本的、冲绳的、台湾地区的、菲律宾的、越南的知识分子，将如何看待这个地缘新势？一直以来中国大陆说"不称霸"，区域里的批判知识分子率多不信，我自己知识分子怀疑成性，也难以轻信，但是，对于"已经称霸的"俯首帖耳，一起围堵"还没称霸的"，这在道理上有些说不过去，在做法上有点势利眼。大陆的"霸权行径"，如有，是要区域中的批判知识分子站在区域的道义与历史对之批判，而非跟随美国的、西方的视角对之谴责。这个观点是陈映真在 2005 年在他的《对我而言的"第三世界"》一文中所阐发的 [1]。而我相信白永瑞教授，作为我所敬佩的第三世界观点的支持者与促进者，一定也是能同意的。

白永瑞在这篇关于陈映真的论文中的最后部分，曲致且简约地对拙作《以"方法论中国人"超克分断体制》一文提出了批评。他说："'东亚'这一媒介绝不是面对'两岸关系这一特殊而具体的问题'时的'一种逃避的遁词'。"[2] 白永瑞透过对另一韩国学者白池云的论点的援引，批评了单引号内对我的引述部分，因为我文章说了"东亚论述"可以是一种逃避的遁词。白池云说："在'将中国（人）问题化'的过程中，如果没有第三世界或东亚等媒介的介入，终究难以摆脱中国——台湾的二元论。"[3] 其实，不论是白永瑞或是白池云的论点，我都能理解，作为抽象原则而言也都能同意。但是，当原则碰到现实时，好比白永瑞对陈映真思想进行了介入性批判时，这个"媒介的介入"又有可能在当下，不见得为

[1] 陈映真（2005）《对我而言的"第三世界"》。
[2] 白永瑞（2011）《陈映真思想中民族主义与第三世界的重叠》，页 565。
[3] 白永瑞（2011）《陈映真思想中民族主义与第三世界的重叠》，页 565。

思考者所意识得到，变成了一种立场，而无法躲避地和统或"独"有了对号效应，从而，反而吊诡地成为统"独"二元论的另一个"境外"深化机制。因此，区域的批判知识分子的对话是在一个高度混浊、危机重重的水域中，需要更复杂的或更突破的认识论、方法论上的反思去克服困难。"区域媒介的介入"如果没有一种连我也不知是什么以及如何陈述的复杂的提炼，那么"介入"反而常常会让原本复杂的、深刻的历史纠结，又被区域里的成员的各自"民族"视角所简单化。其实，《台湾社会研究季刊》的一些朋友，包括陈光兴、郑鸿生、瞿宛文，在那一次"超克分离体制"的写作中，正是受益于韩国学者白乐晴的相关讨论回看自身，而希望从中获得一些如何"摆脱中国——台湾的二元论"泥淖的灵感。我们做的成绩如何是一回事，但初心的确是想要在被统"独"昏搅的台湾社会，提出一些开始面对"中国"的知识契机——至少先将中国知识对象化，而非妖魔化。这在本土势力已经获得霸权的年代中是一个高度困难的尝试。是在那个真实的脉络下我因此说，要面对中国，使中国首先成为我们的知识的、理解的（而非径行臧否）的对象，这步路必须得走，而在决心迈出这一步之前，不论是再好听的、再政治正确的话语（包括东亚、亚洲、性别、少数民族、环保……）都不足以作为逃避这个知识任务的遁词。但这在白永瑞的阅读中，就立即被翻译为对东亚的否定，而原因可能是由于对"中国"的情结。

批判何其难！对话何其难！尤其在我们所身处的区域之间更难对话更难批判，因为话语文字后头充满了包裹在各自历史与地缘视角的观点，而不论是好或坏，二十世纪八〇年代末之后，左翼传统的普遍性话语又已经失去了以往的沟通与媒介作用。因此，区域知识分子的"真正对话"其实要比和遥远的第一世界的"对话"要困难得多。但那个不困难是假的，因为相互是在说对方能立即懂得的固定套语，而那只是历史终结时代的话语游戏，造就出一大票西方能感兴趣或能接受的东方学者。相对而言，区域间对话的困难是真的，但反而还可能有开创历史的潜力。因此，本文与其说是对白永瑞批评陈映真的"反批评"，不如说是共同摸索如何面对自身的限制与机遇，开启真正的区域对话共同体的可能。但这所要求的一个重要前提是：大家要对所有成员（至少是"有意义他者"）的历史与文化感觉进行深入的感受理解。我自己这方面就很怠惰，远远不及白永瑞的工作成绩。但抛开具体个人不说吧，这是一个长期的工程，要数代人的继续努力——但现实又是如此之急迫。

最后，回到陈映真。不管同意不同意陈映真历史观点（我自己是同意的），在同意或不同意之前，或许都需要先理解它的内在思想与感情结构，理解陈映真为何坚持"台湾历史是中国历史的一有机构成"。这是陈映真思想的磐石。在一个思想缺少磐石，不必有磐石，但却在无意识上接受了别人的磐石的今日，我们是否尤其需要对这个磐石有一种必要的尊重。有信仰的尊重，才会有知识的理解。

在文章最后，不妨再度回到那一段为白永瑞所注意、所引述的陈映真文字：

> 台湾乡土文学的个性，便在全亚洲、全中南美洲和全非洲殖民地文学的个性中消失，而在全中国近代反帝、反封建的个性中，统一在中国近代文学之中，成为它光辉的，不可切割的一环。[1]

它的其真正意思，我认为，必须透过"磐石"才能掌握。它并非如白永瑞透过白乐晴为媒介所理解的：在陈映真的历史视野中，"台湾—中国—第三世界成为一种重叠性的结构，而这种重叠性在白乐晴的认识中也有类似的表现"。陈映真应该是要坚决反对这个重叠性的，倒不是反对和第三世界的"重叠"，而是前二者的"重叠"。对陈映真而言，台湾和中国是一，而不是二，何来重叠之有？台湾的特殊性，以作为长久中国历史的一有机构成而展现，而非作为一分离的实体而展现。反而，白永瑞的这个三层架构，却令人惊诧地想到：它和之前陈水扁"执政"时期的分离史观工程师——历史"国师"杜正胜，关于架构台湾历史教科书的"同心圆"（台湾、中国、世界）主张，似乎反而更是相近。虽然无论如何，我不认为杜正胜有任何的第三世界观，也虽然无论如何，我相信白永瑞在杜正胜与陈映真之间，无疑地和后者是站在一起的。

不妨再度指出：区域间的对话是困难的。表面上看来，展现在白永瑞与陈

---

[1] 陈映真（1977b）《"乡土文学"的盲点》。页3—4。

映真的"对话"中的困难，虽然形式上可以是一个极简单的数字问题：两岸是一，还是二？但在这"一"与"二"之间所高度张力拉扯、挣扎、压抑，但却又经常缺乏适切言语表达的，似乎是很多非常复杂的因素，其中至少包括了区域间的历史情仇恩怨、当代地缘政治权力丛结的制约、对自身民族国家在区域与世界的位置自觉与抱负，以及和那与包括"民族主义""现代文明"等西方支配话语的批判性距离。在今天，似乎没有人能完全豁免于自身已高度浸润于第一世界的、现代的语言的这一事实，也没有人能完全"超克"自身民族国家视角以及对自身民族国家的某种历史与情感连带，也没有人不带着期望解决自身的困惑来到区域的对话。我们无论怎么，也不该苛求或奢求于那些已经走在前头寻求对话的朋友或前辈，包括白永瑞，当然更包括陈映真。但是，让对话的困难而非"成绩"能够展现出来，或许是长远的路途的头一步吧。容易反而是一个巨大的迷幻陷阱。果如此，那么我们或许应该要对这对话所浮现的困难有些高兴才是。

附录

陈映真创作简表及篇解参照

小说创作	年表信息	篇解参照
	1937 年，陈映真于竹南出生。	
面摊	原载（1959）《笔汇》1 卷 5 期。署名：陈善。	见本书同名章
我的弟弟康雄	原载（1960）《笔汇》1 卷 9 期。署名：然而。	见《求索》第 48—55 页
家	原载（1960）《笔汇》1 卷 11 期。	见《求索》第 264—269 页
乡村的教师	原载（1960）《笔汇》2 卷 1 期。署名：许南村。	见《求索》第 229—264 页
故乡	原载（1960）《笔汇》2 卷 2 期。署名：陈君木。	见《求索》第 224—229 页
死者	原载（1960）《笔汇》2 卷 3 期。署名：沈俊夫。	见《求索》第 269—289 页
祖父和伞	原载（1960）《笔汇》2 卷 5 期。署名：林炳培。	见《求索》第 76—82 页
猫它们的祖母	原载（1961）《笔汇》2 卷 6 期。署名：陈秋彬。	
那么衰老的眼泪	原载（1961）《笔汇》2 卷 7 期。	
加略人犹大的故事	原载（1961）《笔汇》2 卷 9 期。署名：许南村。	本书同名章
苹果树	原载（1961）《笔汇》2 卷 11、12 期合刊本。署名：陈根旺。	见本书同名章

续表

小说创作	年表信息	篇解参照
文书	原载（1963）《现代文学》18 期。	
哦！苏珊娜	原载（1963）《好望角》（香港）半月刊。	见《求索》第70—75 页
将军族	原载（1964）《现代文学》19 期。	
凄惨的无言的嘴	原载（1964）《现代文学》21 期。	见本书同名章
一绿色之候鸟	原载（1964）《现代文学》22 期。	见本书同名章
猎人之死	原载（1965）《现代文学》23 期。	见《求索》第55—65 页
兀自照耀着的太阳	原载（1965）《现代文学》25 期。	见本书同名章
最后的夏日	原载（1966）《文学季刊》1 期。	
	1968 年，陈映真入狱。	
永恒的大地	原载（1970）《文学季刊》10 期。署名：秋彬。（约1966 年作，友人代为发表）。	见《求索》第83—97 页
累累	原载（1972）《四季》（香港）不定期刊物。（约1966 年作，友人代为发表）。	见本书同名章
某一个日午	原载（1973）《文季》1 期。署名：史济民。（约1966 年作，友人代为发表）。	本书同名章
唐倩的喜剧	原载（1967）《文学季刊》2 期。	见本书同名章
第一件差事	原载（1967）《文学季刊》3 期。	见本书同名章
六月里的玫瑰花	原载（1967）《文学季刊》4 期。	见《求索》第102—138 页
	1975 年，陈映真出狱。	
贺大哥	原载（1978）《雄狮美术》85 期。	见《求索》第304—311 页
夜行货车	原载（1978）《台湾文艺》58 期。	
上班族的一日	原载（1978）《雄狮美术》91 期。	
	1979 年10 月3 日,陈映真第二次被"警总"逮捕，隔日释回。	

续表

小说创作	年表信息	篇解参照
云	原载（1980）《台湾文艺》68 期。	见《求索》第 139—216 页
万商帝君	原载（1982）《现代文学》复刊 19 期。	
铃珰花	原载（1983）《文季：文学双月刊》1 卷 1 期。	
山路	原载（1983）《文季：文学双月刊》1 卷 3 期。	
赵南栋	原载（1987）《人间》20 期。	
归乡	原载（1999）《联合报》副刊（9 月 22 日 至 10 月 8 日）。	
夜雾	原载（2000）《联合报》副刊（11 月 25 日至 12 月 5 日）。	
忠孝公园	原载（2001）《联合文学》201 期。	

（制表：编者）

参考文献

王奇生（2010）《党员、党权与党争：1924—1949 年中国国民党的组织形态》，北京：华文出版社（修订增补本）。

王家新（2010）《"对中国的执迷"与"世界文学"的视野》，收于《雪的款待》，北京：北京大学出版社，页 175—184。

白永瑞（2011）《陈映真思想中民族主义与第三世界的重叠》，收于陈光兴、苏淑芬编（2011）《陈映真思想与文学（下）》，台北：台社，页 557—566。

台湾社会研究季刊社编委会（2004）《迈向公共化，超克后威权：民主左派的论述初构》，收于《台湾社会研究季刊》，2004 年 3 月，第 53 期，页 1—27。

吕正惠（1988）《小说与社会》，台北：联经。

林丽云（2012）《寻画：吴耀忠的画作、朋友与左翼精神》，台北：印刻。

姚一苇（1987）《姚序》，原载《陈映真作品集 1—15》（人间出版社），收于（2001）《我的弟弟康雄：陈映真小说集 1》，台北：洪范，序文页 3—12。

陈光兴（2010）《陈映真的第三世界》，收于《台湾社会研究季刊》，2010 年 6 月，第 78 期，页 215—268。

——（2011）《陈映真的第三世界：50 年代左翼分子的昨日今生》，收于《台湾社会研究季刊》，2011 年 9 月，第 84 期，页 137—241。

陈映真（许南村）（1975）《试论陈映真》，收于（1975）《第一件差事》，台北：远景，页 17—30。

——（1976）《鞭子与提灯》，原载《知识人的偏执》，收于（2004）《父亲：陈映真散文集 1》，台北：洪范，页 5—14。

——石家驹（1977a）《文学来自社会反映社会》，原载《仙人掌》，第 5 期，收于（1988）《中国结：陈映真作品集 11》，台北：人间，页 9—23。

——（1977b）《"乡土文学"的盲点》，原载《台湾文艺》，革新 2 期，收于（1988）《中国结：陈映真作品集 11》，台北：人间，页 1—7。

——（1984）《中国文学和第三世界文学之比较》，原载《文季：文学双月刊》，第 1 卷，第 5 期，收于《陈映真文选》（薛毅编），北京：生活·读书·新知三联书店，页 431—447。

——（1985）《因为我们相信，我们希望，我们爱……》，原载《人间杂志》，创刊号，收于（2004）《父亲：陈映真散文集 1》，台北：洪范，页 35—38。

——（1987）《鸢山——哭至友吴耀忠》，原载《雄狮美术》，第 192 期，收于（2004）《父亲：陈映真散文集 1》，台北：洪范，页 39—43。

——（1993）《后街：陈映真的创作历程》，原载《中国时报·人间副刊》，1993 年 12 月 19—23 日，收于（2004）《父亲：陈映真散文集 1》，台北：洪范，页 51—69。

——（1994）《当红星在七古林山区沉落》，载于《联合文学》，1994 年 1 月，第 111 期。

——（1997）《一个私的历史之记录和随想》，载于《中国时报·人间副刊》，1997 年 6 月 19—20 日。

——（2000）《父亲》，原载《中国时报·人间副刊》，2000 年 1 月 20 日—23 日。收于（2004）《父亲：陈映真散文集 1》，台北：洪范，页 133—151。

——（2001）《我的弟弟康雄：陈映真小说集 1》，台北：洪范。

——（2001）《唐倩的喜剧：陈映真小说集 2》，台北：洪范。

——（2001）《上班族的一日：陈映真小说集 3》，台北：洪范。

——（2001）《万商帝君：陈映真小说集 4》，台北：洪范。

——（2001）《铃珰花：陈映真小说集 5》，台北：洪范。

——（2001）《忠孝公园：陈映真小说集 6》，台北：洪范。

——（2004a）《我的文学创作与思想》，原载《上海文学》，第 315 期，收于《陈映真文选》（薛毅编），北京：生活·读书·新知三联书店，页 33—54。

—（2004b）《父亲：陈映真散文集 1》，台北：洪范。

尉天骢（2011）《理想主义者的苹果树》，收于尉天骢（2011）《回首我们的时代》，台北：印刻，页 217—255。

刘进庆（1994）《序言》，收于《台湾战后经济分析》（2012 年修订版），台北：人间出版社。

赵刚（2009）《以"方法论中国人"超克分断体制》，收于《台湾社会研究季刊》，2009 年 6 月，第 74 期，页 141—218。

—（2011）《求索：陈映真的文学之路》，台北：台社／联经。

郑鸿生（2001）《青春之歌：追忆 1970 年代台湾左翼青年的一段如火年华》，台北：联经。

郑鸿生（2006）《水龙头的普世象征——国民党是如何失去"现代"光环的？》，收于《百年离乱：两岸断裂历史中的一些摸索》，台北：台社，页 71—90。

鲁迅（1927）《希望》《野草》，收于《鲁迅全集》（1981），第二卷，北京：人民文学出版社。

—（1936）《"题未定"草之六》《且介亭杂文二集》，收于《鲁迅全集》（1996），第六卷，北京：人民文学出版社。

钱穆（1996）《国史大纲》，北京：商务印书馆。

钱理群（2008）《我的回顾与反思》，台北：行人。

瞿宛文（2011）《民主化与经济发展：台湾发展型国家的不成功转型》，收于《台湾社会研究季刊》，2011 年 9 月，第 84 期，页 243—288。

Erving Goffman (1961). *Asylums: Essays on the Social Situation of Mental Patients and Other Inmates*. New York: Anchor Books.

Georg Simmel (1995). *Conflict and the Web of Group-Affiliations*. New York: the Free Press. esp. pp. 140-143.

跋

重新认识一个完整的生命

郑鸿生

一

第一次读到陈映真的作品是在 1968 年春天。那时我正就读台南一中高二，因缘际会参加了几个学长组织的小读书会，读到的第一个文本正是陈映真早期出名的短篇小说《我的弟弟康雄》。我不明所以地被这篇小说深深触动了，有如读到鲁迅小说时的反应，于是设法找到他写过的东西来读。从登在《笔汇》与《现代文学》，到登在《文学季刊》的，无不读过，沉浸在他娓娓道来的幽微动人的世界里。

在那个小读书会，学长要我们不只把他当作小说来读，而且要读出背后所蕴含的时代意义。那时我们不仅读陈映真的小说，也听 Joan Baez、Bob Dylan 等美国民歌手的抗议歌曲，汲取美国民权与反战运动的养分，而陈映真作品中极为浓厚的社会意识也在我们之间传播。那年五月他与一群朋友被情治单位逮捕入狱，我们并不知情。后来我在《青春之歌》一书里如此描述我们那时读陈映真小说时的共鸣：

> 陈映真所铺陈出来的，不仅触及当时知识青年的敏感心灵，还从
> 生命层面去呈现主流社会的伪善及其精神上的欺罔。在他的诸多创作
> 如《最后的夏日》与《兀自照耀着的太阳》里，陈映真的锐剑挥向了在

压迫体制下苟活，甚至有着某种程度共谋的有产者家庭，揭示了他们在压迫体制下精神的堕落，像本省医生们。这些深刻的描绘强烈打动着本省子弟的心灵，对我们这些出生南部的，更是引发了万丈共鸣。

然而陈映真并没有耽溺在这种"苍白、忧悒"的境地里，他的小说不论是他自己所分割的 1965 年之前或之后的时期，都传达给读者一种对卑微弱势者深刻的人道关怀。不论是对《凄惨的无言的嘴》里逃亡的雏妓、《将军族》里的两位卑微却庄严的男女主角、还是对《六月里的玫瑰花》里的黑人军曹与台湾吧女，甚至《最后的夏日》里那个失恋扭曲的外省教师裴海东，从陈映真笔下流出的总是充满着悲悯的关照，而且这种"哀矜勿喜"的关怀是普世的，超越族群的，既不分黑白，也不分本省人外省人。

我们当时并不清楚陈映真因何入狱，对他在 1968 年进行实践的内容也一无所知。然而陈映真的小说，以及更广义地说，同一时代的黄春明、王祯和、七等生以及后来被围剿的"乡土文学"，他们共同呈现出一种对卑微弱势者普世的人道关怀，共同传达出一种十分激进的讯息。对当时的知识青年而言这是对主流观点的质疑与批判，对中产阶级伪善价值的憎恶，对各种压迫的不妥协，对理想的认真与执着，并且超越自我本位去认识人间真相的一种激进观点。这种激进观点透过陈映真入狱前的一篇评论，阐述理想主义之伦理条件的《最牢固的磐石》，表现得极为雄辩，而一直影响着初上大学的我们。[1]

我们这些人是二次战后婴儿潮世代，人格与认识的成长主要在六〇年代，并未直接领受到五〇年代白色恐怖的肃杀，反而在六〇年代台湾的文艺思想复兴大潮中汲取丰富养分。那时台湾从严厉肃杀的禁制中逐渐松绑，出现了创作与出版的荣景。不仅冒出许多新的出版社，大量出版新书与丛刊；不少大陆迁台的老出版社也开始大批翻印他们二三十年代大陆时期的老书，涵盖了当时的各种思潮与

---

[1] 请参考郑鸿生（2001）《青春之歌：追忆 1970 年代台湾左翼青年的一段如火年华》。

论战。这种景况有如一场思想的盛宴，带给当时台湾的青少年巨大的启蒙。但是这些补课与重演却都必须限制在当时"亲美反共"的思想框架之内，就是说我们当时是读不到左翼阵营参加这些论辩的图书文字的，我们学习到的只能是五四丰富意义中的有限面向。

在60年代"消失了左眼"的氛围中，陈映真的小说与评论是个异数。他的小说虽不碰及体制，不碰及高层次的政治经济学概念，也没有大声控诉，悲情万状，或者令人热血沸腾，然而却有一股莫名的力量深深打动了读者。

二

1969年夏秋之交，我在上大学前的大专暑训时听到了陈映真入狱及殷海光去世的消息，结训之后带着落寞又憧憬的心情北上台大注册。

在台大我很快地加入大学论坛社，认识了高我一届的钱永祥与黄道琳，他们也都被陈映真作品所深深感动过。这种与陈映真的关系不是今天所谓的"粉丝"能够形容，我们的感觉是，陈是我们生命上的同行者、先行者。但是在哪一条道路上同行先行？我们并不那么清楚，只觉得比起六十年代呐喊的自由主义者，他对我们而言更为亲密。在《青春之歌》一书里我如此描述那时的情怀：

> 陈映真的小说与论述对我们有着深远的影响。从《我的弟弟康雄》开始，他笔下"市镇小知识分子"苍白而缺乏行动能力的自我形象，与屠格涅夫笔下的罗亭相互映照，一直在我们这些知识青年的敏感心灵里隐隐作痛，难以摆脱。这种陈映真式的内省，与殷海光、李敖等人对外在的压迫体制所进行的旗帜鲜明的攻击极为不同。在他们个人主义与自由主义的猛烈攻击下，当时那种压迫体制的精神圣殿在知识青年的心中已然崩毁，然而在现实上，那个体制的牢不可破却又令人万分沮丧。知识青年由于行动上的受限转而自我批判的这种倾向，曾经强烈地呈现在保钓运动之前的台大校园刊物上。对于心中有所觉悟，但现实上却几乎无能的知识青年而言，陈映真的小说确实十分迷人。

　　大学论坛社在 1971 年春天卷进了保钓运动，在接着的两年学潮中，陈映真的作品就一直是我们的精神支柱。他在 1968 年入狱前以许南村为名写的《最牢固的磐石》与《知识人的偏执》两篇文章，更是我们屡屡引为对知识分子介入与行动的召唤。

　　在 1972 年底台大校园的"民族主义论战"中，我还节录《最牢固的磐石》一文，重题为《理想主义的磐石》，以喃春之名登在我所编辑的校园刊物来回应对手，并将其中一段话以黑体字印出：

> 　　因此除非有人能证明今天世界上国与国、民族与民族间利用与玩弄的关系已不复存在，或认为提出及批评这种泛在罪恶已是过时的思想，那么民族主义的理想不但不曾过时得老掉大牙，而且具有无限生动的现实意义。

　　我们几个人那时受到保钓运动的影响，开始有着粗浅的左翼启蒙。虽然陈映真那时身陷囹圄，未能对保钓运动与论战发言，但我们相信他一定会与我们站在一起。这种亲密感与连带关系是很微妙的，不是从他明言的文字里得来，而是在他作品的字里行间建立起这种默契。因此我在《青春之歌》里如此回忆这段关系：

> 　　但是与此同时又有着另外一个历史动力在重寻生机。台湾从反抗日本殖民统治的运动中发展出来的第三世界左翼传统，虽然在 1950 年代惨遭当局腰斩，到了 1960 年代却有了复苏的可能，这一条线索藕断丝连表现在陈映真的小说与评论上。虽然陈映真一伙人的奋斗在 1968 年被当局迅速压制，然而火种已经散播开来，只等待历史的契机来再度点燃。

可以说保钓运动就是这个历史的契机，它将我们推上台湾左翼传承的连接点上。然而，以我们粗浅的左翼认识与历史知识，并未能理解到陈映真入狱之前在这两方面所达到的高度。我们那时并未能将他的小说与左派实践联系起来，只能冠之以"人道精神"。

三

历经了两年多的保钓运动、台大学潮以及衍生的哲学系事件，然后毕业入伍当兵。1974 年春天我在受训单位结业前抽签下部队，竟然抽到分发绿岛指挥部的签。我在抽签之前原本对分发的去处抱持着不以为意、顺其自然的态度，如今这个签却令我焦虑不已。我心里想起几个政治犯的名字，包括陈映真。我并不确知他们关在哪里，这次去有可能管到他们吗？万一真管到他们，面对面时我如何表白？帮得上什么忙？我如此钻牛角尖，左思右想，难以成眠。

来到绿岛指挥部报到后，我没发现他们关在我们单位。若有可能，就只有在隔邻的"国防部"感训监狱了。它与指挥部仅一墙之隔，像个大型水泥碉堡，倚靠在山边，有如一只盘踞在山脚的大怪虫，就像荒岛土产的八卦蟹，于是有了"八卦楼"的绰号。我每每于晚饭后沿着海岸散步，仰望那座铜墙铁壁似的八卦楼，总是想起陈映真等几个政治犯，心情甚为落寞。

接着我被指派到绿岛机场当特检官。当时这个机场是由管训队员在海边空地拉着大石轮碾轧出来的土石跑道，只能供台东飞来的小飞机起降，设备极为简陋，机场业务由特检官一手包办。没想到就在这里确知了陈映真就是关在八卦楼里。我在回忆绿岛岁月的《荒岛遗事》一书里如此描述当时情景：

> 初冬的一个阴雨绵绵、朔风野大的日子，从本岛飞来的这次班机颤颤巍巍地降落。从飞机上下来了立即引起我注意的两位女士，荒岛无由的狂风吹乱她们的发丝，扬起她们的风衣裙角，她们却还保持着高雅的姿态。
>
> 在核对身份的过程中，那位年纪较大、长得较高的女士的姓名，

从她的身份证上猛然跳了出来，让我心中怦然一动。啊！原来他真的关在八卦楼里！

每次我经过八卦楼总会遥遥瞻仰，心里默念着那几位我熟知的人物，虽然不知道他们是否就关在里面。而今天，从这位高雅女士的名姓与年纪来看，就知道必然是他的姊姊，而他—陈映真的确就关在里头，我心头顿时慌乱起来。

这是我第一次碰上陈映真的亲人来探望，顿时又让我思绪汹涌，投向那八卦楼。我努力按捺着，不在她们面前露出心中的波动。她们也毫无察觉，搭了部出租车朝八卦楼去了。我看着她高雅的背影，心中禁不住地哀伤起来……

不久之后，我再次见到了他的家人，这次来的是父子两人。身材高大的父亲头发虽已花白，却仍保持着英挺的容颜与自若的神态。年轻儿子的姓名则是让我能将他们与他联系在一起的线索。他的这位弟弟年纪也不比我大太多，却有着历经沧桑的神情。从这位老者雍容自在的神情，我似乎可以看出，他对发生在儿子身上的这一切，必然有着了然于心的胸怀。我想到在狱中的他应该也是抱着求仁得仁，夫复何怨的心情吧！被这位老者的雍容大度所感染，我不禁也释然了许多。……见过他们父子之后接连几天，我满怀欣慰，想起八卦楼里的他时，不再那么悲戚。经过八卦楼时，我想到的就不只是他，而且还有他们这么一家人了。

那时我并不知道他要被关到什么时候。那年春天我被调回本岛当巡回教官，其间老蒋去世，因而有些政治犯得到"特赦"减刑。我后来才知道他也获得减刑，就在那年夏天出狱。他应该是搭小飞机回台湾的，只是我已不再是绿岛机场特检官，没能在机场送他了。

1975年8月，我在绿岛退伍回台。在绿岛最后的日子，我到处闲逛，屡屡仰望八卦楼和那总是紧闭的大铁门，心里还想着里头的陈映真等人——我不知道他已得到特赦出狱了。月底我就飞往美国留学，一路想着这一年多来，与他同处荒岛，仰望同样星空，听着同样潮声，却又无缘相见的日子。

四

陈映真在 1968 年入狱之前的作品是如此迷人，很多像我这样的文艺青年不管后来是否认同他所坚持的那条道路，都被深深打到心坎里，成了终生印记。他感动到的读者远远超过服膺他的世界观、认同他的政治立场的。

陈映真在 1975 年夏天出狱之后有了一个新的开始，面对的是岛内外的一个全新局面。而我在同一年退伍之后随即出国留学，不久就转学计算机，走上网络专业之路，结束了我的文艺青年时代。然而在随后三十多年的时光，青年陈映真还一直是我心中一个谜样的人物，一方面是出色的小说家，另一方面又是伟大的实践者。

陈光兴在 2009 年组织了一个"陈映真：思想与文学"学术会议，我发表《陈映真与台湾的六十年代》一文，还试图解开这个谜。然而就在同一个会议上，赵刚发表了那两年深入研读陈映真小说的第一篇成果《青年陈映真：对性、宗教与左翼的反思》，此后并陆续发表他研读陈映真各篇小说的心得，竟让青年陈映真不再是谜题：原来从 1959 年的第一篇小说《面摊》开始就隐含着强烈的左翼信息，只是因为时代条件而没能明白说出。陈映真成长于台湾左翼正被摧残殆尽的 20 世纪 50 年代，正是由于他的际遇与奋斗而能够维系这个藕断丝连的传承，然而当时也只能用小说的形式隐晦说出。赵刚几年来对陈映真小说的研究道出了陈映真早期小说的基本奥秘：他的小说与他的左翼思想不是两件事，两类活动，而是在那肃杀压抑的年代，他早熟的左翼认识只能靠小说的掩饰来展现铺陈。甚至台湾老左派的被摧残的历史也在其中透露一二，如《祖父和伞》。正如施淑老师在同一会上发表的《盗火者陈映真》所用的隐喻：陈映真在那时是"唯一逃出来报信的人"。可以说，写小说就是他在当时条件下的左翼实践。

赵刚苦心孤诣的挖掘也让我们知道，陈映真的小说不仅一开始就带着左翼的信息，还几乎在每一篇里都潜藏着他作为一个早熟而孤独的左翼青年，以及他自称的"市镇小知识分子",如何与各种欲望、狂想、信念等力量,肉身搏斗的生命历程。赵刚年轻时必也曾走过青年陈映真的同一条荆棘崎岖之路,才能对他的小说如此洞彻。这部分对我而言真是心有戚戚焉,相信对其他曾经是左翼青年的也是如此。

陈映真是孤独的异数,20世纪50年代对左翼的严厉肃清,竟然留下一颗种子在这么一位青涩少年心里头,当时大概只有患难之交的少年朋友吴耀忠能与他分享这份孤寂。在50年代末到60年代初这段时期,他只能偷偷将这些压抑的感情与认识,借由他富有才华的文笔透露与宣泄,虽然当时可能没几个人能读出。

将陈映真的小说与实践二分看待,向来是主要的议论框架。如今赵刚已将这二分之墙破解,指出文学从来就是陈映真生命志业的武器,让陈映真一生的活动回复为一个完整的生命志业。这是他为我们能进一步了解陈映真的最大贡献。赵刚在2011年出版了他研究陈映真丰硕成果的第一本书《求索:陈映真的文学之路》,如今继续将他对陈映真早期小说的研究结集为《橙红的早星》,让陈映真的亲密读者,不管是道上同志还是文学粉丝,能够重新认识这一完整生命。而我除了表示感激之外,还趁此机会借花献佛,一吐我文艺青年时期的陈映真情迷。

是为跋。

后 记

　　这本书是我在 2009 至 2012 年间陆续写作及修改的一些文章的集结。它们大多不能算是正式论文，而我也大多不曾以正式论文的设想去写作它们。严格说来，它们是我的阅读心得的一再整理的结果。对陈映真文学的理解是在重复的阅读与书写的过程中碰撞出来的；不靠这个笨方法是难以讲明白陈映真文学里的潜德幽光——至少就我而言是如此的。关于这个方法的反省，我已经在我之前的《求索：陈映真的文学之路》的《自序》里交代过了，于兹不赘。

　　本书分为两个部分，前一部分"篇解"，是我对陈映真先生 20 世纪 60 年代的早期小说以单篇为对象的探讨。环绕在宗教与左翼男性主体、党国与知识分子，以及外省人与分断体制，这几个主题上，此处一共收集了 10 篇。很明显，并不完整，而原因有二，其一，有些篇已经收在《求索》里了，这里自然就不再重复。有兴趣的读者可以在附录的"陈映真创作简表及篇解参照"中找到我的相关评论索引。其二，则是因为我对某些篇小说的把握还不到位，或一直缺乏感觉（例如，《将军族》《那么衰老的眼泪》……）。因为理解不是可以强取的，为了防止无限期延宕，那就只好先把这些既存篇章集结出书了。这样说，当然不意味着选在这里的文章就都是多成熟或是多有见地，事实上，每次我再读陈映真小说，都会有新的感触和体悟。这一简单事实，既让我谦逊反省自知不足，又让我"小子何敢让焉"（司马迁语），从而有了这本集子的出版。

　　陈映真文学的核心特色在于它是在文学、思想与历史的界面之间的书写。在本书的《代序》里，我已试着申明此义。收在这本书里的十篇关于陈映真 20 世纪 60 年代创作的"篇解"，当然也就企图在陈映真的文学中看到作者陈映真是如何面对、思考，并证言他所身处的那个时代。以一只台湾文学界与思想界里极其稀有的"左眼",陈映真敏锐地、深入地掀开了台湾 20 世纪 60 年代的诸多折层。我们沉着地慢慢地读着他那时期的小说,其实正是跟随着他的脚步访寻那几乎已经被我们遗忘或扭曲的年代。

本书的第二部分"衍义",写作得比较晚,都是在 2011 年起笔的。它们是我阅读陈映真的小说(不限于早期)的一些感触与所思的跨越发展,例如我以陈映真文学为契机,挖掘并整理我自己的台北回忆,以及我的东北参访经验。另外,我也以陈映真的文学与思想为基础,反思两岸与第三世界的问题。时空难分,但本书的第一部分比较多的还是历史的兴趣,希望借此勾勒出台湾 20 世纪 60 年代的一些时代眉目。相较起来,第二部分则是朝一种比较是具有空间特质的回忆与反思开展。

这是我有关陈映真文学与思想的第二本书。要感谢的对象很多,包括了一向支持我的家人,以及很多识与不识的朋友对我的第一本书的批评或鼓励,他们让我觉得接着出这样的第二本或许还是一件值得做的事。要再次感谢陈光兴,没有他的 2009 年研讨会邀稿,这整个关于陈映真文学的研读与写作是开始不起来的。也希望他的陈映真大作能早日完成。感谢吕正惠教授为本书写的序,以及郑鸿生先生所写的跋,它们除了为本书益色增华之外,也一定会让不少读者对如何接近与理解陈映真文学与思想,提供重要支援。本书的不同单篇,在不同的形成阶段,也有不少朋友、师长,或修过我在东海大学开的陈映真课的同学,曾助我以回应、批评、讯息、勘误,或启发性想法,在此也一并表达感谢,他们是:陈良哲、张立本、胡清雅、姜亚筑、庄昕恬、戴盛柏、锺有良、林淳华、施嵩渊、范纲垲、王誉叡、徐玮莹、王墨林、蓝博洲、施善继、锺乔、杨索、汪立峡、杨弋枢、李娜、靳大成、汪晖、黎湘萍、程凯、江湄、张志强、孙歌、贺照田、薛毅、朱双一、江弱水、陈光兴、郑鸿生、瞿宛文、施淑、吕正惠、于治中、丘延亮、黄崇宪、陈妙姿……这本书的一些单元曾在两岸的一些刊物上发表过,在此也一并志记并感谢,它们包括了:《台湾社会研究季刊》(台北)、《华文文学》(汕头)、《淡江中文学报》(新北)、《思想》(台北)、《印刻》(台北)、《天涯》(海南)、《读书》(北京)、《两岸犇报》(台北),与《人间思想》(台北)。至于《加略人犹大的故事》《唐倩的喜剧》与《某一个日午》等三篇小说的"篇解"，则是首次正式发表。

要感谢吕正惠对于我这本书要在人间出版的坚持。他说，这样才能表达出我对陈映真先生的敬意。我想他是对的，而我之前的犹疑是错的。但同时，"台社丛刊"的瞿宛文也明确提醒我这本书固也应是"台社丛刊"之一。在吕正惠与瞿宛文二位的共和大度下，这本书循成例，由人间与台社共同出版。感谢美编黄玛琍一贯优异的美编工作。感谢本书执编张立本与人间出版社蔡钰凌，在校对、编辑与出版繁碎工作上的辛苦。张立本的创意与坚持也是让我印象深刻，从而本书的某些篇章就配搭了一些老照片。而我也是为了向立本交差，在翻找为数甚少的老照片时，看到我和我姊姊的合照，才惊觉最早带我进入陈映真还有其他小说家的文学世界的竟是我的姊姊。谢谢赵恬为"陈映真爷爷的小说"所作的插画。

一本书的出版，总是在心虚赧然之旁纠集了无数的感激、敬重，与想念。愿在北京养病的陈先生早日康复。继续前行。

赵刚记于台中大度山
2013 年惊蛰后三日